Eiskaltes Sylt

Hannah Lambert ermittelt 2

Thomas Herzberg

Verlag:
Elaria
Sonnenstraße 23
80331 München
Deutschland

ISBN 978-3-96465-115-0

Umschlaggestaltung: Chris Gilcher – http://buchcoverdesign.de

Bildmaterialien:
© haiderose - Adobe Stock - 194683335
© Blickfang - Adobe Stock - 136698376
© Ig0rZh - Adobe Stock - 48040014

Satz: André Piotrowski

Fassung: 1.10

EISKALTES
SYLT

HANNAH LAMBERT ERMITTELT 2

Friesenkrimi

Thomas Herzberg

Die Geschichte ist frei erfunden. Alle Ähnlichkeiten mit lebenden oder verstorbenen Personen und/oder realen Handlungen sind rein zufällig. Sämtliche Äußerungen, insbesondere in Teilen der wörtlichen Rede, dienen lediglich der glaubhaften und realistischen Darstellung des Geschehens. Ich verurteile jegliche Art von politischem oder sonstigem Extremismus, der Gewalt verherrlicht, zu selbiger auffordert oder auch nur dazu ermuntert!

Ein großes Dankeschön geht an:
Meine lieben Testleser/innen Antje, Birgit und Nicolas

Michael Lohmann (worttaten.de) für sein Lektorat und Korrektorat

Ganz besonders möchte ich Renate Schmidt aus Berlin danken, die mir bei der Entstehung, Überarbeitung und Korrektur unschätzbare Dienste geleistet hat

1

Hans-Georg Mommsen war für seine Verhältnisse spät dran. Die vollständig von Reif bedeckten Schafweiden erreichte er an diesem besonders kalten Morgen erst gegen neun. Sein Traktor keuchte noch immer wie eine alte Dampflok. Der Motor – ein 40 PS Deutz, der eigentlich ins Museum gehörte – machte schon seit Wochen Probleme, wollte bei dieser Kälte nur unter röchelndem Protest anspringen. Doch jede Reparatur würde Zeit in Anspruch nehmen, die Maschine womöglich tagelang lahmlegen. Ganz davon abgesehen, dass Mommsen, wenn es um Hilfe ging, stets auf Firmen vom Festland zurückgreifen musste. Hier, auf der Insel wollte schon seit Ewigkeiten niemand mehr mit ihm zusammenarbeiten. *Nicht mehr, seit … egal*

Er hasste diese Insel, von der alle schwärmen, als sei sie das Paradies, der Mittelpunkt des Jetsets, an dem sich die Schönen und Reichen nur allzu gern versammeln. Doch er kannte die Insel besser. Ein Ort, der für niemanden eine zweite Chance bereithielt – ganz egal, ob schuldig oder unschuldig; ob man seine Strafe verbüßt hatte oder nicht. Und er wäre längst weg, wenn da nicht seine Tiere wären, die ihn brauchten und deren nächste Station ohne ihn der Schlachthof wäre.

Mommsen schüttelte den Kopf, um die lästigen Gedanken zu vertreiben. Ein weiterer Blick traf seinen noch immer keuchenden Traktor und sorgte für Kopfschütteln. Wie sollte er denn ohne maschinelle Hilfe das Futter für die Schafe transportieren? Ganz zu schweigen von Wasser, das er seinen Tieren mindestens zweimal täglich bringen musste. Sämtliche Tränken waren schon seit Mitte Januar zugefroren. Dafür war ein Tief aus Skandinavien verantwortlich, das nicht nur Sylt, sondern ganz Norddeutschland mit eisiger Hand umklammerte.

Mommsen schaute auf und ließ seinen Blick gedankenverloren über die Nordsee schweifen. Die ging am Horizont beinahe nahtlos in einen schiefergrauen Himmel über, der auch heute keinen Sonnenstrahl durchlassen würde. Das Wetter passte bestens zu seiner Stimmung. Dazu wanderten seine Gedanken weit in die Vergangenheit. Was er dort fand, kam ihm wie ein anderes Leben vor. Eines, in dem er am liebsten Arzt geworden wäre, oder wenigstens Tierarzt. Auf jeden Fall ein Leben, in dem er studiert und dieser Insel für alle Zeit den Rücken gekehrt hätte. Alles Träume! Träume, die nicht in Erfüllung gingen.

Stattdessen beschäftigte sich Hans-Georg Mommsen schon fast sein ganzes Leben lang mit Schafzucht. Als sein Vater starb, hatte er dessen achtzig Tiere einfach übernommen. Heutzutage waren es im Frühjahr, wenn die Lämmer zur Welt kamen, über vierhundert hungrige Exemplare, die keinerlei Verständnis für Wochenenden, Feiertage oder eine Erkältung aufbrachten. Abgesehen von einer fünfjährigen Unterbrechung verbrachte Mommsen schon seit Jahrzehnten beinahe jede wache Stunde auf seinen Weiden und kümmerte sich um seine Schützlinge. Es fragte nur selten jemand. Aber wenn, dann erklärte er jedem Interessierten bereitwillig, dass es sich bei der Schafzucht nicht um einen Job, sondern um eine Lebensaufgabe handle. Wer das anders sehe und nur auf Profit aus sei, der wäre in dieser beschwerlichen Branche völlig falsch aufgehoben.

Hinter Mommsen, ein gutes Stück entfernt, meldete sich der Autozug mit schrillem Pfeifen zu Wort. Selbst dessen wenige Anhänger waren nur spärlich besetzt. Lediglich ein paar Transporter und Lkw kamen zu dieser Jahreszeit regelmäßig nach Sylt, um die Bewohner der Insel mit den notwendigen Dingen des Lebens zu versorgen. Im Frühjahr, spätestens wenn die Osterferien nahten, erwachte alles rundherum aus dem Winterschlaf. Danach würde es vielen der Inselhopper nur noch um Luxus und Konsum gehen. Jede Herberge platzte wahrscheinlich bis zum nächsten Saisonende aus allen Nähten. Bis dahin blieb den Einheimischen aber noch ein wenig Zeit zum Durchatmen. Die Gelegenheit, Normalität zu inhalieren, die es hier nur außerhalb der Saison gab.

Der Autozug war weitergerumpelt und würde schon bald seine Endstation in Westerland erreichen. Einer der Lkw darauf dürfte spätestens am Nachmittag auf Mommsens Hof haltmachen, um neues Kraftfutter für die Schafe zu liefern. Die Wiesen waren schockgefroren, teilweise schneebedeckt. Ein eisiger Januar hatte erst vor Kurzem den Staffelstab an einen ebenso kalten Februar überreicht. Alle Wetterberichte waren sich darüber einig, dass der Winter noch lange nicht vorüber sei. Im Klartext hieß das: Während Mommsen sich einen Buckel schuftete, fraßen seine Schafe auch den letzten Rest eines vermeintlichen Gewinns auf. Und während die EU beinahe jeden Bauern in Rumänien, Griechenland oder Polen mit Subventionen überhäufte, durften sich die einheimischen Viehzüchter glücklich schätzen, wenn die Erträge am Ende all der Arbeit wenigstens die Kosten deckten.

Mommsen hatte vor dem Mittagessen noch einiges zu tun. Wobei er sich schon jetzt nach Andreas Kohlrouladen sehnte. Schließlich machte die niemand besser als seine einzige Tochter.

In der riesigen Kiste, die er auf der Gabel seines Traktors bis auf die Weide transportiert hatte, steckte alles, was er heute für seine Arbeit brauchte: fünf neue Zaunpfähle, zwei Rollen Stacheldraht und eine Gasflasche mit Brenner, der das Eis der Tränken zumindest vorübergehend in Wasser verwandeln sollte. Um den Verschluss der Kiste zu öffnen, musste er seine Handschuhe ausziehen. Sofort nagte eisiger Wind an jedem einzelnen Finger.

›Finger‹, flüsterte Mommsen in Gedanken. Dabei betrachtete er die – auch etliche Jahre später noch – verkrüppelten Kuppen und spürte neue Verbitterung in sich aufsteigen. Er hatte für die Fehler seiner Vergangenheit bezahlt! Sicherlich mehr als jeder andere.

Nicht zum ersten Mal an diesem Tag wünschte er sich in die gemütliche Stube, am besten direkt vor den Kamin, wo er die letzten Weihnachtskekse vertilgen könnte. Dazu einen steifen Grog, mehr brauchte er für sein Verständnis vom Glück nicht.

Die meisten seiner Schafe standen ein Stück entfernt, ihre schneebedeckten Hinterteile in Windrichtung gedreht. Zwei besonders mutige Exemplare, deren dichtes Fell Schneegriesel und Eis in einen regelrechten Panzer verwandelt hatten, näherten sich und schnupperten neugierig an den Utensilien, die Mommsen gerade erst vor der Kiste ausgebreitet hatte. Er wollte schon etwas sagen, die übermütigen Tiere mit Worten vertreiben, als ihm der Deckel der Kiste aus der Hand rutschte und krachend herunterfiel.

Mommsen schaute den beiden jungen Böcken hinterher und lachte. Im Falle von Schafen brauchte es nicht viel, um überschäumenden Mut oder Tatendrang in einen Fluchtreflex zu verwandeln. Als die beiden Ausreißer den Rest der Herde erreichten, wurden sie dort begrüßt und umfangreich beschnuppert.

Der Bauer hatte sich bereits zwei Zaunpfähle und die erste Rolle mit Stacheldraht geschnappt, wollte endlich loslegen, da hörte er, wie sich hinter ihm der Deckel der Kiste wieder öffnete; ein unverwechselbares Geräusch, denn dessen Scharniere knarrten bei eisiger Kälte.

›Das kann nicht sein!‹, schoss es ihm durch den Kopf. Selbst ein noch so neugieriges oder kräftiges Schaf wäre nicht imstande, den Deckel auch nur einen Millimeter zu bewegen. Zumindest nicht ohne menschliches Dazutun.

Unter seiner Last tat sich Mommsen mit einer spontanen Drehung schwer. Seine schmerzenden Knie machten es ihm auch nicht leichter. Davon abgesehen, glaubte er sowieso noch daran, den Deckel nicht richtig verriegelt zu haben, denn der machte sich bei mancher steifen Böe gerne mal selbstständig. Diese Vermutung löste sich jedoch in Luft auf, als er hinter sich jemanden atmen hörte.

Zwei Zaunpfähle, die er sich unter den linken Arm geklemmt hatte, krachten zu Boden. Als denen die Stacheldrahtrolle folgen sollte, fühlte sie sich plötzlich wie schwerelos an und entglitt seiner Hand samt Handschuh. Auf ein Wiedersehen musste er nicht lange warten. Nachdem er auf vereistem Untergrund endlich eine Drehung absolviert hatte, sah er die eisernen Zinken der Stacheldrahtrolle auf sich zurasen. Deren Ziel war eindeutig: sein Gesicht! Und es bestand auch kein Zweifel daran, dass die Zinken ihr Ziel erreichen würden.

Doch Mommsen schaffte es im letzten Moment, ein winziges Stück zurückzuweichen. Ansonsten hätte gleich die erste Attacke für verheerende Konsequenzen gesorgt. Und obwohl sein Gesicht eiskalt war, fühlte es sich an, als wolle es explodieren. Er taumelte, hielt sich jedoch auf den Füßen. Aus einer Stirnwunde lief Blut in seine Augen und raubte ihm immer mehr einen der wichtigsten Sinne. Unter diesen Voraussetzungen war es unmöglich, die zweite Attacke auch nur zu erahnen. Vielleicht besser so, denn die Stacheldrahtrolle würde beim nächsten Treffer für weit mehr als ein paar Schnittverletzungen sorgen ...

2

»Deine Mutter hat mir erzählt, dass du neuerdings regelmäßig bei ihr vorbeischaust.« Gerd Hoffmann, seines Zeichens Chef der Landespolizei Schleswig-Holstein, saß mit gönnerhafter Miene hinter seinem Schreibtisch. »Und du beschäftigst dich auch immer mehr mit Felix. Scheint so, als würde sich das Verhältnis zwischen dir, deiner Mutter und deinem Sohn langsam normalisieren – find ich klasse!«

Hannah Lambert nickte, schüttelte aber im nächsten Moment schon den Kopf. Und sie hatte offensichtlich auch etwas gegen diesen inoffiziellen Ritterschlag in Sachen Familie einzuwenden. »Mal ernsthaft: Bin ich deshalb von Niebüll nach Kiel gefahren – bei dem Schietwetter? Um mir Dinge anzuhören, die ich längst weiß?«

Gerd Hoffmann wollte antworten, doch Hannah kam ihm zuvor: »Du bist mein Chef und warst früher Papas bester Freund – trotzdem sollten wir professionell bleiben. Es wenigstens versuchen. Was meinst du?«

Hoffmanns Miene veränderte sich dramatisch. Von einem Moment zum nächsten sah er nicht mehr wie ein besorgter Mentor, sondern wie ein ranghoher Polizeibeamter aus. Nur sein Mund wollte sich nicht an diesem rapiden Kurswechsel beteiligen. »Früher hast du vor meinem Schreibtisch gehockt und mit Modellautos darauf gespielt.«

»Hab heut leider keine dabei«, erwiderte Hannah grinsend.

»Sei's drum – du bist und bleibst mein Krümel. Wenn ich was mit Hauptkommissarin Lambert zu besprechen habe, kann ich auch zum Telefon greifen. Und es ist doch hoffentlich nicht zu viel verlangt, wenn du dich alle paar Monate mal hier in Kiel blicken lässt – Schietwetter hin oder her.«

»Du hast ja recht«, gab Hannah mit zusammengebissenen Zähnen zu. »Und ja: Ich wollte dich auch schon lange mal wieder besuchen – privat ... war eben viel zu tun in letzter Zeit.« Nach dieser Feststellung fischte sie ein kleines Päckchen aus ihrer Manteltasche. Das Geschenkpapier sah mitgenommen aus, die winzige rote Schleife war kaum mehr als solche zu erkennen. Dazu setzte Hannah die Miene eines kleinen Mädchens auf. »Ich hatte sogar was zu Weihnachten für dich. Hab gedacht, es würde mich ein paar Wochen früher nach Kiel verschlagen.«

Hoffmann nahm das kleine Päckchen entgegen und platzierte es vor sich auf seiner Schreibunterlage. »Danke! Ich wollte für deine Mutter, Felix und dich eigentlich auch ... hab's nicht geschafft.« Das Resultat war ein Grinsen, klares Anzeichen eines schlechten Gewissens. »Ende Januar ist es wohl ein bisschen zu spät dafür, oder?«

Hannah winkte ab.

Diese Steilvorlage fing ihr Gegenüber auf und nutzte sie für einen Themenwechsel: »Für mich ist nur wichtig, dass du gut klarkommst: mit Niebüll, Sylt, der Arbeit und ...«

»... auch mit dem Wetter«, beendete Hannah schelmisch. »Wie sollte es auch anders sein? Du hältst mir doch alle Probleme vom Hals, bevor sie es überhaupt so weit in den Norden schaffen.«

»Soll ich das in Zukunft lieber lassen?«

Hannah biss sich auf die Unterlippe, um eine Antwort zu verhindern.

Und sie tat gut daran, denn auf der anderen Schreibtischseite hellte sich die Miene wieder deutlich auf. Die Stimmung wirkte plötzlich ganz unbeschwert. »Du, deine Mutter und Felix – wenn ich überhaupt noch eine Familie habe, dann seid ihr das. Und falls du's genau wissen willst: Ich habe deinen Paps immer um sein Glück beneidet. Um all das, was man mit Geld nicht kaufen kann.«

Hannah mühte sich um ein Lächeln. Das Ergebnis war hoffentlich einigermaßen überzeugend. »Das kleine Glück hat Weihnachten fast anderthalb Tage gehalten«, begann sie leise mit einer Erklärung. »Erst als Mama irgendwann nicht mehr damit aufhören konnte, von Papa zu reden, hab ich die Flucht ergriffen. Zufrieden?«

»Jetzt sag schon: Bist du denn zufrieden?« Gerd Hoffmanns Lächeln sah wesentlich überzeugender aus. »Ich meine, insgesamt? Mit deinem neuen Posten, deinem Kollegen ... wie heißt der noch?«

»Ole! Also: Sven-Ole Friedrichsen. Und ja: Wir kommen sehr gut miteinander aus.«

»Den Mordfall kurz vor Weihnachten auf Amrum habt ihr zwei ja beinahe im Vorübergehen aufgeklärt«, sagte Hoffmann mit bewundernder Stimme. »Hatte schon Angst, der bereitet uns auch im neuen Jahr noch Kopfzerbrechen. Das war gute Arbeit – die Sache davor, auf Sylt, sowieso. Nach solchen Leistungen kann sich auch niemand mehr beschweren ...«

»Worüber sollte sich denn jemand beschweren?«

Hoffmanns Gesicht machte klar, dass er auf eine Antwort lieber verzichtet hätte. Aber da war ein bohrender Blick, der ihm keine Wahl ließ. »Ich hab dich auf den Posten in Niebüll gehievt, um dich aus der Schusslinie zu ziehen. Und es gab sicherlich zehn Kollegen, die vor dir dran gewesen wären – mindestens.«

Hannah bedankte sich mit einem Nicken. Ihr Hinterteil entwickelte von Zeit zu Zeit ein seltsames Eigenleben.

Insbesondere dann, wenn jemand nicht zu Potte kam. Genauso, wie es gerade bei ihrem obersten Chef der Fall war.

Der ahnte wohl schon etwas und fuhr eilig fort: »Jetzt willst du doch bestimmt wissen, warum ich dich hergerufen habe, richtig?«

»Hat das etwa noch andere Gründe als Familie und Vergangenheit? Doch nicht etwa was Berufliches?«

Gerd Hoffmann war lange genug Polizist, um den sarkastischen Unterton gepflegt zu überhören. Als er fortfuhr, sah er trotzdem ein wenig gequält aus. »Dein Team da draußen in Niebüll funktioniert so gut, dass ich euch gerne eine weitere Planstelle zuteilen würde. Verstärkung, damit du dich noch ein bisschen mehr um familiäre Dinge kümmern kannst.«

Hannahs Gesicht verzog sich. »Ist das dein Ernst?«

»Hört es sich so an?«

»Leider ja«, erwiderte Hannah stöhnend. »Da hab ich mich – wie du selbst sagst – gerade erst an meinen neuen Posten gewöhnt, darf mich über erste Erfolge freuen und du hast nichts Besseres zu tun, als in Niebüll umzugraben. Habt ihr hier oben auch irgendwann mal die Schnauze voll von den ständigen Veränderungen?«

»Ich will deine Dienststelle nach und nach aufwerten«, erklärte Hoffmann unbeirrt. »Und wenn du Wert auf dauerhafte Unterstützung legst, dann sollte das auch in deinem Interesse liegen. Ich sitze noch zwei, höchstens drei Jahre auf diesem Stuhl – danach kommt ein Neuer, der sich vermutlich für nichts anderes als Zahlen interessieren wird. Mal darüber nachgedacht?«

Hannah holte tief Luft. Um ein wenig Zeit zu gewinnen, ließ sie ihren Blick durch den Raum schweifen, bis der beinahe im wörtlichen Sinne an den Fensterscheiben festfror. »Es schneit schon wieder. Warum fängt der Winter neuerdings immer erst so spät an?«

Hoffmann zuckte mit den Schultern. »Vielleicht können wir das Rätsel beim Mittagessen lösen. Ich hatte gehofft, wir gehen nachher zusammen in die Kantine und du fährst erst danach zurück.«

»Nur, wenn du mir ein paar Schlittenhunde leihst.«

»Wieso? Wohnt deine Katze immer noch bei deinem Nachbarn?«

»Bei uns oben ist das Chaos aus Schnee und Eis nachmittags am schlimmsten«, erwiderte Hannah halbwegs belustigt. »Willst du, dass ich mit vollem Bauch in irgendeiner Schneewehe stecken bleibe?«

»Natürlich nicht!«, wiegelte Gerd Hoffmann lachend ab. »Dann kommen wir eben gleich zum springenden Punkt: Solltest du es unbeschadet und ausgehungert bis nach Niebüll schaffen, dann wartet dort nicht nur dein Kollege Ole auf dich, sondern auch ein ...«

»... neuer?«, fragte Hannah erschrocken nach. Sie musste feststellen, dass sie ihre Mimik nicht mehr im Griff hatte. »Ist das dein Ernst? Hast du mich deshalb hergelockt?«

Hoffmann hob abwehrend die Hände. »Also ›hergelockt‹ finde ich jetzt in diesem Zusammenhang unpassend. Ich würde gerne ...«

»Wir sitzen hier, reden über die Familie, über Weihnachten – und in der Zwischenzeit macht sich ein neuer Kollege in meinem Büro breit. Wie soll ich das denn sonst nennen?«

»Ich hatte dir doch erklärt, dass ich Niebüll aufwerten will. Dafür muss ich zuerst eure Personalstärke erhöhen und danach darfst du dich vielleicht auch über neue Kompetenzen freuen.«

»Neue Kompetenzen?«, wiederholte Hannah mit gerümpfter Nase. »Sind wir hinterher auch für Raub, Diebstahl und Brandstiftung zuständig?«

»Wieso? Reichen dir Mord und Totschlag etwa nicht mehr?«

Hannah war in ihrer Wut aufgesprungen und merkte erst jetzt, dass sie vor dem Schreibtisch stand und sich darauf abstützte. Ihr Mund klappte auf, schloss sich jedoch unverrichteter Dinge wieder.

»Ich glaube, es ist wirklich besser, wenn du fährst«, stellte Gerd Hoffmann mit trauriger Stimme fest. »Und wenn du dich wieder beruhigt hast, darfst du mich gern anrufen – um Einzelheiten zu besprechen.«

»Einzelheiten?«

»Wenn Niebüll in Sachen Kriminalpolizei wächst, dann muss ich irgendwann zwangsläufig die ganze Dienststelle neu strukturieren. Und ich könnte mir vorstellen, wen ich zur Leiterin ernenne, bevor ich hier meinen Hut nehme.«

Hannah zeigte auf sich selbst. »Mich?« Ihr Kopfschütteln verhieß, was sie von diesem Vorschlag hielt. »Ich gehöre nicht an einen Schreibtisch, sondern an die Front.« Sie lachte höhnisch. »Und jetzt weiß ich auch endlich was dahintersteckt. Besser gesagt: wer!«

Gerd Hoffmann wusste genau, wie es weitergehen würde, beschränkte sich allerdings auf einen erwartungsvollen Blick.

»Meine Mutter! Ihr zwei habt euch zusammen ausgemalt, wie euer Krümel die Dienstwaffe ein für alle Mal an den Nagel hängt und Bürodienst schiebt.« Hoffmanns Mund öffnete sich für eine Verteidigung, aber Hannah kam ihm ein weiteres Mal zuvor: »Sag mir, dass ich unrecht habe! Sag es, und ich höre sofort auf.«

»Wäre es denn so schlimm, wenn du nicht mehr jeden Tag dein Leben riskierst?«, fragte Gerd Hoffmann nach längerem Überlegen. »Du hättest auch mehr Zeit – insbesondere für Felix.«

»Was ich mit meiner Zeit anfange, bestimme ich immer noch selbst!«

Hannahs Chef zeigte mit Blicken zur Tür. »Ruf mich an, wenn du dich wieder beruhigt hast.«

»Ich will mich aber nicht beruhigen! Ich will wissen, warum ihr ...«

Plötzlich stand auch Gerd Hoffmann auf seinen Füßen. Es folgte ein Fingerzeig in Richtung Tür und auch eine weitere unmissverständliche Aufforderung ließ nicht auf sich warten: »Fahr nach Niebüll und ruf mich an ... irgendwann!«

3

»Wo kommst du her?«, fragte Sven-Ole Friedrichsen seinen neuen Kollegen, nachdem der sich als Kommissar-Anwärter namens Ralf Jansen vorgestellt hatte. »Und davon mal abgesehen: Weiß Hannah überhaupt, dass wir Verstärkung bekommen?«

»Wer ist Hannah?«, erkundigte sich Ralf ein wenig misstrauisch.

»Deine zukünftige Chefin! Und bevor du es von anderen erfährst: Die ist am Anfang vielleicht ein bisschen gewöhnungsbedürftig. Du wirst schon merken, was ich meine.«

Ein fragendes Gesicht reichte für Oles Fortsetzung.

»Hannah – aber für dich natürlich Hauptkommissarin Lambert – ist erst seit Mitte letzten Jahres wieder hier in Niebüll. Ne Rückkehrerin.«

»Von wo zurückgekehrt?«

»Das soll sie dir lieber selbst verraten – also, falls sie will.«

Ralf Jansen sah immer verwirrter aus. In seiner Not fuhr er mit der Erklärung zu seiner eigenen Person fort: »Ich bin gebürtiger Flensburger, hab dort mein Abi gemacht und war bis gestern der Polizeidirektion in Flensburg unterstellt.«

»Hast du da auf die Punkte aufgepasst?«

»Darum kümmert sich doch das KBA«, erklärte Ralf kopfschüttelnd. »Aber wieso fragst du? Haben die in deinem Fall so viel zu tun?«

Ole winkte ab. Er wollte schon mit einem neuen Thema anfangen, als sein Handy klingelte. »Sorry, da muss ich ran.«

Ralf nickte nur und blieb auf seinem Weg durchs Büro vor einer Pinnwand stehen. An der hingen Nachweise über die bisherige Arbeit der Mordkommission: Zeitungsartikel, einer davon mit Foto. Darauf waren Ole und eine kleine – man könnte auch sagen: winzige – Frau zu sehen. Der Unterschied hätte kaum größer sein können. Links eine nordische Eiche, mit ehrlichem Lächeln, das vermutlich so gut wie jedes Herz im Sturm zu erobern imstande wäre. Rechts daneben ein Eisblock: Eine Frau – gar nicht mal unattraktiv –, die Haare streng nach hinten gekämmt und zum Zopf geflochten. Ungeschminkt, das war sogar auf dem Zeitungsbild zu erkennen. Dazu ein aufgesetztes Lächeln, von dem sich nicht mal ein Vorschüler hätte täuschen lassen.

Ralf beugte sich nach vorne, um die Namen unter dem Foto lesen zu können. Danach wusste er wenigstens, wie seine zukünftige Chefin aussah.

Gegenüber war Ole offensichtlich in privater telefonischer Mission unterwegs. Seiner Stimme nach zu urteilen, handelte es sich um einen Notfall. »Heut Abend wird das nichts«, haspelte er. »Ja ... gestern war schön, aber ...«

Auf dem zweiten Schreibtisch klingelte das Telefon. Ralf warf einen Blick in Oles Richtung, um zuerst ein gequältes Lächeln und dann ein halbes Nicken zu ernten. Also fuhr seine Hand zum Hörer. »Kripo Niebüll.«

Am anderen Ende war die Stimme einer jungen Frau zu hören. »Moment, bitte ... ich verbinde Sie mit Francesca Rossi.«

Nach einem Knacken erklang die nächste Frauenstimme, älter und souverän dazu. »Guten Morgen. Spreche ich mit Hannah Lambert?«

Ralf wusste zuerst gar nicht, was er sagen sollte. Doch dann erinnerte er sich an seine Ausbildung zum Polizisten. In deren Verlauf hatte er – aufgrund akuter Personalnot – ein paar Wochen in der Vermittlung beim Landeskriminalamt in Kiel gesessen. Er musste also nur in einen altbekannten Routinemodus umschalten. »Jansen hier, einer von Frau Lamberts Mitarbeitern. Was kann ich für Sie tun?«

»Das würde ich gerne persönlich mit Frau Lambert besprechen«, kam es unterkühlt zurück. »Wäre das möglich?«

»Sie ist nicht da.«

»Dann hat sie doch bestimmt eine Handynummer. Oder etwa nicht?«

»Moment bitte!«

Gegenüber entwickelte sich Oles Gespräch offensichtlich in die falsche Richtung. Auf jeden Fall sah er mittlerweile nur noch genervt aus. Und auch, dass sein neuer Kollege wild gestikulierte, schien seine Laune nicht nachhaltig zu verbessern. »Was gibt's denn?«, fragte er, während er sein Telefon mit der freien Hand abschirmte.

»Hier will jemand die Handynummer von Frau Lambert haben?«

»Wer?«

»Ne Frau ... schätze, aus Italien.«

»Die soll noch mal anrufen!«

»Ich habe mitgehört«, erklärte Francesca Rossi, als sich Ralf kurz darauf wieder seinem Telefongespräch widmete. »Wann erreiche ich Ihre Chefin denn am besten?«

»Keine Ahnung«, erwiderte Ralf wahrheitsgemäß. »Probieren Sie's doch heut Nachmittag noch mal.«

»Hat die Frau auch gesagt, was sie wollte?«, erkundigte sich Ole, sofort, nachdem auch sein eigenes Telefonat beendet war.

Ralf schüttelte lediglich den Kopf.

»Auf jeden Fall geben wir Hannahs Handynummer nur weiter, wenn's wichtig ist – oder ein Bekannter.«

»Ist okay, aber ...«

Ole fuhr gleich mit der nächsten Frage dazwischen: »Bist du dir sicher, dass am anderen Ende 'ne Italienerin war?«

»Vorwahl ›0039‹ ... und der Name Rossi klingt ja auch nicht unbedingt nach friesischem Landadel. Was meinst du?«

»Und sie hat nicht gesagt, was sie wollte?« Ole hatte seine Stimme nur noch mit Mühe im Griff. »Kein Hinweis?«

»Sie wollte ausschließlich mit Frau Lambert reden.«

»Und das ist alles?«

»Wieso?« Mittlerweile hörte sich auch Ralf ein wenig genervt an. »Was hat unsere Chefin denn mit Italien zu tun?«

Oles Gesicht verzog sich. Ein Anzeichen dafür, dass er mit sich selbst rang. Seine ersten Worte klangen mehr wie eine Drohung, als eine Frage: »Kann ich mich darauf verlassen, dass du die Klappe hältst? Von nichts weißt?«

Ralf nickte vorsichtig, sah beinahe ängstlich aus. »Klar! Ich kann schweigen wie'n Grab.«

Ole lieferte die Fortsetzung dennoch mit gesenkter Stimme. »Hannah war früher mal verheiratet. Als sie seinerzeit irgendwann auf 'ner Schulung beim BKA war, hat sich ihr Mann nicht um den gemeinsamen Sohn gekümmert. Seitdem ist der arme Junge geistig behindert und wird niemals ohne fremde Hilfe leben können.«

»Und was hat das alles mit Italien zu tun?«

»Hannahs Exmann ist Italiener.« Ole verdrehte die Augen. »Und seit der Sache von damals ist er auf Nimmerwiedersehen verschwunden.«

»Wie lange ist das her?«

»Über zehn Jahre.«

Ralf zeigte auf den Telefonapparat neben sich. »Meinst du, der Anruf eben kann damit was zu tun haben? Nach so langer Zeit?«

»Ich hoffe nicht. Und wenn, dann können wir uns wahrscheinlich warm anziehen.«

»Du machst mir langsam echt Angst«, gab Ralf mit schüchterner Stimme zu. »Ich hab die Versetzung hierher letzte Woche Freitag bekommen, kurz vor Feierabend. Und heut Morgen bin ich gleich losgefahren ... bis eben hab ich mich noch auf den neuen Job gefreut.«

»Wieso?«

Ralf musste nicht lange überlegen. »Wahrscheinlich, weil ich mir in Flensburg immer wie das fünfte Rad am Wagen vorkomme.«

»Da musst du dir hier bei uns keine Sorgen machen: Wir wären nur drei Räder.«

Diese Aussage änderte nur wenig an Ralfs offensichtlicher Ratlosigkeit.

Ole hakte lachend ein. »Auf jeden Fall hattest du keine Zeit, dich über unseren Laden hier zu informieren. Fang einfach an: Was willst du wissen?«

Ralfs Mund öffnete sich, doch das Telefon verhinderte seine erste Nachfrage. Vor ihm nahm Oles Körper Spannung an. Und auch seine Stimme klang plötzlich ganz anders. Klar war, er kannte die Nummer des Anrufers. »Guten Tag, Herr Hoffmann. Was kann ich für Sie tun?« Während er seinem Gesprächspartner zuhörte, legte sich Ole einen Finger an die Lippen und deutete Ralf, sich irgendwo hinzusetzen. »Das kann man so sagen«, fuhr er am Telefon mit eifriger Stimme fort. »Hannah und ... Entschuldigung ... Frau Lambert und ich sind ein gutes Team, ja. Und der neue Kollege ist auch schon da. Danke, dass Sie auch in der Hinsicht an uns denken.« Schlagartig verfinsterte sich Oles Gesicht. »Ich verstehe nicht«, haspelte er. Es entstand eine längere

Pause. Sein Gegenüber hatte wohl einiges zu sagen. Das Gespräch endete dann abrupt und mit lediglich zwei Worten: »Wird erledigt!«

»Was ist denn?«, fragte Ralf, nachdem der Hörer auf der Gabel lag.

»Das war Gerd Hoffmann, unser oberster Chef, wenn man so will.« Ole war anzusehen, wie unwohl er sich plötzlich in seiner Haut fühlte. »Und ich soll dir was ausrichten.«

Ralf nickte erwartungsvoll. Noch glaubte er wohl an ein paar aufmunternde Worte für den ersten Tag in seiner neuen Dienststelle.

Doch es kam anders. Oles Miene verfinsterte sich immer weiter. »Du sollst dich auf den Rückweg nach Flensburg machen und dort bei deinem alten Dienststellenleiter melden. Der weiß über alles Bescheid und erwartet dich schon.«

»Hat Herr Hoffmann auch gesagt, wieso?« Ralfs Stimme klang nach Weltuntergang. »Ich hatte doch noch gar keine Zeit, was falsch zu machen.«

Ole erhob sich, schüttelte seinem Beinahe-Kollegen die Hand und klopfte ihm gleichzeitig auf die Schulter. »Am besten fragst du nicht und machst einfach. Aber wir zwei bleiben sowieso in Kontakt – war lange nicht mehr da oben bei euch in Flensburg.«

4

Mindestens dreimal täglich war Esther Schmidt mit ihrer Hündin Leila von Kleinmorsum in Richtung Hindenburgdamm unterwegs. Und auch wenn ihr, als Frau von beinahe achtzig Jahren, immer häufiger die Füße wehtaten: Hunde brauchten trotzdem ihren Auslauf, unabhängig von Sonnenschein oder Eiseskälte. Letztere fühlte sich heute beinahe so an, als könne sie kleine Stücke aus ihrem Gesicht herausbeißen. Angefacht vom stürmischen Westwind, kamen ihr fünf Grad minus eher wie zwanzig vor. Da halfen selbst ein dicker Mantel, Mütze und gefütterte Handschuhe nicht.

Die alte Frau passierte den Golfplatz von Morsum – ein Ort, der bei einer alten Sylterin wie Esther Schmidt grundsätzlich Kopfschütteln auslöste – und bog an dessen Ende auf einen schmalen Feldweg ab. Sie hatte ihr ganzes Leben auf der Insel verbracht, kannte hier jeden Baum und jeden Strauch. Selbst bei Eis und Schnee konnte sie sich problemlos an der spärlichen Vegetation orientieren und musste dafür nicht mal richtig aufschauen. Leila rannte wie immer vorweg und hatte offensichtlich wieder großen Spaß an Mommsens Schafen, die auf ihrer Weide jeden Tag für Abwechslung im Leben einer Hündin sorgten.

Mommsen schimpfte manches Mal fürchterlich über Leilas nicht enden wollendes Gebell. Doch wenn Esther Schmidt auftauchte, dann verstummte sein Gezeter auch schnell wieder. Vorletzte Woche hatte Leila sogar ein halbes

Schinkenbrot aus der Brotdose des Bauern abgestaubt. Schließlich war Esther Schmidt immer freundlich zu Hans-Georg Mommsen, trotz seiner fragwürdigen Vergangenheit und Geschichten, die man sich hier auf der Insel seit zwei Jahrzehnten über den Schafzüchter erzählte.

Nachdem die alte Frau einen Knick passiert hatte, erkannte sie ein Stück vor sich Mommsens Traktor. Dessen Motor tuckerte in gleichmäßigem Takt und sorgte mit seiner Wärme für Nebelschwaden, die im Windschatten der riesigen Räder wie Watte auf einer tiefgefrorenen Wiese klebten.

Aber wo war Mommsen? Esther Schmidt erinnerte sich ausgerechnet in diesem Moment an eine Begebenheit aus dem vergangenen Sommer: Leila war auf einer Nachbarweide in Stacheldraht getreten. Also hatte der Bauer die Hündin samt ihres Frauchens nach oben in die Kabine steigen lassen und die beiden zum Tierarzt gefahren. Eine holprige Angelegenheit, doch sie war ihm unverändert dankbar für seine Hilfe. Schließlich hatte sie auch heute noch die blutende Pfote und das schmerzerfüllte Jaulen ihrer Hündin in bester Erinnerung.

Rund um den Traktor hatten sich zahlreiche Schafe eingefunden. Die blökten um die Wette, als ginge es um Leben oder Tod. Nicht mal von Leilas Gebell ließen sich die Tiere heute ablenken.

Esther Schmidt setzte auf dem gefrorenen Feldweg vorsichtig einen Fuß vor den anderen, bis sie das hölzerne Gatter direkt vor sich hatte. Leila stand auf ihren Hinterpfoten und wollte wohl beim Aufschieben helfen. Nachdem der Riegel geöffnet war, schwang der rechte Flügel wie von selbst nach innen auf. Die Hündin raste sofort in Richtung der Schafe, die erschrocken auseinanderstoben. Aber nicht alle. Einige Tiere standen immer noch wie angewurzelt auf der gefrorenen Weide und starrten mit ihren seltsamen Augen auf eine Kiste, die vor dem Traktor stand.

Als Esther Schmidt das hölzerne Gebilde erreichte, fiel ihr sofort das viele Blut auf, das sich großflächig um die Kiste herum verteilt hatte. Und natürlich dachte sie gleich an eines der Schafe, das sich womöglich am Stacheldraht verletzt oder mit einem wilden Hund angelegt hatte.

Doch wo war dann Mommsen?

Hatte sich der Bauer mit einem Störenfried angelegt? Oder war er bereits auf der Jagd, um weiteren Attacken auf seine Herde zuvorzukommen? Oder hatten es die Wölfe – deutschlandweit mittlerweile in aller Munde – etwa über den Hindenburgdamm bis nach Sylt geschafft? Sicher war nur, dass Mommsen seinen Traktor noch nie allein auf der Weide zurückgelassen hatte. Und wenn, dann bestimmt nicht mit laufendem Motor.

Leila hatte plötzlich das Interesse an den Schafen verloren und ebenfalls die blutverschmierte Kiste entdeckt. Sie sprang immer wieder an deren Seiten empor, doch der Deckel war für einen Mischling mittlerer Größe unerreichbar und ohnehin viel zu schwer.

Der Verschluss, ein stählerner Riegel, der aussah, als hätte er zuvor schon an drei anderen Kisten seine Dienste getan, war ebenfalls blutverschmiert. Esther Schmidt trug Handschuhe und war in diesem Moment froh darüber. Sie rüttelte mehrfach am Verschluss, bis der endlich nachgab. Danach fand sie auch zwei Stellen am Rand des Deckels, die nicht mit Blut besudelt waren. Sie musste alle Kraft zusammennehmen, bis der sich knarrend ein kleines Stück öffnete und den Blick ins Innere der Kiste freigab.

Nur einen halben Atemzug später krachte der Deckel wieder herunter.

Vom Schock wie betäubt, taumelte die alte Frau zwei halbe Schritte zurück. Leila spürte vermutlich ihren Zustand und meinte es nur gut, als sie ihr in die Seite sprang. Das war keine gute Idee. Esther Schmidt machte instinktiv einen

Ausfallschritt nach links, bei dem sie der gefrorene Boden rabiat ausbremste. Diese Bewegung endete mit einem Sturz und einem hässlichen Knacken, das von ihrem Oberschenkel stammte. Leila hechelte und leckte ihr übers Gesicht, wollte immer noch helfen. Um einer warmen und feuchten Zunge zu entkommen, warf die alte Frau ihren Kopf zur Seite. Aber nur, um festzustellen, dass sie im gefrorenen Blut eines anderen lag. Wessen Blut das war, daran bestand kein Zweifel ...

* * *

»Wo ist er?«, fragte Hannah nach einer knappen Begrüßung, als sie zur späten Mittagszeit ihr Büro in Niebüll betrat.

Ole, der dem Anschein nach intensiv mit seinem Bildschirminhalt beschäftigt war, ließ sich noch ein wenig Zeit und schaute erst danach auf. »Von wem redest du?«

»Na, von wem wohl?« Hannahs Blick wanderte immer noch kreuz und quer durchs Büro. »Hast du ihn irgendwo vor mir versteckt?«

Ole war anzusehen, dass er den Schalk im Nacken hatte. Doch das Gesicht seiner Chefin verriet, dass die auf weitere Späße empfindlich reagieren würde. Entsprechend fiel seine Antwort aus: »Hoffmann hat angerufen und ihn nach Flensburg zurückbeordert. Zufrieden?«

»Wenn du mich fragst, haben die Kollegen dort sowieso genug zu tun. Hat Gerd auch gesagt, warum er's sich anders überlegt hat?«

Ole hatte seine Miene nicht mehr im Griff. »Hab gedacht, das lag an dir und deinem Auftritt in Kiel. Dein Gerd war nicht besonders mitteilsam. Hat nur gesagt, dass du ...«

»Angeschaut hätte ich mir den Kollegen aus Flensburg schon gern mal«, gestand Hannah auf dem Weg zu ihrem Schreibtisch. »Was für'n Eindruck hattest du denn?«

»Wir haben hier höchstens 'ne Stunde zusammengehockt«, erklärte Ole. »In der Zeit hast du in Kiel schon für Tatsachen gesorgt. Und die endeten für einen Pseudo-Kollegen mit 'ner Rückfahrt nach Flensburg.«

Hannah lächelte unschuldig. »Und daran willst du jetzt mir die Schuld geben?«

Ole winkte ab. Die letzte Stunde hatte er mit Plänen darüber verbracht, in welcher Art und Weise er seine Chefin mit einer vermeintlichen Hiobsbotschaft konfrontieren sollte. Aber die Stimmung war ohnehin gereizt und damit jede Gelegenheit für einen sanften Versuch durch die Hintertür verspielt. »Hier hat heut Morgen 'ne Anwältin angerufen – aus Italien.«

»Von wo?« Hannah war mit Ihrer Tagespost beschäftigt und offensichtlich abgelenkt.

Ole schaute zur Sicherheit auf seinen Bildschirm. »Eine gewisse Francesca Rossi. Die Frau hat einen Doktortitel und arbeitet für 'ne große Anwaltskanzlei in Neapel. Ich hab dazu schon einiges gegoogelt: Auf den ersten Blick stimmen die bisherigen Angaben.« Ole hatte sich erhoben und hielt Hannah einen Notizzettel entgegen, als er vor ihrem Schreibtisch ankam. »Hier ist die Nummer, falls du sie zurückrufen willst.«

Aus Hannahs Gesicht hatte sich von einem Moment zum nächsten jegliche Farbe verabschiedet. Als der Notizzettel kurz darauf zwischen ihren Fingern steckte, war deutlich zu erkennen, dass die zitterten. Ihr Mund öffnete sich kaum, als sie mit leiser Stimme eine Frage zustande brachte: »Hat die Frau auch gesagt, worum es geht?«

Ole zuckte mit den Schultern. »Ich weiß von nichts. Außerdem hat unser ehemaliger Kollege Ralf mit ihr gesprochen. Ich hab ihm nur verboten, deine Handynummer rauszugeben. Du willst ja sonst auch nicht, dass jemand ...«

Hannahs vor Wut funkelnde Augen brachten ihren Kollegen zum Schweigen. Weil sich danach eine peinliche Stille im Büro ausbreitete, versuchte es Ole mit einer halbherzigen Rechtfertigung: »Ralf hat ihr gesagt, dass sie sich heut Nachmittag wieder melden soll – glaube ich.«

»Glaubst du!«, wiederholte Hannah. Mittlerweile zitterten auch ihre Lippen. »Und was, wenn sie sich nicht wieder meldet?«

Ole zeigte auf den Zettel, der immer noch zwischen den Fingern seiner Chefin steckte. »Dann langst du am besten gleich zum Hörer und rufst bei dieser Anwaltskanzlei in Neapel an. Auf deren Homepage steht, dass in der Telefonzentrale auch Deutsch gesprochen wird.«

Im nächsten Moment klingelten die Telefone auf beiden Schreibtischen gleichzeitig. Weil Hannah offensichtlich zu keiner Bewegung imstande war, linste Ole von oben auf ihr Display. »Sylter Nummer, da geh ich ran. Dann kannst du es gleich in Italien probieren und hören, was die Frau Anwältin ...«

»Geh ran!«, fauchte Hannah dazwischen. »Und falls es für mich ist: Ich ruf irgendwann zurück.«

5

Nachdem sich gegen Mittag ein Anrufer über den ununterbrochen kläffenden Hund seiner Nachbarin beschwert hatte, war im Polizeirevier von Westerland eine Streifenwagenbesatzung aufgebrochen, um in Kleinmorsum nach dem Rechten zu sehen. Dort dauerte es nicht lange, bis Nachbarn von Esther Schmidt die zwei Polizeibeamten in Uniform über sämtliche Gewohnheiten der alten Frau aufgeklärt hatten. Insbesondere, dass diese mit ihrer Hündin Leila – die mittlerweile an der Seite eines der Nachbarn klebte und nur noch leise winselte – regelmäßig in Richtung Hindenburgdamm aufbrach. Und so lag schnell die Vermutung nahe, dass Frau Schmidt etwas passiert und ihr Hund in seiner Not nach Hause zurückgekehrt war.

Auf einer Schafweide hatten die Streifenbeamten Esther Schmidt halb erfroren vorgefunden und sofort einen Rettungswagen alarmiert. Nach dem Blick in eine blutverschmierte Kiste hatten die Polizisten dann Martin Clausen hinzugerufen, den Chef der Sylter Kriminalpolizei.

Der war kurz zuvor eingetroffen und schaute in diesem Moment dem Rettungswagen hinterher, in dem ein Notarzt um das Leben der alten Frau kämpfte.

»Ich bin kein Mediziner, aber ich tippe auf 'nen Oberschenkelhalsbruch«, meinte der jüngere der beiden Streifenbeamten. Er wollte fortfahren, doch sein älterer Kollege – ein Polizeihauptmeister von Anfang fünfzig – kam ihm zuvor: »Das in der Kiste ist der alte Mommsen.« Aus seiner Stimme war kein Funken Mitleid herauszuhören. »Da hat einer versucht, den Scheißkerl in Einzelteile zu zerlegen – wurde auch Zeit!«

»Wieso Scheißkerl?«, wollte sein junger Kollege wissen.

Doch Martin Clausen stoppte jeden Erklärungsversuch mit einer Handbewegung und zog sein Handy aus der Tasche. Schließlich hatte er selbst bereits einen Blick in die Kiste geworfen und wusste um deren blutigen Inhalt. Danach stand ein erstes Ergebnis fest, mit dem er Ole konfrontierte, als der am anderen Ende der Leitung ein wenig atemlos abnahm: »Fürchte, hier wartet neue Arbeit auf euch!«

»Martin?«

»Leider ja – ich steh hier auf 'ner Schafweide und in einer Kiste vor mir liegt der alte Mommsen. Definitiv tot!«

»Wer liegt da?«

»Du bist wohl zu jung, um die Geschichte zu kennen«, mutmaßte Clausen mit aufgesetzter Fröhlichkeit in der Stimme. »Aber wenn du den Namen ›Hans-Georg Mommsen‹ in unser System eingibst, weißt du hinterher, mit wem ihr es ab sofort zu tun habt. Und glaub mir: Da beneidet euch niemand drum.«

»Ich wollte eigentlich gerade Kuchen holen und Feierabend machen«, witzelte Ole. »Reicht es auch, wenn wir morgen rüberkommen?«

Martin Clausen warf einen Blick in Richtung seiner Kollegen, die im eisigen Westwind trotz wattierter Uniformjacken um die Wette schlotterten. Und er kam auch zu einem Ergebnis: »Dann müsst ihr euch noch um drei weitere Leichen kümmern, fürchte ich.«

Ole klang sofort wieder dienstlich. »Hannah telefoniert noch. Wenn sie fertig ist, machen wir uns auf den Weg – also, wahrscheinlich.«

»Mit wem telefoniert sie denn? Ist die Geschichte wichtiger als ein frischer Mord?«

»Das soll sie dir lieber selbst erklären«, haspelte Ole. »Ich schick dir 'ne Nachricht, wenn ich weiß, auf welchem Zug wir stehen. Und bis dahin hockst du dich am besten zum Auftauen ins Auto.«

* * *

Nach dem Auflegen schnappte sich Ole einen Notizzettel und kritzelte darauf herum. Sein Blick fand Hannah, die am Schreibtisch gegenüber gerade mitten im Satz verstummte. Eine hörbar hitzige Debatte zwischen ihr und einer italienischen Anwältin nahm mit jeder Minute an Lautstärke zu. Doch dieses telefonische Scharmützel schien urplötzlich beendet. Auf jeden Fall donnerte Hannah den Hörer mit voller Wucht auf die Gabel und schnaubte wütend.

»Kann ich irgendwas für dich tun?«, erkundigte sich Ole, als genug Zeit verstrichen war. »Hast du vielleicht Lust auf 'nen Schnaps?«

Hannahs Gesicht leuchtete unverändert rot, woran selbst ein energisches Kopfschütteln nichts änderte.

Ole kannte seine Chefin lange genug, um die nicht mit weiteren Fragen zu belästigen. Etwas zur Ablenkung musste her. »Eben hat Clausen angerufen. Auf einer Schafweide wurde 'ne Männerleiche gefunden: ein gewisser Hans-Georg Mommsen. Sagt dir der Name was?«

Hannahs Gesicht verzog sich angestrengt. Doch man sah, dass sie gedanklich noch mit einem ganz anderen Thema beschäftigt war.

Ole klimperte auf seiner Tastatur. »Dieser Mommsen wurde in den späten Neunzigern zu sechseinhalb Jahren Haft verurteilt – hat allerdings nur fünf davon abgesessen.«

»Weswegen?«, fragte Hannah in beiläufigem Ton.

»Kindesmissbrauch! Es ging damals um ein Mädchen von gerade mal acht Jahren.«

»Und dann ist so ein Scheißkerl mit 'nem blauen Auge davongekommen?« Hannah war anzusehen, dass sie eine Baustelle namens Italien und alles Drumherum für einen Moment vergessen hatte. »Ich frag mich, was in diesem Land los ist. Solche Monster sollte man für alle Zeit einsperren und sie nicht ...«

»Da war noch mehr«, stoppte Ole den verbalen Kreuzzug seiner Chefin. Er überflog ein weiteres Mal den Bildschirminhalt vor sich. »Kurz nachdem Mommsen aus dem Gefängnis entlassen wurde – das war 2004 –, wollte der Vater von dem vergewaltigten Mädchen wohl auf seine Weise für Vergeltung sorgen.«

»Und hat dabei nur Mommsens Frau erwischt«, vervollständigte Hannah mit nachdenklicher Stimme. »Als der rachsüchtige Vater festgenommen wurde, war ich noch ziemlich frisch hier in Niebüll – mir fällt nur der Name nicht ein.«

»Hinnerk Boom«, vermeldete Ole mit stolzer Stimme. »Steht alles hier.« Seine Miene verfinsterte sich. »Wir sollten vielleicht auf dem Weg nach Westerland weiter in Erinnerungen schwelgen. Clausen wartet auf uns, und der friert sich den Arsch ab, wenn wir nicht bald vor Ort auftauchen.«

Hannah stand bereits. Sie wollte nach ihrem Mantel langen, verharrte jedoch mitten in der Bewegung. »Ich mag solche Fälle nicht ...«

»Was für Fälle?«

»Wenn's um Opfer geht, die's verdient haben.«

Ole zögerte mit seinem Kommentar. Weil die Offenbarung jedoch ins Stocken geriet, präsentierte er seine eigene Einstellung: »Das können wir uns wohl kaum aussuchen. Und ich, für meinen Teil, werde trotzdem alles tun, um den Mörder zu finden. Das ist schließlich unser Job!«

Hannah schaute ihn an, sah nicht etwa vorwurfsvoll aus, sondern nickte sogar anerkennend. »In der Hinsicht bist du besser als ich – professioneller.«

»Das liegt daran, dass ihr Frauen euch mit Logik schwertut.«

Hannahs Augenbrauen wanderten empor, doch Ole kam ihrer Reaktion überhastet zuvor: »Das gilt allgemein für Frauen – also, nur für ein paar davon – und natürlich nicht für dich. Gott bewahre!«

»Wieso gilt das nicht für mich? Weil ich keine Frau bin?«

»Doch, bist du. Aber ...«

»Aber was?«

Ole schnappte sich seine Daunenjacke. »Lass uns lieber aufbrechen. Clausen wartet.«

6

»Was war denn nun mit dieser Anwältin?« Hannah hatte kaum den Motor ihres Dienstwagens gestartet, da konnte Ole nicht mehr an sich halten. »Hab ich das richtig mitbekommen: Ist dein Exmann gestorben?«

Hannah gab ein bisschen zu viel Gas. Die Reifen drehten durch und beruhigten sich erst, nachdem die Antischlupfregelung eingriff. Sie schaute wütend zur Seite. »Sollst du fragen?«

Ole tat ganz unbekümmert. »Du hast mir die ganzen Geschichten aus deiner Vergangenheit erzählt, da hab ich wohl auch ein Recht darauf, Neuigkeiten zu erfahren.«

»Nicht mein Ex, sondern sein Vater ist gestorben«, erklärte Hannah nach längerem Zögern. Mittlerweile hatten die beiden Kommissare beinahe die Bahnverladung in Richtung Sylt erreicht. »Der hatte bis vor Kurzem ein italienisches Restaurant und musste aufhören, weil der Krebs irgendwann noch gefräßiger war als seine Gäste.«

»Ein Restaurant auf Sylt?«

»Westerland.«

Ole wartete ab, doch es ging nicht weiter. »Und was hat das mit dir zu tun?«

Hannah zeigte nach vorne und gab erneut Gas. »Alle Ampeln grün – wir können direkt auf den Zug rollen.«

Als das passiert war und der Motor zum Stillstand kam, unternahm Ole einen neuen Vorstoß: »Der Vater von deinem Exmann ist tot, okay. Bleibt trotzdem die Frage, was das mit dir zu tun hat. Sorry ... ich kapier's nicht.«

Hannah schaute erneut zur Seite. Wie schon häufig zuvor umklammerten ihre Finger mit weißen Knöcheln das Lenkrad. Gerade so, als müsste sie auch auf dem Autozug noch lenken. »Er hat Felix alles vererbt: das Restaurant, ein Haus in Keitum und zwei Ferienwohnungen unten in Hörnum – gerade mal zwei Jahre alt.«

»Donnerwetter! Dann ist dein Sohn ab sofort ein steinreicher Mann. Glückwunsch ... ich freu mich für Felix.«

»Wenn überhaupt, ist er ein steinreicher Junge!«, korrigierte Hannah gereizt. »Und einer, der – ohne zu zögern – die Ferienwohnungen gegen 'ne Waffel mit zwei Kugeln Schokoladeneis tauschen würde. An besonders großzügigen Tagen vielleicht auch für eine Kugel.«

Diese Feststellung hinterließ zunächst nur Schweigen.

Als sich der Zug ruckelnd in Bewegung setzte, wagte Ole den nächsten Anlauf. »Und was wollte die Anwältin? Ging's um den Erbschein oder worüber habt ihr euch gestritten?«

»Mein Exmann hat von der Sache Wind bekommen und will das Testament anfechten.« Hannah klang zutiefst verbittert. »Und weil er sich hier in Deutschland nicht blicken lassen kann, lässt er sich von dieser Anwalts-Schlange vertreten.«

Oles Gesicht verriet, dass er sich nur mit aller Gewalt beherrschen konnte.

Hannah ruderte derweil ein Stück zurück. »Okay, ich kenn die Frau gar nicht. Aber für mich ist eben jede, die was mit Gianni Lorenzo zu tun hat, eine ...«

»Ich weiß!«, fuhr Ole dazwischen. »Aber du solltest wenigstens versuchen, dich ein bisschen zurückzuhalten. Das gerade, eben am Telefon, war für meinen Geschmack schon zwei Nummern zu heftig – eher drei.«

Hannah wollte sofort antworten, doch Oles Handy hielt sie davon ab.

Der schaute aufs Display und stöhnte laut auf.

»Privat?«, erkundigte sich Hannah neben ihm und erntete ein zaghaftes Nicken. Sie packte ihn am Handgelenk. »Dann geh ran, klär deine Sachen und hinterher konzentrieren wir uns auf unseren neuen Fall. Von Italien und allem, was damit zu tun hat, will ich erst mal nichts mehr hören. Ist das klar?«

Ole nickte, befreite sein Handgelenk aus der Umklammerung und nahm das Gespräch ohne Begrüßung an. »Ich arbeite noch immer!« Seine Stimme senkte sich um eine Oktave. »Hab ich dir nicht gesagt, dass du diese Nummer nur wählen sollst, wenn's brennt?«

Neben ihm kicherte Hannah leise. Oles amouröse Abenteuer sorgten schon seit Monaten für ein wenig Aufmunterung, im ansonsten tristen Dienstalltag. Und auch die Tatsache, dass der junge Kommissar es beinahe alle vier Wochen mit einer neuen Verehrerin von mindestens Anfang vierzig zu tun hatte, tat ihr Übriges dazu.

»Heut Abend hab ich keine Zeit«, fuhr Ole rigoros fort. »Wir können vielleicht morgen ...« Er verstummte abrupt und musste wohl zunächst einem längeren Vortrag lauschen. »Ich sehe mal, was sich machen lässt. Und ja – zum dritten Mal –, es war schön gestern Abend.«

»Wird da jemand anhänglich?«, fragte Hannah, nachdem das Gespräch beendet war. »Oder brennt's doch irgendwo?«

Dieses Mal schaute Ole verärgert zur Seite. »Du willst nicht über Italien reden und ich nicht über ...«

»Über wen?«, bohrte Hannah lachend. »Sag mir wenigstens ihren Namen, damit ich ihn gleich wieder vergessen kann.«

Ole schüttelte energisch den Kopf und absolvierte einen

Themenwechsel. »Dieser Mommsen: Was weißt du ansonsten über den Kerl?«

»Ich weiß nur, dass er tot ist – von dir. Es sei denn, die Kollegen auf Sylt haben sich geirrt.«

»Und was noch?«

»Das war alles lange vor meiner Zeit«, erklärte Hannah mit nachdenklicher Stimme. »Wie gesagt: Ich erinnere mich noch, wie dieser Hinnerk Boom verhaftet wurde. Der hat Mommsens Ehefrau auf bestialische Weise getötet und Mommsen selbst hätte wohl auch dran glauben müssen, wenn die Kollegen seinerzeit nicht rechtzeitig aufgetaucht wären. Da hat nicht viel gefehlt.«

»Alles wegen der Missbrauchsgeschichte?«

»Wieso? Reicht das etwa nicht?«, fragte Hannah aufgebracht nach.

»Ich will doch nur wissen, ob da vielleicht noch mehr war«, wiegelte Ole ab. »Musst du immer so empfindlich reagieren? Oder glaubst du etwa, ich würde nicht am liebsten jedem Vergewaltiger ...«

»Ist schon okay!« Hannah tätschelte ihrem Kollegen den Unterarm. »Ich bin wegen der Geschichte mit Italien ziemlich angefressen, sorry.«

»Weil alles wieder von vorne losgeht?«, hinterfragte Ole mit gefühlvoller Stimme.

Das sorgte neben ihm für ein paar heftige Atemzüge. Doch Hannah hatte auch eine Antwort auf der Zunge: »Ich will das nicht! Ich will nicht wieder von vorne anfangen, nur, um festzustellen, dass jede neue Spur genauso im Sande verläuft.«

»Und was dann?«

Hannah überlegte eine ganze Weile, aber es blieb doch nur bei einem Kopfschütteln.

Ole lieferte ihr bereitwillig eine Steilvorlage: »Vielleicht konzentrieren wir uns erst mal auf unseren neuen Fall. Und egal, ob dieser Mommsen ein Schwein war oder nicht: Wir werden seinen Mörder jagen, bis wir ihn gefunden haben«, ging es mit filmreifer Stimme weiter.

Hannahs Gesicht verzog sich. »Diese Anwältin will nach Deutschland kommen, irgendwas mit mir besprechen. Aber die braucht nicht zu glauben, dass ich ihr auch nur einen Millimeter entgegenkomme. Nicht, solange sie dafür nicht mit der Adresse von meinem Exmann um die Ecke kommt.«

Ole klang ein wenig hilflos. Er hatte gehofft, das Thema Italien sei vorerst erledigt. »Ich glaube, du hast keine Ahnung, worauf du dich da einlässt. Am besten gibst du die ganze Sache 'nem Anwalt und lässt den alles regeln. Ich meine: Italien ... Neapel ... Mafia. Comprende?«

»Ist ›Comprende‹ nicht Spanisch. Auf Italienisch heißt es ...«

»Das ist mir doch egal! Ich will nicht, dass du dich mit deinen ständigen Wutausbrüchen in Gefahr bringst. Das ist alles.«

»Du hast recht: Wir konzentrieren uns lieber auf unseren neuen Fall.« Hannah zeigte durch die Windschutzscheibe nach vorne. »Wir sind gleich da. Hoffen wir, dass wenigstens Martin noch lebt.«

7

»Die Lambert ist aber auch 'ne frustrierte Zicke«, beklagte sich der ältere Uniformierte bei seinem jüngeren Kollegen, der neben ihm auf dem Beifahrersitz hockte. Die Heizung des Streifenwagens lief auf höchster Stufe. Um sich zu verständigen, mussten die Männer beinahe brüllen. »Letzte Woche hat sie mich am Telefon gefaltet, weil ihr mal wieder irgendwas nicht schnell genug ging. Das nächste Mal mach ich's mir einfach: Wenn ich ihre Nummer sehe, geh ich gar nicht erst ran.«

»Hannah hat 'ne schwere Zeit hinter sich«, protestierte Martin Clausen von der Rückbank aus. Er hatte sich zu seinen Kollegen im Streifenwagen gesellt, um die Wartezeit nicht allein und schweigend überbrücken zu müssen. »An ihrer Geschichte wäre manch anderer komplett zerbrochen – vermutlich die meisten.«

»Wir haben es doch alle schwer«, erwiderte der ältere Streifenkollege unbeeindruckt. »Vor 'nem Dreivierteljahr hat sich meine Madame abgesetzt und ich seh meine Tochter seitdem nur noch alle vier Wochen. Dafür darf ich jedes Mal 'ne halbe Weltreise machen, weil der neue Oberstecher ausgerechnet aus Nürnberg kommt.«

Martin Clausen wollte schon etwas erwidern, doch der jüngere Uniformierte auf dem Beifahrersitz kam ihm zuvor. »Da kommt übrigens deine beste Freundin!«

»Und unser Ole ist auch dabei«, stellte Clausen übertrieben fröhlich fest. Danach legte er seinem älteren Kollegen von hinten die Hände auf die Schultern. »Der kann ja den Ringrichter spielen, wenn du deine Probleme mit Hannah ausboxt. Bin gespannt, wer von euch beiden am Ende noch steht.«

»Verzichte«, kam es von vorne zurück. Im nächsten Moment öffneten sich am Streifenwagen zeitgleich drei Türen.

Hannah war ebenfalls ausgestiegen und eilte bereits auf die Gruppe von Männern zu. »Wir wollen uns die Sache erst mal allein anschauen!« Sie zeigte zum Traktor hinüber und auf die Kiste, um die herum zahllose Fußabdrücke erkennbar waren. Die stammten von Esther Schmidt, den Polizisten, Rettungssanitätern und einem Notarzt. »Wahrscheinlich ist jetzt schon nichts mehr von irgendwelchen Spuren vorhanden.«

»Was sollen wir denn machen, wenn da 'ne halb erfrorene Frau im Gras liegt?«, fragte der ältere Uniformierte mit hämischer Stimme. »Fliegen lernen und sie ...?«

»Ist gut!«, ermahnte Clausen seinen Kollegen. Er begrüßte Hannah und Ole per Handschlag. »Wir bleiben brav hier stehen, bis ihr euch 'nen ersten Eindruck verschafft habt. Einverstanden?«

Hannah nickte und wartete ansonsten keine Reaktion ab. Sie setzte sich bereits in Bewegung und blieb kurz darauf vor der blutverschmierten Kiste stehen. Deren Deckel war geöffnet und gab somit gleich ein abscheuliches Bild preis.

»Nicht erschrecken!«, rief Martin Clausen von weiter hinten. »Ich hab so was noch nie gesehen!«

»Da hat's aber jemand ernst gemeint«, flüsterte Ole, als er neben seiner Chefin ankam. »Wette, in dem Körper findet sich kein unversehrter Knochen mehr.«

Hannah zeigte mit zusammengepressten Lippen in die Kiste, um auf ein weiteres schreckliches Detail aufmerksam zu machen.

Das fasste Ole bereitwillig in Worte: »Schätze, da hat jemand 'ne Stacheldrahtrolle als Dornenkrone missbraucht, wie bei Jesus – ganz schön makaber!«

Hannah nickte und wandte sich keuchend ab. Ihr Blick fand einen Zaunpfahl, der nicht weit entfernt am Boden lag. Rechts und links davon hatten sich zwei Schafe postiert. Die restliche Herde stand im Windschatten einer Baumreihe. Die Tiere beobachteten das Geschehen aus sicherer Entfernung.

Ole folgte dem Blick seiner Chefin. »Da hätten wir wohl die Tatwaffe«, schlussfolgerte er mit gepresster Stimme. »So viel Blut kann kaum ein Zufall sein.«

Hannah lehnte sich nach vorne, um einen weiteren Blick in die Kiste zu werfen. Ihr Atem ging stoßweise und verabschiedete sich in Wolkenform über die Felder. Zum Nachmittag hin hatte der Wind nachgelassen und Platz für noch eisigere Temperaturen gemacht. In nicht mal einer Stunde würde ein ohnehin trüber Tag das Heft an eine klirrend kalte Nacht weiterreichen.

»Wir haben das Opfer und die Tatwaffe«, erklärte Ole in Richtung seiner drei Kollegen, die um die Wette klapperten. »Jetzt fehlt uns nur noch der Täter, dann können wir zurück ins Büro und uns aufwärmen.«

»Kannst du nicht mal für'n Moment die Klappe halten?«, fluchte Hannah nach einem wütenden Blick zur Seite. »Ich versuche gerade, die Situation einzufangen und mir ein Bild davon zu machen.« Sie wartete keine Antwort ab, sondern drehte sich ebenfalls zu ihren Kollegen um. »Wer hat ihn gefunden?«

Martin Clausen übernahm die Antwort. »Ne alte Frau, die hier mit ihrem Hund regelmäßig spazieren geht. Der ist nach Hause gelaufen und hat gebellt, bis die Nachbarn die Polizei gerufen haben. Das hat der armen Frau vermutlich das Leben gerettet.«

Hannah deutete mit ausladenden Bewegungen auf die Fußspuren und wandte sich danach an den jüngeren Uniformierten. »Kommt die alte Frau vielleicht auch als Täterin infrage?«

»Klar!«, kam der Ältere einer Antwort zuvor. »Die ist mindestens achtzig und ich konnte das winzige Persönchen beinahe mit einem Arm hochheben.« Ein Blick fand den blutverschmierten Zaunpfahl und danach die Kiste, in der das Resultat zahlreicher Attacken zu finden war. »Am besten fahrt ihr ins Krankenhaus und lasst gleich die Handschellen klicken.«

Martin Clausen schob sich mit einem beherzten Schritt vor den Uniformierten und übernahm eilig: »Geh davon aus, dass die alte Frau Mommsen nur gefunden hat und vor Schreck gestürzt ist. Nach dem Mörder müsst ihr woanders suchen.«

»Und der verdient 'nen Orden!«, kam es erneut vom älteren Uniformierten. »Wenn's nach mir geht, vergesst ihr die Suche einfach. Das war kein Mord, das war 'ne Heldentat!«

Hannah hatte sich erstaunlich gut im Griff. Sie schob Martin Clausen ein Stück zur Seite und stand dem Unruhestifter danach beinahe direkt gegenüber. Nur wer sie besser kannte, hätte gewusst, dass ihre Stimme auf gehörigen Überdruck hindeutete. »Am besten tun Sie uns allen hier den Gefallen und warten im Auto, bis wir fertig sind. Geht das?«

»Wieso soll ich ...?«

Clausen schritt erneut ein, packte den Kollegen an der Uniformjacke und zog ihn kommentarlos in Richtung Streifenwagen. Dessen jüngerer Mitstreiter konnte sein Grinsen nicht verbergen. Und auch ein Kommentar ließ nicht lange auf sich warten: »Harry ist eigentlich ganz okay ... seitdem sich seine Frau abgesetzt hat, kocht ihm regelmäßig die

Galle über. Nicht böse sein, der kriegt sich auch wieder ein.«

»Was weißt du über Mommsen?«, fragte Hannah Martin Clausen, als der kurz darauf mit halbwegs zufriedener Miene zurückkehrte. »Gibt es auch was Aktuelles oder nur die alte Geschichte?«

»Wenn's um Klatsch und Tratsch geht, ist Sylt wie'n Dorf«, erklärte Clausen nach kurzem Überlegen. »Das weißt du doch selbst am besten.«

Hannah wollte nicht nachfragen und wartete einfach.

»Seit der Missbrauchsgeschichte von damals hat Mommsen nie wieder richtig ein Bein an den Boden bekommen. Hier, bei uns geht ihm jeder aus dem Weg, und nicht mal mit seiner Tochter will jemand was zu tun haben. Obwohl die doch am wenigsten dafür kann.«

Hannah wollte reagieren, doch das Klingeln eines Telefons hielt sie davon ab. Alle schauten sich verwirrt um.

»Ich glaube, das kommt aus der Kiste«, flüsterte Ole mit unheilvoller Stimme. Seine Augen fanden Hannah. »Soll ich?«

»Natürlich sollst du!«

Ole lehnte sich über den Rand, nach kurzer Suche verzog sich sein Gesicht angewidert. »Die Jacke ist steif wie'n Brett. Das ganze Blut ist gefroren. Wie soll ich denn da ...?«

Allein Hannahs Gesicht reichte schon als Aufforderung.

Kurz darauf hielt Ole das Handy des Bauern mit schrägem Grinsen empor. »Das Teil gehört auf jeden Fall ins Museum.«

»Geh ran!«, befahl Hannah. »Jemand versucht, Mommsen zu erreichen. Und ich wüsste gerne, wer.«

Ole meldete sich nur mit Nachnamen und lauschte danach einen Moment lang. Der Anrufer wunderte sich offensichtlich und wollte wissen, mit wem er es zu tun hatte. »Das spielt jetzt keine Rolle«, wiegelte Ole ab. »Wer spricht denn da?« Erneut kurzes Schweigen. »Das wird nichts. Herr Mommsen ist … verhindert.« Nach einer weiteren Redepause verhieß ein schweres Atmen das Ende des Gesprächs. »Am besten setzen Sie sich wieder in Ihren LKW und machen Feierabend. Ansonsten darf ich Ihnen nichts erzählen.«

»Wer war das?«, wollte Hannah sofort wissen, nachdem das Gespräch beendet war.

»Ein Fahrer, der auf Mommsens Hof steht und Futter loswerden will.«

»Ist da sonst niemand zu Hause?«

»Er sagt, es gibt nur noch die Tochter – aber die macht nicht auf. Außerdem hat sie mit den Schafen nichts zu tun.«

»Das schauen wir uns mal selbst an«, beschloss Hannah. Ihre nächsten Worte galten Martin Clausen. »Kannst du hier vor Ort bleiben und auf die Spurensicherung warten? Außerdem muss jemand dafür sorgen, dass Mommsens Leiche nach Kiel in die Rechtsmedizin gebracht wird.«

Der Sylter Kollege nickte, aber er hatte auch noch eine Gegenbitte: »Wenn du mit Andrea redest – das ist Mommsens Tochter –, kannst du dann vielleicht ein wenig mehr Rücksicht nehmen als sonst? Die leidet schon seit zwanzig Jahren genug unter dem Mist, den ihr Vater damals angerichtet hat.«

Hannahs Miene verfinsterte sich. Aber das hatte nichts mit der vorangegangenen Bitte, sondern mit neuen Sorgen zu tun. »Mommsen ist tot und seine Tochter will wohl nichts von seinen Schafen wissen …« Sie zeigte zur Herde hinüber. In der Dämmerung verschmolzen die pelzigen Leiber miteinander. »… kann mir mal einer verraten, wer sich ab jetzt um die Tiere kümmert?«

Martin Clausen und sein Sylter Streifenkollege tauschten ratlose Blicke.

Ole hingegen hatte schon ein Angebot parat: »Ich frag mal meinen ältesten Bruder. Der hat auf dem Festland über tausend Schafe – da fallen ein paar mehr oder weniger gar nicht auf.«

»Bevor wir über spontane Enteignung nachdenken, soll er sich aber erst mal hier auf der Insel um die armen Viecher kümmern«, stellte Hannah klar. »Den Rest besprechen wir mit Mommsens Tochter – wenn wir sie erreichen.«

»Wo ist sein Hof eigentlich?«, fragte Ole.

Clausen zeigte in Richtung einer Baumreihe. Deren sämtliche Äste und Zweige waren gefroren, sahen dadurch wie weiße Fächer aus. »Dahinter ... so'n langer Lulatsch wie du müsste von hier eigentlich das Dach sehen können. Ist nicht weit.«

Hannah reckte sich ebenfalls. Ole verpasste ihr einen sanften Stoß in die Seite und lachte. »Soll ich dich auf die Schultern nehmen? Martin hat recht: Wenn das da hinten Mommsens Hof ist, kann man ihn von hier aus sehen.«

Hannah machte wortlos kehrt und wollte sich schon auf den Weg zu ihrem Dienstwagen machen, da hielt Martin Clausen sie mit Worten auf: »Weißt du eigentlich, dass Hinnerk Boom seit zwei oder drei Wochen wieder auf freiem Fuß ist?«

Hannah blieb wie angewurzelt stehen.

Auch Ole wollte es genauer wissen: »Der Typ, der sich damals für die Vergewaltigung seiner Tochter rächen wollte und dabei Mommsens Frau umgebracht hat?«

Clausen nickte und zeigte mit vielsagendem Blick auf die blutverschmierte Kiste. »Mommsen selbst hätte er damals auch beinahe erwischt. Da hat nicht viel gefehlt.«

Mittlerweile hatte sich Hannah auf den Rückweg gemacht und war wieder vor ihrem Sylter Kollegen angekommen. »Ist das dein Ernst, Martin? Boom ist raus aus dem Knast?«

»Davon steht übrigens nichts in unserem System«, fügte Ole belehrend hinzu. »Sonst hätte ich es ja gesehen. Ich hab geglaubt, der Boom sitzt noch brav hinter Gittern und ...«

Hannah stoppte ihn mit einem einzigen Blick und wandte sich wieder an Clausen. »Wenn das stimmt, dann müssen wir wohl nicht lange nach unserem Täter suchen.«

»Insbesondere, wenn man bedenkt, was vor etwa zehn Jahren mit Booms Tochter Maja passiert ist«, ergänzte der Sylter Kripo-Kollege und zeigte auf Hannah. »Da warst du schon nicht mehr hier und Boom saß bereits im Knast.«

»Wieso? Was ist denn mit dieser Maja passiert?«, fragte Ole nach. Sein üblicher Frohsinn hatte sich verflüchtigt. »Ist sie etwa auch ...?«

»... tot«, vollendete Martin Clausen. »Die ganze Geschichte ist damals wochenlang durch die Presse gegangen und hat vermutlich jeden Sylter bis ins Mark erschüttert.«

Sowohl Hannah als auch Ole verzichteten auf weitere Fragen. Und sie taten gut daran, denn es ging auch ohne weiter: »Maja Boom hat sich am Tag ihrer Abi-Feier die Pulsadern aufgeschlitzt – exakt zehn Jahre nach der Missbrauchsgeschichte, für die Mommsen gesessen hat. Gefunden hat die Mutter sie. In der Badewanne – mit nagelneuem Kleid und Schuhen an.«

»Verdammter Mist«, flüsterte Ole.

Und auch Hannah, die ohnehin ein hellhäutiger Typ war, sah unter ihrer Wollmütze plötzlich noch blasser aus. Selbst ihre ansonsten energische Stimme klang dünn. »Hast du die Adresse von Hinnerk Boom? Ist der nach seiner Entlassung wieder zurück auf die Insel?«

»Ist er!«, antwortete Clausen energisch. »Und für die Adresse muss ich nicht mal nachsehen, die kann ich gar nicht vergessen.«

8

»Wenn's nach mir ginge, würden wir direkt zu Hinnerk Boom fahren und ihn festnehmen«, sagte Ole, als er ein paar Minuten später neben Hannah auf den Beifahrersitz fiel. »Warum so kompliziert? Mommsens Tochter ist doch angeblich sowieso nicht zu Hause.«

»Eins nach dem anderen«, stellte Hannah klar. »Ich will zuerst mit der Frau reden – herausfinden, ob's ihr gut geht.«

»Du meinst, weil sie vielleicht auch ...?«

»Eben! Und dein Hinnerk wird uns schon nicht davonlaufen.«

»Und wenn doch? Falls der heute 'ne uralte Rechnung auf blutige Weise beglichen hat, würd's mich nicht wundern, wenn er sich auf Nimmerwiedersehen aus dem Staub macht. Der hat seine Rache jahrelang im Knast geplant und nur auf den Tag seiner Entlassung gewartet. Ich sag's ja nur ungern ... jetzt hat er, was er wollte: Mommsen ist tot.«

»Und solltest du irgendwann der Chef sein, darfst du die Reihenfolge bestimmen«, kommentierte Hannah seelenruhig. »Bis dahin sag ich, wo's langgeht. Schließlich muss ich auch für alles meinen zarten Hintern hinhalten.«

»In der dicken Thermohose sieht er übrigens nicht ganz so zart wie sonst aus«, spottete Ole und zog danach den Kopf ein. »Und davon abgesehen: Soll sich Hinnerk Boom doch ruhig noch ein bisschen in Sicherheit wiegen. Den holen wir uns zum Abendbrot.«

»Das da vorne muss Mommsens Hof sein«, sagte Hannah und zeigte durch die Windschutzscheibe. »Sieht aus, als hättest du recht: alles dunkel.«

»Am besten hältst du direkt vor der Tür und lässt die Scheinwerfer an. Ich steig aus, schaue, ob jemand zu Hause ist und danach machen wir uns sofort auf den Weg zu ...«

»Lass mich gefälligst mit deinem Hinnerk in Ruhe! Und jetzt steig endlich aus. Ich will wissen, ob die Tochter schon zurück ist.«

»Ist sie nicht!«, rief Ole kurz darauf. Der junge Kommissar stand im Licht der Autoscheinwerfer vor der Tür des reetgedeckten Bauernhauses. Wie es auf dem Lande vielerorts üblich ist, war auch von außen eine Türklinke angebracht, an der er kräftig rüttelte. Aber es wollte nichts passieren. »Abgeschlossen! Können wir jetzt endlich?«

Hannah zeigte kopfschüttelnd nach rechts. »Versuch's mal von der Seite, durch die Tenne.«

Es verging eine Weile. Nach etwa zwei Minuten öffnete sich die Vordertür des Bauernhauses und Ole steckte den Kopf heraus. Dazu reckte er grinsend einen Daumen empor.

»Siehst du«, sagte Hannah zufrieden, als sie kurz darauf neben ihm in der ausgekühlten Diele stand. »Das ist überall dasselbe: Die Tenne ist nie abgeschlossen. Bei meinem Nachbarn Bruno könnte ich reinmarschieren und den ganzen Hausstand rausschleppen – ohne gestört zu werden.«

»Was willst du denn mit Brunos altem Krempel?«

»Das war doch nur ein Beispiel, Himmel!« Nach dieser Rüge machte Hannah einen ersten Schritt nach vorne. »Und jetzt hilf mir lieber beim Suchen.«

Im ganzen Haus war es kalt. Trotzdem roch es nach Qualm. Gerade so, als hätte jemand einem Ofen von jetzt auf gleich den Sauerstoff abgedreht. Das führte nicht selten zu schwarzen Qualmwolken, deren Gestank sich tagelang hielt.

Ole war kurz zuvor in der riesigen Wohnküche verschwunden und kehrte von dort zurück. »Der Backofen läuft noch auf winziger Gasflamme. Da ist 'ne Form drin, in der wohl mal Kohlrouladen waren – die sehen aber mittlerweile wie Cocktailwürstchen aus.«

Hannah war noch immer mit der Diele beschäftigt. Sie stand vor einem Schlüsselbrett und langte nach einem Autoschlüssel, der daran hing. »Wenn wir hier irgendwo einen Nissan finden, ist die liebe Andrea wohl zu Fuß aufgebrochen.«

»Das Teil steht warm und trocken in der Tenne. Aber vielleicht wurde sie ja abgeholt«, gab Ole zu bedenken. Danach verfinsterte sich sein Gesicht. »Oder sie wurde entführt.« Er zeigte über die Schulter. »Wenn ich was vorhabe, dann mach ich doch wenigstens den Gasherd aus, bevor ich gehe ... und abends warten dann leckere Kohlrouladen auf mich.«

»Hör bloß auf!«, meckerte Hannah. »Ich hab sowieso 'nen Mordshunger.«

»Meine Mutter macht die besten Kohlrouladen der Welt«, schwärmte Ole gleich weiter. »Aber das gilt wohl für jede Mutter, schätze ich.«

»Meine macht viel zu viel Kümmel an den Kohl – ich hasse Kümmel!«

»Weiß sie denn, dass du ...?«

»Natürlich! Und ich hab das Gefühl, seitdem macht sie noch mehr ran.«

Ole zuckte mit den Schultern. Was sollte er auf eine solche Feststellung auch erwidern?

»Ich schau mich hier mal gründlich um«, kündigte Hannah an. »Irgendwo muss die liebe Andrea ja geblieben sein, vielleicht findet sich auf die Schnelle ein Hinweis.«

»Und was soll ich machen?«

»Du versuchst, was über Hinnerk Boom in Erfahrung

zu bringen. Ich will möglichst alles über den Kerl wissen, bevor wir ihn uns vorknöpfen.«

»Darf ich auch erfahren, wie ich das anstellen soll? Hättest du unseren neuen Kollegen Ralf nicht vertrieben, dann säße der jetzt im Büro und könnte sich nützlich machen.«

»Wie lange willst du mir das eigentlich noch vorhalten?«

»Ich schau mal, wen ich um die Zeit noch erreiche«, sagte Ole. »Ansonsten hat Hoffmann recht: Wir könnten tatsächlich gut 'nen Hiwi gebrauchen.«

Hannah war bereits auf dem Weg ins Wohnzimmer, blieb stehen und drehte sich um. »Und was willst du dann machen?«

»Ist das dein Ernst?«

Hannah winkte ab. Kurz darauf war sie entschwunden.

Angesichts seiner Ratlosigkeit versuchte es Ole mit der Telefonnummer, die er als letzte auf seinem Handy gespeichert hatte.

Es klingelte zweimal, dann meldete sich Ralf Jansen gut gelaunt. »Das ging ja schnell – hast du schon Sehnsucht?«

»Wo bist du?«

»Wo soll ich schon sein? Wieder in Flensburg – wollt grad Feierabend machen.«

»Kannst du damit auch noch ein bisschen warten?« Ole horchte kurz. Irgendwo knarrten Treppenstufen. Hannah war auf dem Weg ins Obergeschoss. »Ich bräuchte ein paar Informationen aus unserem System. Kannst du mal für mich nachschauen?«

»Worum geht's denn?«, fragte Ralf und klang dabei ehrlich interessiert.

»Um einen gewissen Hinnerk Boom. Hat bis vor Kurzem in Fuhlsbüttel eingesessen und früher auf Sylt gewohnt.«

Im Hintergrund waren bereits Tippgeräusche zu hören. »Laut Melderegister ist das auch wieder der Fall«, erklärte Ralf. »Soll ich dir die Adresse ...?«

»Die hab ich schon«, unterbrach Ole. »Kannst du dir mal die Mühe machen und versuchen, so viel wie möglich über den Mann herauszufinden?«

Ralf war seine Verwunderung anzuhören. »Ich dachte, ihr bräuchtet keine Unterstützung.«

»Das hab ich nie gesagt!«, rechtfertigte sich Ole. »Aber ich kann dich verstehen. Wenn du nicht willst, dann ...«

»Das hab ich nicht gemeint«, unterbrach dieses Mal Ralf. »Gib mir bitte ein paar Minuten. Sobald ich mehr über Hinnerk Boom weiß, ruf ich zurück. Okay?«

»Hier oben ist auch nichts!«, bölkte Hannah die Treppe hinunter. »Hast du unten was gefunden?«

»Vielleicht kommst du runter, dann müssen wir uns nicht anschreien.«

Die Treppenstufen knarrten erneut. Als Hannah vor ihrem Kollegen stand, wirkte sie ein wenig ratlos. »Ruf Martin noch mal an: Hier sollen sich die Streifenkollegen in aller Ruhe umschauen. Und wenn die Spurensicherung auf Mommsens Weide fertig ist, dürfen die sich hier häuslich einrichten.«

»Und was ist mit uns beiden?«, erkundigte sich Ole vorsichtig.

»Was soll schon mit uns sein? Du kannst es doch sowieso gar nicht abwarten.«

9

Nachdem das weitere Vorgehen in Sachen Bauernhaus telefonisch geregelt war, hatte Hannah es plötzlich eilig. Und sie saß kaum hinterm Lenkrad, da platzte die zu erwartende Frage aus ihr hervor: »Was hast du bis jetzt über Hinnerk Boom herausgefunden?«

»Ich warte noch auf 'nen Rückruf?«, erwiderte Ole knapp.

»Von wem? Jemand vom LKA?«

»Nö.«

»Aus Niebüll, vom Revier?«

»Nö.«

Hannah holte bereits tief Luft, sicherlich nicht, um ein weiteres Mal zu raten oder eine Freundlichkeit loszuwerden, da meldete sich wie bestellt Oles Handy.

»Das ist der Rückruf«, vermeldete der mit künstlicher Begeisterung.

»Dann schalte auf Freisprechen ... ich möchte mithören!«

»Hallo?« Es war Ralfs Stimme, die durch den Wagen hallte, nachdem eine Bluetooth-Verbindung hergestellt war. »Ole?«

»Wer ist denn da?«, blaffte Hannah zurück. »Können Sie sich nicht mit Namen melden?«

»Das ist Ralf Jansen – der Kollege aus Flensburg«, erklärte Ole. Danach lehnte er sich nach vorne, um näher am

Mikrofon zu sein. »Wir sind schon wieder im Auto. Frau Lambert sitzt neben mir und hört zu.«

»Dann guten Abend«, haspelte Ralf. »Ich hab einiges über Hinnerk Boom herausfinden können.«

Hannah war mit Fahren beschäftigt und offensichtlich nicht zu einer spontanen Reaktion imstande. Also übernahm Ole den Part. »Leg einfach los! Was hast du bis jetzt?«

Im Hintergrund war das Rascheln von Papier zu hören.

»Wenn ich irgendwo anrufe, dann bin ich doch vorbereitet«, stellte Hannah flüsternd fest und fing sich dafür einen giftigen Blick von Ole ein. Die Fortsetzung blieb ihr im Halse stecken.

Ralf begann mit nervöser Stimme: »Das Haus, in dem Hinnerk Boom wohnt, hat er von seiner Mutter geerbt. Da saß er noch wegen Mordes an einer gewissen Magda Mommsen im Gefängnis.«

»Das wissen wir! Die Fälle gehören zusammen, aber das spielt für dich jetzt keine Rolle. Was weißt du ansonsten über diesen Hinnerk?« fragte Ole weiter.

»Seine Frau hat offensichtlich lange durchgehalten und erst ein halbes Jahr nach dem Selbstmord der gemeinsamen Tochter die Scheidung eingereicht. Danach ist sie zurück in den Schwarzwald – ihre alte Heimat. Sie hat dort neu geheiratet, aber keine Kinder mehr bekommen.«

»Dann lassen wir die auf jeden Fall erst mal beiseite«, beschloss Hannah stellvertretend für alle. »Das war bis jetzt nicht schlecht, Herr ...?«

»Jansen!«, sagten Ralf und Ole wie aus einem Munde.

»Haben Sie noch mehr?«, fragte Hannah ungerührt. »Stimmt es, dass der Boom erst seit zwei oder drei Wochen wieder auf freiem Fuß ist?«

Am anderen Ende raschelte es erneut. »Seit zweieinhalb, um genau zu sein. Aber das spielt wohl keine Rolle.«

Ole nickte, während seine Chefin neben ihm mit Kopfschütteln beschäftigt war.

»Soll ich noch weitersuchen?«, wollte Ralf dann wissen. »Ich hab hier nicht besonders viel zu tun. Die Stunden könnte ich an 'nem anderen Tag abbummeln.«

Die Antwort lieferte Hannah: »Gerne! Und erst mal vielen Dank für Ihre Hilfe, wir melden uns.«

»Donnerwetter!«, entfuhr es Ole begeistert. »Du kannst ja richtig nett sein, wenn du willst.«

»Und du bist gleich zu Fuß unterwegs«, giftete Hannah zurück.

Doch diese Drohung hätte ohnehin nicht mehr fruchten können, denn die beiden Kommissare hatten ihr Ziel erreicht: ein winziges und darüber hinaus windschiefes Haus am Ortsrand von Archsum; ein Dorf, etwa mittig zwischen Morsum und Westerland.

»Sieht irgendwie verlassen aus«, war Hannahs Fazit, nachdem sie den Motor abgestellt hatte. »Sind wir hier überhaupt richtig?«

Obwohl Ole noch im Auto saß, rieb er bereits die Hände aneinander. »Es ist nicht nur stockfinster, sondern bestimmt auch scheißkalt! Und ich Idiot hab meine Handschuhe im Büro liegen lassen.«

»Ich will wissen, ob wir hier richtig sind«, knurrte Hannah und zeigte zum Haus. »Erstens, ist das 'ne Ruine und zweitens ...«

»... brennt hinter dem Fenster ganz rechts irgendein Licht«, vollendete Ole. »Die Scheiben sehen aus, als wären sie auch von innen gefroren. Ich sag's ja: Zu dieser Jahreszeit sollte man nicht auf Sylt sein.«

»Und wo dann?« Hannah klang höhnisch. »Zieht's dich in die Südsee?«

Anstelle einer Antwort fummelte Ole am Bedien-Element der Heizung herum, was einen frustrierten Kommentar zur

Folge hatte. »Ich muss mich noch ein bisschen aufwärmen, bevor wir aussteigen.«

»Ich, für meinen Teil, mag Sylt zu dieser Jahreszeit am liebsten«, schwärmte Hannah. »Kaum Touris, die Straßen sind frei und man trifft hin und wieder sogar Leute, die Zeit haben. Wenn's nach mir geht, kann der nächste Sommer gern komplett ausfallen.«

Ole grunzte nur, was alles bedeuten konnte. Zuvor hatte er eine Weile auf seinem Handy herumgewischt und präsentierte das Ergebnis mit lehrerhaftem Unterton: »Das ist die Adresse, die uns Martin gegeben hat. Wette, hinter dem vereisten Fenster wartet Hinnerk Boom auf uns.«

Hannah zog am Türöffner, drehte sich allerdings noch mal kurz zur Seite. »Ich glaube nicht, dass er auf uns wartet. Und davon abgesehen, überlässt du mir lieber das Reden.«

»Jawohl, Herr General!«

Kurz darauf standen die beiden Kommissare vor dem winzigen Haus und hatten eine windschiefe Tür vor sich. Ole hatte seine Taschenlampe gezückt, suchte allerdings vergeblich nach einem Klingelknopf. »Dann müssen wir wohl klopfen?«

Das übernahm Hannah gleich selbst. Doch eine Reaktion blieb aus. »Entweder, er ist nicht da oder er hat uns kommen sehen und macht deshalb nicht auf.«

Ole machte ein paar Schritte zur Seite und versuchte, einen Blick durch das Fenster zu werfen, hinter dem flackernder Lichtschein zu erkennen war. »Da brennen Kerzen«, stellte er leise fest.

»Klingt gemütlich!« Hannah klopfte erneut, mit demselben Resultat. »Wenn nicht gleich einer aufmacht, dann ...«

»Sei mal still, ich hör jemanden husten.« Oles rechte Hand steckte im Jackenärmel. Mit dem versuchte er, die Scheibe vor sich vom Eis zu befreien, was offensichtlich nicht funktionierte. »Ich kann hier machen, was ich will. Ist sowieso alles von innen zugefroren.«

»Dann sorg lieber dafür, dass die Tür aufgeht«, meckerte Hannah. Sie rüttelte bereits selbst an der Klinke, was jedoch zu keinem Ergebnis führte.

Ole war wieder neben ihr angekommen und schob sie mit sanfter Gewalt beiseite. »Lass mich mal!«

»Wenn du nicht vorsichtig bist, stürzt gleich das ganze Haus in sich zusammen«, unkte Hannah, von freudlosem Lachen begleitet. »Und danach müssen wir deinen Hinnerk aus dem Schuttberg ziehen.«

Dennoch packte Ole die Klinke mit beiden Händen, drückte sie erneut mit aller Kraft herunter und stemmte sich mit seinem ganzen Gewicht gegen die Haustür. Als die kurz darauf nach innen aufflog, fiel das komplette Schließblech krachend zu Boden.

Hannah hatte ihre Dienstwaffe gezogen und richtete deren Mündung in die Dunkelheit einer winzigen Diele. Im nächsten Moment wanderte der Strahl ihrer Taschenlampe an schmutzigen Tapeten entlang. Die waren zum großen Teil abgerissen oder hingen von den Wänden herunter.

»Erinnert mich an meine erste Bude«, flüsterte Ole. »Da ging in der Küche der Kühlschrank aus, wenn ich im Flur ...«

»Kannst du vielleicht mal aus dem Weg gehen«, zischte Hannah hinter ihm.

Stattdessen machte Ole zwei lange Schritte nach vorne und lieferte ein erstes Ergebnis, als er in der kleinen Diele stand: »Hier ist niemand. Aber es stinkt, als wäre Hinnerk Boom schon seit 'ner Woche tot.«

Hannah kam neben ihm an und schnupperte in die Luft. »Das sind Exkremente, kein Verwesungsgestank – dann wär's eher süßlich.«

»Danke für die Belehrung«, presste Ole keuchend heraus. »Ich weiß nicht, was von beidem mir gerade lieber wäre.«

Von irgendwoher erklang erneut ein Husten. Das verwandelte sich in heiseres Bellen, bei dem sich vermuten ließ, der Verursacher würde bereits über die Inschrift auf seinem Grabstein nachdenken.

Ole stand vor der nächsten Tür. Sein Gesicht verzog sich im Schein der Taschenlampe. »Schätze, dahinter wartet das Grauen. Wollen wir wirklich?«

Hannah hatte sich neben ihrem Kollegen aufgebaut und richtete ihre Dienstwaffe auf die geschlossene Tür. »Hör auf zu labern und mach auf!«

Ole tat wie befohlen. Und die Tür hatte sich erst zur Hälfte geöffnet, da wanderte die Mündung von Hannahs Dienstwaffe bereits nach unten. Ein Zeichen dafür, dass im Raum dahinter keinerlei unmittelbare Gefahr drohte.

Dazu passte auch Oles Kommentar, nachdem er sich selbst einen Eindruck von der Szenerie gemacht hatte: »Ach du Scheiße!«

10

Gunda Ingwersen hatte ihr Handy schon Stunden zuvor in eine Küchenschublade verbannt, aber selbst das half nicht. Während es dort vibrierte, beteiligte sich das Besteck in der Nachbarschublade an einem nervtötenden Konzert.

Sie überlegte schon länger, ob sie Ihr Handy einfach ausschalten und bis zum nächsten Tag ignorieren sollte. Aber da war etwas, tief in ihrem, von Angst verseuchten, Verstand, das sie davon abhielt. Und weil das Teil schon wieder klingelte, riss sie die Schublade rabiat heraus, um danach eine Weile wie gelähmt aufs Display zu starren.

Da war er wieder: ein Name, den sie schon vor Jahren in die hinterste Ecke ihrer Erinnerungen verbannt hatte. Nur ein paar Buchstaben, die jedoch in der Lage waren, alte Wunden aufzureißen; gerade so, als wären sie erst gestern entstanden. Das dunkelste Kapitel in ihrer Vergangenheit hing unmittelbar mit diesem Namen zusammen. Und auch wenn sie seit zwei Jahrzehnten versuchte, dieser Spirale aus schmerzhaften Erinnerungen zu entfliehen, gelungen war es ihr bis heute nicht. Nicht mal ansatzweise!

Mit teilweise verheerenden Konsequenzen: So war sie zum Beispiel nicht in der Lage, sich ernsthaft an jemanden zu binden. Erst recht nicht an einen Mann! Und manch ein Exemplar dieser Gattung reagierte eben seltsam, wenn eine Frau bei jeder unerwarteten Berührung zusammenzuckte. Gerade so, als ginge es um ihr nacktes Leben.

Angst, das wusste Gunda vermutlich besser als die meisten anderen, war eine Bestie mit scharfen Zähnen, die oft wochenlang in der hintersten Ecke des Verstandes geduldig wartete – auf eine Gelegenheit lauerte – und zuschlug, wenn man es am wenigsten erwartete.

In ihrem Fall waren ausgewachsene Panikattacken das traurige Resultat. Von einem Moment zum nächsten raste ihr Herz, während ihr Kreislauf Achterbahn fuhr. Neben Symptomen wie feuchten Händen, weichen Knien und Sehstörungen, die durch haufenweise ausgestoßenes Adrenalin verursacht wurden, fühlte sich Gunda regelmäßig, als würde jemand ihren Brustkorb mit zangenartigem Griff umspannen. In solchen Momenten sah sie sich der größten aller Urängste gegenüber: Todesangst. Bis die sich nach Notfall-Tabletten, Kräutertee und Atemübungen nach und nach wieder auflöste, vergingen Stunden, manchmal sogar Tage.

Auch zwanzig Jahre nach der schlimmsten Zeit ihres Lebens hatte Gunda täglich mit deren Auswirkungen zu kämpfen. Angefangen damit, dass sie nicht mal in der Lage war, regelmäßiger Arbeit nachzugehen. Eine Lehre als Bankkauffrau musste sie am Ende des ersten Jahres abbrechen, weil sie irgendwann beinahe täglich hinter dem Schalter zusammenbrach. Ähnlich chaotisch verlief ein Praktikum beim Tierarzt und ein weiteres bei einem Tischler.

Seit dieser Bankrotterklärung lebte sie in einer kleinen Dachgeschosswohnung, die ihre Eltern für sie gekauft hatten, und war auch ansonsten finanziell auf deren dauerhafte Unterstützung angewiesen. Rahmenbedingungen, die nicht unbedingt für rasant wachsendes Selbstwertgefühl sorgten.

An diesem Morgen – jeden Montag hatte Gunda einen Termin bei ihrer Psychotherapeutin – war sie kaum imstande gewesen, ihre Wohnung zu verlassen. Doch immer dann, wenn ihr Neuroleptikum zur Neige ging, meldete sich die altbekannte Angst mit zischender Stimme. Machte in widerwärtiger Art auf sich aufmerksam und erinnerte nur allzu gern daran, was ein Leben ohne Psychopharmaka bedeutete. Also hatte sich Gunda auf zittrigen Beinen bis zur Bushaltestelle geschleppt und saß – dem Aussehen nach halbtot – eine halbe Stunde später vor ihrer Therapeutin: Doktor Schulze-Wiegand. Die hatte wohl selbst einen schlechten Tag erwischt und hörte nur halb zu. Das Ende war ein neues Rezept und ein Handschlag mit eisigen Fingern, den Gunda immer noch zu spüren glaubte.

Ihr Handy hatte das Klingeln eingestellt.

Gunda langte mit zitternden Fingern in die Schublade, holte es heraus und wischte bereits übers Display. Dort fand sie über zwanzig entgangene Anrufe und haufenweise WhatsApp-Nachrichten. Sollte sie Letztere öffnen, dann wüsste auf der anderen Seite sofort jemand, dass sie die gelesen hatte. Keine gute Idee also.

Das Handy begann in ihrer Hand zu vibrieren, kurz darauf setzte der Klingelton ein. Doch dieses Mal war es nicht der Name, der schon seit Stunden für neue Panikattacken sorgte, sondern Gundas Mutter.

»Wie geht's dir, mein Schatz?«, erkundigte die sich, nachdem eine Verbindung hergestellt war. »Warst du heute bei Frau ...?«

»Natürlich war ich da!« Gunda kam ihre eigene Stimme fremd vor, vom genervten Unterton ganz zu schweigen. Aber welche Frau von Ende zwanzig wollte denn von ihren Eltern noch wie ein kleines Kind behandelt werden?

»Wie wirken denn die neuen Tabletten?«, fragte ihre Mutter vorsichtig nach. »Besser als die letzten? Sind wenigstens die Bauchschmerzen weg?«

Es gab Tage, an denen konnte Gunda sich mit der Rolle einer Hilfebedürftigen ohne Weiteres anfreunden. Doch es gab eben auch Momente, in denen ihr alles zu viel wurde.

Diese Wut entlud sich ausgerechnet ihrer Mutter gegenüber. »Ich hab alle Tabletten abgesetzt und warte, bis mein Herz endlich zu Schlagen aufhört. Zufrieden?«

Ihre Mutter schnaufte am anderen Ende. Trotz dieser rüden Attacke ging es mit gefühlvoller Stimme weiter. »Ist es wieder so schlimm bei dir? Du musst nichts sagen ... melde dich einfach, falls du Hilfe brauchst.«

»Mach ich!« Einen Wisch später war das Telefonat beendet. Gunda merkte erst jetzt, dass ihr die Tränen in Sturzbächen herunterliefen. In der Küchenschublade vor ihr lag ein Kartoffelmesser, an dem sie sich erst letzte Woche geschnitten hatte. Verdammt scharf!

Und warum auch immer: Dieses Messer schien zu flüstern. Worte, die vielversprechend klangen; die ein Ende all der Pein und Schmerzen verhießen. Eine Welt, in der alles gut wäre.

Und vielleicht hätte Gunda sogar nach dem Messer gegriffen, wenn ihr Handy sie nicht davon abgehalten hätte. Es vibrierte und klingelte erneut. Gunda dachte noch an einen weiteren besorgten Anruf – schließlich hatte ihre Mutter auf die üblichen und gebetsmühlenartigen Belehrungen verzichtet –, als das Display sie eines Besseren belehrte.

Da war er wieder: der Name, der alles ins Rollen gebracht und neue Panik ausgelöst hatte. Ein Gefühl der Hilflosigkeit, das vielleicht schlimmer war, als jedes andere zuvor. Bleierne Ohnmacht, die bis zu diesem Moment nicht nachlassen wollte.

Und doch war etwas anders. In Gundas Hinterkopf meldete sich eine Stimme, die Neugier signalisierte. Irgendetwas – keinesfalls sie selbst – wollte wissen, was es mit den ständigen Anrufen auf sich hatte.

Und als hätte sich ihr Daumen verselbstständigt, nahm der das Gespräch an.

Abgesehen von Fahrgeräuschen herrschte zunächst Stille in der Leitung.

»Gunda?«, fragte eine Frauenstimme. Und weil nichts passierte, gleich noch mal: »Bist du dran, Gunda?«

Sie grunzte leise. Aber das reichte offensichtlich schon, um für eine Fortsetzung zu sorgen.

»Mommsen ist tot«, erklang es blechern. »Verstehst du? Das Schwein ist tot!«

Gunda horchte in sich hinein. Doch da war nichts. Keine Genugtuung, keine Zufriedenheit oder eine noch so kleine Emotion. Und auch ihr Mund fühlte sich wie gelähmt an.

Das sorgte erwartungsgemäß für eine Nachfrage: »Willst du nichts dazu sagen?«

Gundas Lippen öffneten sich millimeterweise. Und selbst dieser mechanische Akt verlangte ihr beinahe übermenschliche Kräfte ab. Die Antwort auf die letzte Frage hatte ihr Verstand längst formuliert. Endlich war sie zum Sprechen imstande. »Lass mich in Ruhe!«

»Was soll das heißen?«, kam es mit einiger Verwunderung zurück. »Willst du gar nicht wissen, wie's weitergeht? Wir sind noch nicht fertig. Als Nächstes wollen wir ...«

»Ich will davon überhaupt nichts hören!«, brüllte Gunda dazwischen. »Kein einziges Wort!«

11

Vor Hannah und Ole tat sich ein beinahe irrwitziges Chaos auf. Es handelte sich um ein Zimmer von etwa vier mal vier Metern. Auf einer Matratze, mitten im Raum, lag ein Mann, unter mindestens drei Wolldecken begraben. Dem Anschein nach mehr tot als lebendig.

»Wo sind denn die ganzen Möbel geblieben?«, flüsterte Ole.

Hannah hatte eine Antwort parat: »Schätze, da hat jemand spitzbekommen, dass dein Hinnerk im Knast hockt und hat die Bude ausgeräumt. Kommt häufiger vor – aber das spielt jetzt erst mal keine Rolle.«

»Und was dann?« Ole zeigte auf die Matratze. Der Mann darauf bewegte sich zum ersten Mal ein wenig. Rund um das seltsame Nachtlager waren Teelichte verteilt. Manche davon mit flackernder Flamme, bei anderen war der Docht kurz davor, im flüssigen Wachs zu ertrinken.

»Hinnerk Boom?«, fragte Hannah aus sicherer Entfernung. Sie hielt sich eine Hand vor den Mund, ein verzweifelter Versuch, den fürchterlichen Gestank auszusperren. Neben ihr keuchte Ole immer heftiger. »Sind Sie Hinnerk Boom?«

Eine Antwort blieb aus. Stattdessen bäumte sich der Mann, von Schmerzen gepeinigt, auf und hustete dermaßen, dass zu befürchten stand, seine Lunge würde jeden Moment quer durch den Raum fliegen.

»Wir sind von der Polizei«, fuhr Ole mit lauter Stimme fort. Er näherte sich dem seltsamen Nachtlager mit vorsichtigen Schritten und ging zur Hälfte in die Knie. »Sagen Sie schon: Sind Sie Hinnerk Boom?«

Vor seinem nächsten Hustenanfall brachte der Mann wenigstens ein angedeutetes Nicken zustande. Danach fiel er auf die Matratze zurück und rührte sich vorerst nicht mehr.

Ole ging noch weiter in die Knie. Seine Rechte fand eine glühende Stirn. »Auf dem Kopf kannst du'n Ei braten«, stellte er ohne den gewohnten Frohsinn in der Stimme fest. »Und sein Schweiß ist trotzdem eiskalt.«

»Ist er noch bei Bewusstsein?«, erkundigte sich Hannah, ohne hinzusehen. Der Strahl ihrer Taschenlampe wanderte die Wände entlang. Abgesehen von der Matratze gab es in diesem Raum tatsächlich keinerlei Mobiliar. In einer Ecke stand ein schmutziger Eimer mit Plastikdeckel, der wohl noch bis vor Kurzem als Behältnis für Notdürfte hatte herhalten müssen. Dem Gestank nach zu urteilen, schaffte es Hinnerk Boom allerdings schon seit geraumer Zeit nicht mal mehr dorthin.

»Wir sollten 'nen Rettungswagen rufen«, sagte Ole. »Der Mann gehört ins Krankenhaus. Sofort!«

Nach dieser letzten Erkenntnis geriet der Berg aus schmutzigen Wolldecken erneut in Bewegung. Und auch ein verschwitzter Kopf beteiligte sich daran. »Kein Krankenhaus«, erklang es keuchend. Als er ein wenig mehr Kraft gesammelt hatte, wiederholte Hinnerk Boom sein Statement, bei dem es sich zweifellos um das Resultat von Fieberwahn handelte. »Alles, aber kein Krankenhaus.«

Auch wenn sich sein Gesicht dabei angeekelt verzog, tätschelte Ole dem Mann vor sich die die Schulter. »Bei Ihnen hier drinnen ist es kälter als draußen. Schätze, Sie haben sich 'ne fette Lungenentzündung eingefangen. Wenn die nicht schnell behandelt wird, sind Sie spätestens übermorgen tot. Wollen Sie das etwa?«

Trotz seiner Verfassung brachte Hinnerk Boom ein leises Lachen zustande. »Lieber tot als Krankenhaus. Wer seid ihr und was wollt ihr hier?«

Hannah winkte ab und wischte bereits auf ihrem Handy herum. Als sich ein Kollege aus der Rettungsleitstelle meldete, ließ sie den gar nicht erst richtig zu Wort kommen. »Wir brauchen hier einen Notarzt.« Sie leierte die Zieladresse sicherheitshalber zweimal herunter. »Und der sollte sich lieber beeilen.« Sie horchte einen Moment und fuhr dann noch energischer fort. »Nein! Keinen RTW ... nur den Notarzt. Unser Patient hier will nicht ins Krankenhaus.«

Ole hatte sich durch eine verschimmelte Tür den Weg in einen Nebenraum gebahnt. Dort stand eine alte Schwingfeuerheizung, deren Auspuff durch eine zerbrochene Fensterscheibe nach draußen ragte.

»Kein Wunder, dass einem hier drinnen der Arsch abfriert«, schimpfte er, als Hannah neben ihm ankam. Der Strahl aus ihrer Taschenlampe fand ebenfalls die Heizung.

»Bringst du die zum Laufen?«

Ole nickte, während er in die Knie ging. »Wir haben früher zum Spaß oft beim Nachbarn in 'ner Scheune gepennt. Da stand ein Teil, das genauso aussah. Wenn sie Sprit hat und die Glühkerze funktioniert, könnte das was werden – bis vor'n paar Tagen hat das Baby hier noch funktioniert. Vertrau mir!«

Hannah ging neben ihrem Kollegen in die Knie. Sie flüsterte nur. »Ich kann mir nicht helfen – dein Hinnerk hat heute niemanden mit 'nem Zaunpfahl erschlagen. Was meinst du?«

»Der hätte es nicht mal heil bis vor die Tür geschafft«, fügte Ole hinzu, während er an der Heizung hantierte. »Und auch wenn's nicht mein Hinnerk ist: Mommsens Mörder müssen wir woanders suchen.«

Kurz darauf war durch die vereisten Scheiben blaues Blitzlichtgewitter zu erkennen.

Hannah stemmte sich hoch. »Das ist der Notarzt. Hoffe, der kann helfen.«

Ole hielt sie noch kurz am Arm fest. Seine Stimme klang unheilvoll. »Mommsen ist tot, seine Tochter verschwunden, und der Kerl nebenan pfeift aus dem letzten Loch. Für mich riecht das langsam nach Problemen – wird dieses Mal bestimmt kein gemütlicher Dauerlauf.«

Hannah riss sich los, nickte jedoch. »Das kannst du laut sagen.« Sie zeigte mit dem Strahl ihrer Taschenlampe auf die Schwingfeuerheizung. »Du bringst das Ding zum Laufen und ich sorg nebenan dafür, dass sich das Heizen überhaupt noch lohnt. Und mach hinne! Ich hab das Gefühl, meine Füße frieren am Boden fest.«

* * *

Nach dem letzten Telefonat hatte Gunda ihr Handy ausgeschaltet. Zum ersten Mal seit Jahren übrigens. An anderen Tagen, wenn die Angst sie von hinten anfiel und sich mit rasiermesserscharfen Zähnen in ihrem Nacken festbiss, diente das Handy oft genug als vermeintlicher Notausgang und letztes Hilfsmittel, um eine neue Panikattacke zu vertreiben. Allein das Gefühl, die Möglichkeit eines Hilferufs zu haben, wirkte oft schon beruhigend. Deshalb gehörte ihr Smartphone – das nach dem letzten Herunterfallen einen Riss im Display aufwies – zu Gundas ständigen Begleitern.

Doch dieses Mal war es irgendwie anders. Ihr Telefon kam ihr nicht mehr wie ein Notausgang, sondern vielmehr wie eine offene Tür vor, durch die jemand von außen in ihre vermeintlich sichere Welt eindringen konnte. Und auch, warum jemand durch diese Tür kommen wollte, wusste Gunda nur zu gut.

Aber dazu war sie nicht bereit. Sie hatte im Laufe der letzten zwei Jahrzehnte notgedrungen akzeptieren müssen, dass sie nie dafür bereit sein würde. In dieser Welt gab es Kämpfer, echte Frontsoldaten – die sehenden Auges in den Tod marschierten. Gunda hingegen würde ihr Heil stets im sinnbildlichen Schützengraben des Lebens suchen; warten, bis alles vorüber und sie hoffentlich noch am Leben wäre.

Ein paar Minuten zuvor hatte sie sich im Zuge ihres eigenen Kleinkriegs auf dem Sofa verschanzt. Saß dort in eine Wolldecke gehüllt, zwei Kissen im Rücken. Und obwohl sie im Dachgeschoss eines Mehrfamilienhauses wohnte, hatte sie die Plissees an sämtlichen Velux-Fenstern hochgezogen. Sicherheitshalber.

Jeden Moment würde die Zwanzig-Uhr-Ausgabe der ›Tagesschau‹ anfangen und hoffentlich für ein bisschen Ablenkung sorgen. Noch ging es um die Wetteraussichten für den kommenden Tag. Eine nachhaltige Besserung war nicht in Sicht. Und wie bei vermutlich jeder anderen Dachgeschosswohnung musste Gunda im Winter durchgehend heizen und fühlte sich im Sommer, als lebe sie in einer Sauna.

Der Tagesschau-Sprecher präsentierte sich bereits hinter einer virtuellen Uhr, deren Sekundenzeiger gleich für den typischen Ton sorgen würde, da klingelte es an Gundas Wohnungstür. Das Klingeln war gerade erst verstummt, da ging es von Neuem los.

Sie erstarrte regelrecht. Insbesondere, weil der Klingelton verriet, dass da jemand bereits direkt vor ihrer Wohnungstür stand. Passend dazu klopfte es.

»Mach auf!«, erklang es dumpf. »Wir wissen, dass du zu Hause bist ... also mach schon auf!«

Obwohl Gunda sich mittlerweile die Wolldecke über den Kopf gezogen hatte, hörte sie vor ihrer Wohnungstür

Stimmen. Sie wusste, wer dort stand, und genauso, worum es ging. Aber sie würde einen Teufel tun und öffnen. Dazu wäre sie ohnehin nicht in der Lage gewesen, denn ihre Beine zitterten wir Espenlaub, während ihr Herz noch einen weiteren Gang hochschaltete.

Niemals! An diesem ganzen Wahnsinn würde sie sich niemals beteiligen.

12

»Ihr Patient benötigt in den nächsten Tagen regelmäßige Pflege«, erklärte der Notarzt im Schein seiner mitgebrachten Arbeitsleuchte. Es folgte ein skeptischer Blick in die Runde. »Und hier sollte vielleicht mal jemand saubermachen.«

»Wenigstens wird's langsam wärmer«, erwiderte Hannah. Tatsächlich hatte Ole im Raum nebenan ein Wunder vollbracht: Die Schwingfeuerheizung lief seit einer Viertelstunde. Von den zuvor eingefrorenen Fenstern tropfte Wasser auf die maroden Fensterbänke darunter.

»Ich habe Ihrem Patienten etwas zur Stärkung gespritzt und die volle Ladung Antibiotika«, fuhr der Arzt kopfschüttelnd fort. »In der Schachtel, die ich Ihrem Kollegen gegeben habe, befinden sich Medikamente für die nächsten zwei Tage. Mehr kann ich im Moment nicht tun.«

»Und ich versuche, für irgendeine Art von Betreuung zu sorgen«, versprach Hannah mit feierlicher Stimme. »Der Mann wird noch gebraucht.« Sie schüttelte dem Arzt die Hand zum Abschied. »Kann ich noch irgendwas für Sie tun? Brauchen Sie 'ne Unterschrift?«

Die Augenbrauen des Arztes wanderten empor. »Ist die denn was wert?« Er zeigte auf seine Arbeitslampe, die wenigstens für Zwielicht im Raum sorgte. »Das gute Stück kann ich auch gern hierlassen – aber Wiedersehen macht Freude.«

»Donnerwetter!«, schwärmte Ole, nachdem der Arzt sich mit unsicherem Lächeln verabschiedet hatte. »Der hätte dich ja am liebsten gleich mit nach Hause genommen, um dir auch 'ne Behandlung zu verpassen.«

Hannah tat zumindest empört. »Wie kommst du denn darauf? Du hast auch immer nur das Eine im Kopf!«

Ole winkte ab und zeigte über die Schulter. »Die Heizung schnurrt wie 'ne Miezekatze. Und weil solche Dinger eigentlich für ganze Hallen gedacht sind, wird's hier bald schön warm werden.«

Hannah wollte gerade etwas erwidern, doch ein neuer Hustenanfall zu ihren Füßen hielt sie zunächst davon ab.

»Klingt aber schon besser«, stellte Ole aufmunternd fest. »Alles klor, Herr Boom?«

Bevor der überhaupt reagieren konnte, packte Hannah ihren Kollegen am Jackenärmel und zog ihn bis in den Nebenraum hinter sich her.

»Was ist denn jetzt los?«, beschwerte sich Ole. »Falls du die Beziehung zwischen uns vertiefen willst, ist das hier kaum der richtige Ort dafür.«

»Wir brauchen jemanden, der sich um deinen Hinnerk kümmert und hier für Ordnung sorgt. Hast du 'ne Idee? Da war doch mal was zwischen dir und 'ner Altenpflegerin. Ist die noch aktuell?«

Oles Gesicht verzog sich angestrengt. »Nicole«, erklang es dann einige Zeit später. »Aber ich muss dich enttäuschen: Die war mir am Ende viel zu jung und ... zu verspielt.«

»Dich soll mal einer verstehen«, stöhnte Hannah. Sie war bereits auf dem Weg in das Pseudo-Krankenzimmer, in dem der einzige Patient noch immer auf einer Matratze mitten im Raum lag. Daneben ging sie in die Knie. »Können Sie mich hören, Herr Boom?«

Der grunzte, was wohl einem Ja entsprechen sollte.

»Spätestens morgen früh kommt jemand, der sich um Sie kümmert.«

»Und ein anderer, der das Chaos hier beseitigt«, fügte Ole sarkastisch hinzu. »Sonst ist die Lungenentzündung zwar irgendwann geheilt, aber Sie ersticken in Ihrem eigenen Müll.«

»Was wollt ihr überhaupt von mir?«, fragte Hinnerk Boom mit heiserer Stimme. »Ihr seid doch nicht gekommen, um mir zu helfen.«

Hannah schaute ein wenig ratlos zu Ole empor und empfing von dort ein vorsichtiges Nicken. Davon abgesehen, dürfte des einen Hiobsbotschaft bei einem anderen wohl für fiebrigen Freudentaumel sorgen. »Hans-Georg Mommsen ist tot«, sagte Hannah kurz und knapp.

Und tatsächlich verzog sich das Gesicht vor ihr. Aber es war darin nicht etwa Genugtuung, sondern in erster Linie Gleichgültigkeit zu erkennen.

»Ich meine es ernst«, legte Hannah bereitwillig nach. »Man hat ihn umgebracht ... mit 'nem Zaunpfahl beinahe in Stücke geschlagen.«

Ole kniete mittlerweile neben seiner Chefin und versuchte es mit einer Frage: »Können Sie sich vorstellen, wer das war?«

Hinnerk Booms Gesicht verzog sich noch weiter. Mit viel Fantasie war ein Grinsen darin zu erkennen. »Habt ihr geglaubt, ich wär's gewesen? Ich wünschte, es wäre so.«

Ole nickte, Hannah lieferte das passende Fazit dazu. »Hätte man auf den ersten Blick ja denken können. Schließlich hatten Sie im Gefängnis lange genug Zeit für neue Rachepläne.«

»Ich hab richtig ein bisschen Bauchschmerzen, wenn wir den armen Kerl über Nacht allein lassen«, sinnierte Ole, als Hannah eine halbe Stunde später am Wählhebel der

Automatik zog und der BMW sich in Bewegung setzte. »Ich hab Ralf eben schon ’ne Nachricht geschickt. Der soll …«

»Was willst du eigentlich ständig von diesem Ralf?«, fragte Hannah dazwischen. »Haben wir keine anderen Kollegen mehr, die sich darum kümmern können?«

Diese Frage sorgte auf Oles Seite für Heiterkeit. »Ich weiß gar nicht, was du hast – der Junge ist gar nicht schlecht. Außerdem hockt er in Flensburg und hat ansonsten wohl nicht viel zu tun.«

»Der soll sich bloß keine Hoffnungen machen. Wir bleiben zu zweit, basta!« Hannah warf einen Blick auf die Uhr im Armaturenbrett und atmete schwer. »Gleich zehn. Ich würd am liebsten über Nacht auf der Insel bleiben und morgen früh sofort mit Hinnerk Boom weitermachen. Ich weiß nicht, wer uns momentan ansonsten Informationen liefern soll. Außerdem kann ich ebenso gut von hier aus alles Weitere in die Wege leiten: Ich lasse Andrea Mommsen zur Fahndung ausschreiben und …«

»Meinst du etwa, die hat was mit dem Mord an ihrem Vater zu tun?«

»Auf jeden Fall ist sie verschwunden. Opfer oder Beteiligte – das macht für mich erst mal keinen Unterschied.«

»Kannst du mich denn auf dem Weg zu deiner Mutter in Kampen absetzen?«

»Kampen!«, wiederholte Hannah mit künstlicher Bewunderung. »Alle Achtung … hat sich da wieder einer was Neues mit Reetdach geangelt?«

Ole gab keine Antwort, starrte nur durchs Seitenfenster in die Dunkelheit.

»Mal ganz davon abgesehen, dass Kampen nicht auf dem Weg liegt«, fuhr Hannah fort. »Aber ich setz dich vor ihrer Tür ab, wenn du mir wenigstens ihren Namen verrätst.«

»Lydia«, kam es mit zusammengebissenen Zähnen zurück. »Jetzt zufrieden?«

»Wie alt?«

»Ich dachte, der Name reicht, damit du mein Taxi spielst.«

»Wie alt?«

»Anfang vierzig ... sagt sie zumindest.« Ole schaute zur Seite und zwinkerte auf seltsame Weise. »Genauso alt wie du.«

»Bleibt die Frage, was eine gestandene Frau von einem Jungspund wie dir will. Ich würde niemals ...«

»Sag niemals nie!«

»Anderes Thema«, beschloss Hannah. »Ruf mal den Kollegen Jansen an. Falls der unseretwegen noch Dienst schiebt, soll er gefälligst Feierabend machen. Oder glaubst du etwa, ich will mir von seinem Chef 'ne Predigt anhören, wenn's um Überstunden geht?«

»Ralf hat mir gerade geschrieben: Er kümmert sich noch eben um 'ne Pflegerin für Hinnerk Boom. Wenn wir Glück haben, hat er auch schon ein Aufräumkommando gefunden, das gleich morgen früh die verwanzte Hütte auf Vordermann bringt – so was geht immer etwas schneller, wenn Vater Staat die Zeche zahlt.«

Zehn Minuten später stoppte Hannah ihren BMW auf dem Parkstreifen vor einem gepflegten Mehrfamilienhaus in Kampen. Dort brannte beinahe noch hinter jedem Fenster Licht. »Hoffentlich ist deine ... wie heißt sie noch?«

»Lydia«, antwortete Ole Augen rollend. »Und ich hab sie schon angemorst ... sie wartet auf ihren Jungspund – wie du es nennst.«

»Und worauf wartest du dann noch? Heute keine Lust, den Toyboy zu spielen?«

Ole öffnete das Gurtschloss und schaute zur Seite, sah dabei ein bisschen traurig aus. »Bevor ich's vergesse: Was du da eben alles für Hinnerk Boom getan hast, finde ich toll.«

»Wir brauchen ihn als Zeugen«, erwiderte Hannah reserviert. »Ansonsten hätte ich ...«

»Hättest du nicht!«

Hannah zeigte auf das Mehrfamilienhaus. Hinter einem der Fenster im ersten Stock war ein Schatten zu erkennen. »Ich glaube, da kann es jemand gar nicht erwarten. Sieh aber zu, dass du morgen einigermaßen zeitig aus den Federn kommst. Auf uns wartet haufenweise Arbeit.«

»Dann grüß du bitte deine Mutter schön von mir – und meinen Freund Felix.« Ole langte zum Türöffner.

Doch Hannah hielt ihn am Ärmel fest. »Du hast recht: Dieser Hinnerk tut mir schon ein bisschen leid. Ich weiß zufällig, wie es sich anfühlt, wenn niemand da ist.«

Ole lächelte herzzerreißend. »Solange du mich kennst, kommst du nie wieder in diese Verlegenheit.«

»Ist das dein Ernst?«

»Glaubst du, ich würde damit Scherze machen?«

Hannah schüttelte den Kopf. »Dann pass auf dich auf! Ich brauche jemanden, der ...«

»Was?«

»Nichts weiter! Bis morgen.«

13

»Ich war gestern übrigens in Kiel«, sagte Hannah am nächsten Morgen ganz beiläufig. Sie saß mit ihrer Mutter beim Frühstück. Ihr Sohn Felix lag zwar noch im Bett, meldete sich von dort allerdings regelmäßig mit seltsamen Lauten, die in einem Spektrum von Hunger bis Wut so gut wie alles bedeuten konnten.

»In Kiel«, wiederholte Gertrud Lambert ungerührt, und ohne von ihrer Zeitung aufzusehen. »Hast du 'nen neuen Fall?«

Hannah musste zunächst ein Stück von ihrem Buttertoast mit Kaffee herunterspülen. Danach klang ihre Stimme wie die einer Vollstreckerin. »Willst du tatsächlich die Ahnungslose spielen? Oder wollen wir zur Abwechslung mal ehrlich miteinander sein?«

Ihre Mutter hatte die Zeichen der Zeit erkannt. Die Zeitung landete sauber gefaltet auf dem Frühstückstisch, danach unternahm Gertrud Lambert ihren ersten Bekehrungsversuch mit todernster Miene: »Dieser Job ist auf Dauer nichts für dich. Irgendwann ist ein Fall dabei, bei dem du …«

»Und das weißt du so genau, weil du jahrelang als Mordermittlerin gearbeitet hast«, unterbrach Hannah jetzt schon mit ketzerischer Stimme. »In Wirklichkeit sitzt der liebe Gerd in Kiel hinter seinem Schreibtisch und kaut dir vor, was du mir hinterher halbwarm servierst. Nur, weil er alles geregelt wissen will, bevor er in Pension geht.«

»Und wenn es tatsächlich so wäre?« Hannahs Mutter schien nicht bereit, auch nur einen Millimeter zurückzuweichen. »Was ist denn, wenn er am Ende Recht behält und deine Heldentaten mit 'ner Kugel im Kopf enden? Und was wird dann aus Felix – wenn ich mal nicht mehr bin?«

»Ich hatte gestern einen Anruf«, flüsterte Hannah. Sie schaute auf und fand, angesichts dieses abrupten Themenwechsels, das verwirrte Gesicht ihrer Mutter. »Es ging um Giannis Vater ... er hat Felix alles vererbt.«

»Wir brauchen das Geld von diesen Leuten nicht!«, blaffte Gertrud Lambert. »Unsere Familie hat genug zurückgelegt, damit jeder davon leben kann.« Ein eiskalter Blick traf Hannah. »Vorausgesetzt, man ist in der Lage, etwas anzunehmen.«

»Er will das Testament anfechten und hat 'ne Anwältin angeheuert – aus Neapel.«

»Das wundert mich nicht!«, schnaubte Gertrud Lambert. »Dein ach so toller Ehemann war schon ein Verbrecher, als du ihn geheiratet hast! Warum sollte sich daran was geändert haben?«

In diesem seltenen Fall der Übereinstimmung verzichtete Hannah sogar darauf, die Bezeichnung für Gianni Lorenzo auf ›Exmann‹ zu korrigieren. Davon abgesehen wurde es Zeit, auch dieses unerfreuliche Thema mit brachialer Gewalt zu beenden. »Ich will der Anwältin einen Handel vorschlagen«, fing sie mit ungewohnt dünner Stimme von Neuem an. »Er kann von mir aus alles bekommen, aber ich will seine Adresse in Italien – will endlich wissen, wo er steckt.«

Das Gesicht ihrer Mutter leuchtete wie eine überreife Tomate. »Du hast doch gesagt, dass du mit dem ganzen Mist endlich abschließen willst! Und was jetzt ... fängt alles von vorne an?«

»Das ist die erste wirkliche Chance seit zehn Jahren«,

hielt Hannah ähnlich wütend gegen. »Und auf eine Sache kannst du dich verlassen: Die lass ich mir nicht durch die Lappen gehen. Niemals!«

Völlig unerwartet machte sich ein Lächeln in Gertrud Lamberts Gesicht breit. Das hatte allerdings nichts mit den Worten ihrer Tochter, sondern mit deren Sohn zu tun. Felix stand urplötzlich in der offenen Küchentür.

»Hast du gut geschlafen, mein Schatz?«, war die erste Frage seiner Großmutter.

Die Antwort fiel wohl ein wenig unerwartet aus. Felix' Arm schnellte empor. Jetzt war auch zu erkennen, dass er ein Modellauto in der Hand hielt. Ein Mercedes SLS AMG, dessen Miniatur-Flügeltüren man sogar hochklappen konnte, verfehlte Gertrud Lamberts Kopf nur um Haaresbreite, krachte gegen die Wand hinter ihr und landete scheppernd auf dem gefliesten Küchenboden.

Hannahs Kommentar hätte kaum trockener ausfallen können: »Er mag's nicht, wenn wir streiten.«

Ihre Mutter, für die solche Attacken wohl zum Alltag gehörten, erwiderte auf ähnlich unbekümmerte Weise: »Dann sollten wir mit dem Streiten lieber aufhören.« Ihr Blick fand Felix, und sie brachte sogar ein neues Lächeln zustande. »Brötchen oder Toast, mein Schatz?«

* * *

Nachdem Ole die Wohnung seiner Lydia beinahe fluchtartig verlassen hatte, war er zu Fuß in den Ortskern von Kampen aufgebrochen und saß dort zum Frühstücken in einer Bäckerei. Als sein Handy klingelte, dachte er zuerst noch an seine neue Exfreundin – dieser Status galt seit etwa einer Viertelstunde – und danach an Hannah. Schließlich dürfte die schon bald nach ihm schreien.

Aber es war Ralf, der sich mit hellwacher Stimme meldete:

»Ich hock schon wieder am Schreibtisch und kümmere mich um eure Probleme.«

»Auf einen wie dich haben wir gewartet«, erwiderte Ole begeistert. Und er wartete keine Reaktion ab, sondern fuhr gleich fort: »Hannah und ich sind auf Sylt geblieben, wollen heute Morgen gleich hier weitermachen.«

»Falls ihr diesem Hinnerk Boom einen neuen Besuch abstatten wollt, kann ich dich beruhigen: Da war heut Morgen schon 'ne Pflegerin, die mittags und abends noch mal bei ihm vorbeischaut.«

»Was ist mit dem Haus? Hast du da schon 'ne Firma gefunden, die ...?«

»Einen Hausmeister-Service aus Rantum. Die haben im Winter weniger zu tun und waren ganz froh über 'nen gut bezahlten Auftrag.«

»Gut bezahlt?«, wiederholte Ole. Ernsthafte Sorgen machten sich in ihm breit. Auch wenn Vater Staat jedes Jahr neue Steuerrekorde feierte, saßen die hohen Herren in Polizeikreisen auf dem Geld, als gehöre es ihnen. »Verrätst du mir auch, wie viel du diesen sagenhaften Hausmeistern versprochen hast?«

»Ich hab ansonsten noch haufenweise neue Informationen«, haspelte Ralf. »Soll ich nicht lieber mal damit anfangen?«

Ole warf einen Blick in die Runde. Zu seiner Linken wurde die Schlange vor einem gläsernen Verkaufstresen immer länger. Am Tisch neben ihm saßen drei ältere Frauen, die sich gegenseitig anschwiegen. Eine davon musterte ihn argwöhnisch und hätte vermutlich am liebsten sein Handy genommen, um es in seinem Kaffeebecher zu versenken.

»Bist du noch dran?«

»Fang einfach an«, flüsterte Ole. »Die eine oder andere Frau sieht das zwar anders – aber ich kann auch ganz gut zuhören.«

Ralfs kurzes Keuchen deutete darauf hin, dass er sich zunächst ein Lachen verkneifen musste. »Ich hab nicht nur in unserem System, sondern auch in alten Zeitungsarchiven recherchiert, die sind zum größten Teil schon digital verfügbar. Dabei hab ich herausgefunden, dass dieser Hans-Georg Mommsen Ende der Neunziger ›Ferien auf dem Bauernhof‹ angeboten hat. Aber nicht lange. Nach der Geschichte mit Booms Tochter war gleich wieder Schluss damit.«

»Logisch! Weil Mommsen in den Knast gewandert ist.« Die alte Frau am Nebentisch schaute Ole erschrocken an. Ihm war klar, welches Reizwort dafür gesorgt hatte, deshalb senkte er vorsorglich die Stimme. »Konntest du noch mehr über Mommsens Opfer, diese Maja Boom, herausfinden?«

Im Hintergrund raschelte Papier. »Während ihr Vater für den Mord an Mommsens Frau hinter Gittern saß, hat das Mädchen ein Einser-Abi hingelegt. War 'ne Musterschülerin, der alle Türen offen standen, bis sie sich ...«

»... umgebracht hat«, vollendete Ole leise. »Ausgerechnet am Tag der Abi-Feier! Kann man das glauben?«

Ralf schwieg.

Und auch Ole wusste auf seine eigene Frage keine Antwort. Deshalb versuchte er es mit einem neuen Thema. »Diese Feriengeschichte auf dem Bauernhof: Da müssen wir versuchen, weitere Kinder von damals zu finden.«

»Ich weiß, was du meinst«, erwiderte Ralf düster klingend. »Falls es noch andere Mädchen gab, die ...« Den Rest verschluckte er.

Ole lieferte ihm bereitwillig eine Steilvorlage: »Die ganze Geschichte ist fast zwanzig Jahre her, aber ich hab das Gefühl, du bist genau der Richtige, um was über die Zeit von damals herauszufinden.«

»Das sagt mein Chef auch immer. Sobald es mühselig wird und kein anderer die Arbeit machen will, darf ich ran.«

»Jeder hat seine Qualitäten und du bist eben ein guter Terrier – hast 'ne gute Spürnase.«

»Danke! Darf der Terrier auch irgendwann nach Niebüll umziehen und ...?«

»Hannah ruft an, ich muss Schluss machen!«

14

»Ich hab's gewusst!« Mit diesen Worten begrüßte Hannah ihren Kollegen Ole, als der eine halbe Stunde später neben ihr auf dem Beifahrersitz saß.

»Was hast du gewusst?«

»Dass ich dich wieder unrasiert aushalten muss.« Anders als sonst brachte Hannah sogar ein Lächeln zustande und strich mit ihrer Rechten über eine Stoppellandschaft. »Aber du bist entschuldigt. Schließlich war's meine Idee, hier auf Sylt zu bleiben. Hat deine – wie heißt sie noch? – auch keinen Lady Shaver, den sie dir hätte leihen können?«

»Den Namen kannst du gleich wieder vergessen«, stellte Ole klar. »Und bitte: Keine weiteren Fragen, ja!« Er hatte auch ein alternatives Thema parat. »Wie war's denn bei dir? Du hast gar keine äußerlichen Verletzungen – ist deine Mutter dieses Mal friedlich geblieben?«

Hannah knurrte wie ein hungriger Löwe. Ansonsten schien sie auf eine Antwort verzichten zu wollen.

»Wie hat sie denn auf die Neuigkeiten aus Italien reagiert?«

Offensichtlich ein Stich ins Wespennest. Zumindest wechselte Hannahs Gesicht spontan die Farbe. »Mach ich den Eindruck, als würde ich darüber reden wollen?«

Ole zuckte mit den Schultern. »Ich weiß sowieso nicht genug, um dir 'nen Ratschlag zu geben.«

»Ich lege auch keinen Wert auf Ratschläge!« Den Motorengeräuschen nach zu urteilen, stand Hannah voll auf dem Gaspedal. Die nächste Linkskurve glich einer Achterbahnfahrt. »Wann willst du's endlich verstehen? Die Sache geht nur mich was an, sonst niemanden.«

Ole sah noch immer relativ unbeeindruckt aus. »Weißt du, wie dich die Kollegen im Revier hinter vorgehaltener Hand nennen? Drei Mal darfst du raten ...«

»Hexe?«

Ole musste unwillkürlich lachen. »Würde auch passen, aber du liegst daneben. Zweimal darfst du noch.«

Hannah warf einen genervten Blick zur Seite. Klar war, sie legte keinen Wert auf weitere Versuche.

»Sie nennen dich Giftzwerg«, offenbarte Ole beinahe verzweifelt. »Und das liegt bestimmt nicht nur an deiner Größe.«

»Und? Meinst du etwa, ich steh morgens auf, um anderen zu gefallen?«

»Zumindest hab ich gedacht, wir wären so was wie Freunde. Nach all den Monaten wäre es an der Zeit, dass ...«

»Wir sind Freunde!«, fuhr Hannah dazwischen. »Oder glaubst du etwa, ich würde dir sonst so viel durchgehen lassen?«

»Und was ist dann mit Italien?«

»Das hat doch mit Freundschaft nichts zu tun! Und falls du Wert drauf legst, dass es zwischen uns so bleibt, wie es ist, solltest du lieber schnell das Thema wechseln.«

Diese letzte Empfehlung sorgte für eine Weile für Funkstille. Erst als Hannah vor dem Haus von Hinnerk Boom stoppte, fand wenigstens Ole seine Stimme wieder: »Soll ich dir kurz erzählen, was hier auf uns wartet?«

»Auf dem Weg nach Kampen hat mich dein neuer Freund aus Flensburg angerufen«, kam Hannah mit süffisantem Unterton. »Er hat mir auch erzählt, dass ihr heut Morgen schon miteinander gesprochen habt.«

»Hat er dir auch von dieser Geschichte mit ›Ferien auf dem Bauernhof‹ erzählt? Wenn ich an Maja Boom denke, will ich mir gar nicht vorstellen, wie diese Ferien ausgesehen haben.«

Hannah nickte. »Ich hab ihm gesagt, dass das absolute Priorität hat. Ich will wissen, ob es noch andere Kinder – wahrscheinlich Mädchen – gibt, die uns heute noch was über die Zeit von damals erzählen können.«

Ole schaute vorsichtig zur Seite. Hannah klang nicht nur wütend, sie sah auch genauso aus. »Meinst du Mädchen, die ...?«

»Du kannst es ruhig aussprechen: Mädchen, von denen ein Schwein namens Mommsen seine dreckigen Finger nicht lassen konnte!«

»Dann hätte sich doch eine davon gemeldet. Zumindest, nachdem Mommsen im Gefängnis saß.«

»Wenn man den Statistiken glaubt, melden sich höchstens zehn Prozent aller Missbrauchsopfer«, fuhr Hannah aufgebracht fort. »Die meisten schweigen ihr Leben lang. Teils aus Scham, aus Angst ... oder aus welchen Gründen auch immer. Erfreulicherweise kann ich da aus eigener Erfahrung nichts beisteuern.«

»Nur zehn Prozent«, wiederholte Ole flüsternd. Ihm war anzuhören, dass er am liebsten aussteigen würde. Doch neben ihm ging es weiter.

»Natürlich! Was auch daran liegt, dass unser ach so toller Rechtsstaat einen Steuerhinterzieher länger hinter Gitter schickt als einen Vergewaltiger.« Hannahs Stimme überschlug sich. »Wenn's nach mir ginge, würde man solche Perversen kastrieren und hinterher vierteilen, teeren und federn.«

Ole wusste darauf nichts zu sagen. Er hatte seine Chefin schon häufiger in Rage erlebt, aber dieser hasserfüllte Superlativ war selbst für ihn neu.

Hannah holte tief Luft. Ihr verbaler Kreuzzug schien noch nicht beendet zu sein. »Welche Konsequenzen dieses jahrelange Totschweigen hat, siehst du ja an Maja Boom. Man kann sich gar nicht vorstellen, was aus der geworden wäre, wenn sie keine ›Ferien auf dem Bauernhof‹ gemacht hätte.«

»Schätze, das fragt sich ein anderer auch schon seit etlichen Jahren«, erwiderte Ole und zeigte dazu passend auf das Haus von Hinnerk Boom. »Hoffe, der ist wenigstens zum Reden imstande.«

»Auf jeden Fall ist das Aufräumkommando schon vor Ort. Vielleicht hast du recht: Dieser Jansen könnte 'ne echte Bereicherung werden. Das ist einer, der nicht lange labert, sondern für Tatsachen sorgt.«

Oles Stirn lag in Falten. Er klang misstrauisch. »Wieso? Kennst du jemanden, bei dem das anders ist?«

»Das war ein Witz.« Hannah tätschelte ihm erneut die unrasierte Wange. »Wir zwei sind ein gutes Team – mit oder ohne Jansen.«

Nach Ausbleiben einer vernünftigen Antwort zeigte Ole auf einen Transporter, hinter dessen offenen Hecktüren bereits ein Berg von blauen Müllsäcken erkennbar war. »Die sind schon voll im Gange, unser Hinnerk kann's wahrscheinlich gar nicht glauben.«

»Hoffentlich kommt dabei wenigstens was raus – abgesehen von Rechnungen.« Hannah hatte bereits den Türöffner in der Hand. »Wenn sich der Kerl als Sackgasse erweist, dann …«

»… denken wir uns 'ne hübsche Geschichte aus, warum wir hier zwangsweise investieren mussten«, vollendete Ole. »Ansonsten rufst du deinen väterlichen Freund Gerd in Kiel an und der regelt die Sache. Wie immer!«

Hannah winkte ab. Das letzte Gespräch mit diesem väterlichen Freund kam ihr den Sinn.

Kurz darauf standen die beiden Kommissare vor dem Haus, aus dessen Tür ihnen dieses Mal der Geruch von scharfen Reinigungsmitteln entgegenschlug. Bevor sie die Diele betreten konnten, mussten sie zwei Männer in Arbeitsanzügen passieren lassen, die hinter bergeweise neuen Müllsäcken kaum auszumachen waren.

Ole hatte sich in Richtung Transporter umgedreht und zeigte mit offenem Mund darauf. »Sag mal ... kann das ein Zufall sein?«

»Was meinst du denn?«, fragte Hannah, während sie sich umdrehte.

»Holger Jansen – Gebäudeservice«, las Ole die Firmenaufschrift laut vor. Auch den Zusatz, der in roten Lettern darunter stand: »schnell, unkompliziert *und preiswert.*«

»Falls das kein Zufall ist, hat uns dein Ralf einiges zu erklären. Insbesondere, was mit *preiswert* gemeint ist.«

»Wieso plötzlich ›mein Ralf‹ ... hab ich irgendwas versäumt? Du hast ihn doch eben noch über den grünen Klee gelobt. Außerdem wolltest du, dass es hier schnellstmöglich vorangeht. Ralf und ich haben nur deine Befehle ausgeführt. Mehr nicht!«

»Wenn du dich aufregst, werden deine Ohren immer ganz rot«, stellte Hannah kichernd fest. »Allein das ist es schon wert.«

»Dann bist du also nur so gemein zu mir, weil du mich ...?«

»Klar! Was denn sonst?«

»Ich hätt's wissen müssen«, murmelte Ole frustriert. »So wie du, kann niemand auf Dauer sein. Bist du mit deinen früheren Kollegen auch so umgesprungen? Wie lange haben die denn durchgehalten?«

Hannah verzichtete auf eine Antwort und setzte den ersten Schritt durch die Haustür, nachdem die zwei Arbeiter fluchend mit dem Verstauen weiterer Müllsäcke im Transporter beschäftigt waren. »Wir schauen erst mal, wie's unserem Hinnerk geht. Über alles andere machen wir uns später Gedanken.«

15

Obwohl es bereits kurz nach zehn war, lag Gunda Ingwersen immer noch im Bett. Der vergangene Abend steckte ihr in den Knochen. Und nicht nur dort. Jeder einzelne Muskel in ihrem Körper signalisierte bleierne Müdigkeit. An Aufstehen wollte sie gar nicht denken, geschweige denn, einen solchen Plan in die Tat umsetzen.

Als am vergangenen Abend das Klingeln und Klopfen an ihrer Tür endlich aufhörte und kurz darauf weiter unten die Haustür ins Schloss fiel, hatte sich Gunda auf zitternden Beinen bis zu ihrem kleinen Gaubenfenster vorgewagt, das auf den Parkplatz hinterm Haus zeigte. Und auch, wenn ihre Ohren und ihr Verstand die zwei Frauen längst identifiziert hatten, lieferten ihre Augen bereitwillig eine finale Bestätigung. Seltsam nur, dass die beiden auf der Beifahrerseite einstiegen. Sollte es sich bei dem alten Golf, der sich sofort in Bewegung setzte, nicht um eine selbstfahrende Variante handeln, dann hockte noch jemand hinterm Steuer. Aber wer?

Dieses unfreiwillige Wiedersehen löste bei Gunda ein Gefühl aus, als würde man ihr den Boden unter den Füßen wegreißen. In den letzten, beinahe zwei Jahrzehnten hatte sie sich stets hartnäckig dagegen gewehrt, über das dunkelste Kapitel in ihrem Leben überhaupt zu reden. Nicht mal ihrer Therapeutin hatte sie sich restlos anvertraut. Hatte die regelmäßigen Vorstöße von Doktor Schulze-Wiegand mehr oder weniger geschickt abgeblockt und so getan, als hätte sie Frieden mit ihrer Vergangenheit geschlossen. Manchmal glaubte sie sogar daran. Doch diese Hoffnung hatte ihr nur einen makabren Streich gespielt. Das musste sie sich notgedrungen eingestehen, als sie sich am vorangegangenen Abend auf der Auslegeware unter ihrem Fenster wiederfand. Die dunklen Schatten ihrer Vergangenheit waren aufs Neue erwacht und entfalteten sich mit jedem Atemzug zu neuer, ungeahnter Größe.

Irgendwie hatte es Gunda dann ins Bett geschafft und war vor einer Stunde schweißgebadet aufgewacht. Ihr Herz hämmerte noch immer in ihrer Brust. Doch dieser rasende Motor spornte sie nicht etwa an, sondern schien ihr jegliche Kraft herauszusaugen.

Sie musste etwas tun.

Aber was?

Lediglich eine Sache stand fest: Jede Idee, deren Umsetzung verlangte, dass sie dafür ihre Wohnung verlassen müsste, kam nicht in Betracht. Blieb die Frage, was eine Frau, die unter drei Decken steckte und am ganzen Körper zitterte, wohl ausrichten könnte.

* * *

»Können Sie sich bitte erst mal um die anderen Räume kümmern«, rief Hannah gegen den Lärm der Schwingfeuerheizung an. Sie zeigte auf Hinnerk Boom, der an diesem Morgen bereits auf seiner Matratze saß und mit einem Becher Tee beschäftigt war. »Wir müssen uns mal in Ruhe mit dem Hausherrn unterhalten.«

»Sieht ja schon gemütlich bei Ihnen aus«, stellte Ole fest, nachdem sich die Arbeiter in den hinteren Teil des Hauses verzogen hatten. »Wie geht's denn heute?«

»Ich hab's sogar auf den Pott geschafft«, erklärte Hinnerk, als würde er über das Wunder einer Mondlandung sprechen. Es folgte ein Hustenanfall, als wollte der auf das unveränderte Vorhandensein einer Lungenentzündung hinweisen. »Das Wasser läuft auch wieder. Euer Klempner hat irgendwas am Verteiler gedreht und die letzten Leitungen aufgetaut.«

»Unser Klempner?«, wiederholte Hannah mit besorgt. Dabei ging es wohl in erster Linie um die bevorstehende Rechnung für diese handwerkliche Heldentat.

Doch sie fand keine Zeit für eine Rückfrage, denn Hinnerk Boom fuhr gleich begeistert fort: »Einer von den Arbeitern hat zu Hause ein altes Bett rumstehen. Das will er heut Nachmittag vorbeibringen.«

»Was hat denn die Krankenschwester gesagt?«, wollte Ole wissen. »Werden Sie wieder richtig gesund?«

Hinnerk zuckte mit den Schultern. Nach außen hin schien er nicht besonders viel Interesse an seinem Gesundheitszustand zu haben. »Wollt ihr mir endlich mal verraten, was ihr als Gegenleistung für die Hilfe erwartet? Ihr wollt mir doch nicht erzählen, dass ihr Mitleid mit 'nem Exknacki habt, oder?«

Hannah holte bereits tief Luft. Auf der Suche nach einer Sitzgelegenheit drehte sie sich im Kreis.

Ole hatte das Ansinnen seiner Chefin übersetzt und schob eine Werkzeugkiste quer durch den Raum, auf deren Deckel er zwei blaue Müllsäcke ausbreitete. »Darf ich bitten?«, fragte er grinsend.

»Ich würde gern aus Ihrem Munde hören, was damals passiert ist«, begann Hannah, nachdem sie saß. Ole stand neben ihr und nickte, um diese Aufforderung zu unterstreichen. »Die ganze Geschichte, wenn ich bitten darf.«

Hinnerks Gesicht hatte sich von einem Moment zum nächsten verfinstert. Es war nicht zu übersehen, dass sich seine Gedanken auf einer traurigen Reise in die Vergangenheit befanden. Hannahs Mund öffnete sich bereits erneut, da kam er ihr zuvor: »Meine Frau und ich haben damals viel gearbeitet – wollten zusammen was aufbauen. Nach drei Jahren ohne Urlaub dachten wir, es wär 'ne gute Idee, wenn Maja in den Ferien nicht die ganze Zeit zu Hause rumhockt ... vielleicht was erlebt.«

Ole nickte bereits, Hannah fiel mit ein, hatte allerdings auch eine Frage: »Wie haben Sie herausgefunden, dass Mommsen sich an Ihrer Tochter vergangen hat?«

»Sie hat's uns erzählt. Zuerst haben wir noch gehofft, das Schwein hätte sie nur betatscht«, ging es im Flüsterton weiter. »Aber als Maja sich in ihrem Zimmer eingeschlossen und den ganzen Tag geheult hat, ist meine Frau mit ihr zum Arzt.« Zwei Augen versprühten blanken Hass. »Meine Lütte war damals acht Jahre alt. Verstehen Sie? Acht!«

»Wurden bei der Untersuchung DNA-Proben genommen?«

»Natürlich!« Nach diesem Wutausbruch flüsterte Hinnerk Boom nur noch. »Gefunden hat man Spuren von Mommsen – aber ich hab sowieso keine gebraucht. Mir hat Majas Wort gereicht.«

Weil es zunächst nicht weiterging, fuhr Ole fort. Vorher zeigte er auf sein Handy, von dem er die meisten Informationen ablesen musste: »Hans-Georg Mommsen wurde Ende 99 – drei Tage vor Weihnachten – wegen Missbrauchs an Ihrer Tochter zu sechseinhalb Jahren Haft verurteilt.«

»Und entlassen, nachdem er fünf läppische davon abgesessen hatte«, fauchte Hinnerk hustend. Er brauchte einen Moment, bis er wieder einigermaßen regelmäßig atmen konnte. »Wegen guter Führung!«

Ole nickte, was einer Bestätigung gleichkam und fuhr fort. »Mommsen war erst ein paar Tage wieder auf freiem Fuß, da haben Sie versucht, auf Ihre Weise für Gerechtigkeit zu sorgen.«

Hinnerks Gesicht brüllte ›Na, und?‹, sein Mund lieferte eine nähere Erklärung: »Maja war die ganzen Jahre in Behandlung. Musste haufenweise Tabletten schlucken und hat sich trotzdem immer weiter in ihr Schneckenhaus verkrochen.« Ein freudloses Lachen erklang. »Als sie elf war, hat sie sich zum ersten Mal die Pulsadern aufgeschnitten.« In Hinnerks Augen sammelten sich Tränen, seine Stimme klang zutiefst verbittert. »Ich hab sie gefunden und bin mit ihr ins Krankenhaus gerast – das war Rettung in letzter Sekunde. Danach haben meine Frau und ich abwechselnd bei ihr geschlafen. Jede einzelne, verfluchte Nacht!«

Hannahs Mund öffnete sich und klappte gleich wieder zu. Vor ihr ging es mit einer Abrechnung weiter: »Und das alles nur, weil dieses Monster die Finger nicht von Kindern lassen konnte.«

»Von Kindern?«, wiederholte Hannah gedehnt. »Wollen Sie damit etwa sagen, es gab mehrere?«

»Das weiß doch jeder!« Hinnerks Spucke segelte durch die Luft. Er musste einen neuen Hustenanfall unter Kontrolle bringen, bevor er fortfahren konnte: »Nur, dass sich ansonsten niemand getraut hat, was zu sagen.«

»Gibt es dafür irgendwelche Beweise? Oder sind das nur Vermutungen?« Ole zeigte auf das Handy in seiner Hand. »Mein Kollege hat mir die Ermittlungsakten von damals geschickt. Hier steht, dass es keinerlei Hinweise auf weitere Mädchen gab, die zu Schaden gekommen sind.«

Hannah wiegelte mit einer Handbewegung ab. »Können Sie mir von damals irgendwelche Namen nennen? Wenn Sie so genau wissen, dass auch andere Mädchen betroffen waren – wie hießen die?«

Dem Aussehen nach, befand sich Hinnerk gedanklich auf einer angenehmen Reise in die Vergangenheit. »Die Mädels waren in den Ferien immer zu viert unterwegs, haben hin und wieder auch hier bei uns im Garten gehockt und Würstchen gegrillt. Meine Frau hat manchmal Kinder-Bowle gemacht. Erzählt, es wär Alkohol drin und …« Hinnerk verstummte, seine Lippen zitterten plötzlich. Neue Tränen bahnten sich ihren Weg über faltige Wangen. Ein Kopfschütteln machte klar, dass er vorerst zu keiner Fortsetzung imstande war.

Hannah ließ sich für ihre Verhältnisse lange Zeit und bohrte danach mit leiser Stimme: »Können Sie sich wenigstens an einen der Namen erinnern? Einer würde uns schon helfen.«

Es dauerte nochmal eine gefühlte Ewigkeit, bis sich Hinnerks Mund wieder öffnete. »Mommsens Tochter … die war auf jeden Fall dabei.«

»Andrea?«

»Kann sein – ja.«

»Und was ist mit den beiden anderen Mädchen?« Hannah wurde zum ersten Mal ungeduldig. »Sie müssen sich doch …«

»Das ist bald zwanzig Jahre her«, verteidigte sich Hinnerk. Er musste einen weiteren Hustenanfall bewältigen, danach hellte sich seine Miene auf. »Mir fällt doch noch ein Name ein: Die Lütte hieß wie meine Nichte …«

»Und zwar?«

»Gunda! Aber fragen Sie mich bitte nicht nach dem Nachnamen.«

16

Um den Arbeitern nicht im Weg zu stehen, die sich zum Abschluss noch mal gründlich um das Pseudo-Krankenzimmer kümmern wollten, hatten sich Hannah und Ole vorerst ins Auto zurückgezogen. Jede Minute unter freiem Himmel sorgte für eiskalte Schockmomente.

»Von Andrea Mommsen fehlt bis jetzt jede Spur«, sagte Hannah, nachdem eines von zahlreichen Telefonaten beendet war. »Hätte mich auch gewundert ...«

»Was meinst du?«, fragte Ole, der mal wieder mit dem Bedienelement der Standheizung beschäftigt war. »Entweder, ich bin zu blöd oder das Teil will mich ärgern!«

Hannah drehte den Zündschlüssel. Es dauerte nicht lange, bis sich im Wagen warme Luft ausbreitete. Als selbst Ole einigermaßen zufrieden aussah, begann sie mit ihrer Zusammenfassung: »Ich geh mal davon aus, dass Hinnerk Boom nicht als Täter infrage kommt. Gestern Abend hat der Notarzt über einundvierzig Grad Fieber gemessen. In dem Zustand geht keiner los und sorgt auf 'ner Schafweide für solch ein Massaker.«

»Dann tippst du also immer noch auf Mommsens verschwundene Tochter?«, fragte Ole der Ordnung halber. Und er wartete auch keine Antwort ab. »Wenn das der Fall wäre, dann würde das bedeuten, der Mommsen hätte sich auch an ihr vergriffen. Warum sollte sie sonst ...?«

»Wir brauchen Fakten! Bis jetzt stochern wir doch nur

im Nebel.« Hannah zeigte auf die Uhr im Armaturenbrett. »Stefan hat mir versprochen, dass er spätestens nach dem Mittagessen mit Mommsen anfängt.«

»Wie kann jemand erst essen und danach 'ne Leiche aufschlitzen, als ob nichts wäre?« Oles angewidertes Gesicht passte zu dieser Frage. Sein Verhältnis zu Doktor Stefan Eickhoff, dem Leiter der Kieler Rechtsmedizin, war von Haus aus angespannt. Vielleicht auch, weil es sich bei dem Mediziner um Hannahs Exfreund aus jungen Jahren handelte. »Den Job würd ich für alles Geld der Welt nicht machen. Niemals!«

Hannah reagierte nicht und fuhr unbeirrt fort: »Außerdem müssen wir schnellstmöglich herausfinden, wer diese Gunda ist. Und einer unserer Kollegen soll Mommsens Leben auf links drehen. Vielleicht hat der in den letzten Jahren was Neues ausgefressen und wir rennen von Anfang an in die falsche Richtung – schlimmer ginge es nicht.«

Ole nickte anerkennend. Wenn es um die nüchterne Planung weiterer Schritte ging, machte seiner Chefin so schnell niemand etwas vor. Trotzdem hatte er eine Frage: »Darf ich Ralf anrufen und fragen, ob er ...?«

Hannahs Kopf fuhr herum. Das reichte für augenblickliche Ruhe. »Dein Ralf soll mir erst mal verklickern, was es damit auf sich hat.« Ein Fingerzeig in Richtung Transporter und auf dessen Beschriftung reichte als nähere Erklärung. »Und ansonsten können wir auf genug Ressourcen beim LKA und in der Polizeidirektion zurückgreifen. Das ist dein Part: Ich will alles über Mommsen, über Hinnerk Boom und deren Familien wissen ... und jemand soll sich sofort darum kümmern, ob da irgendwo der Name Gunda auftaucht.«

Ole hatte bereits sein Telefon in der Hand. »Darf ich auch erfahren, was du vorhast?«

Hannah deutete zur Haustür hinüber. Direkt davor hatten sich die Arbeiter versammelt, es sah nach Feierabend aus.

»Ich glaube, einer von denen wartet auf 'ne Unterschrift«, stellte Ole vorsichtig fest. »Soll ich?«

Hannah hatte bereits die Fahrertür geöffnet, hielt jedoch kurz inne und drehte sich zu ihrem Kollegen um. »Deine drei Kreuze sind nichts wert. Sei froh! Für alles, was hier schiefläuft, muss mein Hintern herhalten.«

Ole grinste. Sein Mund öffnete sich, doch Hannah war schneller: »Egal, was du sagen willst – lass es lieber!«

* * *

Gegen halb zwölf hatte Gunda endlich genug Energie gesammelt, um aufzustehen. Immer noch in eine Bettdecke gehüllt, saß sie auf einem von zwei Küchenstühlen und nippte an einem Becher Kräutertee. Ihr Handy lag vor ihr auf dem Tisch. Bisher hatte es keinen Ton von sich gegeben. Und so sehr Gunda tags zuvor noch über das unaufhörliche Klingeln geflucht hatte, so sehr wünschte sie sich, ihr Telefon würde einen Laut von sich geben.

Einen Moment lang hatte sie sogar darüber nachgedacht, ihre Mutter anzurufen. Das Ergebnis war das erste Lachen an diesem Tag. Freiwillig würde sie sich keinen weiteren Mitleidsbekundungen oder Moralpredigten aussetzen.

Die vergangenen anderthalb Stunden im Bett hatte sie sich weiter den Kopf zermartert; sich auf die Suche nach Möglichkeiten gemacht, mit denen sie den Fortgang der Dinge beeinflussen könnte. Dabei ging es ihr in erster Linie darum, unbeteiligt zu bleiben.

Aber dieser Zug war schon am vergangenen Abend endgültig abgefahren, als es an ihrer Wohnungstür klingelte. Von nun an ging es nur noch um Schadensbegrenzung.

Gundas Handy machte mit leisem Bimmeln auf sich aufmerksam. Es handelte sich um eine WhatsApp-Nachricht, deshalb blinkte oben links eine kleine blaue LED. Sie glaubte schon, deren Licht wollte sich in ihre Netzhaut brennen, als sich ihr Daumen verselbstständigte. Das Display leuchtete auf. Einen Wisch später konnte sie die Nachricht lesen: *Andrea M.: Wir finden ihn auch ohne dich …*

Das war zunächst alles. Blieb die Frage, welchen Sinn eine solche Mitteilung machte. Gerade dann, wenn zwei Frauen sich ihrer Sache doch so sicher waren und offensichtlich keine Hilfe mehr brauchten.

Gunda wollte ihr Handy schon wieder auf den Tisch zurücklegen, als eine zweite Nachricht eintraf: *Andrea M.: Du hast damals geschworen, dass du mitmachst!* Dieses Mal folgte noch ein wütendes Emoji.

Natürlich erinnerte sich Gunda an einen Schwur, den sie unter Tränen und tiefster Verzweiflung vor beinahe zwanzig Jahren geleistet hatte. Doch seither hatte sich vieles verändert. Ihr Leben hatte sich verändert – sie hatte sich verändert!

Und wenn ihr in all den Jahren wenigstens eines klar geworden war, dann, dass niemand, außer ihr selbst, etwas ändern konnte. Auch der Tod eines anderen war nicht dazu geeignet, ihr Leben wieder lebenswert zu machen. Vielleicht wäre danach sogar alles noch schlimmer.

Es folgte eine weitere Nachricht: *Andrea M.: Entweder, du hilfst uns oder …*

Das war alles. Und während sich Gunda noch Gedanken über dieses ›Oder‹ machte, kam eine vierte Nachricht an: *Andrea M.: Wenn du uns nicht hilfst, dann hilfst du damit ihm. Vielleicht solltest du darüber mal nachdenken.* Es folgten noch Emojis, die für gehörige Wut sprachen: ein Teufel und eine Hand mit ausgestrecktem Mittelfinger.

Letzteren hatte Gunda in der Liste ihrer eigenen Emojis noch gar nicht entdeckt und beschloss, danach Ausschau zu halten. Unterdessen konnte sie erkennen, dass auf der anderen Seite bereits an der nächsten Nachricht gearbeitet wurde. Und weil sie sich die lieber ersparen wollte, schaltete sie ihr Handy auf lautlos. Danach störte sie nicht mal mehr das Blinken der blauen LED.

17

Hannah hatte sich wieder auf der Werkzeugkiste niedergelassen und musste zunächst warten. Gerade erst war die Krankenpflegerin eingetroffen und hatte bei ihrem zweiten Besuch an diesem Tag eine blecherne Suppenschüssel im Gepäck. Als die im Schoß von Hinnerk Boom ruhte und der einen Löffel in der Hand hielt, strahlten seine Augen vor Glück.

Die Pflegerin, eine resolute Endfünfzigerin, die über ihrer weißen Arbeitskleidung einen dicken Wintermantel trug, stand kurz darauf neben Hannah und flüsterte nur. »Der Mann braucht ein vernünftiges Bett!«

Hannah spürte Wut in sich aufsteigen auf. Am liebsten hätte sie der Frau erklärt, dass Hinnerk Boom ihr zunächst ein paar Antworten schuldig war, die all die kostspieligen Hilfestellungen wenigstens ansatzweise rechtfertigten. Doch sie verzichtete darauf und brachte mühsam ein halbes Lächeln zustande. »Ich glaube, dafür ist schon gesorgt. Wie geht's ihm ansonsten?«

»Sie müssen sich keine Sorgen machen – der wird wieder.«

»Ich mach mir langsam Sorgen, wer den ganzen Spaß hier bezahlen soll«, erwiderte Hannah, bewusst etwas lauter als notwendig.

Doch davon ließ sich Hinnerk nicht stören. Er löffelte seelenruhig seine Suppe weiter.

Um dem Wahnsinn die Krone aufzusetzen, fischte die Krankenpflegerin einen ganzen Stapel Papiere aus ihrer Umhängetasche. Ihr Blick machte klar, dass Hannah sich lieber von der Werkzeugkiste erheben und damit Platz für eine Arbeitsfläche machen sollte. »Ihr Kollege in Flensburg meinte am Telefon, dass Sie für Unterschriften zuständig sind. Überall, wo Kreuze sind, wenn ich bitten darf.«

Hannah griff nach dem angebotenen Kugelschreiber, doch der verharrte noch über den Papieren. »Hier steht nirgendwo, was der Spaß kostet. Ist das normal?«

»Dafür bin ich nicht zuständig«, erklärte die Krankenpflegerin routiniert. »Falls Sie Fragen haben, müssen Sie sich an meine Kolleginnen im Büro wenden.«

»Dann rate ich mal: Die Unterschriften wollen Sie trotzdem jetzt haben, richtig?«

Die erste Antwort war ein Nicken. Doch es folgte auch noch eine Ergänzung. »Meine Chefin hat gesagt: Wenn ich hier zum zweiten Mal ohne rauskomme, darf ich kein drittes Mal herfahren.«

Hannah atmete schwer. Doch es half nichts. Nach einem halben Dutzend Unterschriften packte sie den Papierstapel und drückte ihn der verdutzten Krankenpflegerin in die Hände.

»Sie bekommen noch von allem 'nen Durchschlag.«

»Verzichte!« Hannah zeigte auf Hinnerk Boom. »Und jetzt würde ich mich gerne unter vier Augen mit Ihrem Schützling unterhalten. Geht das ... oder brauchen Sie dafür noch 'ne weitere Unterschrift?«

Hinnerk Boom löffelte unverändert begeistert seine Suppe und schaute irgendwann zu Hannah auf, nachdem die Krankenpflegerin mit wehenden Fahnen geflohen war. »Und was jetzt?«, fragte er mit rauer Stimme. »Ich dachte, wir wären fertig.«

Hannah hatte die Wartezeit genutzt, um Pläne zu schmieden. Und ihre erste Frage machte unmissverständlich klar, dass zumindest sie noch nicht fertig war. »Sie haben davon gesprochen, dass Ihre Tochter Tabletten genommen hat. War sie auch in Therapie?«

Hinnerk nickte nur, sein Mundwerk war wieder anderweitig beschäftigt.

»Wo?«

»Kann mich nicht mehr an den Namen erinnern«, sagte Hinnerk, nachdem er heruntergeschluckt hatte. »Maja ist tot! Wieso ist das denn noch so wichtig?«

»Das lassen Sie mal meine Sorge sein.« Hannah hatte sich kurz zuvor wieder auf der Werkzeugkiste niedergelassen, stemmte sich jetzt jedoch energisch hoch und stand kurz darauf vor dem Fenster. Von dort konnte sie Ole sehen, der vor der Tür im Auto saß und telefonierte. Sie wirbelte herum und schleuderte Hinnerk gleich die nächste Frage entgegen: »Wieso sind Sie sich so sicher, dass seinerzeit noch andere Mädchen betroffen waren?«

»Was denn sonst?« Hinnerks Mimik demonstrierte, dass er diesen vagen Hinweis längst bereute. Und offensichtlich hatte er auch genug von der Suppe, denn die Blechschüssel stand mittlerweile neben der Matratze, der Löffel ragte heraus. »Mommsen ist ein Dreckschwein, das sich ...«

»War ein – wie Sie ihn nennen – Dreckschwein!«, korrigierte Hannah mit erhobenem Finger. »Er ist tot. Und eines steht fest: Ab sofort wird er sich nicht mehr an wehrlosen Mädchen zu schaffen machen.«

Hinnerk zuckte nur mit den Schultern. Sein Blick traf die Suppenschüssel, kurz darauf stand die wieder in seinem Schoß.

Hannah fluchte in sich hinein. Sie hatte dem Mann das Wort abgeschnitten und ihn damit vorerst zum Schweigen gebracht. Als erfahrene Ermittlerin hätte sie es besser wissen und nicht leichtfertig eine Redeflut stoppen sollen. Und auch, wenn ein Mund längst wieder mit Suppe beschäftigt war, musste sie ihn irgendwie zum Reden bringen. »Ihre Frau … warum wollte die plötzlich die Scheidung?«

Das Mundwerk kam zum Stillstand. Doch auch nach dem Herunterschlucken kam nichts. Nur das Knarren der Dachbalken war zu hören. »Stellen Sie sich mal vor, Ihre Tochter wäre tot und Ihr Mann hockt noch ein paar weitere Jahre im Gefängnis – was würden Sie da machen? Geduldig warten und im Kummer ertrinken?«

Hannah hatte nicht vor, auf die Frage zu antworten, sondern hielt mit einer eigenen gegen: »Gab es ansonsten Gründe? Abgesehen von den beiden, die Sie genannt haben?«

»Wieso, reichen die nicht?«

Innerlich kochte Hannah vor Wut auf sich selbst. In erster Linie, weil sie es geschafft hatte, dieses Gespräch in eine neue Sackgasse zu manövrieren.

Hinnerk Boom hatte Oberwasser und das war ihm anzuhören, als er ungefragt fortfuhr: »Ich danke dem lieben Gott dafür, dass einer den Mommsen erwischt und ihn kaltgemacht hat. Aber machen Sie sich ansonsten keine Hoffnungen: Bei der Suche nach seinem Mörder, kann ich Ihnen als Letzter helfen.«

Hannahs Gesicht verzog sich skeptisch. »Reden wir von Können oder von Wollen?«

Hinnerk überlegte tatsächlich einen Moment lang. »Mir egal – suchen Sie sich was aus.«

18

»Ich kauf diesem Hinnerk seine Geschichten nicht ab«, schimpfte Hannah, als sie eine Viertelstunde später neben Ole im Wagen saß. Sie zeigte auf das Fenster, hinter dem der hustende Hausherr nach ein paar weiteren Fragen irgendwann restlos auf stur geschaltet hatte. »Der weiß deutlich mehr, als er sagt. Am liebsten würde ich die Krankenschwester abbestellen und dafür sorgen, dass er seinen ganzen Müll zurückkriegt. Meinen pack ich gern noch obendrauf!«

Mittlerweile wusste Ole aus Erfahrung, wann bei seiner Chefin eine Antwort Sinn machte. Deshalb zeigte er nur auf seinen Notizblock, der vor ihm auf dem Armaturenbrett lag. »Soll ich lieber mal anfangen? Ich hab einiges regeln können.«

Hannah nickte und lehnte sich halbwegs entspannt zurück.

»In Kiel unterstützen uns ab sofort drei Kollegen vom LKA. Die kümmern sich um alles, was du wolltest: um Mommsens Vergangenheit, die von Hinnerk Boom und …«

»Gibt's schon irgendein Ergebnis? Irgendwas über diese Gunda?«

»Vielleicht lässt du mich mal ausreden!« Ole blätterte zur nächsten Seite um. »Eine Kollegin aus der Flensburger Direktion knöpft sich alle aktuellen Ermittlungen vor, wo's um Kindesmissbrauch oder ähnliche Straftaten in ganz Nordfriesland geht.«

»Da darf uns nichts durch die Lappen gehen. Ich will wissen, ob Mommsen noch anderweitig Dreck am Stecken hat. Wundern würd's mich nicht – solche Scheißkerle hören nicht einfach so auf.«

Ole blätterte eine Seite weiter und schlug die dann eilig wieder um.

Hannah zeigte auf den Block. »Stand da gerade irgendwas von Italien?«

»Nö.«

»Ich hab doch genau gesehen, dass da ...«

»Kann ich dir das nicht später erzählen?«, fragte Ole ein wenig unbeholfen. »Wenn du mich fragst, sollten wir nach Niebüll zurückfahren und erst mal alles sammeln und ordnen, was wir bis jetzt haben.«

Hannah packte den Notizblock, den ihr Kollege mit eisernem Griff festhielt. Die erste Seite war bereits zur Hälfte herausgerissen.

In seiner Verzweiflung lieferte Ole ein Angebot: »Ich sag's dir sofort, wenn wir im Büro sind, okay?«

»Was ist passiert?«, fragte Hannah. In ihrer Stimme schwang Mordlust mit. »Gib mir den Block, sonst ...«

Ole ließ los. Seine Chefin fiel zur Seite und wurde erst von der Fahrertür ausgebremst. Nachdem sie das letzte beschriebene Blatt vom Block überflogen hatte, stand ihr Mund offen.

»Frau Rossi hat unsere Kollegen vom Revier mit ihren Anrufen fast verrückt gemacht und dem Schichtleiter alles geschickt«, erklärte Ole nach endlosem Schweigen. »Ich hab schon dafür gesorgt, dass ein Kollege sie vom Flughafen abholt. Dem hab ich gesagt, er soll sich viel Zeit lassen.«

Hannah sah aus, als hätte sie gerade erst den Verstand verloren. Irgendwann klappte ihr Mund zu, öffnete sich aber gleich wieder. »Und das soll alles schon morgen passieren?«

»Richtig! Gegen Mittag kommt sie in Hamburg an und ich hoffe, dass sie erst am Nachmittag in Niebüll aufschlägt – rund um Fuhlsbüttel ist ja immer der Teufel los. Und wenn dann auch noch ihr Abholer 'ne Stunde zu spät kommt ...«

Hannah unterbrach die Debatte durch wütendes Grunzen und drehte am Zündschlüssel. Ansonsten verzichtete auf jede weitere Reaktion.

Dementsprechend verwundert klang Ole. »Heißt das, du bist mit Hinnerk Boom erst mal fertig?«

»Mit dem und vorerst auch mit dieser Insel! Wir fahren nach Niebüll und tragen alles zusammen, was uns helfen kann. Und wir kommen nicht zurück, bevor wir was Vernünftiges in den Händen haben.«

Als der BMW nach vorne rollte, wagte Ole einen neuen Vorstoß: »Ich hab auch mit Ralf telefoniert. Dieser Holger Jansen ist tatsächlich sein Bruder. Und bevor du fragst: Der macht uns für die Arbeiten hier 'nen guten Preis.«

»Gut für wen?«

Ole pustete die Backen auf. »Keine Ahnung. Warten wir's mal ab.«

* * *

»Sie ist schon wieder dran – zum vierten Mal heute!« Die Sprechstundenhilfe von Frau Doktor Schulze-Wiegand zeigte mit genervtem Blick aufs Telefon, während sie den Hörer an ihre Schulter presste. »Soll ich sie noch mal abwimmeln?«

Die Therapeutin stöhnte auf. Sie befand sich zwar im Rückwärtsgang, aber es musste wohl eine Antwort her. »Stellen Sie das Gespräch in mein Büro durch ... und sagen Sie der nächsten Patientin, dass es noch ein paar Minuten dauert.«

Hinter ihrem Schreibtisch langte die Therapeutin zum Hörer. Ihre Stimme klang bemüht freundlich. »Was gibt's denn, Gunda? Meine Mitarbeiterin sagt, Sie hätten schlecht geschlafen.«

»Schlecht geschlafen?«, erklang es am anderen Ende der Leitung wie das Zischen einer Schlange. »Ihre Mitarbeiterin sollte vielleicht mal ...«

»Was kann ich für Sie tun? Helfen die neuen Tabletten nicht?«

»Die Tabletten haben noch nie geholfen – können Sie herkommen?«

»Wie stellen Sie sich das vor? Soll ich hier alles stehen und liegen lassen, und ...?«

»Ja!«, brüllte Gunda dazwischen. »Oder sind Ihre ständigen Hilfeangebote doch nur Gelaber?«

»Wir sollten lieber freundlich bleiben«, erwiderte die Therapeutin nach kurzer Bedenkzeit. »Was ist denn passiert? Was ist anders als sonst?«

»Alles!«

»So kommen wir nicht weiter. Außerdem weiß ich ohnehin nicht, wie ich Ihnen helfen soll. Wir treffen uns seit Ewigkeiten beinahe jeden Montag und ich weiß so gut wie nichts über Sie oder Ihre Probleme. Was soll sich daran ändern, wenn wir das Gespräch bei Ihnen fortsetzen?«

»Können Sie trotzdem kommen?« Ein Schniefen kündigte die nächsten Worte an. »Es ist viel schlimmer als sonst. Ich weiß nicht, ob ich mir ansonsten was ... nur ganz kurz. Ich muss mit Ihnen reden!«

»Und ich hab Ihnen doch erklärt, dass es nicht geht. Wie wär's denn, wenn Sie morgen in meine Sprechstunde kommen? Wann Sie wollen und ohne Termin. Ich nehme mir die Zeit für Sie und ...« Die Therapeutin verstummte mitten im Satz. Jedes weitere Wort war ohnehin überflüssig, denn Gunda hatte aufgelegt.

Im nächsten Moment meldete sich die Sprechstundenhilfe über die Gegensprechanlage. »Kann ich Frau Kaufmann jetzt reinschicken?«

Eine Antwort blieb zunächst aus.

»Hallo, Frau Doktor! Soll ich …?«

»Ja, schicken Sie sie rein.«

19

»Wenn's so weitergeht, magere ich noch total ab«, nörgelte Ole, als er im Büro hinter seinem Schreibtisch saß. »Seit heut Morgen hatte ich einen Schokoriegel und den zweiten musste ich auch noch mit dir teilen. Hätten wir uns auf dem Weg nicht wenigstens was zum Mittag aus dem ›San Marco‹ holen können?«

Auf der anderen Seite war Hannah bereits mit ihrer Tagespost beschäftigt, die sich vor ihr stapelte. Ein vernichtender Blick traf ihren Kollegen. »Glaubst du ernsthaft, mir ist ausgerechnet heute nach was Italienischem?«

»Oh … hab ich gar nicht dran gedacht.« Ole konnte sich seinen Sarkasmus nicht verkneifen. »Aber ich erinnere mich noch gut an letztes Mal: Da hast du auch noch den Rest von meinen Spaghetti aufgefuttert. Bei deiner Größe frag ich mich, wo das alles bleibt.«

Plötzlich stand Hannahs Mund offen. Aber das hatte vermutlich nichts mit den Spaghetti zu tun. Sie hielt ein paar Seiten empor, dem Aussehen nach, ein mehrseitiges Fax.

»Was ist das?«, erkundigte sich Ole vorsichtig.

»Ne Auftragsbestätigung«, entgegnete Hannah mit scharfer Stimme. »Darin geht's um das Haus von Hinnerk Boom.«

»Und?«

»Dieser Holger Jansen ruft fast dreitausend Euro für die Aktion heute Vormittag auf.« Hannah überflog die zweite und dann auch die dritte Seite. Das Ergebnis war ein verzweifeltes Lachen. »Für ein gebrauchtes Bett, das heute noch geliefert werden soll, steht hier 'ne Pauschale von fünfhundert Euro. Wahrscheinlich für so ein klappriges Teil, das ansonsten auf'm Sperrmüll gelandet wäre.«

Ole hatte bereits den Hörer in der Hand. »Ich red mal mit Ralf. Der soll sich seinen Bruder vorknöpfen und ihm klarmachen, dass wir hier kein Selbstbedienungsladen sind.«

»Dein Ralf kann mich mal kreuzweise!«, schnaubte Hannah. Und es wäre sicherlich noch weitergegangen, wenn ihr Telefon sie nicht davon abgehalten hätte. Nach einem Blick aufs Display klang sie beinahe panisch. »Vergiss Ralf ... leg auf und hol dir das Gespräch. Mach schon!«

Ole tat wie befohlen und linste danach auf sein Display. »Italien«, stellte er mit künstlicher Begeisterung fest. Am Schreibtisch gegenüber machte Hannah den Eindruck, als wäre sie mit den Nerven vollständig am Ende. Ihr Kollege tat also gut daran, das Gespräch anzunehmen. »Friedrichsen, Kripo Niebüll.«

Hannah hatte sich blitzartig erhoben und stand kurz darauf direkt neben Ole. Offensichtlich traute sie sich nicht, den Lautsprecher zu aktivieren. Stattdessen bückte sie sich nach vorne und versuchte, direkt am Hörer zu lauschen.

Doch das Gespräch dauerte nicht lange. Ole hatte ein paar Mal zur Bestätigung gegrunzt und sich mit knappen Worten verabschiedet. Nach dem Auflegen sah er sich den vor Wut funkelnden Augen seiner Chefin gegenüber.

»Was wollte die Schlange?«

Ole hatte seine Mimik erstaunlich gut im Griff. »Sagen, dass sie gleich morgen Abend mit der letzten Maschine nach Italien zurückfliegt. Sie meint, es wäre nett, wenn du ihr tagsüber zur Verfügung stehst.«

»Die hat sie wohl nicht mehr alle!« Hannah war auf dem Rückweg zu ihrem Schreibtisch. »Die wird mich morgen überhaupt nicht zu Gesicht bekommen. Und von mir aus kann sie übermorgen – oder wann auch immer – per Anhalter nach Italien zurückfahren.«

»Ist das dein Ernst?«

Hannah nickte aufgeregt. »Und ich weiß auch schon ganz genau, wer sie mir vom Hals hält.«

Ole zeigte wortlos auf sich selbst.

»Du hast es erfasst! Während ich mich um unseren Fall kümmere, kannst du mit der Schlange auf Kuschelkurs gehen.«

»Aber du erwartest doch hoffentlich nicht von mir, dass ich ...?«

»Wie alt ist sie denn?«, fragte Hannah beiläufig.

Oles Gesicht nahm eine gesunde Farbe an. Als er die Antwort lieferte, klang er verlegen. »Wenn die Daten im Internet stimmen, Mitte vierzig.«

Zum ersten Mal seit der Rückkehr ins Büro wirkte Hannah amüsiert. Das machte ihr breites Grinsen deutlich. »Das ist doch genau dein Beuteschema. Und sollte uns das zur Abwechslung mal helfen, kannst du die Mutti aus Neapel aushorchen, während du mit ihr ...«

»Jetzt ist mal gut!« Ole sah ungewohnt wütend aus. »Für den guten Zweck tue ich gerne mein Bestes, aber ich bin kein Callboy. Merk dir das lieber!«

Hannah war schon wieder auf dem Rückweg in seine Richtung. Sie fischte einen Zwanziger aus der Hosentasche und hielt ihn Ole entgegen. »Jetzt hab ich doch Bock auf was Italienisches ... zum Warmwerden.«

* * *

»Was kann ich denn für Sie tun, Frau Lambert?« Axel Probst, ein Notar mit Kanzlei mitten in Westerland, wirkte hinter seinem riesigen Schreibtisch wie ein Zwergenkönig ohne Krone. »Das klang am Telefon ja fürchterlich dringend.«

Hannahs Mutter zeigte auf Felix, der neben ihr auf einem Stuhl saß und bisher angestrengt mit der Bommel seiner Pudelmütze beschäftigt war. »Es geht um meinen Jungen. Er hat geerbt – aber wir wollen das Geld nicht.«

»Darf ich fragen, warum?«

Gertrud Lambert schüttelte energisch den Kopf. Eine Frau wie sie hatte sich im Laufe ihres Lebens daran gewöhnt, keine Zeit mit langen Erklärungen zu verschwenden. »Felix soll das Erbe ausschlagen. Können Sie da was vorbereiten?«

Der Notar blätterte nacheinander in zwei Aktenmappen und nickte als Ergebnis zufrieden. »Ich bräuchte die Unterlagen vom Gericht und könnte danach gleich loslegen. Wenn ich alles zusammenhabe, machen wir einen Termin, in dem Sie und Ihre Tochter unterschreiben.«

»Tochter?«, wiederholte Gertrud Lambert gedehnt. »Wieso ist denn Hannahs Unterschrift erforderlich? Vielleicht haben Sie's vergessen: Ich habe die Vormundschaft inne.«

»Mit Einschränkungen«, betonte der Notar. »Seinerzeit sind bestimmte Rechtsgeschäfte ausgeschlossen worden, und für genau die benötigen wir zwei Unterschriften. Also auch die von Ihrer ...«

»Das habe ich verstanden!« Hannahs Mutter war ihre Ratlosigkeit anzusehen. Nach kurzem Überlegen verzog sich ihr Gesicht zur Andeutung eines Lächelns. »Können Sie da nicht was drehen? Sie sind doch vom Fach, da müsste es doch möglich sein, dass ...«

»Wollen Sie, dass der Erbverzicht rechtskräftig wird?«, unterbrach dieses Mal Axel Probst.

»Natürlich!«

»Dann brauchen wir zwei Unterschriften. Eine reicht nicht.«

20

»Kann man in meinem Alter überhaupt noch schwanger werden?«, stöhnte Hannah und rieb sich den Bauch. Nachdem Ole nicht mehr konnte, hatte sie auch den Rest seiner Cannelloni vertilgt. Obendrauf seinen Nachtisch, den er gar nicht anrühren wollte.

»Wovon solltest du denn schwanger werden?«, erkundigte sich Ole lachend. »Redest du von Samenflug bei steifem Westwind?«

Hannah winkte ab. Sie stand auf, stapelte das Einweg-Geschirr auf dem Besprechungstisch und zeigte mit erwartungsvoller Miene darauf.

Ole fing den Hinweis auf. »Heißt das, ich darf den Müll in die Teeküche tragen ... wie immer?«

»Du kannst auch unseren Freund Gerd in Kiel anrufen und ihn aufs Laufende bringen. Vielleicht hast du ja Glück, und er nennt dich bald auch liebevoll Krümel.«

»Oder er wischt mich wie ’nen Krümel vom Tisch«, konterte Ole. Er stand bereits und hatte sich das Geschirr geschnappt. Kurz darauf war er durch die Tür entschwunden.

Hannah stand vor einem Flipchart, auf dem sie in Oles Abwesenheit die Fakten notiert hatte. Ein echter Hinweis war bisher nicht dabei. Dementsprechend energisch langte sie zum Hörer, als das Telefon plötzlich klingelte.

»Lambert!«

Am anderen Ende der Leitung herrschte zunächst Stille. Als sich Ralf Jansen endlich mit Namen meldete, klang er beinahe wie ein kleiner Junge. Bei der Fortsetzung zitterte seine Stimme. »Ich hab was herausgefunden.«

»Lassen Sie mich raten: Dass Wucher hier in Deutschland verboten ist. Und jetzt haben Sie Angst, dass wir Ihren Bruder deshalb einbuchten? Ich hoffe, Sie stellen das richtig und sorgen für 'ne Rechnung, die keinen Haftbefehl auslöst.«

Ralf zögerte erneut. Danach hörte er sich schon ganz anders an. »Ole hat mir gesagt, dass Sie auf der Suche nach der Therapeutin sind, bei der Maja Boom bis zu ihrem Selbstmord in Behandlung war.«

»Soll das etwa heißen, Sie haben den Namen schon herausgefunden?«

»Nach Majas Tod hat ihre Mutter Anzeige gegen die Therapeutin erstattet, wegen fahrlässiger Tötung durch Unterlassen.«

»Moment!« Hannah musste diese neuen Informationen kurz überdenken. »Sie reden von Hinnerk Booms Exfrau ... die hat Anzeige erstattet, ja?«

»Gegen eine gewisse Frau Doktor Schulze-Wiegand. Daraus ist aber nichts geworden, weil ihr keine Mitschuld nachzuweisen war. Und die Frau Doktor praktiziert übrigens immer noch: Strandstraße, in Westerland.«

Ole kehrte ins Büro zurück. Er blieb vor Hannahs Schreibtisch stehen und linste auf ihr Display. Die Flensburger Nummer darauf sorgte für sichtbares Unbehagen.

Doch Hannah gab sich ganz anders als erwartet. »Das war gute Arbeit, Kollege!«

Oles Finger wanderten in Richtung Telefon, um den Mithörer zu aktivieren. Hannah schlug sie beiseite und fuhr unverändert freundlich fort: »Wäre nett, wenn Sie mit Ihrem Bruder sprechen. Vielleicht kann er sich ja noch mal

Gedanken über die Rechnung machen. Und falls Sie noch mehr herausfinden, immer her damit.«

Nachdem das Gespräch beendet war, stand Ole noch immer vor dem Schreibtisch und schaute auf Hannah hinunter. Seine Augen verengten sich zu Schlitzen. »Wer sind Sie und was haben Sie mit meiner Chefin angestellt?«

»Hast du mitgehört?«

»Durfte ich doch nicht!«

»Der Kollege Jansen ist auf 'ne Spur gestoßen: Wir haben den Namen von Maja Booms damaliger Therapeutin.«

»Deshalb weiß ich immer noch nicht, was du dir davon versprichst. Glaubst du, die kann uns heute noch weiterhelfen – zehn Jahre nach dem Selbstmord?«

Hannah hatte gar nicht richtig zugehört. Ihr Gesicht sprach dafür, dass sie es mit einem Geistesblitz zu tun hatte. »Während Hinnerk Boom im Knast hockte, wollte sich seine Frau auf andere Weise rächen ... hat Anzeige erstattet.«

»Gegen die Seelenklempnerin?«

»An deren Namen sich der liebe Hinnerk angeblich nicht mal erinnern kann.« Hannah lächelte böse. »Auch wenn er im Knast gesessen hat, der wusste davon. Und das heißt ...«

»... er hat dich belogen«, vollendete Ole. »Bleibt aber immer noch die Frage, wer Mommsen auf dem Gewissen hat. Sind wir uns immer noch darüber einig, dass dein neu entdeckter Lügner es nicht gewesen sein kann?«

»Sind wir!« Hannah war anzusehen, dass sie weiterhin grübelte. »Und wir haben noch ein paar weitere Rätsel zu lösen: Da wäre Maja Boom, die sich umgebracht hat. Darüber hinaus wissen wir von Andrea Mommsen und einer gewissen Gunda ... aber wer ist das vierte Mädchen von damals?«

»Ich könnte versuchen, ein paar Kollegen für einen Ausflug nach Sylt zu begeistern«, schlug Ole vor. »Die sollen sich mal umhören und finden dabei vielleicht auch heute noch was über die Zeit von damals heraus. Was meinst du?«

Hannah nickte, hatte jedoch auch einen Gegenvorschlag parat: »Am besten fragst du Martin Clausen, der könnte sich drum kümmern. Und unsere lieben Kollegen in Kiel sollen sich ab sofort Maja und Andrea intensiver verknöpfen. Wir müssen wissen, wo die beiden zur Schule gegangen sind, ob sie Sport getrieben haben oder sonst in irgendwelchen Vereinen waren. Könnte mir vorstellen, dass wir dabei auf was stoßen.«

Ole nickte anerkennend. »Du bist gut – vielleicht kann ich von dir wirklich was lernen.«

Hannah fuhr kommentarlos fort: »Außerdem solltest du schnellstmöglich Kontakt zu Booms Exfrau aufnehmen. Wenn überhaupt, dann weiß die sicherlich am meisten über ihre Tochter Maja – auch wenn die tot ist.«

»Ups!« Ole lächelte schelmisch. »Hatte ich das noch nicht erzählt? Die Idee hatte ich nämlich auch gleich als Erstes.«

Hannah schaute auf. Ihr Gesicht deutete auf eine Vorahnung. »Was hast du mir nicht erzählt?«

»Marianne Boom ist vor ’nem halben Jahr verstorben. Hat mir ihr zweiter Mann am Telefon verraten.«

Wider Erwarten sah Hannah zufrieden aus. Und auch ihr Kommentar wollte so gar nicht zu der traurigen Mitteilung passen: »Dann bin ich ja beruhigt.«

»Was soll das denn heißen?«

»Diese Information hätte uns dein Ralf gestern schon am Telefon geben können.«

»Und was bedeutet das konkret?«, hakte Ole skeptisch nach.

»Dass er auch nicht perfekt ist.« Hannah lachte, was nicht häufig vorkam. »Ich hatte schon überlegt, ob ihr zwei die Posten tauscht.«

Ole drehte sich um und reagierte erst, als er hinter seinem Schreibtisch ankam. »Dann kann der liebe Ralf ja auch versuchen, deiner italienischen Freundin den Kopf zu verdrehen. Wenn du willst, hock ich mich hinters Steuer und mach mich sofort auf den Weg nach Flensburg.«

»Wie sieht Ralf denn aus?«

Ole überlegte kurz. »Kennst du Gollum ... aus ›Herr der Ringe‹?«

Hannah nickte und lächelte mitleidvoll. »So schlimm?«

»Was ist jetzt: Soll ich mich ins Auto setzen und nach Flensburg fahren?«

Hannah tat, als würde sie über diesen Vorschlag nachdenken, schüttelte am Ende aber den Kopf. Eine gute Wahl, denn ihr Kollege sah längst nicht so entspannt aus wie sonst.

Dafür sprachen auch seine nächsten Worte: »Nach Clausens Anruf gestern warst du mit den Gedanken nur in Italien. Ansonsten hätte ich einiges regeln können, bevor wir nach Sylt aufgebrochen sind.«

»Willst du dich mit mir streiten?« Hannah lächelte, was einem Friedensangebot gleichkam. »Wir sind beide nicht perfekt.«

Ole schüttelte nach kurzem Überlegen den Kopf. »Soll ich den Kollegen in Kiel sonst noch was mitteilen? Und was ist eigentlich mit deinem Freund Stefan? Der wollte doch gleich nach dem Mittagessen mit Mommsens Resten anfangen?«

Hannahs Gesicht verriet, dass sie sich ertappt fühlte. Jede Reaktion war überflüssig. Kurz darauf hatte sie den Hörer in der Hand und wählte bereits.

»Ich bin übrigens für Frieden«, schlug Ole übereilt vor. Ihm war seine Erleichterung anzusehen, als Hannah einen Daumen nach oben reckte, bevor sie Doktor Stefan Eickhoff am Telefon begrüßte.

21

Nachdem Gunda telefonisch bei ihrer Therapeutin abgeblitzt war, hatte sie sich in ihr Schneckenhaus aus Decken, Kissen und einem Sofa zurückgezogen. Weil eine beschwerliche Nacht hinter ihr lag, war sie sofort eingeschlafen und erst aufgewacht, als jemand an ihrer Schulter rüttelte.

Ein neuer, tiefsitzender Schrecken löste sich erst, als sie die Stimme ihrer Mutter hörte: »Ich bin's nur. Und du brauchst dir auch keine Sorgen zu machen, ich bin allein.«

Marion Ingwersen stand vor dem Sofa, die Hände in die Hüften gestemmt. Sie schaute zu ihrer Tochter hinunter. »Mein Gott, Schatz ... du siehst ja wieder aus. Vielleicht solltest du dir mal Gedanken über 'ne Dusche machen.«

Gunda hatte sich unter dem Deckenhaufen herausgeschält und saß mittlerweile halb. Ohne ein Wort langte sie zu ihrem Handy, das auf dem Wohnzimmertisch lag. Ein Blick aufs Display sorgte für einen kleinen Schock. »Schon Nachmittag?«

Ihre Mutter zeigte ebenfalls auf das Handy. »Ich hab's mindestens fünfmal bei dir probiert. Was ist denn bloß los, Schatz?«

Gunda klopfte mit der flachen Hand auf den freien Platz neben sich und zog die Wolldecken ein Stück beiseite. Als ihre Mutter neben ihr saß, lehnte sie sich an deren Schulter. Sie wollte nicht heulen, aber es passierte einfach.

»Ich weiß nicht mehr, was ich noch tun soll«, gestand

Marion Ingwersen, nachdem sie den Arm um die Schultern ihrer Tochter gelegt hatte. »Dein Vater und ich ...«

Von einem Moment zum nächsten löste sich Gunda aus der Umarmung und wich auf dem Sofa so weit wie möglich zurück.

Ihre Mutter ahnte sofort, was los war. »Ich weiß, dass du von deinem Vater nichts hören willst. Aber wie du dir vielleicht vorstellen kannst, macht er sich auch Sorgen um dich.«

»Sorgen?«, wiederholte Gunda ungläubig. »Soll das ein Witz sein?«

Ihre Mutter schüttelte nur den Kopf.

Eine gute Gelegenheit für Gunda, hasserfüllt fortzufahren: »Wenn dein Mann nicht gewesen wäre, dann ...«

»Mein Mann ist dein Vater!«

Jetzt war es an Gunda, den Kopf zu schütteln.

»Glaub mir: Wenn er könnte, würde er alles ungeschehen machen«, erklärte ihre Mutter. »Aber wie soll er denn ...?«

»Das weißt du ganz genau!«, fauchte Gunda dazwischen. »Aber davon will er ja seit zwanzig Jahren nichts wissen – und du auch nicht.«

»Ich weiß nicht, was ich noch tun soll«, schluchzte Marion Ingwersen. »Wir haben doch alles getan, um dir zu helfen ... es dir möglichst leicht zu machen.«

Wie von einer Feder abgeschossen stand Gunda plötzlich vor ihrem Sofa. Die Verhältnisse waren umgedreht, denn jetzt schaute sie auf ihre Mutter hinunter. »Alles getan«, spuckte sie ihr verächtlich entgegen. »Ihr habt höchstens dafür gesorgt, dass ihr ruhig schlafen könnt. Du bist doch nur hier, weil dich dein scheiß schlechtes Gewissen plagt.«

»Siehst du das tatsächlich so?«, erklang es ratlos.

»Natürlich!« Gundas Gesicht leuchtete wie eine überreife Tomate. »Und falls du wirklich was für mich tun willst, dann sag mir, wo er ist.«

»Ich weiß es nicht«, kam es unverändert leise zurück.

Aber das hielt Gunda keineswegs von einer wütenden Fortsetzung ab. »Okay ... wenn du es tatsächlich nicht weißt: Dein verlogener Mann weiß es auf jeden Fall.«

Marion Ingwersen hatte sich ebenfalls erhoben und stand danach direkt vor ihrer Tochter. »Glaubst du etwa, dass er mir verrät, wo ...?«

»Vielleicht nicht freiwillig«, unterbrach Gunda ihre Mutter. »Aber wenn du es wirklich willst – mir zum ersten Mal wirklich helfen willst –, dann wirst du es schon irgendwie herausfinden.«

»Und was dann?«

Gunda überlegte kurz und kam zu dem Ergebnis, dass ihre Mutter ruhig wissen sollte, was am vorherigen Abend geschehen war. »Die beiden waren hier. Gestern Abend!«

»Andrea und ...?«

»Richtig! Und sie haben nichts vergessen – wollen um jeden Preis Gerechtigkeit.«

»Gerechtigkeit«, wiederholte Marion Ingwersen flüsternd. Doch das war alles. Sie machte auf dem Absatz kehrt und war auf dem Weg quer durchs Wohnzimmer.

»Wo willst du hin?«, fragte Gunda hörbar fassungslos. »Wieder weglaufen? Wie in den letzten zwanzig Jahren?«

Ihre Mutter blieb stehen und drehte sich um. Tränen zogen Furchen durch ihr Make-up. Zu Worten schien sie offensichtlich nicht mehr imstande. Es blieb also bei einem Kopfschütteln. Kurz darauf war sie verschwunden ...

* * *

Das Gespräch zwischen Hannah und Doktor Stefan Eickhoff – ihrem Exfreund aus lange vergangenen Zeiten – steckte schon seit einigen Minuten in einer Sackgasse.

Dagegen tat Hannah auch mit ihrer nächsten Frage

nichts: »Willst du ernsthaft sagen, dass der ganze Firlefanz, den ihr mit ’ner Leiche anstellt, noch zu nichts geführt hat?«

»Jetzt hör mal, Krümel. Wir ...«

»Du sollst mich nicht Krümel nennen! Mir langt es schon, wenn Gerd und meine Mutter ...«

»Dann such dir einen anderen, den du beschimpfen kannst«, erwiderte Eickhoff gelassen. Schließlich war er mit Hannahs schroffer Art schon aus alten Tagen bestens vertraut. »Und ansonsten musst du dich damit abfinden, dass wir hier nach einem gewissen Schema vorgehen. Zwangsweise! Und das sieht vor, dass wir uns zunächst jede einzelne Verletzung an einem Leichnam vorknöpfen. Falls du was dagegen hast, mein Krümel, dann brauchst du mir nur zu sagen, wo ich deine Leiche hinschicken soll. Wird sofort erledigt!«

Hannahs plötzlich sanfte Stimme deutete auf eine Kehrtwende. »Du hast gesagt, ihr hättet bis jetzt über zwanzig Attacken mit dem Zaunpfahl gezählt ...«

»Und ein halbes Dutzend weitere mit der Stacheldrahtrolle«, fügte Eickhoff hinzu. »Bevor die jemand diesem Mommsen als Dornenkrone aufgesetzt hat – so was hab ich in all den Jahren auch noch nie erlebt. Ich hab mir mal ähnliche Fälle von Kollegen angeschaut ... da war ungezügelte Wut im Spiel. Für mich sieht es nach einem Racheakt aus.«

»Habe ich dich richtig verstanden: Um sowas anzurichten, ist ziemlich viel Kraft erforderlich?«

»Allerdings! Um einen Beckenknochen mit einem Hieb zu brechen, ist einiges an physikalischer Kraft vonnöten, selbst mit einem Zaunpfahl als Waffe. Für Anfang sechzig war Mommsen in erstaunlich gutem Zustand. Trotzdem spricht nichts dafür, dass er sich gewehrt hat.«

Hannah schaute auf. Ole, der sich für ein anderes Telefonat aus dem Büro verzogen hatte, kehrte zurück. Und weil der gestenreich drängte, wurde es wohl Zeit, bei einem anderen Gespräch zum Ende zu kommen. »Jetzt mal ganz ehrlich, Stefan: Hast du das Gefühl, dass bei eurer Suche irgendwas herauskommt? Ich rede von einer Spur, die uns zum Täter führt – bitte möglichst schnell.«

»Meinst du, wie bei eurem vorletzten Fall auf Sylt: die Farbe unter den Fingernägeln?«

»Auf so was in der Art hatte ich gehofft, ja.«

»Moment!« Im Hintergrund war das Rascheln von Papier zu hören. »Mal abgesehen von seinem eigenen Blut, das wir unter Mommsens sämtlichen Fingernägeln isolieren konnten, haben meine Studenten unter zweien auch eine braun-grüne Masse herausgekratzt.«

»Und was kann das sein?«, erkundigte sich Hannah ehrlich interessiert.

»Wir sind mit der Analyse noch nicht ganz fertig. Aber die ersten Tests deuten darauf hin, dass es sich um Schafkot handelt. Hilft dir das vielleicht?«

»Hat dir heute schon mal jemand gesagt, dass du ein …?«

»Allerdings, ja!«

Hannah verzichtete auf ihre Fortsetzung und schaute erneut zu Ole empor. Der stand vor ihrem Schreibtisch und wollte offensichtlich immer dringender eine Neuigkeit loswerden.

»Bist du noch dran, Krümel?«

»Meldest du dich, wenn ihr doch noch irgendwas findet? Ich meine: abgesehen von Schafkacke?«

»Logisch!«

22

»Das glaubst du nicht!«, jubelte Ole, der mittlerweile vor dem Schreibtisch seiner Chefin tänzelte. »Ich hab die Kollegen auf Sylt um Rückmeldung gebeten, falls bei denen irgendwas hereinkommt, das mit dem Namen ›Gunda‹ zu tun hat.«

»Und?« Hannah hatte ihr vorangegangenes Telefonat längst vergessen. Aus der Abteilung Rechtsmedizin war bei diesem Fall kaum mit Hilfe zu rechnen. »Jetzt red schon!«

»Bei denen hat vor'n paar Minuten eine gewisse Frau Doktor Schulze-Wiegand angerufen. Die macht sich wohl Sorgen um eine ihrer Patientinnen.«

»Hat sie auch gesagt, warum?«

»Nö, aber ...«

»... ihre Patientin heißt zufälligerweise Gunda?«

»Und Ingwersen mit Nachnamen«, bestätigte Ole sicherheitshalber. »Ich hab sie schon über unser System gecheckt: Das Alter passt perfekt und sie wohnt schon ihr ganzes Leben lang auf Sylt. Nur an ihr Telefon geht die liebe Gunda leider nicht ran. Hab's bestimmt zehn Mal probiert.«

»Und ansonsten schon was veranlasst?«

»Klar! Unsere Streifenkollegen müssten jeden Moment vor Ort eintreffen. Die melden sich, sobald sie was Näheres wissen.«

Hannahs Miene bewies, dass sie diesen unerwarteten Schritt nach vorne noch gar nicht richtig fassen konnte.

»Und du bist dir sicher, dass ausgerechnet diese Frau Doktor Schulze-Wiegand angerufen hat? Die Therapeutin, bei der Maja Boom bis zu ihrem Tod in Behandlung war?«

»Joup!« Ole reckte gleich beide Daumen empor. »Und ich bin der Meinung, wir sollten uns wieder auf den Weg nach Sylt machen.«

»Ich denk ja gar nicht dran!«

»Und wieso nicht?«

»Weil ich alles, was auf Sylt zu erledigen ist, morgen abarbeiten werde.« Hannah klang wie eine Lehrerin. »Vielleicht erinnerst du dich: Wir bekommen Besuch aus Italien. Und dem möchte ich nicht über den Weg laufen. Mal ganz davon abgesehen, dass ich zur Abwechslung gern in meinem eigenen Bett und nicht bei meiner Mutter schlafen will. Wenn das so weitergeht, kennt mich mein Kater Joschi bald nicht mehr und zieht endgültig nach nebenan zu Bruno.«

»Und was ist dann mit Gunda Ingwersen?«

»Hast du Angst, dass sie uns davonläuft?«

Ole überlegte kurz und schüttelte dann den Kopf. Aber er hatte auch einen Vorschlag parat, den er mit feierlicher Stimme präsentierte: »Heute machen wir es mal andersherum: Du verabschiedest dich in den wohlverdienten Feierabend und fährst ganz entspannt nach Hause, während dein wundervoller Kollege Friedrichsen brav weiter Dienst schiebt. Der hält hier die Stellung und findet nebenbei heraus, was es mit Gunda Ingwersen auf sich hat. Einverstanden?«

»Seit wann wird dieser Kollege Friedrichsen denn von solchem Arbeitseifer geplagt? Hat der Angst, dass er ausgetauscht wird oder noch 'nen Bruder mit Sheriffstern, von dem ich bisher nichts wusste?«

»Dieser Kollege Friedrichsen wird seiner Chefin gleich mal zeigen, wo der Hammer hängt!«

»Dann hat der wirklich 'nen Bruder. Ansonsten tipp ich

nämlich schon lange auf ein Hämmerchen. Oder warum bekommt der sonst keine in seinem Alter ab?«

* * *

Als es unten an der Haustür klingelte, glaubte Gunda zuerst noch an die zwei Frauen vom Vorabend. Doch nach einem vorsichtigen Blick aus dem Fenster wusste sie es besser. Auf dem Parkplatz hinter dem Haus stand ein Streifenwagen. Dazu passten auch die Geräusche aus dem Treppenhaus.

»Wissen Sie, ob Frau Ingwersen zu Hause ist?«, fragte eine tiefe Männerstimme.

Die Antwort stammte von der alten Frau, die direkt unter Gunda wohnte. Sie hallte krächzend durchs Treppenhaus. »Die ist eigentlich immer zu Hause!«

»Und warum macht sie dann nicht auf?«, fragte wieder eine andere Stimme, die wohl zu einem jüngeren Polizisten gehörte.

Von der Antwort konnte Gunda kaum etwas hören. Aber dafür brauchte es auch nicht viel Fantasie. Alle im Haus wussten, dass ihre Mitbewohnerin unterm Dach so ihre Probleme hatte. Die meisten Unterhaltungen über Gunda fanden hinter vorgehaltener Hand statt. Wenn sie überraschend irgendwo auftauchte, dann verstummten ihre Nachbarn häufig und schauten sie mitleidvoll an.

Vor ihrer Wohnungstür polterte es. Sie konnte sogar das schwere Atmen der beiden Polizisten hören. Die Klingel hatte sie gerade erst per Knopfdruck abgeschaltet, was auf der anderen Seite der Tür für Verwunderung sorgte.

»Hab ich es nicht eben noch bimmeln hören, als wir unten gedrückt haben?«, fragte ein Polizist den anderen.

Doch der bekam keine Antwort. Stattdessen klopfte es gegen Gundas Tür. Sie stand einen Schritt daneben und war völlig erstarrt.

Es klopfte erneut. Dazu erklang eine Stimme: »Hier ist die Polizei, Frau Ingwersen ... machen Sie bitte auf.«

Gunda dachte gar nicht daran. Und selbst wenn, wäre sie in diesem Moment ohnehin zu keiner Bewegung imstande gewesen.

»Ihre Therapeutin hat angerufen und macht sich Sorgen«, erklärte die jüngere Stimme hinter der Tür. »Machen Sie bitte auf ... von uns haben Sie nichts zu befürchten.« Nach Ausbleiben einer Reaktion fuhr er irgendwann fort: »Ich ruf mal Ole an, der wartet auf 'ne Rückmeldung.«

Gunda wusste nicht, wer dieser Ole war. Aber eines konnte sie sagen: Der würde garantiert auch nichts an ihren zitternden Knien und einer ansonsten beinahe obligatorischen Schockstarre ändern können.

Auf der anderen Seite der Tür ging die Unterhaltung weiter. Von nun an offensichtlich am Telefon. »Jan hier ... du wolltest doch wissen, wenn wir vor Ort sind.« Eine Pause entstand, sicherlich um zuzuhören. »Sie macht nicht auf!« Erneut eine Pause. »Woher soll ich das denn wissen?«

Der ältere Polizist auf der anderen Seite der Tür mischte sich ein. »Frag ihn, ob wir es mit der Brechstange probieren sollen. Was ist denn, wenn die Therapeutin recht hat und sie sich tatsächlich was angetan hat?«

Schon beim Wort ›Brechstange‹ war Gunda erschrocken zusammengezuckt. Plötzlich verspürte sie Energie. Aber nicht etwa, um die Tür zu öffnen, sondern vielmehr, um die Flucht anzutreten.

Auf dem Weg ins Wohnzimmer wurden die Stimmen hinter ihr leiser. Doch selbst zwei Wolldecken und ein Haufen Kissen waren nicht in der Lage, sie restlos aus Gundas Kopf zu verbannen.

Und es ging munter weiter: »Machen Sie auf, Frau Ingwersen! Ansonsten müssen wir die Tür gewaltsam öffnen.«

›Macht doch, was ihr wollt‹, brüllte eine Stimme in Gundas Hinterkopf. Und es war ihr tatsächlich egal. Der Besuch ihrer Mutter am Nachmittag hatte einen neuen Tiefststand auf ihrem Leidensweg markiert. Und der hatte nicht mal weitere Angst, sondern vielmehr ungeahnte Frustration und Müdigkeit hinterlassen. So müde war sie noch nie gewesen … noch nie in ihrem ganzen Leben.

23

»Wie siehst du denn aus?«, war Hannahs erste Frage am nächsten Morgen, gleich, nachdem sie das Büro betreten und einen ersten Blick auf Ole geworfen hatte. »Hast du's auch mit 'ner Stacheldrahtrolle zu tun bekommen?«

»Ich hab mir den Rasierer von Fiete geliehen. Da hätte ich lieber ein altes Brötchen nehmen sollen – wenigstens hab ich noch ein paar Pflaster im Erste-Hilfe-Kasten gefunden.«

»Soll das heißen, du warst gar nicht zu Hause?«

Ole nickte müde. »Die Geschichte mit Gunda Ingwersen war erst nach Mitternacht halbwegs vorbei. Gegen eins hab ich mich – nach zwei Bechern Glühwein – hinten im Ruheraum auf 'ner Pritsche langgemacht. Mein Rücken braucht wahrscheinlich Wochen, um sich davon zu erholen.«

Hannahs Miene heuchelte wenigstens Mitgefühl, als sie hinter ihrem Schreibtisch ankam. Sie hatte irgendwann damit aufgehört, die Nächte auf harten Bürostühlen oder zu kleinen Sofas zu zählen. Und welcher Polizist konnte nicht ein ausführliches Lied über Rückenschmerzen singen? Deshalb ging sie gar nicht näher darauf ein, sondern wurde gleich wieder dienstlich: »Geht die Geschichte über Frau Ingwersen noch weiter?«

Ole nickte und fuhr mit mürrischer Stimme fort: »Die Kollegen wollten gerade ihre Tür aufbrechen, da tauchte ihre Mutter auf: Marion Ingwersen – die hatte 'nen Schlüssel dabei.«

»Und dann? Wieso hat das Ganze trotzdem so lange gedauert?«

»Weil sich die liebe Gunda auf ihrem Sofa verschanzt hatte und gleich auf unsere Kollegen losgegangen ist, als die ihr helfen wollten.«

»Und die Mutter? Konnte die denn nicht schlichten?«

Ole winkte ab. Doch das Gesicht seiner Chefin forderte weitere Informationen. »Die hat sich 'ne Viertelstunde lang anschreien lassen und irgendwann die Flucht ergriffen. Ich glaube, diese Gunda hat wirklich 'nen ausgewachsenen Dachschaden.«

»Hör auf, so darüber zu reden!«, fauchte Hannah ihrem Kollegen entgegen. »Du weißt doch überhaupt nicht, was ihr fehlt oder wie sich jemand fühlt, der psychische Probleme hat. Ich wünsche niemandem, dass er jemals so was erlebt. Aber wenn es einen erwischt – verlass dich drauf –, dann wünschst du dir deine Rückenschmerzen zurück.«

Ole hob die Hände, eine Kapitulation. Kurz darauf stand er mit hängenden Schultern vor dem Schreibtisch seiner Chefin. »Willst du Kaffee?«

»Wo ist Frau Ingwersen jetzt?«, fragte Hannah unbeirrt.

Ole war auf dem Weg zur Tür und blieb stehen. »Wenn es nach den Kollegen vor Ort gegangen wäre, hätte man sie zwangsweise in die psychiatrische Notfallambulanz gebracht. Das wäre gestern Abend die Diako in Flensburg gewesen. Danach hätten wir wahrscheinlich zwei Tage gebraucht, um das erste Mal vernünftig mit ihr reden zu können.«

»Und was ist dann mit ihr passiert? Wenn ich dich richtig verstehe, ist ihr diese Odyssee doch erspart geblieben.«

»Ne Sylter Kollegin hat die Nacht bei ihr verbracht. Mit der hab ich heut Morgen schon telefoniert ... alles in Butter auf'm Kutter.«

Hannah nickte zufrieden und widmete sich den Papieren auf ihrem Schreibtisch. Ole stand noch immer vor der Bürotür. »Was ist jetzt, willst du Kaffee?«

»Ist über Nacht irgendwas Neues über Andrea Mommsen reingekommen? Hat die Spurensicherung auf dem Hof was gefunden?«

»Nö!« Oles Finger spielten an der Türklinke.

»Und was ist mit Hinnerk Boom? Hast du mit der Krankenschwester ...?«

»Himmel! Herrgott! Willst du Kaffee – ja oder nein?«

»Mit dem könntest du längst wieder zurück sein«, erwiderte Hannah trocken, ohne von ihren Papieren aufzusehen. »Und wenn's geht, nicht so viel Milch wie beim letzten Mal.«

Ole hatte gerade erst das Büro verlassen, da klingelten die Telefone auf beiden Schreibtischen. Es handelte sich um einen Anruf vom Wachtresen. Doch bevor Hannah zum Hörer greifen konnte, hatte es sich der Kollege dort offensichtlich anders überlegt. Stattdessen hallten zahlreiche Stimmen über den Flur des Reviers. Eine – eindeutig die von Ole – klang regelrecht panisch.

* * *

»Mach dir keine Sorgen«, sagte Polizeimeisterin Kathrin Franzen. Sie langte über den Küchentisch, um Gundas Hände sanft zu streicheln. Zwischen den beiden Frauen hatte sich im Laufe einer weitgehend schlaflosen Nacht ein vertrauensvolles Verhältnis entwickelt. Kurz vor Sonnenaufgang war man bei einem Becher Kräutertee sogar beim Du angekommen.

»Ich mache mir immer Sorgen«, flüsterte Gunda. Sie zog ihre Hände zurück und lächelte entschuldigend. »Mein ganzes Leben ist eine einzige Sorge. Das kann man nicht verstehen, wenn man es selbst nicht erlebt hat.«

Nach diesem letzten Kommentar sah Kathrin Franzen ein wenig ratlos aus. Letztendlich drehten sich schon seit Stunden alle Gespräche im Kreis. Und eines war klar: Den Grund für diese Sorgen würde sie garantiert nicht erfahren. »Was ist denn mit deiner Therapeutin? Kann die dir nicht helfen?«

Gundas Gesicht verzog sich zu einem schrägen Grinsen. »Irgendwann hab ich verstanden, dass das Monster hier oben wohnt.« Sie tippte sich gegen die Stirn, um den Wohnort des Monsters genauer zu beschreiben. »Und ganz egal, was ich tue – es wird niemals ausziehen.«

»Du darfst nicht aufgeben«, erwiderte Kathrin angesichts unveränderter Ratlosigkeit. »Ich bin noch nicht allzu lang dabei, aber ich weiß, dass man Menschen wie dir helfen kann. Vielleicht solltest du mal über 'ne stationäre Therapie nachdenken.«

»Als ob ich das noch nicht versucht hätte! Drei Mal … hat auch nichts gebracht.«

Kathrin Franzen zuckte mit den Schultern. In ihrer Not langte sie zum nächsten Thema, einem noch heißeren Eisen: »Was ist denn mit deinen Eltern? Die Kollegen haben mir erzählt, du hattest gestern Abend Streit mit deiner Mutter. Kann sie dir bei deinem Problem nicht helfen?«

Zunächst machte es den Eindruck, als wolle Gunda überhaupt nicht antworten. Nach einer Reihe von schweren Atemzügen hob sie doch dazu an. »Meine Mutter kann das Problem nicht lösen, sie ist das Problem. Also … ein Teil davon.«

Nach dieser pikanten Offenbarung machte sich in der Küche Schweigen breit.

Erst Kathrin Franzens Handy durchbrach die Stille.

Sie nahm das Gespräch an und meldete sich betont formal.

Am anderen Ende der Leitung erklang Hannahs aufgeregte Stimme: »Lambert hier … ich hab Ihre Nummer von Ole. Sind Sie noch bei Frau Ingwersen?«

Kathrin wusste, mit wem sie es zu tun hatte. Dementsprechend pflichtbewusst klang sie. »Ich sitze hier mit ihr zusammen in der Küche. Wieso fragen Sie?«

»Ich bin auf dem Weg! Wäre nett, wenn Sie bleiben, bis ich da bin.«

24

Ein paar Minuten zuvor hatten sich auf dem Revier in Niebüll tumultartige Szenen abgespielt. Auf dem Weg in die Teeküche war Ole vor dem Wachtresen eine Frau aufgefallen. Der Anblick dieser hochgewachsenen, dunkelhaarigen Schönheit im Pelzmantel hatte zunächst sein Interesse auf ganz andere Weise geweckt. Als dann allerdings ein uniformierter Kollege den Namen Francesca Rossi laut von einer Visitenkarte ablas, war es um seine männertypische Freude geschehen.

»Da hinten ist der Kollege von Frau Lambert«, rief ein anderer Uniformierter und zeigte auf Ole.

Der legte sofort den Rückwärtsgang ein und stammelte wirres Zeug. Als er zu Hannah ins Büro zurückkehrte, schaute die, als würde sie am Verstand ihres Kollegen zweifeln.

»Was ist denn da draußen los?«

»Sie ist da!«, stotterte Ole.

»Wer?«

»Die Anwältin! Die Schlange, vor der du ...«

Hannah schoss von ihrem Stuhl empor. Auf der Suche nach einer Fluchtmöglichkeit flog Ihr Kopf hin und her. Derweil wurden auf dem Flur Stimmen lauter. Und die – das war eindeutig zu hören – näherten sich der Tür.

»Abschließen!«, fauchte Hannah in Oles Richtung.

Der kam gerade noch rechtzeitig, denn kaum hatte er den

Schlüssel gedreht, da bewegte sich auch schon die Klinke nach unten.

»Was ist denn da drinnen los?«, echauffierte sich ein Hauptmeister, der in Revierkreisen auch ansonsten nicht für sein Feingefühl bekannt war. »Hast du sie nicht mehr alle, Ole?«

Jetzt war auch die Stimme einer Frau zu hören. Die klang allerdings eher belustigt.

Hannah hatte mittlerweile ihren Mantel angezogen und sah aus, als würde sie am liebsten komplett unter ihrer grünen Wollmütze verschwinden.

Ole hatte einen Satz gemacht, stand vor seiner Chefin und rüttelte an ihren Schultern. »Darf ich fragen, was du vorhast? Dich verkleiden und einfach an dem Kollegen vorbeimarschieren?«

Hannah zeigte mit Blicken Richtung Fenster und schwieg ansonsten.

»Das ist hoffentlich nicht dein Ernst. Du kannst doch nicht ...«

»Mach auf und lass mich raus!« Hannahs rechter Fuß stand bereits auf dem Heizkörper. Dazu klammerte sie sich mit beiden Händen am Fensterbrett fest. »Reiß das Ding auf ... mach schon!«

* * *

Auf der anderen Seite der Tür zeigte Francesca Rossi ein unverändert professionelles Lächeln. Und es schien tatsächlich so, als würde ihr diese Vorstellung aufrichtige Freude bereiten. »Sind Sie sich sicher, dass Frau Lambert da ist?«, fragte sie den Hauptmeister, der immer noch an der Türklinke rüttelte.

»Na, klor ... ich hab doch heut Morgen schon mit ihr geredet.«

Die Anwältin zeigte mit einer ihrer rot lackierten Krallen auf die Tür vor sich. Ein fragender Blick dazu reichte für eine Fortsetzung.

»Schätze, Ole ist komplett verrückt geworden. Die Tür war nie abgeschlossen.«

Francesca Rossi wollte gerade zur nächsten Frage ausholen, da drehte sich der Schlüssel im Schloss. Ole zog die Tür nur spaltbreit auf und linste hindurch. Er gähnte künstlich und rieb sich die Augen.

»Hast du sie nicht mehr alle?«, fragte sein uniformierter Kollege. »Bist du da drinnen eingepennt und ...«

»Ich hab die ganze Nacht Dienst geschoben«, rechtfertigte sich Ole. »Hab ich dir doch vorhin beim Schichtwechsel erzählt.«

»Wäre es möglich, dass Sie mich eintreten lassen?«, erkundigte sich Francesca Rossi mit eiskaltem Lächeln. »Ich würde gerne mit Frau Lambert sprechen. Ihr netter Kollege hier sagte, sie sei auch da.«

Ole zog zwar die Tür weiter auf, tadelte seinen Kollegen in Uniform jedoch mit einem Kopfschütteln, das kaum aufhören wollte. »Du weißt doch, dass Hannah nach Sylt ist, um ein paar Verdächtige zu verhören.«

»Wusste ich nicht«, erwiderte der Kollege, machte jedoch auf dem Absatz kehrt und war kurz darauf verschwunden.

Derweil standen sich Ole und eine italienische Schönheit, die ihm – auf Absätzen von mindestens zwölf Zentimetern – beinahe bis zum Kinn reichte, direkt gegenüber.

Francesca Rossi lächelte unverändert. »Ich weiß, ich hatte mich erst für den Nachmittag angekündigt. Aber meine Sekretärin hat doch noch einen Flug für gestern Abend gefunden. In Hamburg habe ich mir einen Leihwagen genommen und in einem Ort namens Busum übernachtet.«

»Sie meinen wahrscheinlich Husum«, korrigierte Ole lachend.

Die Anwältin schob sich an ihm vorbei und berührte dabei gleich zweimal wie zufällig seine Schulter. Sie steuerte zielstrebig auf Hannahs Schreibtisch zu und ließ sich auf einem Stuhl davor nieder. Nachdem zwei Knöpfe geöffnet waren, fiel ihr Pelzmantel auseinander und gab den Blick auf einen halblangen Rock und atemberaubende Beine frei. Die Art, wie sie die übereinanderschlug, erinnerte an den Film ›Basic Instinct‹ und die Verhör-Szene mit Sharon Stone Dabei hat vermutlich jeder Mann die Pausentaste unnötig strapaziert hat. Nur die nächsten Worte klangen nicht ganz so lasziv: »Der Ort fing definitiv mit einem ›B‹ an.«

Ole hatte seine Stielaugen mittlerweile unter Kontrolle. Was auch daran lag, dass er ganz genau wusste, was die Frau mit ihrem Gehabe im Sinn hatte. Und von solchen langbeinigen Angriffen würde er sich nicht einlullen lassen. »Dann kann es nur Büsum gewesen sein. Hatten sie zum Frühstück Krabbenbrötchen?«

Francesca Rossi schüttelte den Kopf. Dabei gerieten ihre Ohrringe, zwei goldene Creolen, unter ihrer perfekten Frisur in Bewegung. »Krabbenbrötchen?«, wiederholte sie ungeschickt.

Doch Ole winkte ab. Er hatte genug vom Vorspiel, es wurde Zeit für Fakten. »Frau Lambert hat den ganzen Tag auf Sylt zu tun. Das mit dem Termin war vielleicht ein bisschen sehr kurzfristig – es könnte sein, dass sie erst morgen zurückkommt.«

»Wie weit ist es denn bis zu diesem ... Sylt? Wie gesagt: Ich habe einen Leihwagen.«

»Da führt aber keine Straße hin«, erklärte Ole mit geheimnisvoller Stimme. »Man muss zuerst auf einen Zug – der verkehrt ziemlich unregelmäßig – und dann über einen Damm und danach kommt man ...«

Die Anwältin fuhr ihm lächelnd in die Parade: »Dann

verraten Sie mir doch einfach, wie lange es dauert, bis man dort ankommt?«

»Kann ich nicht genau sagen. Manchmal geht es ganz schnell, und manchmal dauert es Ewigkeiten. Das kann vorher niemand genau wissen.«

»Entschuldigen Sie bitte, Herr …«

»… Friedrichsen.«

Zum ersten Mal war das Lächeln aus dem Gesicht der Anwältin verschwunden. Und auch die Worte aus ihrem rot geschminkten Mund ließen keinen Raum für Zweifel: »Verehrter Herr Friedrichsen … kann es sein, dass Sie mich für dumm verkaufen wollen?«

25

Hannah musste drei Mal klingeln, bevor ihr die Kollegin Kathrin Franzen öffnete. In Gundas Wohnung herrschten völlige Stille und schlechte Luft. Hinzu kam der Geruch von Räucherstäbchen, der, zumindest bei Hannah, gerne für augenblickliche Kopfschmerzen sorgte.

»Sie sitzt immer noch in der Küche«, begann Kathrin Franzen leise. »Ich hab mich schon von ihr verabschiedet und gesagt, dass sie vor Ihnen keine Angst zu haben braucht.«

»Deshalb hat das auch so lange gedauert«, stellte Hannah zufrieden fest. »Verstehe.«

Es folgte ein Fingerzeig auf die Tür. »Soll ich ...?«

Hannah nickte bereits und schüttelte ihrer Kollegin zum Abschied die Hand. »Ich mach hier am besten allein weiter. Erst mal danke. Ohne Ihre Hilfe wär's vermutlich anders gelaufen und ich hätte nach Flensburg fahren müssen.«

Nachdem sich die Wohnungstür hinter Kathrin Franzen geschlossen hatte, nahm Hannah ihre Umgebung zum ersten Mal richtig wahr. Sie stand in einem winzigen Flur, von dem lediglich zwei Türen abzweigten. Die linke war geschlossen und führte vermutlich ins Badezimmer. Geradeaus ging es durch eine offene Tür ins Wohnzimmer.

Dort angekommen, war Hannah drauf und dran, erst mal sämtliche Fenster aufzureißen. Die Luft war zum Schneiden. Der Geruch von Räucherstäbchen hatte wohl nur den Zweck, den der muffigen Vorhänge und Polster zu überdecken.

»Sind Sie Hannah?« Diese Frage kam von rechts. Dort lehnte Gunda im Rahmen ihrer offenen Küchentür. »Ist das okay ... darf ich Hannah sagen?«

»Dürfen Sie!«

»Wollen Sie Tee oder lieber ...?«

»Tee ist schon in Ordnung.« Hannah zeigte auf zwei Velux-Fenster, unter denen sie auf ihrem Weg quer durchs Wohnzimmer angekommen war. »Stört es Sie, wenn ich die mal für'n Moment aufreiße?«

»Sind Sie bewaffnet?«

Hannah wusste zwar nicht, was das mit ihrer Frage zu tun hatte, aber sie öffnete bereitwillig die Knöpfe an ihrem Mantel und schob dessen linke Hälfte ein Stück beiseite, bis ihr Schulterholster sichtbar wurde. »Wenn einer durch die Fenster einsteigt, hat der ziemlich schlechte Karten«, sagte sie mit der Stimme einer Westernheldin. »Zufrieden?«

Gunda nickte und verschwand in ihre Küche. Kurz darauf waren die Geräusche eines Wasserkochers zu hören. »Zucker zum Tee?«, fragte sie von dort.

»Ohne!«, rief Hannah zurück. Sie war im Wohnzimmer vor einer Vitrine angekommen, hinter deren fleckiger Glastür Familienfotos in Reih und Glied standen. Die machten allesamt den Eindruck, als wären sie für einen Hochglanzkatalog entstanden und nicht die Resultate spontaner Schnappschüsse.

»Schöne heile Welt«, erklang es plötzlich direkt neben Hannahs Ohr.

Die zuckte vor Schreck zusammen und fuhr herum. »Mein Gott! Sie sind es wohl gewohnt, auf leisen Sohlen unterwegs zu sein.«

Gunda gab ihr zwar keine Antwort, aber die Nähe einer

bis dahin fremden Frau schien bei ihr kein Unbehagen auszulösen.

Hannah spürte an ihrer Schulter ein entsprechendes Gegenstück. Sie hatte nicht vor, Druck zu machen, aber es wurde Zeit, auch mit Worten auf Tuchfühlung zu gehen: »Wollen Sie mir verraten, wie Ihre Welt wirklich aussieht?«

Der Schulterkontakt war plötzlich Vergangenheit. Gunda war anzusehen, wie ihre inneren Schutzwälle hochfuhren.

Hannah kam einer Reaktion zuvor: »Sie brauchen erst mal gar nichts zu sagen. Am besten gehen wir in die Küche, trinken Tee und ich fang mal mit meiner Geschichte an.«

* * *

Mittlerweile war es Mittag. Die Unterhaltung zwischen Ole und Francesca Rossi gestaltete sich zunehmend einsilbiger. Was auch daran lag, dass unentwegt das Telefon klingelte. Die Kollegen aus Kiel und Flensburg wollten nacheinander die Ergebnisse ihrer Recherchen im Mordfall Mommsen loswerden. Auf den ersten Blick war jedoch nichts dabei, was die Ermittler wirklich weiterbringen würde.

»Ich habe genug vom Warten«, erklärte Francesca Rossi, als der Hörer mal wieder für einen Moment auf der Gabel lag. »Können Sie mir sagen, wie ich zu diesem Sylt komme und mir dort ein Restaurant empfehlen? Ich habe nämlich Hunger.«

»Da gibt es einige«, erwiderte Ole euphorisch. »Muss es unbedingt was Italienisches sein?«

Die Antwort war lediglich ein schiefer Mund, der in ein aufgesetztes Lächeln überging.

Ole zeigte zum Fenster in Richtung Revierparkplatz. Vor einer Stunde hatte er dort, bei einem zufälligen Blick nach draußen, einen dunklen Mercedes mit Hamburger Kennzeichen entdeckt. Einen Leihwagen. »Sie biegen nach rechts ab und folgen den Schildern zum Autozug. Und dann in Richtung Sylt ... kann man gar nicht verfehlen. In Westerland finden Sie schon was, wo Sie satt werden.«

Francesca Rossi schien der reservierte Ton in Oles Stimme nicht entgangen zu sein. Sie präsentierte ihr schönstes Lächeln. »Darf ich Sie anrufen, wenn ich weiß, wo ich gelandet bin?«

»Was soll das bringen?«, fragte Ole beiläufig, ohne dabei den Blick von seinem Monitor zu lösen. Er hatte genug von einer hübschen Fassade, hinter der nichts als eiskalte Berechnung steckte. »Ich weiß nicht, ob ich ...«

»Es wäre nett, wenn Sie Frau Lambert informieren. Und vielleicht so viel: Falls ich mit meiner Vermutung richtig liege und Ihre Chefin mir aus dem Weg geht, dann halte ich das für keine gute Idee.«

»Und wieso nicht?« Der Monitor war vergessen, Ole schaute die Anwältin direkt an. Plötzlich wirkten in einem an sich perfekten Gesicht manche Details billig. Das Make-up war zu dick aufgetragen, die Wimperntusche bildete winzige Klümpchen ... auf strahlend weißen Zähnen war Lippenstift zu erkennen. Ole klang plötzlich ganz anders. »Hab nur ich das Gefühl oder klingt das wie ’ne Drohung?«

Francesca Rossi war vor seinem Schreibtisch angekommen und streckte ihm die Hand mit rot lackierten Krallen entgegen. »Warum sollte ich Frau Lambert drohen? Gibt es einen Grund dafür?«

Ole hatte sich blitzartig erhoben, die ausgestreckte Hand ignorierte er gepflegt. »Wenn ich weiß, wo Sie gelandet sind, werde ich gerne versuchen, meine Chefin zu erreichen. Aber versprechen kann ich nichts. Und davon abgesehen, vielleicht ’ne Empfehlung: Sie sollten freundlich mit Frau Lambert umgehen. Falls mir das Gegenteil zu Ohren kommt, werd ich ungemütlich.«

26

Bei einem Becher Tee hatte Hannah unaufgefordert das Meiste über ihre Vergangenheit preisgegeben. Ein halbstündiger Monolog; angefangen mit ihrer zweifelhaften Karriere bei der Polizei, bis hin zu einer Hochzeit mit vielzitiertem Rückenwind; schließlich war bereits der gemeinsame Sohn namens Felix auf dem Weg.

Als es dann um dessen trauriges Schicksal ging, wurde ihre Stimme leiser, brüchig dazu. »Als ich ihn damals, nach Monaten endlich aus dem Krankenhaus abholen durfte, hätte ich am liebsten Schluss gemacht – du verstehst sicher, was ich meine.«

Gunda nickte und lächelte. Ihr schien es zu gefallen, dass zur Abwechslung mal jemand anders seelisch die Hosen herunterließ.

Hannah fuhr ein wenig energischer fort: »Ich hab mich dann auf die Suche nach meinem Exmann gemacht, der für alles verantwortlich war – bin von einer Dienststelle zur nächsten. Aber egal, wo ich war oder was ich getan habe … ich bin immer weiter in meinem eigenen Morast versunken. Und es war niemand da, der mich hätte rausziehen können. Am Ende konnte ich nicht mal mehr zwischen Freund oder Feind unterscheiden.«

»Kommt mir irgendwie bekannt vor«, flüsterte Gunda. »Und wie ist es heute?«

»Ich hab meinen eigenen Teufel akzeptiert und weiß, dass

der bei mir bleibt, solange ich lebe. Seitdem ist es einfacher – meistens.«

Danach herrschte eine Weile Schweigen.

Gunda fand zuerst ihre Stimme wieder. »Warum erzählst du mir das eigentlich alles?«

Hannah musste selbst überlegen. Für eine Antwort schaute sie ihrer vermeintlichen Leidensgenossin direkt in die Augen. »Ich hab noch nie so umfangreich und ehrlich darüber gesprochen.« Ihr Gesicht verriet, dass sie immer noch auf der Suche nach einer Erklärung für diese plötzliche Bereitschaft war. »Schätze, es ist einfacher, wenn jemand versteht, was gemeint ist. Jetzt weiß ich auch, warum mich mein Therapeut ständig in irgendwelche Selbsthilfegruppen abschieben wollte – hätt ich bloß mal auf ihn gehört.«

»Hattest du es auch mit Angst und Panik zu tun?«

Hannah lachte kurz auf, was zu diesem Thema kaum passen wollte. »Ich hatte in erster Linie Angst vor mir selbst! Auf dem Zenit – das war letztes Jahr, als ich noch Dienst in München geschoben hab – hat meine Dienstwaffe abends mit mir geredet. Ich muss dir wohl nicht erklären, was sie gesagt hat, oder?«

»Willkommen im Club«, krächzte Gunda nach längerem Schweigen. Sie zeigte auf sich selbst und brachte sogar ein halbes Lächeln zustande. »Bin ich jetzt dran?«

»Nur, wenn du willst.«

»Ich will … glaub ich wenigstens.«

* * *

Nachdem Francesca Rossi mit wehenden Haaren entschwunden war, langte Ole sofort zum Hörer.

»Dachte schon, du hättest mich vergessen«, meldete sich Ralf Jansen mit künstlicher Wut. »Konntet ihr mit meinem Hinweis auf die Therapeutin was anfangen?«

»Da sind wir schon ein gutes Stück weiter – aber trotzdem danke. Hast du mit deinem Bruder geredet?«

»Wieso?«

»Hat Hannah dir doch gesagt! Wenn sie die Rechnung so abzeichnet, sorgt das weiter oben garantiert für'n Donnerwetter. Und wenn ...«

Ralf fuhr lachend dazwischen: »Mein Bruder halbiert den Betrag. Und das Bett bekommt euer Hinnerk sogar für lau. Zufrieden?«

Ole grunzte, was einem Ja entsprechen sollte. »Konntest du sonst noch was herausfinden? Ich meine, unseren Fall betreffend?«

»Ich hab heut Morgen mit der Schwiegermutter von meinem Bruder telefoniert, die arbeitet schon seit Ewigkeiten für die Tourismuszentrale auf Sylt.«

»Heißt das, von der bekommen wir auch 'ne Rechnung?«

»Blödsinn! Aber die kennt den Mommsen und erinnert sich auch noch an damals, als der ganz groß mit seiner Idee rumposaunt hat.«

»Redest du von ›Ferien auf dem Bauernhof‹?«

»Ganz genau! Und sie meint, dass sie mal ins Archiv runtersteigen will, denn da lagern sogar noch Prospekte, in Schwarz-Weiß.«

»Du meinst, sie findet was über den Mommsen?«

Ralf zögerte einen Moment. »Ich kann nichts versprechen, aber ich kenne die Schwiegermutter von meinem Bruder. Wenn die sich erst mal an was festgebissen hat, gibt's kein Entkommen mehr. Ihr Mann will sich seit fünf Jahren von ihr scheiden lassen – das wird auch nix.«

»Ne komische Familie hast du da«, sagte Ole. »Das hört sich ja noch chaotischer an als bei mir.«

»Hast du vielleicht noch was für mich?« Ralf klang plötzlich frustriert. »Bei uns wird mal wieder umstrukturiert. Ich hab keine Ahnung, wo ich als Nächstes lande und kann wahrscheinlich froh sein, wenn ich hinterher noch 'nen Stuhl unterm Hintern hab.«

»Ich schick dir mal alles rüber, was die Kollegen in Kiel herausgefunden haben. Ist nichts Weltbewegendes dabei, aber wer weiß – ein weiterer Blick kann nie schaden.«

Diese Unterhaltung roch nach Abschied. Doch Ralf fasste sich hörbar ein Herz und rückte mit einer weiteren Frage heraus: »Glaubst du, was euch betrifft, ist der Zug für mich endgültig abgefahren?«

»Wer hier in Niebüll Dienst schiebt, kennt sich mit Zügen aus. Und vertrau mir: Es fährt immer dann einer, wenn man am wenigsten damit rechnet.«

»Und was heißt das jetzt genau? Ich meine, für mich?«

»Keine Ahnung.«

27

Hannah hatte für zwei weitere Becher Tee gesorgt und sich mit ihrem wieder am Küchentisch niedergelassen.

Gundas Hände umklammerten den zweiten Becher, die Hitze schien ihr gar nichts auszumachen. Sie begann mit leiser, aber verhältnismäßig fester Stimme: »Es ist fast zwanzig Jahre her und trotzdem erinnere ich mich an einige Dinge, als wären sie gestern passiert.« Sie verstummte und schaute auf, Hannah direkt in die Augen. »Ich hab noch nie wirklich mit jemandem darüber gesprochen. Außer mit ...«

»... den drei anderen Mädchen?«, vergewisserte sich Hannah, weil, selbst nach längerem Warten, nichts mehr kam.

Gunda nickte nur.

»Vielleicht können wir mit deren Namen anfangen«, schlug Hannah in sanftem Tonfall vor. »Hoffe, das ist dir recht. Und nur so viel: Wenn unsere Informationen stimmen, wissen wir von Maja Boom, Andrea Mommsen und dir.«

Gundas Stirn lag in Falten. Sie schien ehrlich überrascht. »Dann fehlt euch ja nur noch Jule.«

»Jule ... und wie weiter?« Hannah triumphierte innerlich. Sie wollte schon ihr Notizbuch zücken, verzichtete dann aber doch darauf. Gunda unter Druck zu setzen, war vermutlich keine gute Idee.

»Jule Stöver. Die war übrigens zwei Jahre älter als wir anderen.«

»Also zehn, als die Dinge damals passiert sind?«

Gundas Blick wanderte durch die Küche. Rundherum war es so still, dass man das Ticken der Küchenuhr über der Tür hören konnte. Im nächsten Moment meldete sich auch der Kühlschrank summend zu Wort.

Hannah unternahm einen neuen Anlauf, flüsterte dabei nur. »Willst du darüber reden, was damals genau passiert ist? Oder lieber erst mal nur über die Zeit danach?«

Gunda hob den Kopf und lachte verbittert. »Was in den ersten Jahren danach war, könnte ich heute nicht mal mehr unter Folter sagen. Ich erinnere mich an fast nichts mehr. Dafür hab ich noch jede einzelne Sekunde vor Augen, als ...« Es ging nicht weiter.

Eine ganze Weile war nur das Ticken der Küchenuhr zu hören. Hannah wollte es schon auf einen weiteren Versuch ankommen lassen, da kam ihr Gunda unerwartet zuvor: »Ich hab mich fürchterlich geschämt, hatte Angst und ...« Ihr war anzusehen, dass sie nach den richtigen Worten suchte. »In all den Jahren danach hab ich mich wertlos gefühlt, wie Schmutz – konnte nicht drüber reden und ...«

»... wolltest es auch nicht?«, fragte Hannah, weil Funkstille herrschte. Danach schwieg auch sie. Viermal passierte der Sekundenzeiger der Küchenuhr die ›12‹, ohne dass ein Wort gesprochen wurde. Und Hannah hatte ein weiteres Problem: Schon seitdem Sie sich auf den Weg in Richtung Sylt gemacht hatte, überlegte sie, wann – und insbesondere, wie – sie eine ohnehin zutiefst verunsicherte Frau mit den neuen Tatsachen konfrontieren sollte. Sprich: Mommsens gewaltsames Ableben.

Auf der anderen Tischseite räusperte sich Gunda, doch ihr Mund blieb geschlossen. Ihre Finger spielten mit dem Teebecher, kämpften offensichtlich mit dessen Henkel, worum auch immer.

Hannah rang unverändert mit ihrem eigenen inneren Konflikt. Druck auszuüben, war vermutlich die schlechteste Option. Aber es musste etwas her, um dem Gespräch einen neuen Anstoß zu geben. Und so oder so: Irgendwann wurde es ohnehin Zeit für die Wahrheit, wenn auch nur flüsternd: »Mommsen ist tot.«

Abgesehen davon, dass ihr rechter Zeigefinger den Henkel losließ, reagierte Gunda überhaupt nicht.

Hannah schaute ihr ins Gesicht, versuchte, ihren Blick einzufangen. Erfolglos. Und weil die Stille langsam unerträglich wurde, langte sie nach ihrem ersten Gedanken und fasste den in Worte: »Bist du gar nicht überrascht? Oder vielleicht froh darüber, dass ...?«

Gunda hob ruckartig den Kopf und sorgte damit für eine Unterbrechung. »Wieso sollte ich denn froh sein?«

»Vielleicht, weil das Monster aus deiner Vergangenheit tot ist«, erwiderte Hannah voller Inbrunst. Sie überlegte, wie es wäre, falls ihren Exmann das gleiche Schicksal ereilen würde.

Was würde sie denken?

Oder fühlen?

Doch sie kam so schnell zu keinem Ergebnis. Und weil Gunda offensichtlich auf eine nähere Erklärung wartete, lieferte sie die augenblicklich: »Hans-Georg Mommsen wurde auf abscheuliche Weise umgebracht. Manch einer würde vielleicht von einer gerechten Strafe reden – und in dem Fall würde ich nicht mal auf die Barrikaden gehen.«

Gundas Miene veränderte sich nicht, wirkte immer noch völlig teilnahmslos.

»Geht's dir gut?«, erkundigte sich Hannah, nachdem einmal mehr nur das Ticken der Uhr zu hören war. Doch sie bekam keine Antwort und fuhr eine Spur energischer fort: »Vielleicht ist es besser, wenn ich dich mit den Neuigkeiten erst mal allein lasse und später wiederkomme. Was meinst du?«

Gundas Aufmerksamkeit richtete sich wieder voll auf den Henkel an ihrem Teebecher. Als Hannah sich auf der anderen Tischseite räusperte, öffnete sich ihr Mund. »Ja.«

»Heißt das, du willst erst mal allein sein?«

Die Antwort war lediglich ein Nicken.

Trotzdem machte sich Hannah Sorgen und versuchte, die in sanfte Worte zu kleiden. »Kann ich dich denn allein lassen? Geht es dir gut genug, damit du ...?«

Gundas Kopf fuhr erneut ruckartig empor. Ihre Miene war eine Mischung aus Angst, Wut und Verzweiflung. »Ja ... es geht mir gut und du kannst mich allein lassen! Oder meinst du etwa, ich tue mir ausgerechnet heute was an?«

Eine Antwort auf diese Frage war wohl überflüssig. Hannah erhob sich, um Verständnis zu demonstrieren. Doch ihr wollte nichts Passendes zum Abschied einfallen, nicht mal eine Phrase. Also strich sie Gunda vorsichtig über den Kopf und machte sich kurz darauf wortlos aus dem Staub.

28

In seiner Not hatte sich Ole in seinen Dienstwagen geschwungen und war bei leichtem Schneegriesel und Eiseskälte mit dem nächsten Autozug in Richtung Sylt aufgebrochen. In Westerland angekommen machte er zunächst vor einer Dönerbude in Bahnhofsnähe Halt. Mit einer extra scharfen Knoblauchbombe wollte er einen Parkplatz nahe der Kurpromenade ansteuern, doch sein Handy stand nicht still. In diesem Moment, der Döner lag noch immer unangerührt in seinem Schoß, klingelte es schon wieder.

Ole kannte die Nummer und meldete sich entsprechend humorvoll: »Friedrichsen, der gleich vor Hunger stirbt! Was gibt's denn?«

»Ich kann Hannah nicht erreichen«, erwiderte ein Kollege der Spurensicherung. »Kann ich auch dir sagen, was wir auf der Schafweide und auf dem Hof von diesem Mommsen gefunden haben?«

»Kannst du!«

»Aber du musst mir versprechen, dass du Hannah Bescheid sagst. Ich hab keinen Bock auf den nächsten Einlauf.«

»Dann leg endlich los!« Ole wappnete sich schon für einen längeren Vortrag und wollte zum ersten Mal von seinem Döner abbeißen.

Da folgte das Ergebnis: »Nichts!«

Oles Hände sanken samt Döner wieder herunter. »Was meinst du mit ›nichts‹?«

Dem Kollegen am anderen Ende der Leitung war der Frohsinn spontan abhanden gekommen. »Wir haben zig verschiedene Fußspuren gefunden und konnten gerade mal zwei davon isolieren. Die gehören zu einem eurer Kollegen von der Wache aus Westerland und vermutlich zu einem der Rettungssanitäter – mit Schuhgröße neunundvierzig ... Waldbrandaustreter.«

»Und auf Mommsens Hof war auch nichts, was das Verschwinden der Tochter erklärt?«

»Nur, falls euch ein paar vertrocknete Kohlrouladen oder ein Tablet helfen, auf dem Andrea Mommsen den halben Tag lang ›Candy Crush‹ gedaddelt hat.«

Oles Handy gab einen Klingelton von sich, der einen weiteren Anruf vermeldete. Eine italienische Vorwahl zeigte an, wer da etwas von ihm wollte.

»Ich muss auflegen! Meldest du dich, falls ihr doch noch was findet?«

»Logisch!«

Das erste Gespräch war beendet, die zweite Verbindung nach einem Wisch hergestellt. »Wollen Sie mir verraten, wo Sie gelandet sind?«

»Ich sitze in einem Restaurant ... Bosch, glaube ich.«

Ole kam um ein Lachen nicht herum. »Sie meinen *Gosch*! Falls Sie noch nicht bestellt haben, probieren Sie den Räucherlachs, der ist köstlich.«

»Weiß Ihre Chefin auch, wo dieser ›Gosch‹ ist?«

»Davon gehe ich mal aus, ja.«

»Und, können Sie ihr denn ...?«

»Sie war bis eben nicht erreichbar. Am besten essen Sie erst mal in aller Ruhe und ich tue, was ich kann. Einverstanden?«

Francesca Rossi räusperte sich. Im Hintergrund war das Klappern von Geschirr und Bestecken zu hören. Irgendwo brüllte ein Kind, vermutlich ein Säugling. Ihre nächsten Worte kündigte die Anwältin mit leisem Stöhnen an. »Ich hoffe, Sie erreichen Frau Lambert – in ihrem Interesse!«

»In meinem?«, fragte Ole mit künstlicher Empörung, obwohl er genau wusste, wer gemeint war. »Warum sollte ich …?«

»Richten Sie Frau Lambert aus, dass ich sie sehen will. Heute noch!«

* * *

Nach ihrem spontanen Aufbruch saß Hannah noch eine Weile in ihrem Dienstwagen auf dem Parkplatz hinter dem Mehrfamilienhaus. Sie musste erst mal ihre Gedanken sammeln, zumindest notdürftig. Denn bei einem Wirrwarr in ihrem Kopf ging es nicht um den aktuellen Fall, sondern auch um sie selbst. In einem schwachen Moment hatte sie ausgerechnet einer völlig Fremden gegenüber zum ersten Mal richtig reinen Tisch gemacht. Vielleicht war es zum Teil auch Mittel zum Zweck gewesen, schließlich wollte sie Gunda Ingwersen damit einen Punkt zum Anknüpfen liefern. Und trotzdem hatte Hannah über manch ein Detail gesprochen, von dem bis zum heutigen Tag niemand wusste – außer ihr selbst.

Und natürlich hatte sie sich Hoffnungen gemacht, dass die Geschichte einer Leidensgenossin für neue Hinweise sorgen oder am besten gleich zu Mommsens Mörder führen würde. Doch abgesehen von einem vierten Namen hatte sich nichts Weiteres ergeben. Vielleicht war das normal, wenn zwei kranke Seelen – die eine mehr, die andere weniger – aufeinandertrafen.

Hannah schüttelte den Kopf, um einen Teil der Gedanken loszuwerden. Sie langte nach ihrem Handy. Das hatte sie zwei Stunden zuvor auf ›Lautlos‹ gestellt und wollte diesen Status gerade ändern, als das Display aufleuchtete. *Ole* blinkte darauf.

Sie meldete sich ein wenig atemlos, schließlich hatte sie eine Vorahnung davon, was ihr Kollege von ihr wollte. »Das ist jetzt gerade ganz schlecht, mein Lieber!«

Ole klang nicht mal verwundert. Trotzdem kam er mit einer Beschwerde daher: »Hast du 'ne Ahnung, wie oft ich es schon bei dir probiert habe?«

»Hatte zu tun ... was ist denn?«

»Und das ist alles?«

In Hannah brodelte es. »Muss ich dich daran erinnern, wer von uns beiden ...?«

»Ist schon klar: Du bist die Chefin!«

»Dann weißt du ja auch, was das bedeutet – was gibt's denn so Dringendes? Oder sag mir lieber erst mal, ob du die italienische Schlange im Zaum halten konntest.«

»Die hockt bei ›Gosch‹ und wartet dort auf dich«, erwiderte Ole. »Und ich glaube, du hast keine Ahnung, mit wem wir es da zu tun haben. Das ist keine Frau, die sich einfach so vertrösten lässt und brav wartet. Die ist nicht mehr oder weniger als das hübsche Aushängeschild der Mafia.«

»Wer sagt das?«

Ole stöhnte. »Ich! Und auch wenn du die Chefin bist: In der Hinsicht kannst du auf mein Urteil vertrauen.«

Eine Weile herrschte Stille. Hannah erinnerte sich an die letzten zwei Stunden, die sie zum größten Teil schweigend an einem winzigen Küchentisch verbracht hatte. In diesem Fall fehlte nur das Ticken der Uhr.

»Sie wartet auf dich oder auf meinen Anruf«, erklärte Ole. »Kannst du mir mal verraten, was ich tun soll?«

»Ruf sie an und sag ihr, dass ich morgen früh vielleicht Zeit hab.«

»Vielleicht?«

»Ja, vielleicht!«

»Und du meinst ernsthaft, das funktioniert?«

Hannah war klar, welchen Strapazen sie Ole aussetzte, aber das durfte sie keinesfalls zugeben. Also fuhr sie in belehrendem Ton fort: »Hast du nicht gesagt, sie hockt bei ›Gosch‹?«

»Ja, wieso?«

»Du kannst doch gar nicht genug vom Räucherlachs bekommen. Von mir aus geh hin und lad die Tante ein. Das Geld geb ich dir zurück, wenn wir uns sehen.«

Ole zögerte kurz. »Ist das wirklich dein Ernst?«

»Hört es sich so an?«

»Leider ja«, kam es gequält zurück. Doch Ole hatte offensichtlich jeden Widerstand aufgegeben und plötzlich ein anderes Thema parat. »Was hat denn das Gespräch mit dieser Gunda Ingwersen gebracht? Sind wir endlich ein Stück weiter?«

Hannah kam der Themenwechsel mehr als gelegen. Für ihre Antwort aktivierte sie den Jubelton in ihrer Stimme. »Wir haben den vierten Namen!«

»Und was hast du damit vor? Willst du ...?«

»In dem Fall musst du deiner Chefin vertrauen. Du kümmerst dich weiter um die italienische Schlange und ich sorge für die nächsten Lorbeeren – die wir uns natürlich teilen.«

29

Nach dem Gespräch mit Hannah hatte Ole zunächst in aller Ruhe seinen Döner vertilgt. Dafür gab es zwei gute Gründe: Erstens hatte er einen Bärenhunger und wollte nicht warten, bis er bei ›Gosch‹ an der Reihe wäre. Und zweitens herrschte – auch, wenn es Anfang Februar war – Ebbe in seinem Geldbeutel. Er hatte seiner Schwester mit zweitausend Euro aushelfen müssen und hoffte, die irgendwann wenigstens in kleinen Häppchen zurückzubekommen. Die Konsequenzen für ihn waren verheerend: Schon beim letzten Versuch wollte sich der EC-Automat in Niebüll nicht mehr mit seiner Karte anfreunden.

Pappsatt und bestenfalls mittelmäßig gelaunt, brach Ole dann in Richtung Strandstraße auf. Vor einem Fahrradverleih, bei dem zu dieser Jahreszeit kaum Betrieb herrschte, fand er einen Parkplatz und musste nicht weit laufen, bis er bei ›Gosch‹ ankam.

Mittlerweile war es früher Nachmittag. Die Mittagsgäste waren längst verschwunden, nur noch wenige Tische besetzt. An einem davon saß Francesca Rossi. Die hatte Ole bereits erspäht und winkte ihm zu.

Als er vor dem Tisch ankam, schaute die Anwältin lächelnd zu ihm empor. »Frau Lambert?«

»Sehr witzig!« Ole fiel in voller Montur auf den Stuhl gegenüber. Mit Daunenjacke, Mütze und Handschuhen kam er wie ein Fremdkörper daher.

Francesca Rossis Lächeln ließ nicht nach. Lediglich die Tatsache, dass sich ihre Augen nicht daran beteiligen wollten, degradierte diese Freundlichkeit zu einer Farce. »Konnten Sie Ihre Chefin denn erreichen?«

Ole zeigte auf einen leeren Teller, der zwischen ihm und der Anwältin stand. »Sie haben also schon gegessen?«

Er bekam ein Nicken als Antwort. Der rot geschminkte Mund öffnete sich bereits, doch er kam einer Frage zuvor: »Hatten Sie den Räucherlachs?«

»Haben Sie Frau Lambert erreicht?«

»Wieso sprechen Sie eigentlich so gut Deutsch?«

»Weil ich in der Schweiz studiert habe«, kam es genervt zurück. »Und bevor Sie weiterfragen: Meine Mutter ist Schweizerin, mein Vater Italiener. Ich bin also zweisprachig aufgewachsen – zufrieden?«

Ole nickte. In aller Ruhe zog er nacheinander Handschuhe und Daunenjacke aus, die er auf dem Stuhl neben sich platzierte. Seine Wollmütze lag vor ihm auf dem Tisch. Gegenüber hatte sich das Lächeln restlos in Luft aufgelöst. Hoffentlich die richtige Stimmung, um Klartext zu reden: »Ich hatte es Ihnen ja schon gesagt: Frau Lambert hat heute keine Zeit. Wir haben einen neuen Mordfall und müssen …«

Francesca Rossi fuhr mit energischer Stimme dazwischen: »Was ich Ihrer Chefin zu sagen habe, dauert zehn Minuten … höchstens eine Viertelstunde!«

»Tut mir leid«, erwiderte Ole schulterzuckend. »Ich kann nur wiederholen, was mir Frau Lambert am Telefon gesagt hat. Heute wird das nix.«

Die Anwältin fiel gegen ihre Stuhllehne und atmete hörbar. Sie zeigte mit Blicken auf ihren leeren Teller. »Haben Sie keinen Hunger?«

»Ich esse um diese Zeit grundsätzlich nichts.«

»Aha!« Francesca Rossi nahm ihre Serviette, faltete sie sauber in der Mitte und hielt sie Ole eiskalt lächelnd entgegen. »Dann wischen Sie sich wenigstens den Mund ab. Für mich sind das da an Ihrem Kinn die Reste von Mayonnaise …«

* * *

Hannah stand mit ihrem Dienstwagen noch immer auf dem Parkplatz hinter dem Mehrfamilienhaus. Zuerst hatte sie den Namen ›Jule Stöver‹ an sämtliche Kollegen weitergegeben und angewiesen, dass sich deren Ermittlungen ab sofort auf diesen neuen Hinweis konzentrieren sollten.

Als eines der Telefonate beendet war, fiel ihr Blick zufällig auf das Haus. Hinter den Fenstern ganz oben verschwand ein Kopf. Und der gehörte zweifellos zu Gunda Ingwersen. Hannah hatte sich schon vorher ihre Gedanken gemacht und wurde das Gefühl nicht los, dass die Frau ihr etwas verschwieg. Nur was das war, würde sie vermutlich nicht so schnell herausfinden.

Aber das war nicht Hannahs einziges Problem. Sie wusste nicht, wohin. Und selbst ihr Telefon schwieg die meiste Zeit. Ihr Kopf war mit zehn Dingen gleichzeitig beschäftigt. Die Hälfte dienstlicher, die andere eher privater Natur. Sie hatte das Gefühl, in einem zähen Brei zu rühren, der, wenn überhaupt, nur durch Zufall etwas preisgeben würde.

Also fing sie mit ihren Gedanken von vorne an: Hinnerk Boom wollte sie, wenn möglich, ignorieren und höchstens ein weiteres Mal aufsuchen, um ihn mit neuen Fakten zu konfrontieren. Mommsens Hof und die Schafweide waren zunächst Sackgassen.

Hannah war bereits drauf und dran, ihrer Mutter einen Kaffeebesuch abzustatten, da fiel ihr ein, wer am vergangenen Abend den Stein mit einem Anruf ins Rollen gebracht hatte: eine Therapeutin aus Westerland. Und es dauerte nicht lange, bis sie deren Adresse herausgefunden hatte. Als sie kurz darauf am Wählhebel der Automatik zog, schaute sie noch einmal hoch zum obersten Fenster.

Der Kopf von Gunda Ingwersen war zu sehen, verschwand für einen Moment und tauchte dann wieder auf. Ein zaghaftes Winken war die Folge, dazu ein Lächeln, das selbst aus einiger Entfernung verkrampft aussah. Da fühlte sich wohl jemand ertappt ...

* * *

»Können wir nicht endlich mit dem Theater aufhören?«

Ole lächelte unschuldig. »Mit welchem Theater?«

Francesca Rossi holte tief Luft, wohl, um sich für einen längeren Vortrag zu wappnen. »Ich habe verstanden, dass Ihre Chefin keinen Wert auf ein Treffen mit mir legt.« Ole schüttelte zwar den Kopf, aber das hielt die Anwältin nicht von weiteren Worten ab: »Und weil wenigstens wir zwei miteinander reden können, hätte ich einen Vorschlag ...«

»Was für einen Vorschlag?«, hakte Ole stirnrunzelnd nach.

Francesca Rossi warf einen Blick in die Runde. Mittlerweile waren die meisten Tische leer. Mit neuem Andrang war bei ungemütlichem Wetter, wenn überhaupt, erst ab frühen Abend zu rechnen. Die Anwältin nickte zufrieden, senkte aber trotzdem ihre Stimme. »Wir sind unter uns. Ich könnte Ihnen also auch verraten, dass ich einen Amoklauf plane, und hätte hinterher nichts zu befürchten – zumindest juristisch nicht.«

Ole nickte, versuchte aber, so gelangweilt wie möglich auszusehen. Bei seiner nächsten Frage kam er allerdings nicht an einem Grinsen vorbei: »Wo soll dieser Amoklauf denn stattfinden?«

»Sie sind ein Spaßvogel!«, erwiderte Francesca Rossi kopfschüttelnd. Ihr Gesicht verzog sich und kündigte eine

Offenbarung an, die sie noch leiser als zuvor in Worte kleidete: »Ich will, dass Frau Lambert, stellvertretend für ihren Sohn, das Erbe ausschlägt.«

Ole traf diese Attacke keineswegs unvorbereitet. Er hatte genau damit gerechnet, war schließlich durch Hannah ansatzweise eingeweiht. Trotzdem ließ er sich mit seiner Antwort genüsslich Zeit. Und die fiel auch noch extrem knapp aus: »Wieso sollte sie?«

Die Anwältin schaute sich zur Sicherheit ein weiteres Mal um. »Wissen Sie über den Exmann Ihrer Chefin Bescheid?«

»Denke ja«, antwortete Ole völlig unbekümmert. Gerade so, als ginge es bei diesem Wissen um Gianni Lorenzos Werdegang als rechter Verteidiger beim Kreisligisten SV Hademarschen. »Aber ich verstehe nicht, warum ihr Sohn deshalb auf sein Erbe verzichten sollte. Wenn Sie tatsächlich wissen, was damals passiert ist ... ich meine, der Junge hat es mehr als jeder andere verdient.«

Wider Erwarten nickte Francesca Rossi, als wolle sie Oles empörten Kommentar unterstreichen. Doch ihre nächsten Worte verhießen das Gegenteil: »Sie und Frau Lambert wissen vielleicht, was bis vor zehn Jahren passiert ist, aber über die Zeit danach wissen Sie vermutlich nichts.«

»Jetzt wird's interessant!« Oles Versuch, Desinteresse zu signalisieren, scheiterte kläglich. Dafür gab es einen guten Grund, denn vermutlich folgten nun Informationen, auf die Hannah seit Jahren hinfieberte. »Machen Sie weiter, ich bin ganz Ohr.«

Francesca Rossi fuhr bereitwillig fort: »Nachdem Gianni Lorenzo hier in Deutschland ein Chaos hinterlassen hatte, und er per internationalem Haftbefehl gesucht wurde, hat es ihn in seine alte Heimat verschlagen: nach Italien.«

»Klingt romantisch«, alberte Ole. »Da kommt mir immer so 'ne freundliche alte Frau in den Sinn, die für ihre ganze Familie Spaghetti kocht und ...«

»Er hat sich sehr viel Geld geliehen, um ein Restaurant in Neapel zu eröffnen«, unterbrach die Anwältin rüde. »Und dafür hat er sich leider die falschen Leute ausgesucht.«

»Heißt das, er ist mit seinem Restaurant den Bach runter?«

Francesca Rossi schaute verwirrt. »Den Bach runter?«

Ole lieferte lachend eine andere Variante: »Er ist pleite! Und die Leute, von denen er sich das Geld geliehen hat, wollen es plötzlich zurück – machen sich neuerdings Hoffnungen auf 'ne fette Erbschaft.«

Die Anwältin nickte anerkennend. »Sie haben es erfasst!«

Diese letzten Worte sorgten für eine längere Unterbrechung. Hinter der Essensausgabe läutete einer der Köche eine Glocke über dem Tresen. Im Gosch-Universum ein gängiges Prozedere, wenn ein Gast ein besonders üppiges Trinkgeld springen lässt. Danach verabschiedeten sich ein Anzugträger und seine, mit Schmuck behangene Frau an einen der hintersten Tische.

Ole fand zuerst die Sprache wieder: »Ich hab Lust auf 'nen Espresso ... wollen Sie auch?«

Die perfekt manikürten Finger der Anwältin verschwanden in ihrer Handtasche und kehrten von dort mit einem Hunderteuroschein zurück, den sie Ole entgegenhielt. »Nur, wenn ich Sie einladen darf.«

Unter normalen Umständen hätte Ole abgelehnt. Erst, als er sich seinen letzten Kontoauszug in Erinnerung rief, langte er mit spitzen Fingern nach dem Geldschein.

Doch Francesca Rossi hielt ihn noch fest. »Wenn Sie zurückkommen, erwarte ich einen Vorschlag von Ihnen!«

»Was für'n Vorschlag?«

»Wie es weitergehen soll. Und ich bewege mich nicht vom Fleck, bis ich eine Antwort habe.«

Ole zupfte grinsend am Geldschein, aber bisher erfolglos. Die Augen der Anwältin versprühten Eiseskälte. »Ich weiß gar nicht, was Sie von mir erwarten«, sagte er mit der Stimme eines kleinen Jungen.

»Ich will eine Zusage. Und ich lasse mich auf nichts anderes als einen kompletten Erbverzicht ein.« In einem geschminkten Gesicht machte sich ein überhebliches Lächeln breit, das einige Falten preisgab. »Oder muss ich Ihnen erklären, was ansonsten passiert?«

Ole zögerte kurz. »Geht's dabei um die Geschichte mit der alten Frau, die für ihre ganze Familie Spaghetti kocht?«

»Da sollten Sie sich lieber keine Hoffnungen machen.«

Ole zupfte ein weiteres Mal am Hunderter und hatte Erfolg. Bevor er sich zum Tresen aufmachte, hatte er wenigstens ein halbwegs ernsthaftes Angebot parat: »Ich kann Ihnen nichts versprechen. Aber nach dem Espresso versuche ich, Frau Lambert noch mal zu erreichen. Einverstanden?«

30

Hannah hatte ihren BMW ganz am Anfang der Strandstraße geparkt, besser gesagt: in einer Parallelstraße auf dem Gelände der Sparkasse. Sie wollte möglichst viel Platz zwischen sich und dem aktuellen Aufenthaltsort einer italienischen Giftschlange lassen. Wobei das nicht ganz einfach war, denn im Zentrum von Westerland kann man die meisten Dinge bequem zu Fuß erledigen. Als Hannah vor ihrem Ziel ankam – einem mehrstöckigen Haus, in dem sich unter anderem die Praxis von Frau Doktor Schulze-Wiegand befand –, waren es von dort höchstens noch zweihundert Meter bis zu ›Gosch‹.

Sie hatte Hunger und sehnte sich ausgerechnet nach einem Fischbrötchen. Aber zum Essen dürfte sie später noch genug Zeit haben. Denn was sie nach dem Gespräch mit der Therapeutin mit ihrer Zeit anfangen sollte, wusste sie nicht.

Nach einer Vielzahl von Treppenstufen stand Hannah vor der Praxis im zweiten Stock und versuchte, die Tür vor sich zu öffnen. Das funktionierte nicht, also drückte sie den Klingelknopf. Ein leiser Gong erklang, kurz darauf ein Summen.

Nur ein paar Schritte von der Tür entfernt stand ein penibel aufgeräumter Schreibtisch. Dahinter saß eine Frau, die den Eindruck machte, als hätte sie zum letzten Mal gegen Kriegsende gelacht. »Ja, bitte?«

Hannah war mit solchen Situationen bestens vertraut, zückte routiniert ihren Dienstausweis und hielt ihn der Frau entgegen. »Ich würde gern mit Ihrer Chefin sprechen. Wäre das möglich?«

Ein faltiges Gesicht verzog sich, sah danach beinahe angewidert aus. »Haben Sie denn einen Termin?«

Hannah wollte schon antworten, als sich links von ihr eine gepolsterte Tür öffnete. Die orientierte sich bestens am sonstigen Ambiente, das auch eins zu eins in ein Bestattungsunternehmen gepasst hätte. Eine hochgewachsene, grauhaarige Frau von Mitte sechzig steuerte zielsicher auf den Schreibtisch der Empfangsdame zu. Dahinter folgte ein junger Mann, der wie ein geschlagener Hund aussah.

Hannahs Mund klappte zu. Sie wollte der Therapeutin keinesfalls zuvorkommen, denn die kündigte ihre Worte bereits mit ausladenden Bewegungen an. »Streichen Sie Stefans Termin für nächste Woche und vereinbaren Sie mit ihm einen neuen für die Woche darauf.«

Die grauhaarige Erscheinung – zweifellos die Frau Doktor – wirbelte herum und zeigte auf zwei lederne Besucherstühle, auf denen niemand saß. Mit Wartezimmer-Tumulten wie beim Hausarzt oder Orthopäden war hier vermutlich nicht zu rechnen.

Ihre Vorzimmerdame hatte den Fingerzeig übersetzt und lieferte die Antwort, als würde sie ein Todesurteil ablesen: »Frau Ziegler ist nicht gekommen. Und sie hat schon wieder nicht abgesagt!«

Plötzlich galt Hannah die volle Aufmerksamkeit der Frau Doktor. »Und wer sind Sie?«

Hannah kam der Vorzimmerdame zuvor und zückte erneut ihren Dienstausweis. Sie hatte sich auch schon die passenden Worte zurechtgelegt. »Es geht um Gunda Ingwersen … hätten Sie kurz Zeit für mich?«

Während sich ein Kopf noch sichtbar mit der Antwort

beschäftigte, klingelte Hannahs Handy. Wieder Ole. Sie drückte ihn weg und schaltete danach gleich auf ›Lautlos‹ um.

»Ich weiß nicht, was Sie sich davon versprechen«, sagte die Therapeutin und klang dabei ein wenig unwirsch. »Ich muss Sie hoffentlich nicht an meine Schweigepflicht erinnern. Falls es um ...«

»Wäre nett, wenn Sie sich trotzdem ein paar Minuten Zeit nehmen«, bat Hannah und entschuldigte sich dafür mit einem halbwegs glaubhaften Lächeln. »Dauert auch nicht lange – und vielleicht darf ich Sie daran erinnern: Sie haben meine Kollegen wegen Frau Ingwersen angerufen.«

* * *

»Sie hat mich weggedrückt«, beschwerte sich Ole und starrte dabei frustriert auf sein Handy.

Francesca Rossi reagierte unerwartet verständnisvoll. »Dann versuchen Sie es eben später noch mal.«

»Und was jetzt?« Ole zeigte auf einen Fuß der Anwältin, der unter dem Tisch herausragte. Daran steckte ein sündhaft teurer Schuh mit langem Pfennigabsatz. »Wollen Sie damit am Strand spazieren gehen? Noch dazu: bei diesem Wetter?«

Francesca Rossi lachte und schüttelte den Kopf. »Können Sie mir ein Hotel am Ort empfehlen?«

»Heißt das, Sie wollen heute auf Sylt übernachten? Ich dachte, Sie rühren sich nicht von der Stelle, bis ...«

»Und wenn ich meine Meinung geändert habe?«

»Dann wüsste ich zumindest gerne, warum.« Ole schob seine leere Espressotasse über den Tisch und lehnte sich nach vorne. »Woher der plötzliche Sinneswandel?«

Francesca Rossi wirkte zum ersten Mal überzeugend, sah dabei ein wenig schüchtern aus. »Ich möchte Frau Lambert entgegenkommen und ihr ein bisschen mehr Zeit lassen. Das sollte doch auch in Ihrem Sinne sein, oder etwa nicht?«

Ole nickte zwar, sah aber nicht zufrieden aus. Ihm kam ein Gespräch in den Sinn, das er mit Hannah tags zuvor auf dem Weg in Richtung Westerland geführt hatte. Letztendlich standen sämtliche Fakten fest, es lagen nur noch nicht alle auf dem Tisch. »Ist Ihnen klar, was meine Chefin als Gegenleistung erwartet, wenn sie sich auf diesen Erbverzicht einlässt?«

»Gegenleistung?«, wiederholte die Anwältin mit gerümpfter Nase. Doch hinter dieser ahnungslosen Fassade blitzte bereits eine Vermutung auf.

Die fasste Ole bereitwillig in Worte: »Sie will die Adresse von ihrem Exmann. Und glauben Sie mir: Frau Lambert ist niemand, mit dem Sie gerne verhandeln möchten.«

Francesca Rossi ließ sich mit ihrer Antwort ein wenig Zeit und lieferte die mit süffisantem Lächeln. »Wenn es nur um eine Adresse geht, sollte das hoffentlich kein Problem sein.«

»Und wie wird das in der Praxis aussehen?«, hakte Ole hämisch nach. »Dieser Gianni Lorenzo erbt ein Vermögen und wartet hinterher brav, bis da unten in Italien die Handschellen klicken?«

Die Anwältin schüttelte den Kopf. »Glauben Sie etwa, dass er einen Euro von seinem Erbe in die Finger bekommt? Vertrauen Sie mir: Es ist für alles gesorgt.«

»Einer Anwältin vertrauen«, murmelte Ole in seinen nicht vorhandenen Bart. »Tut mir leid ... damit hab ich so meine Probleme.«

»Und wie finden wir jetzt eine Lösung?«

Ole zog seine Wollmütze über den Kopf, schnappte sich Jacke und Handschuhe und stand kurz darauf auf seinen Füßen. »Erst mal suchen wir ein Hotel für Sie – ist Ihr

Arbeitgeber knauserig oder kommt er auch für die erste Adresse am Ort auf?«

Francesca Rossi fischte ihre Kreditkarte – eine Platinum-Amex – aus dem LouisVuitton-Portemonnaie und hielt sie empor. »Reicht die hier bei Ihnen für die erste Adresse?«

Ole lehnte sich nach vorne und betrachtete die Kreditkarte eine Weile. Das Ergebnis seiner Prüfung garnierte er mit einem Grinsen. »Wir können es zumindest probieren.«

31

Hannah saß kaum vor dem Schreibtisch der Therapeutin, da begann sie übereilt mit einem Monolog, um weiteren Ermahnungen in Sachen ›Schweigepflicht‹ zuvorzukommen. Angefangen bei mindestens einem Missbrauchsfall, der zwanzig Jahre zurücklag, bis hin zum Mord an Hans-Georg Mommsen, der zwei Tage alt war. Sie schloss mit einem traurigen Fazit: »So viel Kummer und Elend – und alles nur, weil da ein Schwein seine Finger nicht von wehrlosen Mädchen lassen konnte.«

Die Augenbrauen von Frau Doktor Schulze-Wiegand gerieten in Bewegung. Doch noch verzichtete sie auf einen Kommentar.

Hannah kam ganz bewusst ein wenig aufbrausend daher. Jede Psychotherapeutin bekam es bei ihrer Arbeit tagtäglich mit den abscheulichsten Abgründen menschlichen Handelns zu tun und durfte sich um dessen Opfer kümmern. Deshalb war es wichtig, dass die Frau auf der anderen Schreibtischseite wusste, wie Hannah darüber dachte. »Ich habe die Vermutung, dass Mommsen noch weit mehr Schaden angerichtet hat«, flüsterte sie in unheilvollem Ton.

»Und ich weiß trotzdem nicht, was Sie von mir erwarten«, erwiderte die Therapeutin mit einer Stimme, die zum spontanen Einschlafen einlud. »Über den Fall von damals weiß ich vermutlich weniger als Sie. Und was meine Patientin betrifft …«

»... sind Sie an Ihre Schweigepflicht gebunden. Ich weiß!« In Hannahs Eingeweiden brodelte es. Das lag nicht nur an der Stimme, sondern auch an dem Gesicht, das sich, unter halblangen grauen Haaren, auch in völliger Ausdruckslosigkeit wohlzufühlen schien. »Aber dann können Sie mir vielleicht eine Frage beantworten: Warum haben Sie gestern meine Kollegen alarmiert?«

»Aus Sorge um meine Patientin«, empörte sich die Frau Doktor.

Hannah nickte, aber das hatte nichts mit Zufriedenheit zu tun. Sie hatte es im Laufe der letzten Jahre mit einigen Therapeuten zu tun bekommen – insbesondere in eigener Sache – und dadurch nicht die allerbeste Meinung über diesen Berufsstand. »Endet Ihre Sorge bei einem Telefonanruf oder geht die noch weiter?«

»Wie darf ich die Frage denn verstehen?«

Hannah lehnte sich nach vorn und hielt sich mit beiden Händen an einer Schreibtischplatte fest. »Was ist, falls Gunda Ingwersen sich was antut? Wollen Sie darüber informiert werden oder passt das nicht in Ihren Terminkalender?«

Auf der anderen Schreibtischseite verwandelte sich eine Miene in Stein. Es machte schon den Anschein, als sei dieses Gespräch vorüber, doch dann betätigte die Frau Doktor einen Knopf an der Wechselsprechanlage. »Ist die nächste Patientin schon da?«

»Nein«, kam es von der Vorzimmerdame zurück. Die übte sich auch ihrer Chefin gegenüber nicht in Freundlichkeit. »Aber sie hat angerufen: Verspätet sich um etwa eine Viertelstunde.«

Die Therapeutin nickte zufrieden, rückte ein paar Utensilien auf ihrem Schreibtisch zurecht und schaute ihren offensichtlich unerwünschten Gast direkt an. »Was wollen Sie wirklich?«

Auf diese Einladung hatte Hannah nur gewartet. Und sie war vorbereitet: »Ich habe heute zwei Stunden lang mit Frau Ingwersen geredet. Und ich werde das Gefühl nicht los, dass sie mir etwas verschweigt. Könnten Sie sich vorstellen, was das ist?«

Die erste Antwort war ein Kopfschütteln. Nach kurzem Überlegen folgte eine Frage: »Wie hat sie denn auf die Nachricht von Mommsens Tod reagiert?«

»Überhaupt nicht!«

Die Therapeutin nickte, sah aus, als hätte diese Antwort eine ihrer Vermutungen bestätigt.

»Können Sie sich das erklären?«, hakte Hannah gleich nach. »Vorgestern schlachtet jemand das Monster aus Gundas Vergangenheit ab und das lässt sie völlig kalt. Warum?«

Der Frau Doktor war anzusehen, dass sie sich zunehmend unwohler in ihrer Haut fühlte. Doch da war nicht nur Ablehnung, sondern auch eine leise Unsicherheit zu erkennen.

Das fing Hannah auf und lieferte ein Angebot: »Egal, was Sie mir erzählen – von mir erfährt niemand, dass Sie uns geholfen haben. Ehrenwort!«

»Ich weiß vielleicht doch ein bisschen mehr«, begann die Therapeutin mit ungewöhnlich dünner Stimme. »Gunda war nicht meine einzige Patientin, die etwas mit Mommsen zu tun hatte.«

Hannah überlegte, ob sie ihr Wissen rund um Maja Boom preisgeben sollte, entschied sich jedoch fürs Gegenteil. Davon abgesehen, wollte sie den unerwarteten Redefluss nicht stoppen.

»Ich hatte eine andere Patientin ...« Das Gesicht der Frau Doktor verzog sich auf der Suche nach dem passenden Namen. »Maja, Maja Boom. Sie hat sich etliche Jahre später ...«

»... umgebracht«, vervollständigte Hannah. Darüber hinaus beschloss sie, die Karten auf den Tisch zu legen. »Das haben wir bei unseren Ermittlungen herausgefunden. Außerdem wissen wir, dass die Mutter Sie für den Selbstmord ihrer Tochter verantwortlich machen wollte.«

Das Gesicht der Therapeutin verhieß unterdrückte Wut. Entsprechend klang ihre Stimme. »Es ist ja auch am einfachsten, die Schuld bei anderen zu suchen. Wenn ich Ihnen erzählen würde, was ich mir hier jeden Tag anhören darf, dann ...«

Hannah fuhr ganz bewusst dazwischen: »Warum waren Majas Eltern trotzdem davon überzeugt, dass Sie eine gewisse Mitschuld trifft?«

Die erste Antwort war ein Schulterzucken. Aber die Frau Doktor hatte auch eine Erklärung parat: »Weil es in Majas Fall zu extrem war.«

»Was darf ich darunter verstehen?«

»Es gibt Eltern, die würden am liebsten über alles den Mantel des Schweigens breiten. Nichts hören, nichts sehen ... einfach alles totschweigen.«

»Hört sich für mich so an, als wenn es im Falle der Booms anders gewesen wäre.«

»Bevor der Vater ins Gefängnis kam, fanden die meisten Sitzungen zu viert statt«, bestätigte die Therapeutin mit eifrigem Nicken. »Und egal, was ich gesagt oder vorgeschlagen habe: Die Eltern wussten es grundsätzlich besser – meinten wohl, sie könnten ihrer Tochter helfen, wenn alles, bis ins letzte Detail ausdiskutiert wird.«

Hannah wartete noch kurz, aber erfolglos. Offensichtlich war ein wenig Druck erforderlich, um mehr herauszufinden. »Was ist genau passiert, nachdem Maja sich umgebracht hat?«

»Das können Sie doch in Ihren Akten nachlesen«, erwiderte die Frau Doktor, zum ersten Mal unfreundlich. »Das alles waren nichts weiter als Unterstellungen.«

»Stammten die ausschließlich von Majas Mutter oder auch von ihrem Vater?«

»Der hat mir jeden Tag aus dem Gefängnis geschrieben! Hatte wohl zu viel Zeit …«

Hannahs Gesicht glich dem eines schüchternen Mädchens. »Abgesehen von den Akten: Was ist denn bei dem Streit vor Gericht rausgekommen?«

»Ich wurde selbstverständlich freigesprochen – ohne jeden Zweifel an meiner Unschuld! Aber da ist etwas anderes, das mir zu denken gibt. Heute noch mehr als damals.«

Hannah verzichtete auf eine Nachfrage.

»Nachdem Majas Vater – dieser Hinnerk Boom – Mommsens Frau umgebracht hatte, war bei Maja eine Veränderung zu erkennen.«

»Inwiefern Veränderung?«, erkundigte sich Hannah mit sanfter Stimme.

»Ich hatte manches Mal das Gefühl, Maja hätte sogar Mitleid mit einem Witwer.«

»Sie reden immer noch von Hans-Georg Mommsen?«

Die Therapeutin nickte. Für eine Antwort blieb jedoch keine Zeit, denn die Vorzimmerdame meldete sich über die Gegensprechanlage. »Frau Ziegler ist doch noch gekommen«, erklang es krächzend. »Und sie ist zwar zu spät, hat aber nicht viel Zeit. Wie immer!«

»Ihren Job möcht ich auch nicht haben.«, kommentierte Hannah augenzwinkernd.

Woraufhin sich die Frau Doktor nach vorne lehnte und den Knopf an der Gegensprechanlage drückte. »Ich brauche hier noch zwei Minuten, Frau Ziegler soll sich einen Moment setzen.«

Hannah wartete einfach. Eine Offenbarung lag in der Luft.

Die lieferte die Therapeutin mit leiser Stimme: »Ich glaube nicht, dass der Mommsen es war.«

»Was soll das bedeuten?«, hakte Hannah mit ungläubiger Stimme nach. »Wollen Sie damit etwa sagen, dass …?«

»Es ist nur eine Vermutung!«, unterbrach die Frau Doktor. »Aber wenn ich mir Majas Verhalten vor Augen führe und auch das von Gunda – hinter der Geschichte von damals steckt mehr, als auf den ersten Blick zu erkennen ist.«

Hannah stand bereits vor dem Schreibtisch, denn es war klar, dass dieses Gespräch in Kürze sein Ende finden würde. Trotzdem versuchte sie es mit einer letzten Frage: »Falls Sie recht haben und Mommsen tatsächlich unschuldig ist – wer war's dann?«

Die Frau Doktor erhob sich blitzartig und hielt Hannah ihre knorrige Rechte entgegen. »Das herauszufinden, ist wohl Ihr Job!« Ein faltiges Gesicht verzog sich, am Ende handelte es sich beinahe um ein Lächeln. »Und jetzt müssen Sie mich entschuldigen, Frau Ziegler wartet.«

Hannah dachte über eine Antwort nach. Für ihren Geschmack hätte diese unpünktliche Frau Ziegler gerne noch länger warten dürfen, doch ein solcher Kommentar würde nichts ändern. Also schüttelte sie die Hand der Therapeutin ein wenig zu lange und beließ es bei einem einzelnen Wort. »Danke!«

32

»Das kann doch nicht sein!« Ole stand mit offenem Mund vor einer leeren Parkbucht, in der er seinen Dienstwagen – einen in die Jahre gekommenen Golf – abgestellt hatte. Von ›Gosch‹ aus war er zusammen mit Francesca Rossi zu Fuß aufgebrochen und wollte auf dem Weg zum Hotel ›Stadt Hamburg‹ gleich sein Auto mitnehmen.

Neben ihm schlotterte die Anwältin trotz ihres Pelzmantels. »Ist es denn noch weit bis zum Hotel?«

»Darum geht's doch gar nicht. Mein Auto ist weg … bestimmt hat ihn jemand abschleppen lassen.«

Francesca Rossi zeigte auf ein Schild, das die Parkbucht als privaten Stellplatz auswies. Sogar ein Kennzeichen war darauf vermerkt.

»Hab ich nicht drauf geachtet«, knurrte Ole. Dazu gestikulierte er wütend. »Außerdem: Hier ist doch niemand! Da hat mich irgendein Blödmann zum Spaß abschleppen lassen.«

Die Anwältin schob sich an seine Seite und lächelte verschmitzt. »Wir können umdrehen und mein Auto suchen. Oder Sie können gerne ein Taxi rufen, ich zahle.«

Ole zeigte die Strandstraße entlang. »Wir müssen in die Richtung, höchstens fünf Minuten. Da lohnt sich kein Taxi.«

* * *

Nach dem Gespräch mit der Frau Doktor verabschiedete sich Hannah nicht mal von der Vorzimmerdame, denn die schleuderte ihr auf dem Weg nach draußen schon wieder giftige Blicke entgegen.

Im Erdgeschoss blieb Hannah noch einen Moment lang vor der Eingangstür stehen. Die letzten Worte der Therapeutin gingen ihr durch den Kopf. Sollte Hans-Georg Mommsen tatsächlich unschuldig sein, warf das gleich ein ganz anderes Licht auf den kompletten Fall. Und es erklärte auch Gundas verhaltene Reaktion. Davon abgesehen hatte die Frau einiges zu erklären, denn es handelte sich bei ihren Ausführungen – wohlwollend formuliert – nicht um eine Lüge, aber zumindest um wissentliches Verschweigen.

Hannahs Magen knurrte. Mittlerweile war es später Nachmittag. An ihr Frühstück, zwei Becher Kaffee und einen Müsliriegel, erinnerte sich ihr Körper offensichtlich nicht mehr. Er pochte lautstark auf Nachschub.

Etwas Essbares musste her. Schnell! Entsprechend energisch zog Hannah die Tür vor sich auf und ging im Geiste bereits die verschiedenen Lokalitäten durch, als sie einen Blick nach links warf.

Ihre Augen wuchsen auf die Größe von Untertassen an. Ole steuerte auf sie zu, war höchstens noch zwanzig Meter entfernt. Neben ihm stolzierte eine dunkelhaarige Schönheit, über deren Herkunft Hannah nicht lange nachdenken musste.

Als Ole ein Stück vor sich seine Chefin erkannte, blieb er unvermittelt stehen. Auch er sah plötzlich aus, als wäre ihm der Leibhaftige persönlich erschienen.

Hannah setzte einen Schritt nach hinten, stolperte über die erste Stufe und landete mit ihrem Hinterteil weiter oben auf der dritten. Mit Händen und Füßen gleichzeitig schob sie sich zentimeterweise nach hinten, bis sie im Rücken die Eingangstür spürte. Noch war es nicht zu spät, denn die

Aufmerksamkeit dieser italienischen Schlange gehörte voll und ganz Ole, der noch immer wie angewurzelt dastand. In seiner Not zeigte er auf die gegenüberliegende Straßenseite und ein Geschäft, über das er wohl einiges zu erzählen hatte.

Hannah purzelte in den Hausflur hinter sich und schob die Tür zu, nachdem dafür genug Platz war. Endlich schaffte sie es auf die Füße und nahm durch die Milchglasscheiben hindurch zufrieden zur Kenntnis, dass die Anwältin kurze Zeit später vorüberflanierte. Und es war nicht genau zu erkennen, aber es sah aus, als hätte sie sich bei Ole untergehakt und würde sich an seine Seite kuscheln.

* * *

»Alles in Ordnung?«, erkundigte sich Francesca Rossi ehrlich besorgt. »Sie sehen aus, als hätten sie einen Geist gesehen.«

»Ich ärgere mich immer noch über mein Auto«, haspelte Ole. Er zeigte nach vorne. »Wir sind fast da.«

»Hotel Stadt Hamburg«, las die Anwältin, als sie kurz darauf vor dem Eingang des Luxushotels in der Strandstraße stehen blieb. »Ich dachte, Hamburg wäre weit weg und nicht hier.«

Ole reagierte nicht sofort. Ihm steckte das unverhoffte Treffen mit Hannah und die Beinahe-Katastrophe noch immer in den Knochen. Dementsprechend entgeistert klang er bei seiner Antwort. »Keine Angst: Wir sind immer noch auf Sylt! Das ›Stadt Hamburg‹ heißt schon seit achtzehnhundertschießmichtot so. Keine Ahnung, warum.«

Francesca Rossi warf einen aufmunternden Blick zur Seite. »Helfen Sie mir wenigstens noch beim Einchecken?«

»Wo ist eigentlich Ihr Gepäck?«

»Ich weiß nicht mehr genau, wo ich meinen Leihwagen gelassen habe«, gab die Anwältin mit ehrlichem Lächeln zu.

Sie klopfte auf ihre Handtasche, ein überdimensioniertes Teil mit funkelndem Gucci-Emblem. »Das Notwendigste habe ich sowieso immer dabei. Aber vielleicht kümmern wir uns erst mal um mein Zimmer.«

Ole trottete brav hinterher. Er war mit seinen Gedanken zu gleichen Teilen bei Hannah, seinem vermissten Auto und zwei atemberaubenden Beinen, die in diesem Moment vor der Rezeption des Hotels Halt machten.

Nachdem eine Platinum-Amex für Fakten gesorgt hatte, wedelte Francesca Rossi mit ihrem Schlüssel.

Ole schaute entsprechend verwirrt. »Und was jetzt? Soll ich Ihnen das nicht vorhandene Gepäck aufs Zimmer tragen?«

Francesca Rossi packte ihn mehr oder weniger sanft am Jackenärmel und zog ihn quer durch die Lobby hinter sich her. In einiger Entfernung von der Rezeption begann sie mit leiser Stimme: »Ich hatte gehofft, dass Sie Ihre Chefin ein weiteres Mal anrufen.«

Oles Miene machte klar, dass er über den Vorschlag nachdachte. Bevor er ein Ergebnis präsentieren konnte, kam ihm sein Handy klingelnd zuvor. Er zog es aus der Jackentasche und erlaubte der Anwältin, einen Blick aufs Display zu werfen.

»Wenn man vom Teufel spricht«, sagte die lachend.

»Ich würde gern ungestört mit ihr reden«, stellte Ole klar. Seine Stimme ließ keinen Widerspruch zu.

Francesca Rossi wedelte ein weiteres Mal mit ihrem Schlüssel. »Ich warte dann in meinem Zimmer. Grüßen Sie Frau Lambert bitte von mir.«

33

Gunda wurde schon seit Stunden von einem schlechten Gewissen geplagt. Diese Polizistin hatte zwar einiges über sich selbst erzählt und offensichtlich einen eigenen, seelischen Tiefststand hinter sich, aber das spielte in diesem Moment keine Rolle mehr. Gunda hatte falsch reagiert und damit eine schwache Flanke offenbart.

Aber was hätte sie denn tun sollen?

Etwa über Mommsens Tod jubeln?

Sie stand vor ihren Fenstern und schaute auf den Parkplatz hinunter. Kurz zuvor waren die Laternen angegangen, um eine Mischung aus Dunkelheit und Zwielicht zu erzeugen.

Diese Polizistin würde keine Ruhe geben. Nicht, bevor die Wahrheit ans Licht käme.

›Die Wahrheit‹, wiederholte Gunda in Gedanken. Die würde sowieso niemand glauben.

Und selbst wenn, wem wäre damit denn geholfen?

Ihr Handy klingelte. Es lag vor ihr auf der Fensterbank, mit dem Display nach unten. Mit spitzen Fingern langte sie danach und hatte schon die schlimmsten Befürchtungen, doch es war nur ihre Mutter. Ein Wunder, dass die nach der gestrigen Abfuhr überhaupt noch etwas von ihrer Tochter wissen wollte.

»Was ist denn?«, fragte Gunda mit leiser Stimme, nachdem die Verbindung hergestellt war.

Ihre Mutter klang aufgeregt. »Dein Vater ist hier fuchsteufelswild geworden und am Ende in sein Auto gesprungen ...«

»Wieso?«

»Weil ich ihm die Pistole auf die Brust gesetzt habe. Wissen wollte, wo sein sagenhafter Bruder geblieben ist.«

In Gundas Kopf überschlugen sich die Gedanken. Wenigstens brachte sie eine Frage heraus: »Wieso willst du das plötzlich wissen?«

»Weil ich dir helfen will!«, kam es Silbe für Silbe zurück. »Und weil ich verstanden habe, dass wir nicht mehr länger vor der Wahrheit davonlaufen können.«

Wahrheit!

Da war es wieder, dieses Wort, um das sich wohl alles drehte. Acht Buchstaben, die in Gundas Kopf widerhallten. Und sie hätte sich gerne beherrscht, aber ihre Stimme klang trotz dieses überraschenden Angebots vorwurfsvoll. »Du wolltest die Wahrheit nie wissen! Oder warum verschließt seit Jahren die Augen davor?«

»Dann solltest du vielleicht mal damit anfangen«, erwiderte Marion Ingwersen. »Du erwartest von allen anderen Wunder und bist selbst nicht bereit, auch nur den kleinsten Schritt nach vorn zu machen. So wird das nie was, egal, was du tust oder lässt.«

Gunda zuckte innerlich zusammen. Bisher kannte sie ihre Mutter nur in zwei wesentlichen Ausführungen: mitleidvoll oder verzweifelt. Es wurde wohl Zeit für eine Gegenattacke: »Hier war heute Morgen eine Kommissarin.«

Auch wenn ihre Mutter am anderen Ende nichts sagte, selbst das eisige Schweigen reichte als vielsagende Reaktion.

Gunda fuhr fort: »Die wollte wissen, was damals passiert ist.«

»Und ... hast du ihr die Wahrheit gesagt?« Marion Ingwersens Stimme klang dünn. »Du weißt hoffentlich, welche Probleme du deinem Vater und mir damit machst, oder?«

»Dann bin ich ja beruhigt«, erklärte Gunda, völlig aus dem Zusammenhang gerissen.

»Wieso beruhigt?«

»Weil das wieder meine alte Mutter ist. Schön artig das Maul halten und bloß nichts tun, was für Probleme sorgen könnte.«

»Das ist nicht fair! Du solltest lieber mal …«

Der Rest war nicht mehr zu hören. Gunda hatte das Gespräch beendet und ihr Handy vor sich auf die Fensterbank geschleudert. Um weiteres Klingeln zu unterbinden, schaltete sie es komplett ab. Für heute hatte sie genug.

* * *

»Das war knapp!«, jubelte Ole am Telefon. Um ungestört mit Hannah telefonieren zu können, hatte er sich in den hintersten Winkel der Lobby zurückgezogen. »Ein paar Schritte weiter und du hättest mich glatt umgerannt. Wo bist du?«

»Gerade im Auto angekommen. Warum musst du dich auch ausgerechnet in der Strandstraße rumtreiben?«

»Ich hab dir doch erzählt, dass die Tante bei ›Gosch‹ gewartet hat. Und du hast selbst gesagt, dass ich sie einladen soll. Sag mir lieber, was du hier um die Ecke verloren hattest.«

Hannah wollte sich nicht rechtfertigen. Und sie wollte Ole auch nicht mit Details über den aktuellen Fall ablenken. Also eröffnete sie in amüsiertem Ton eine Gegenoffensive: »Hab ich das richtig gesehen: Gehst du mit der Schlange schon auf Kuschelkurs?«

»Ich hab nur gemacht, worum du mich gebeten hast!

Und was kann ich denn dafür, wenn die mich einfach unterhakt?«

»Hat sie dir auch verraten, was sie will?«

»Es ist genau, wie du's dir gedacht hast: Felix soll auf sein Erbe verzichten und dein Exmann erbt alles.«

»Hast du ihr auch gesagt, dass ich dafür 'ne Gegenleistung erwarte?«

»Natürlich!«, erwiderte Ole, die Augen rollend. »Und wenn du mir grünes Licht gibst, dann mach ich die Sache für dich klar.«

»Wo bist du überhaupt?«

Ole flüsterte nur, weil sich gerade zwei ältere Herrschaften an ihm vorbeischoben. »Ich steh hier im ›Stadt Hamburg‹ ... Frau Rossi ist schon auf ihrem Zimmer.«

»Frau Rossi?«, wiederholte Hannah kichernd. »Gab's da nicht mal einen Herrn Rossi, der ständig auf der Suche nach dem großen Glück war? Vielleicht wird das ja was mit euch beiden.«

»Was soll ich ihr sagen?«, knurrte Ole. »Die Frau erwartet eine Antwort und verbringt nur deshalb die Nacht auf Sylt, weil sie es dir leichter machen will.«

»Sag ihr, dass ich erst unterschreibe, wenn ich die Adresse von meinem Ex hab. Ansonsten kann sie den Deal vergessen und von mir aus in der Hotelbar alt werden. Apropos: Falls du den großen Maxen spielen und die italienische Versuchung dort auf 'nen Drink einladen willst, komme ich nicht dafür auf. Und das sind auch keine Spesen, verstanden?«

Ole jammerte wie ein Halbwüchsiger. »Und was ist, falls sie trotzdem mit dir über die Erbschaft reden will? Ich meine ja nur ...«

»Dann ist morgen immer noch früh genug! Ich hab tatsächlich was vor.«

»Darf ich auch erfahren, was?«

Hannah überlegte kurz, ob sie Ole von ihren unerwarteten Fortschritten berichten sollte, entschied sich jedoch fürs Gegenteil. »Du kümmerst dich lieber um Italien und überlässt den Rest schön mir.«

»Heißt das, es riecht schon nach neuen Lorbeeren und meiner baldigen Beförderung zum Oberkommissar?«

»Mach einfach! Den Rest erfährst du, wenn du deinen Job erledigt hast. Und lass dich von der Tante nicht einwickeln.«

34

Nach dem Telefonat mit Ole saß Hannah noch eine Weile regungslos hinterm Steuer. Aus dem Gespräch mit der Therapeutin ergaben sich zwei mögliche Ziele. Fest stand lediglich: An beiden Orten wartete ein Teil einer unbequemen Wahrheit. Warum sonst hatten alle Beteiligten zwei Jahrzehnte lang geschwiegen?

Hannahs Handy klingelte. Flensburger Nummer.

Sie nahm das Gespräch an und begrüßte Ralf mit einer freundlich gemeinten Empfehlung: »Sie sollten von Zeit zu Zeit auch mal pünktlich Feierabend machen. Glauben Sie mir: Der Wahnsinn fängt früh genug an.«

»Ich hab vielleicht noch was herausgefunden«, sagte Ralf, hörbar verunsichert. »Es geht um Hinnerk Booms Rachefeldzug von damals.«

»Reden Sie vom Mord an Mommsens Frau?«

»Und von Mommsen selbst – der ist ja nur wie durch ein Wunder mit dem Leben davongekommen.«

»Und?«

Ralf zögerte einen Moment mit seiner Antwort. Erst als Hannah sich räusperte, wagte der junge Polizist einen Vorstoß: »Ich glaube, das war kein Wunder.«

»Und was heißt das genau?«

»Der Boom hatte alle Zeit der Welt, um auch Mommsen selbst um die Ecke zu bringen. Aber das war nicht gewollt.«

»Wollen Sie mir auch verraten, wie Sie darauf kommen?«

»Ich hab hier die Fotos vom Tatort. Hinnerk Boom hat Mommsen gefoltert. Hat ihm, nachdem dessen Frau tot war, mit der Flachzange die Fingernägel herausgerissen, ihn mit 'nem Küchenmesser angeritzt und zum krönenden Abschluss die Hälfte der Zehen zerquetscht – wieder mit der Zange.«

In Hannahs Kopf ratterte es. Dort vermischten sich die Informationen der letzten beiden Tage mit dieser frisch hinzugekommenen. Aber noch wollte nichts wirklich Sinn ergeben. Trotzdem drängte eine erste Frage: »Falls Mommsen tatsächlich gefoltert wurde, was sollte denn dabei herauskommen?«

Ralf wusste keine Antwort.

Also beschloss Hannah, den jungen Kollegen über den neuen Stand zu informieren. »Es wäre möglich, dass Mommsen gar nicht für die Missbrauchsfälle verantwortlich war. Ich hatte heute zwei Gespräche. Und weil deren Inhalte nicht ganz zusammenpassen, will ich erst mal nachhaken.«

»Wo?«

Hannah zögerte kurz, hielt es dann aber für richtig, Ralf einzuweihen. »Hinnerk Boom hat mich belogen. Der wusste, bei welcher Therapeutin seine Tochter in Behandlung war.«

»Weil er die vom Gefängnis aus mit Briefen bombardiert hat«, fügte Ralf übereifrig hinzu. »Das wäre mein zweiter Hinweis gewesen. Die Briefe hab ich seit 'ner halben Stunde alle in Kopie in meinem Postfach.«

»Sie sind gar nicht schlecht«, lobte Hannah. »Wenn ich Zeit hab, ruf ich Ihren Chef an und sag ihm das.«

Ralfs Stimme klang plötzlich beinahe flehend. »Können Sie mich hier nicht rausholen? Wenn's so weitergeht, muss ich bald die Flure fegen.«

»Jeder fängt mal klein an.«

»Ist schon klar – aber so klein?«

»Ich muss weitermachen«, wiegelte Hannah ab. »Erst mal vielen Dank für Ihre Hilfe und …«

»Ja?«

»Sehen Sie zu, dass Sie nach Hause kommen! Ich will nichts von irgendwelchen Überstunden hören, die ich hinterher rechtfertigen muss.«

* * *

Ole hatte noch eine Weile wie bestellt und nicht abgeholt im Foyer herumgestanden und dabei einige andere Gäste mit Blicken verfolgt. Er überlegte, an die Rezeption zu gehen und sich mit Francesca Rossis Zimmer verbinden zu lassen. Warum sollte er der Anwältin nicht einfach erklären, dass sie bis zum nächsten Morgen auf eine Fortsetzung warten müsse? Danach könnte er sich um seinen Dienstwagen kümmern und vielleicht noch pünktlich zur ›Tagesschau‹ auf dem heimischen Sofa liegen. Aber das war sicherlich nicht in Hannahs Sinn. Die wartete auf Ergebnisse, vielleicht sogar zu Recht. Es musste also eine Entscheidung her.

Kurz nachdem die gefallen war, stand Ole ein Stockwerk höher vor einer Zimmertür. Er klopfte, im Prinzip viel zu zaghaft, trotzdem öffnete im Francesca Rossi so schnell, als hätte sie direkt hinter der Tür auf ihn gewartet.

Die Anwältin war aus ihrem Pelzmantel geschlüpft. Der ergoss sich übers halbe Bett.

Ihr Blazer hing über einer Stuhllehne. Die beiden oberen Knöpfe ihrer schneeweißen Bluse waren geöffnet, dadurch wurde der Rand von ihrem Spitzen-BH sichtbar. Und der musste eine beachtliche Oberweite in Zaum halten.

»Ich hab meine Chefin erreicht«, stotterte Ole, nachdem die Zimmertür hinter ihm ins Schloss fiel.

»Und ich hab schon wieder Hunger«, erklärte Francesca Rossi gerade so, als würde sie das Ergebnis eines Telefonats gar nicht interessieren. »Wir könnten einen Cocktail an der Hotelbar trinken und uns danach im Restaurant verwöhnen lassen. Was meinen Sie?«

Ole lachte kurz auf. »Das übersteigt meine Gehaltsklasse bei Weitem. Vielleicht besprechen wir lieber kurz, wie's weitergeht, und hinterher versuche ich herauszufinden, wo mein Auto geblieben ist.«

Francesca Rossi machte einen langen Schritt nach vorne und stand Ole danach direkt gegenüber. Er spürte ihren warmen Atem im Gesicht und roch ihr Parfum, das sie mit Sicherheit gerade erst frisch aufgetragen hatte.

Sie stellte sich auf Zehenspitzen. Es machte den Anschein, als wollte sie ihm einen Kuss verpassen, doch sie hauchte ihm nur etwas ins Ohr: »Vielleicht vergessen Sie mal für einen Moment Ihr Auto und Ihre Gehaltsklasse. Sie sind eingeladen!«

Ole setzte einen Schritt zurück und wurde von einer Kommode ausgebremst. Er sah nicht nur verunsichert aus, sondern klang auch genauso. »Wollen Sie mir auch verraten, worauf das hier hinausläuft?«

»Ich möchte einen Cocktail trinken und etwas essen. Und Sie werden es kaum glauben: Ich lege Wert auf nette Gesellschaft. Ist das so schwer zu verstehen?«

»Und das ist alles?«, fragte Ole vorsichtig nach.

»Erst mal ja.«

»Wollen Sie denn gar nicht wissen, was meine Chefin gesagt hat?«

»Doch, will ich – aber später.«

35

Mittlerweile war es stockfinster, neblig dazu. Auf dem Weg zu Hinnerk Boom war Hannah zweimal falsch abgebogen, was ihre ohnehin vorhandene Ungeduld nur noch schürte. Vor ihrem Ziel – einem windschiefen Haus, das immer noch verlassen aussah – stellte sie den Motor ab und blieb erneut einen Moment lang hinterm Steuer sitzen. Sie musste sich erst mal herunterfahren. Hinnerk Boom war kein Idiot und garantiert imstande, sie ein weiteres Mal am ausgestreckten Arm verhungern zu lassen. Doch sie hatte sich eine Strategie zurechtgelegt und wollte, sofern möglich, sofort in die Offensive gehen, den Mann quasi überrumpeln.

Diesen Plan machte Hinnerk Boom kurz darauf gleich mit seiner Begrüßung zunichte. »Machen Sie sich bloß keine Hoffnungen«, begann er mit noch immer heiserer Stimme. »Ich hab Ihnen nichts Neues zu erzählen. Was auch?«

»Sieht ja langsam richtig wohnlich bei Ihnen aus«, sagte Hannah unbeirrt. Sie zeigte nacheinander auf ein Bett, in dem der Hausherr lag und auf zwei Stühle, die vor dem Fenster standen. Einen davon zog sie quer durch den Raum und platzierte ihn in sicherer Entfernung. Falls Hinnerk Boom etwas im Hinterkopf hatte, müsste der sich erst mal unter seiner Decke herausschälen, aufstehen und mindestens zweieinhalb Meter überbrücken. Für Hannah Zeit genug, ihn notfalls mit ihrer Dienstwaffe auf Abstand zu halten.

Als hätte er ihre Gedanken gelesen, drehte sich der Mann zur Seite und hing danach zur Hälfte aus dem Bett heraus. Aber bei diesen Bemühungen ging es nicht etwa um einen Angriff, sondern um ein altes Radio, das am Boden stand und bisher leise vor sich hingedudelt hatte.

»Das Teil läuft mit Batterien«, erklärte er grinsend. Ohne hinzusehen, fanden seine Finger den Lautstärkeregler. Danach dröhnte die Stimme von Roland Kaiser durch den Raum.

Hannah musste ›Sieben Fässer Wein‹ übertönen und brüllte: »Wollen Sie mich verarschen?«

Hinnerk Boom lag wieder auf dem Rücken und starrte zur Decke, wo sich die Schatten der flackernden Teelichter vereinten. Eine Reaktion war nicht erkennbar.

Und weil Hannah jetzt schon genug von dem Theater hatte, sprang sie blitzartig auf, machte ein paar Schritte nach vorne und verpasste dem Radio einen herzhaften Tritt. Das krachte gegen die Wand und zerbrach dort in mehrere Teile. Drei Batterien rollten über den hölzernen Fußboden.

Ihr war schon wieder nach Schreien zumute. Aber das hatte einen anderen Grund: Der große Zeh an ihrem rechten Fuß meldete sich mit schmerzhaften Signalen; es fühlte sich an, als wäre er gebrochen. Aber sie biss die Zähne zusammen und funkelte Hinnerk Boom wütend an, als der sich mit fassungsloser Miene erneut auf die Seite rollte. Sein Mund öffnete sich – vermutlich, um zu protestieren –, aber sie kam ihm mit viel zu lauter Stimme zuvor:

»Ich kann auch ganz anders! Und wenn Sie mich verarschen wollen, dann lass ich Sie vorläufig festnehmen und wir unterhalten uns morgen früh auf dem Revier in Niebüll weiter. Ist Ihnen ’ne Nacht hinter Gittern lieber?«

Hinnerk Boom schüttelte vorsichtig den Kopf.

Hannah legte den Rückwärtsgang ein und fiel wieder auf den Stuhl. Es ging mit unverändert aufgebrachter Stimme weiter: »Davon abgesehen würde ich zur Abwechslung gerne mal die Wahrheit von Ihnen hören.«

»Welche Wahrheit?«

* * *

Aus einem Cocktail waren erst zwei und dann drei geworden. Mittlerweile lallte Francesca Rossi und kicherte von Zeit zu Zeit albern. Ein Verhalten, das so gar nicht zu einer ansonsten professionellen und eiskalten Anwältin passen wollte.

Ole hatte sich bewusst zurückgehalten. Nach einem ›Mai Tai‹ war er auf Mineralwasser umgestiegen, während Francesca Rossi bereits ihren dritten ›Sex on the Beach‹ schlürfte. Wie passend!

»Sie wirken so verkrampft«, stellte die Anwältin angeheitert fest. »Mache ich Sie nervös?«

»Es macht mich höchstens nervös, dass Sie plötzlich kein Interesse mehr daran haben, was meine Chefin zu Ihrem Angebot sagt.«

»Welches Angebot?«

Ole warf einen Blick über die Schulter. Auf den Barhockern direkt hinter ihm hatten kurz zuvor zwei typische Geschäftsleute Platz genommen. Die unterhielten sich viel zu laut über ihre jüngsten Heldentaten und hofften wohl, auf diese Weise die italienische Schönheit auf sich aufmerksam machen zu können.

Doch die würdigte die Männer keines Blickes, Francesca Rossi war voll auf Ole fokussiert.

Der holte leise zu einer Erklärung aus: »Meine Chefin sorgt dafür, dass ihr Sohn Felix auf sein Erbe verzichtet und Sie verraten ihr im Gegenzug, wo ihr Exmann geblieben ist.«

»Wenn Sie das sagen, klingt das alles so einfach«, erwiderte Francesca Rossi. »Ihnen ist hoffentlich klar, dass meine Auftraggeber etwas dagegen haben werden.«

»Wieso?«

»Weil das Erbe nicht reichen wird!«

Ole überschlug im Kopf den Wert von zwei Ferienwohnungen und einem bestens etablierten Restaurant. Diese Rechnung hatte zwar keinen konkreten Betrag, aber zumindest offenes Erstaunen zur Folge. »Hat Hannahs Ex so viele Schulden angehäuft?«

Die Anwältin nickte nur.

»Und warum hörte sich das vorhin noch ganz anders an?« Ole hatte Mühe, sich zu beherrschen. »Da hieß es doch, wenn Frau Lambert zustimmt, ist der Rest kein Problem.«

»Ist es auch nicht«, flüsterte Francesca Rossi. »Wir müssen uns nur darüber einig werden, dass meine Mandanten nichts von diesenm Handel erfahren.«

Ole nickte. Er hatte sich zwischenzeitlich seine eigene Geschichte zusammengereimt. »Lassen Sie mich raten: Ihre feinen Mandanten geben sich nicht allein mit Geld zufrieden. Die wollen Hannahs Ex ...«

Die Anwältin packte ihn kraftvoll am Arm, dabei wäre beinahe sein Wasserglas umgekippt. »Ich denke, wir belassen es lieber dabei. Und nur so viel: Sobald Frau Lambert das Erbe für ihren Sohn ausgeschlagen hat, verrate ich ihr, wo sie Gianni Lorenzo findet.«

»Darauf wird sie sich nicht einlassen.«

Francesca Rossi entglitten nicht nur sämtliche Gesichtszüge. Sie lehnte sich auch zur Seite und wäre bei diesem Kunststück beinahe vom Barhocker gefallen. Ole musste sie an der Schulter festhalten, um das Schlimmste zu verhindern.

Als sie wieder einigermaßen gerade saß, brachte die Anwältin eine Frage zustande: »Was soll das heißen? Sie haben doch gesagt, Frau Lambert wäre einverstanden und ...«

Ole fuhr mit energischer Stimme dazwischen: »Das läuft nur Zug um Zug! Und so, wie ich meine Chefin kenne, ist es an Ihnen, den ersten zu machen.«

Francesca Rossi umfasste ihr Cocktailglas mit beiden Händen und umschloss den Strohhalm mit ihren rot geschminkten Lippen. Danach war das Glas beinahe leer.

»Wollen Sie dazu nichts sagen?«, erkundigte sich Ole beiläufig.

»Doch ... ich habe Hunger!«

»Und was den Rest betrifft?«

»Da muss ich telefonieren – aber das erledige ich lieber morgen früh.«

36

Im Haus von Hinnerk Boom kam Hannah in Sachen Wahrheit gerade erst richtig in Fahrt. »Fangen wir doch mal mit Majas damaliger Therapeutin an – von der Sie angeblich nicht mal den Namen kennen.«

Hinnerk versuchte, seine Miene im Zaum zu halten, scheiterte jedoch an der Herausforderung. Klar war: Er wusste, worum es ging.

»Sie haben die Frau Doktor aus dem Gefängnis heraus mit Briefen terrorisiert. Wollten, wie Ihre Frau auch, die Therapeutin für Majas Selbstmord verantwortlich machen.«

»Ist das ein Wunder?«, schnaubte Hinnerk wütend. Danach musste er zunächst einen Hustenanfall überwinden. »Die Psychotante hat meine Lütte mit Tabletten vollgestopft und sich ansonsten einen Dreck um ihre wirklichen Probleme geschert.«

Hannah, die noch kurz zuvor mit überschäumender Wut hatte kämpfen müssen, sah sich plötzlich einem ganz anderen Gefühl gegenüber: Mitleid. Und das im wahrsten Sinne des Wortes, denn das Schicksal einer unbekannten jungen Frau namens Maja sorgte bereits für ausgewachsene Magenschmerzen. Und auch das Gesicht eines Vaters, dem ein nicht enden wollender Leidensweg deutlich anzusehen war, sorgte für weiteres Unbehagen. Plötzlich kam ihr dieser Hinnerk nicht mehr wie ein Täter, sondern vielmehr wie ein Opfer vor. Warum, hätte sie nicht genauer erklären können. Aber davon abgesehen blieb eine Frage, auf die sie eine Antwort haben wollte: »Warum haben Sie Mommsen damals am Leben gelassen?«

Hinnerk tat zumindest verwirrt. Und er hatte auch eine Erklärung parat: »Das war 'ne Panne ...«

»Sie lügen!«, stellte Hannah seelenruhig fest. Ein Teil der kurz zuvor empfundenen Beinahe-Sympathie verflüchtigte sich bereits.

»Warum sollte ich lügen?« Hinnerk saß mittlerweile zur Hälfte auf seinem Bett, dadurch wurde seine Stimme ein wenig fester. »Welchen Grund hätte ich denn gehabt, das Schwein am Leben zu lassen?«

»Sie haben ihn gefoltert, weil er Ihnen etwas verraten sollte.«

»Und was soll das gewesen sein? Glauben Sie etwa, ich wollte wissen, warum sich ein Monster an meiner Tochter zu schaffen gemacht hat?«

Hannah überlegte kurz. Derzeit befand sie sich in der Defensive. Eine Idee musste her, um den Spieß umzudrehen. Dabei halfen manches Mal Lügen oder Halbwahrheiten, häufig reichte auch ein guter Bluff. »Sie wollten herausfinden, wo er ist.«

»Wo wer ist?«, fragte Hinnerk und klang dabei völlig ahnungslos.

Hannah sah ihre sinnbildlichen Felle davonschwimmen. Wenn in dieser Bedrängnis überhaupt noch etwas half, dann die Flucht nach vorne. »Tun Sie doch nicht so! Ich rede von dem Mann, der Ihrer Tochter das wirklich angetan hat. Wir wissen beide, dass Mommsen bei der Sache damals eine ganz andere Rolle gespielt hat.« Eine bloße Vermutung, aber die schien zuzutreffen.

Denn Hinnerks Fassade bröckelte sichtlich. »Woher wissen Sie von ...?« Er verstummte. Ausgerechnet in dem

Moment, als Hannah sich schon Hoffnungen auf einen Namen machte.

Zeit, den Bluff voranzutreiben. »Ich weiß nicht nur, wer es war, sondern auch, wo sich der Mann aktuell aufhält. Interesse?«

Nach diesen letzten Worten war es um Hinnerks Gelassenheit geschehen. Dementsprechend aufbrausend kam er daher, nachdem er einen weiteren Hustenanfall überwunden hatte. »Wo versteckt sich das Schwein? Sagen Sie schon!«

In Hannahs Kopf überschlugen sich die Gedanken. Bis hierhin hatte sie sich alles aus halben Fakten und einem Haufen Vermutungen zusammengereimt. Aber wodurch sollte sie den nächsten, alles entscheidenden Schritt auslösen? Und weil sie keine Idee hatte, schwieg sie einfach.

»Maja hat es mir damals, kurz nach ihrem ersten Selbstmordversuch, anvertraut«, sprach Hinnerk mit heiserer Stimme weiter. »Ich wollte es zuerst gar nicht glauben – hatte mich jahrelang auf den Mommsen eingeschossen.«

Hannah triumphierte innerlich, ließ sich davon nach außen aber hoffentlich nichts anmerken. Und weil dieses simple Mittel offenbar Wirkung zeigte, schwieg sie weiter.

Hinnerk fuhr bereitwillig fort: »Sie werden es vielleicht nicht glauben, aber ich hatte bis dahin beinahe mit der Sache abgeschlossen. Ein notdürftiger Frieden – nur, damit es Maja besser geht.«

»Das hat sich geändert, als Sie herausgefunden haben, dass ein anderer für die Missbrauchsfälle verantwortlich war«, schlussfolgerte Hannah, in erster Linie für sich selbst. »Aber warum musste Mommsens Frau sterben – ausgerechnet eine Unschuldige?«

»Unschuldige?«, wiederholte Hinnerk kopfschüttelnd. Sein Gesicht leuchtete im Schein der flackernden Teelichter rot. »Das glauben auch nur Sie!«

Hannah war schon im Begriff, die nächste Verbalattacke vorzubereiten, da ging es unaufgefordert weiter: »Magda Mommsen war die Schlimmste von allen. Sie hat freundlich lächelnd für die Mädchen gekocht, und zum Nachtisch hat sich ihr Liebhaber und Hofgehilfe über die armen Dinger hergemacht. Und falls Sie's genau wissen wollen: Mommsen hat vielleicht nicht mitgemacht, aber er wusste von den Schweinereien, die da liefen.«

»Und ist als bloßer Mitwisser, ohne zu protestieren, für einen anderen ins Gefängnis gewandert? Das können Sie einem erzählen, der sich die Hose mit der Kneifzange anzieht.«

»Sie wissen gar nichts!«, fauchte ihr Hinnerk entgegen. Für die Fortsetzung seiner Attacke musste er zunächst Luft sammeln. »Magda Mommsen hat alles perfekt eingefädelt. Ansonsten können Sie mir ja mal erklären, warum man die DNA von ihrem Mann an meiner Maja gefunden hat. Die hat Jahre später hoch und heilig geschworen, dass Mommsen sie nie angerührt hat. Und warum sollte sie in der Hinsicht gelogen haben?«

»Sie haben gelogen, als Sie vor zwei Tagen meinten, Ihre Maja hätte gesagt, es sei Mommsen gewesen. Warum?«

Die Antwort war lediglich ein Schulterzucken.

Derweil war Hannah gedanklich damit beschäftigt, die einzelnen Fragmente einer abscheulichen Geschichte zusammenzusetzen. Plötzlich ergaben Dinge einen Sinn, die vorher eher wie Willkür oder Zufall gewirkt hatten. Trotzdem fehlte immer noch eine wesentliche Information: ein Name.

Und um den herauszufinden, musste sie sich schnell etwas einfallen lassen. Ein weiterer Frontalangriff würde nicht helfen. Wenn überhaupt, funktionierte es nur durch die Hintertür. »Wir brauchen Ihre Hilfe«, flüsterte Hannah.

»Hilfe, wobei?«

»Meine Kollegen und ich wissen bisher nur, wer den Mädchen das angetan hat – aber uns fehlen Beweise, um den Kerl hinter Gitter zu bringen.«

»Wo ist er?«

»Eins nach dem anderen«, mahnte Hannah. »Können Sie mir sagen, wie wir diesem Monster heute noch auf die Schliche kommen?«

»Offiziell?«

Hannah zögerte bewusst und versuchte es mit einer vielsagenden Antwort: »Zum Beispiel.«

Zwei Worte, die dafür sorgten, dass hinter Hinnerks beinahe unbewegter Fassade für einen Moment Hoffnung aufblitzte. Aber das hatte keine weiteren Folgen.

Also musste es Hannah doch mit einer weiteren Offensive probieren. Einer, die ihren ganzen Bluff womöglich als solchen enttarnen könnte. »Wenn Sie uns nicht helfen, kommt der Peiniger Ihrer Tochter ungestraft davon. Entweder Sie rücken endlich mit der Wahrheit heraus oder ich belasse es bei den bisherigen Ermittlungen. Ich bin für den Mordfall Mommsen zuständig – der Rest geht mich nichts an.« Wieder eine Lüge, aber die zeigte Wirkung.

»Was soll das heißen?«, empörte sich Hinnerk.

Hannah zuckte ganz bewusst mit den Schultern. Und sie klang beiläufig, als sie zu einer Antwort ausholte: »Eines steht doch fest: Egal, was wir tun ... Ihre Tochter machen wir damit nicht wieder lebendig.«

»Und deshalb wollen Sie das Schwein ungestraft davonkommen lassen?«

Hannah hielt nichts mehr auf ihrem Stuhl. Nach ein paar Schritten stand sie am Fußteil des Bettes und rüttelte daran. »Wenn Sie das nicht wollen, dann legen Sie endlich die Karten auf den Tisch! Und falls Sie sich damit mehr Zeit als nötig lassen, dann verabschiede ich mich – auf Nimmerwiedersehen. Und auf eines können Sie sich so oder so verlassen: Hier bei Ihnen taucht ab sofort niemand mehr auf, um auf Staatskosten Ihr Kindermädchen zu spielen. Die Zeiten sind vorbei!«

»Ist okay«, flüsterte Hinnerk.

»Was ist okay?«, schnauzte Hannah zurück und rüttelte erneut am Bett, das mit lautem Knirschen protestierte. Nicht mehr lange, und das wackelige Gebilde würde in sich zusammenbrechen. »Reden Sie endlich, verdammt!«

37

»Das Essen hier auf Sylt ist hervorragend«, stellte Francesca Rossi bewundernd fest. »Die Scampi sind besser als bei uns in Italien.« Sie langte nach ihrem Weißweinglas und leerte es mit zwei großen Schlucken. Danach schaute sie Ole aufmunternd an. »Nachtisch?«

»Ich würde gern wissen, was ich meiner Chefin erzählen soll … falls sie fragt.«

»Und ich dachte, das hätten wir besprochen.« Die Anwältin zog die Weinflasche aus einem Kühler und schenkte sich selbst nach. Ole hatte sein Glas kaum angerührt. »Morgen früh bekommen Sie Ihre Antwort, versprochen.«

»Und bis dahin?« Ole umrahmte die aberwitzige Situation mit ausladenden Bewegungen. »Was soll das alles hier? Was versprechen Sie sich davon?«

Francesca Rossi überlegte kurz und nahm einen weiteren Schluck aus ihrem Weinglas, das zahlreiche Abdrücke von Lippenstift aufwies. »Betrachten Sie es doch einfach als Dankeschön. Warum so kompliziert?«

»Dafür hätten auch ein paar Worte und ein Händedruck gereicht.«

Die Anwältin stellte ihr Glas vorsichtig ab und beugte sich nach vorne. Bewusst oder unbewusst gab sie damit den Blick auf ihr üppiges Dekolleté frei.

Oles Stimme klang wie ein Hilferuf. »Was haben Sie vor? Wollen Sie mich etwa verführen?«

»Und wenn es so wäre?«

»Kann ich Ihnen die Antwort auch morgen früh geben?«, konterte Ole lachend.

»Wieso? Müssen Sie dafür Ihre Chefin anrufen und um Erlaubnis fragen?«

Während Oles Kopf hin und her flog, ersparte ihm sein Handy eine unmittelbare Antwort. Er zog es aus der Tasche und gewährte Francesca Rossi einen kurzen Blick aufs Display. »Das kann ich gleich erledigen.« Aber er wartete keine Reaktion ab, sondern erhob sich blitzartig und trat die Flucht ins Foyer des Hotels an.

Nachdem die Verbindung hergestellt war, legte Hannah gleich los: »Das glaubst du nicht!«

»Was glaub ich nicht?«, flüsterte Ole. Hier und dort standen Hotelgäste, die wollte er lieber nicht an der Unterhaltung teilhaben lassen. »Hast du was Neues rausgefunden?«

»Vielleicht mehr, als uns lieb ist. Ich bin schon wieder auf dem Weg zu Gunda Ingwersen ... der wird nichts anderes übrigbleiben, als die Karten auf den Tisch zu legen.«

»Von welchen Karten redest du?«

»Vielleicht besprechen wir das lieber morgen früh. Ich ruf eigentlich auch nur an, um zu erfahren, was du erreicht hast. Lässt sich die Schlange auf den Handel ein.«

»Das kann ich dir auch erst morgen früh sagen«, zickte Ole zurück. »Die Frau Anwältin muss sich vor einer Zusage erst mal beraten – mit wem auch immer.«

»Dann lass uns Schluss machen, ich steh gleich vor Gundas Haustür.«

»Brauchst du Hilfe?« Ole klang plötzlich besorgt. »Vielleicht solltest du lieber Martin Clausen anrufen.«

»Abends um zehn – der wird sich bedanken. Außerdem gibt es vermutlich keinen Menschen, vor dem man weniger Angst haben muss, als vor Gunda Ingwersen. Warte ab, bis du sie kennenlernst.«

»Wieso kennenlernst?«

»Weil ich sie in Gewahrsam nehme, falls sie nicht freiwillig den Mund aufmacht. Angst hin oder her: Ich will die Wahrheit hören! Und du machst am besten bald Feierabend, damit morgen früh wenigstens einer von uns ausgeschlafen ist. Oder planst du 'ne Nachtschicht?«

»Was meinst du denn damit?«

Hannah lachte kurz auf. »Du weißt doch ganz genau, was ich meine. Ich hab die Frau Anwältin mit eigenen Augen gesehen. Heißer Feger!«

»Bis morgen.«

* * *

Unmittelbar, nachdem Ole das Telefonat abrupt beendet hatte, steuerte Hannah ihren BMW auf den Parkplatz hinter dem Mehrfamilienhaus, in dessen Dachgeschoss Gunda Ingwersen wohnte. Die meisten Inselbewohner waren vermutlich auf dem Weg ins Bett, aber Hannah hatte Glück. Die Frau, an der sie Interesse hatte, war offensichtlich noch wach. Zumindest war hinter den Fenstern der Gaube Lichtschein zu erkennen.

Hannah zog am Türöffner. Eisiger Wind fuhr ihr entgegen, dazu winzige Schneeflocken. Ein Wetter, bei dem man keinen räudigen Hund vor die Tür jagte.

Sie zog ihre Mütze tiefer ins Gesicht und schloss den Reißverschluss an ihrem Mantel noch vor dem Aussteigen. Auf dem Weg quer über den Parkplatz brannten die winzigen Flocken wie Nadelstiche auf ihrer Haut. Erst jetzt fiel ihr ein alter Golf auf, der ohne Licht, aber mit laufendem Motor, in einer Lücke weiter links stand, nicht weit von der Haustür entfernt. Nachdem der Scheibenwischer-Intervall seine Arbeit getan hatte, war hinter dem Steuer eine winzige blonde Frau zu erkennen. Hannah wäre am liebsten hingegangen, um zu fragen, ob man den Motor beim Warten nicht auch abschalten könne. Doch dann erinnerte sie sich an ihr erstes Auto: einen rostigen Japaner. Für Hannah war es der erste Geschmack von Freiheit, eine Kostprobe des Erwachsenwerdens. Ihr damaliger Freund hatte das Gefährt gerne als ›gummibereifte Kasperbude‹ tituliert. Gescheitert war diese Kurzbeziehung allerdings nicht daran, sondern an seiner Vorliebe für weitere junge Frauen.

Auf jeden Fall musste Hannah den Motor von ihrem japanischen Schätzchen sogar beim Tanken laufen lassen, weil sonst die Gefahr bestand, dass es hinterher nicht mehr ansprang.

»Jeder fängt klein an«, murmelte sie, als sie vor der Eingangstür ankam. Die stand ein kleines Stück offen. Bestimmt hatte der Wind dafür gesorgt, dass sie nach dem letzten Öffnen nicht wieder ins Schloss fallen konnte. Hannah schob sich in den dunklen Hausflur dahinter. Bis hierhin lief alles perfekt, denn Gunda Ingwersen hätte sie ja auch ebenso gut an der Gegensprechanlage abfertigen können. In dem Fall hätte Hannah für eventuelle Zwangsmaßnahmen einen richterlichen Beschluss benötigt. Oder Gefahr im Verzug.

Sie verzichtete darauf, das Licht im Treppenhaus einzuschalten, und stapfte die Stufen empor. Hinter einer Wohnungstür im zweiten Stock dröhnte ein Fernseher. Im Vorbeigehen glaubte Hannah, die Stimme von Birgit Schrowange zu erkennen, war sich jedoch nicht sicher.

Im obersten Stockwerk, unter dem Dach, durchfuhr sie gleich ein heißer Schock, als sie feststellen musste, dass auch die Wohnungstür von Gunda Ingwersen nur angelehnt war. Mit einem Unterschied: Hier oben war klar zu erkennen, dass jemand die Tür mit Gewalt geöffnet hatte, vermutlich eingetreten.

Reflexartig zog Hannah ihre Dienstwaffe. Sie lehnte sich nach vorne, um durch den Spalt in die Wohnung zu horchen, konnte jedoch – abgesehen von leiser Musik – nichts weiter hören.

Einen kurzen Moment überlegte sie, ob es doch Sinn machte, Verstärkung zu rufen. Dazu erinnerte sie sich an den alten Golf, der mit laufendem Motor vor der Haustür stand. Sie machte zwei Schritte zurück, zog ihr Handy aus der Tasche und wählte Oles Nummer. Der war nicht weit entfernt und könnte vermutlich innerhalb von zehn Minuten vor Ort sein, um ihr zur Seite zu stehen. Es klingelte und klingelte ... irgendwann ging die Mailbox ran.

Hannah wollte schon die Einsatzleitstelle kontaktieren, da hörte sie vor sich in der Wohnung ein dumpfes Geräusch. Keinen Hilferuf, aber plötzlich war klar, dass hinter der Tür jemand Hilfe brauchte.

Mit winzigen Schritten tastete sie sich nach vorne, schob die Wohnungstür auf und warf einen Blick in den halbdunklen Flur dahinter. Die Tür links zum vermeintlichen Badezimmer stand spaltbreit offen. Geradeaus, im Wohnzimmer, brannte zwar Licht, aber es war nichts zu sehen.

Hannah tastete sich an der Wand entlang und schob die Tür zum Bad mit dem Fuß weiter auf. Einzige Lichtquelle hier war eines von zwei Lämpchen an einem Spiegelschrank, die zweite hing heraus und war dunkel, wartete vermutlich schon länger auf ein neues Leuchtmittel.

Hannahs Augen fanden die Badewanne. Der Duschvorhang – ein gelb-brauner überdimensionaler Lappen, dessen Stange in der Mitte durchhing – war zugezogen. Dahinter erkannte sie einen Schatten.

Hannah schaute kurz über die Schulter, um sich nach hinten abzusichern. Mit ihrer Dienstwaffe in der Rechten, zog sie mit ihrer Linken den Duschvorhang ruckartig beiseite.

Der Anblick dahinter war zum Gotterbarmen: Gunda Ingwersen lag zusammengekrümmt in der Badewanne, an Händen und Füßen mit Klebeband gefesselt. Mit demselben Hilfsmittel hatte ihr jemand den Mund zugeklebt, vorher jedoch einen Waschlappen hineingestopft. Ihre Nase lief, ihre Augen sahen verheult aus. Sie versuchte, sich aufzubäumen, scheiterte aber an den klebrigen Fesseln.

Hannahs Verstand war noch damit beschäftigt, die Eindrücke in einen logischen Zusammenhang zu bringen, da hörte sie hinter sich ein Geräusch. Und während sie sich noch fürchterlich über ihre Leichtfertigkeit ärgerte, weiteten sich Gundas Augen vor Schreck und offensichtlicher Panik.

Hannah blieb keine Zeit mehr, um Abwehrmaßnahmen zu treffen, geschweige denn sich umzudrehen. Im Bruchteil einer Sekunde flogen Schnappschüsse an ihrem inneren Auge vorbei: das Auto vor der Tür, weiter oben Einbruchspuren. Sie hätte lieber Verstärkung anfordern sollen, war ihr letzter Gedanke, bevor sie eine regelrechte Explosion an ihrem Hinterkopf verspürte. Sie kippte nach vorne und landete mit dem Kopf auf Gunda Ingwersens Schienbeinen, die vor Schmerz stöhnte. Doch entschuldigen konnte sich Hannah nicht mehr, denn zumindest in ihrer Welt wurde rundherum alles schwarz.

38

Am nächsten Morgen wachte Ole auf, als neben ihm auf dem Nachttisch das Telefon klingelte. Eine junge Frau von der Rezeption meldete sich mit hellwacher Stimme: »Guten Morgen! Es ist sieben Uhr ... Sie wollten geweckt werden.«

Ole versuchte zu antworten, wollte sich wenigstens bedanken, aber sein Hals war wie zugeschnürt. Also ließ er den Hörer auf die Gabel fallen und fiel wieder aufs Kopfkissen. Seine Gedanken kehrten zum vergangenen Abend und insbesondere der Nacht zurück.

Nach dem Essen und einer weiteren halben Flasche Weißwein hatte Francesca Rossi darauf bestanden, ihn noch auf einen Schluck in ihr Hotelzimmer einzuladen. Vor dessen Tür bat sie um eine Minute Geduld und ließ Ole einfach davor stehen. Es dauerte etwas länger, bis sich die Tür wieder öffnete. Direkt vor ihm stand Francesca Rossi und lächelte verführerisch. Offensichtlich fror sie, denn sie hatte sich ihren Pelzmantel angezogen. Erst als sie dessen Knöpfe nacheinander öffnete, stand fest, dass wohl eher das Gegenteil der Fall war, denn sie trug darunter nichts weiter als halterlose Strümpfe.

Es kam, wie es wohl kommen musste. Ole hatte zwischendurch höchstens zweimal auf die Uhr geschaut. Um halb drei klopfte der Kellner vom Zimmerservice zum letzten Mal, um die dritte Flasche Champagner zu bringen. Deren

Resultat war ein unvollendeter letzter Akt und ein Schlaf, der einer plötzlichen Ohnmacht glich.

Nachdem Ole ins Hier und Jetzt zurückgekehrt war, tastete er vorsichtig die Betthälfte neben sich ab und musste feststellen, dass Francesca Rossi nicht mehr neben ihm lag. Aber sie befand sich definitiv noch im Hotel, denn über der Stuhllehne vor dem Schminktisch hing ihr Pelzmantel. Ihre Handtasche stand einen halben Meter entfernt auf dem Teppich, direkt daneben lag eine leere Champagnerflasche.

Ole hielt Ausschau nach seinem Handy, konnte es jedoch nirgendwo entdecken. Als er sich zum ersten Mal aufsetzte, meldete sich sein Schädel mit einem Dröhnen, als würde ein paar Meter entfernt in der Strandstraße ein Jumbojet zum Start ansetzen.

Im Adamskostüm machte er sich auf den Weg in Richtung Badezimmer und fand dort zu seinem Erstaunen Francesca Rossi vor. Die saß auf dem Klodeckel und telefonierte flüsternd.

Ole schreckte zurück. Splitterfasernackt kam er sich plötzlich albern vor und verspürte einen dringenden Fluchtreflex. Also zog er die Tür einfach wieder zu und machte sich erneut auf die Suche nach seinem Handy. Das fand er – zwischen zwei halbvollen Gläsern, unter einem der halterlosen Strümpfe begraben – auf dem Schrank, in dem sich die Minibar befand.

Eine blinkende LED machte auf Neuigkeiten aufmerksam. Als das Display erwachte, warteten zahlreiche entgangene Anrufe, WhatsApp-Mitteilungen und sogar zwei Oldschool-SMS.

Ole öffnete Letztere, die zwar nicht von Hannahs Nummer stammten, aber beide von ihr unterzeichnet waren. Der Text war identisch: *RUF AN!!!*

Wobei sich bei der zweiten Nachricht sogar noch ein viertes Ausrufezeichen hinzugemogelt hatte.

Ole wollte gerade wählen, als er zwei Hände an seinen Hüften spürte. Doch es blieb nicht bei den Händen. Francesca Rossi war ebenfalls nackt und schmiegte sich von hinten an ihn. Ihre Stimme klang so gar nicht nach professioneller Anwältin: »Gut geschlafen, Großer?«

Ole wischte immer noch auf seinem Handy herum. Er drehte sich in der Umklammerung und schob die Italienerin mehr oder weniger sanft von sich. Danach hielt er ihr sein Telefon entgegen. »Hast du das Teil auf ›Lautlos‹ gestellt?«

Francesca Rossi lächelte unschuldig. »Ich wollte nur, dass wir nicht gestört werden.«

»Und dafür machst du dich an meinem Handy zu schaffen?« Ole wartete keine Reaktion ab, sondern wählte Hannahs Nummer. Sofort meldete sich ihre Mailbox. »Ich muss los!«, fluchte er. »Da stimmt was nicht.«

Die Anwältin machte einen Schritt nach vorne, hatte wohl vor, ihn mit nackten Tatsachen von dieser Idee abzubringen. »Ich dachte, wir zwei frühstücken wenigstens noch zusammen und hinterher rufst du deine Chefin an. Warum plötzlich die Panik?«

Ole hielt die Versuchung mit Händen auf Abstand und schaute sich suchend um.

»Deine Unterhose liegt im Badezimmer«, half Francesca Rossi höhnisch nach. »Das ist doch nicht dein Ernst. Willst du wirklich schon gehen?«

»Ich muss!«

»Und was passiert jetzt? Nicht nur mit uns, sondern auch mit ... du weißt schon, was ich meine.«

»Keine Ahnung. Ich meld mich, sobald es passt.«

* * *

Seitdem Hannah auf einer Behandlungsliege im Sylter Krankenhaus lag, telefonierte sie nahezu ununterbrochen.

Irgendwann wurde es dem Arzt zu bunt. Schließlich wollte der die mittlerweile verschorfte Platzwunde an ihrem Hinterkopf fachgerecht versorgen und scheiterte regelmäßig an abrupten Bewegungen seiner Patientin.

Martin Clausen stand vor der Tür und hatte wohl einiges mitbekommen. Deshalb steckte Hannahs Sylter Kollege den Kopf in den Behandlungsraum.

»Nehmen Sie ihr mal für zehn Minuten das Telefon weg«, fluchte der Arzt und wedelte dabei mit einer Wundauflage. »Ansonsten werde ich hier nie fertig.«

Nachdem das passiert war, zog Clausen die Tür hinter sich zu und atmete erleichtert aus. Als er sich umdrehte, schreckte er gleich zurück, denn Ole stürmte keuchend auf ihn zu.

»Was ist passiert, Martin?«

»Woher weißt du, dass wir hier sind? Ich dachte, Hannah hätte dich nicht erreicht.«

Oles Miene verzog sich. »Sie hat mir von deinem Handy Nachrichten geschickt. Ich hab's ein paar Mal mit 'nem Rückruf probiert, war aber ständig besetzt.«

»Und dann hast du auf dem Revier angerufen, um herauszufinden, dass ...«

»... Hannah letzte Nacht niedergeschlagen und von dir gefunden wurde«, vollendete Ole sorgenvoll. »Kannst du mir mal erklären, was da passiert ist?«

»Direkt gefunden hab ich sie nicht«, erklärte Clausen nach kurzer Bedenkzeit. »Es sieht danach aus, als hätte Hannah in der Wohnung von Gunda Ingwersen einen Einbrecher überrascht.«

»Einen Einbrecher?«, wiederholte Ole gedehnt. »Das wäre ja'n komischer Zufall.«

»Wir wissen natürlich noch nichts Genaueres. Die Spurensicherung ist schon vor Ort und ...«

»Wie geht's Hannah?«

Clausen zeigte grinsend auf die Tür zum Behandlungsraum. »Die ist schon wieder in Höchstform. Sorgen musst du dir höchstens um 'nen Anschiss machen.«

Ole winkte ab. »Und was ist mit Gunda Ingwersen?«

»Die lag gefesselt in ihrer Badewanne, konnte sich aber befreien und den Notruf wählen.«

»Ist das dein Ernst? Wo war denn Hannah zu dem Zeitpunkt?«

»Hat wohl zur Hälfte auf ihr gelegen – auch in der Badewanne.«

»Ole?«, krakelte Hannah im Behandlungsraum. Die hatte ihren Kollegen offensichtlich gehört.

Kurz darauf war auch die dunkle Stimme des Arztes zu hören. Vermutlich handelte es sich um eine Ermahnung, doch die war durch die geschlossene Tür nicht als solche zu identifizieren.

Anders als Hannahs Stimme: »Ole soll sofort reinkommen!«

39

»Wir hätten sie mitnehmen sollen!«, fluchte Jule Stöver auf dem Beifahrersitz des alten Golfs. Der stand schon seit einigen Stunden auf einem Parkplatz am Deichweg, nahe dem Rantumer Becken. Nebenbei war Frühstück angesagt: Brötchen aus Papiertüten, dazu Kaffee aus Pappbechern.

Jules Freund – ein kräftiger Kerl mit einfachem Gemüt namens Torben – saß hinterm Steuer und wagte es zu protestieren: »Die zweite Frau war von der Polizei. Wenn herauskommt, dass ich der einen über die Rübe gezogen hab, lande ich im Knast.«

»Wenn sie uns kriegen, hast du noch ein ganz anderes Problem«, meldete sich Andrea Mommsen von der Rückbank aus. »Abgesehen davon glaube ich nicht, dass Gunda uns was erzählt hätte.«

»Trotzdem hätten wir sie einpacken und mitnehmen sollen«, erneuerte Jule ihr Fazit mit gereizter Stimme. »Wir Idioten sind bei Gunda eingebrochen, hatten sie da, wo wir sie haben wollten und lassen sie in der Badewanne liegen. Und das nur, weil da irgendeine Bullentante auftaucht.«

»Mir ging richtig die Düse«, gestand Torben lachend, während er sich nach hinten zu Andrea umdrehte. »Ich hab geglaubt, mich tritt'n Pferd, als Jule meinte, dass die von der Polente wär.«

»Wenigstens haben wir ihre Kanone«, stellte seine Freundin mit filmreifer Stimme fest. »Da haben wir gleich was, womit wir Gundas Onkel …«

Andrea fuhr dazwischen: »Dafür müssen wir ihn aber erst mal finden. Und solange das nicht passiert, hilft uns auch keine Pistole.«

Jule fischte mit spitzen Lippen den Rest eines Brötchens aus der Papiertüte, knüllte die zu einer Kugel und warf sie ihrem Freund Torben an den Kopf.

Der zog selbigen ein und lachte verlegen. »Was kann ich denn dafür?«

»Du bist ein Idiot!«, fluchte Jule. »Das allein reicht.«

Andrea schob sich zwischen den beiden Sitzlehnen nach vorne. »Ich weiß nicht, wie lange das noch gutgeht. Was ist, wenn sich die Polizistin das Kennzeichen notiert hat?«

Jule drehte sich zu ihr um. »Hast du denn gesehen, dass sie sich was notiert hat?«

Andrea schüttelte den Kopf.

»Siehst du!«

»Vielleicht hat sie sich meine Nummer ja einfach gemerkt«, gab Torben auf plumpe Art zu bedenken. »Hat sie im Kopf behalten und …«

»Den hast du ihr doch fast eingeschlagen, du Blödmann.« Jule gestikulierte wild und hätte dabei beinahe Andrea getroffen. Die ließ sich einfach nach hinten auf die Rückbank fallen, um einer weiteren Attacke zu entgehen. »Und vielleicht mal so viel: Wenn wir Wolfgang Ingwersen nicht bald finden, ist mir sowieso alles scheißegal. Sollen uns die Bullen doch einsperren – dann hat das ewige Suchen wenigstens ein Ende.«

* * *

Während der Arzt hinter einem Stehpult mit seinem Bericht beschäftigt war, hatte Hannah Ole ausführlich mit den Geschehnissen des vorangegangenen Abends konfrontiert. Angefangen bei einem Gespräch mit Hinnerk Boom, dessen Hinweis auf Gundas Onkel, bis hin zu einer Explosion an ihrem Hinterkopf und der Kopfüber-Landung in einer Badewanne. Mit jedem Satz wurde ihre Stimme lauter, dementsprechend klang ihr vorerst abschließendes Fazit: »Die Streifenkollegen haben dafür gesorgt, dass Gunda Ingwersen dieses Mal nach Flensburg gekommen ist – in die psychiatrische Notfallambulanz. Zu dem Zeitpunkt war ich kaum bei Bewusstsein, konnte es also nicht verhindern.«

»Weißt du auch, warum sie eingeliefert wurde?«, fragte Ole nach.

»Sie ist wohl zuerst auf den Notarzt und kurz darauf auch auf die Streifenkollegen losgegangen. Schätze, die wollten auf Nummer sicher gehen.«

»Hätten wir auch nicht anders gemacht«, fügte Ole hinzu. »Aber sag mir lieber mal, wie's dir geht. Fühlst du dich einigermaßen?«

Hannah zeigte auf den Arzt – einen grauhaarigen Mann von geschätzt Anfang sechzig – und flüsterte nur. »Er meint, ich hätte 'ne Gehirnerschütterung. Und falls ich mich vor heute Abend aus dem Staub machen will, ruft er in Kiel an.«

Oles fragender Blick reichte für weitere Informationen, die Hannah, von schwerem Atmen begleitet, lieferte: »Das ist Doktor Nielsen. Der hat damals schon meinen Vater behandelt. Und er kennt auch unseren Chef, Gerd Hoffmann – von früher.«

»Wenn er sagt, dass du bleiben sollst, ist es auch besser, wenn du …«

»Dann musst du dich aber um Gunda kümmern!«

»Was heißt denn: kümmern?«

»Hab ich dir doch erzählt: Dein Freund Hinnerk ist sich sicher, dass Gundas Onkel – ein gewisser Wolfgang Ingwersen – seinerzeit die Mädchen missbraucht hat. Und jetzt ergibt die ganze Geschichte auch endlich einen Sinn.«

»Und was ist, wenn er lügt?«

»Wer?«

Oles Gesicht verzog sich. »Mein Freund Hinnerk, wie du ihn nennst. Vielleicht hat er dir 'nen Bären aufgebunden.«

»Wieso sollte er, wenn seine alten Rechnungen nach Mommsens Tod alle beglichen wären?« Hannahs Stimme hatte wieder an Lautstärke zugenommen, vor ihren nächsten Worten zügelte sie sich etwas. »Was dahintersteckt, ist mir auch erst mal egal: Ich will wissen, wo dieser Wolfgang Ingwersen geblieben ist und warum ausgerechnet Gunda mir die Wahrheit über ihren Onkel verschwiegen hat. Dafür muss es einen Grund geben.«

Ole nickte zwar, hatte aber auch gleich eine Rückfrage: »Hast du nicht was von ihren Eltern erzählt? Die können uns doch sagen, wo der Kerl geblieben ist?«

»Könnten Sie wohl, wenn sie gestern nicht mit ihrem Wohnmobil aufgebrochen wären.«

»Wohin?«

»Keine Ahnung, aber das Kennzeichen ist seit 'ner Stunde deutschlandweit zur Fahndung ausgeschrieben. Die Eltern müssen wohl wenigstens darüber informiert werden, was hier passiert ist.«

»Das mit dem spontanen Urlaub ist ja ein komischer Zufall. Darf ich trotzdem erfahren, woher du das alles weißt?«

»Ich telefoniere schon, seitdem ich wieder halbwegs bei Sinnen bin«, zickte Hannah zurück. »Du bist der Einzige, den ich die ganze Zeit nicht erreichen konnte!«

»Hatte mein Handy über Nacht auf lautlos«, erklärte Ole ganz beiläufig.

Seine Chefin brachte zum ersten Mal an diesem jungen Tag ein Grinsen zustande. »Hat das wenigstens was gebracht? Abgesehen von einer weiteren Kerbe an deinem Bettpfosten?«

»Frau Rossi möchte wissen, ob euer Deal steht.«

»Frau Rossi«, wiederholte Hannah mit süffisanter Stimme. »Ist sich Frau Rossi denn auch im Klaren darüber, dass sie zuerst liefern muss? Hast du ihr gesagt, dass ich nichts unterschreibe, bevor ich weiß, wo mein Exmann steckt?«

»Hab ich!« Ole spürte einen Kloß im Hals. Der beinahe fluchtartige Abschied aus dem Hotelzimmer hatte keine Zeit mehr für einen Austausch in dieser Angelegenheit gelassen. Im Klartext hieß das: Er hing in der Luft und wollte kein Risiko eingehen. Dementsprechend klang seine Antwort: »Ich denke, das geht klar.«

»Denkst du?«, wiederholte Hannah.

Ole wand sich wie ein Aal in der Reuse. »Sie hat heut Morgen telefoniert. Aber ich weiß nicht genau, was dabei rausgekommen ist. Als ich deine Nachrichten auf meinem Handy gefunden hab, bin ich sofort ins Taxi gesprungen und los ...«

»Wieso Taxi? Ist dein Auto kaputt?«

Ole winkte ab. Ein Themenwechsel musste her. »Was ist denn jetzt mit Gunda Ingwersen? Soll ich nach Flensburg fahren, um herauszufinden, was sie weiß?«

»Du musst sie rausholen! Wenn man sie in Flensburg erst mal mit Medikamenten vollgepumpt hat, kann es Tage dauern, bis sie ein vernünftiges Wort rausbekommt.«

»Gibt es einen richterlichen Beschluss?«, wollte Ole wissen.

Hannah nickte widerwillig. »Du musst mit dem Richter sprechen und ihm klarmachen, dass Gunda in unsere Obhut entlassen werden soll. Am besten setzt du dich auch mit Frau Doktor Schulze-Wiegand auf Sylt in Verbindung. Wenn die uns was unterschreibt, hast du bessere Chancen.«

Zur Sicherheit hatte Ole sein Notizbuch gezückt und kritzelte darin herum. Hinter ihm öffnete sich die Tür zum Behandlungsraum. Der Arzt schaute von seinen Notizen auf und wuchs spontan um fünf Zentimeter. Hannah lehnte sich kurz nach vorne, um an Ole vorbeischauen zu können und fiel dann, von lautem Stöhnen begleitet, zurück auf die Behandlungsliege.

Ole spürte zwei Hände an seinen Hüften, fühlte sich spontan an eine Begebenheit erinnert, die in nacktem Zustand passiert und mindestens eine Stunde her war.

Aber das konnte nicht sein!

Durfte nicht sein!

40

»Wie fühlen Sie sich nach den beiden Tabletten? Besser?« Ein junger Arzt, an dessen Namen sich Gunda schon eine halbe Stunde nach seinem letzten Besuch nicht mehr erinnern konnte, hatte kurz zuvor ihr Zimmer betreten. Dessen Tür sah zwar nach außen hin ganz normal aus, hatte es anderweitig aber – im wahrsten Sinne des Wortes – in sich. Im oberen Drittel befand sich ein Fenster, vergittert. Beim Öffnen waren stählerne Verstärkungen zu erkennen, die es unmöglich machten, die Tür einzutreten. Dafür war ein weit größeres Maß an physikalischer Gewalt notwendig. Davon abgesehen, fehlte von innen ein durchaus übliches Utensil, wenn es landläufig um eine Tür ging: die Klinke.

Gunda war nicht zum ersten Mal hier. Im Laufe der letzten zehn Jahre hatte ihre Mutter ein paar Mal die Notbremse gezogen und sie zwangsweise einliefern lassen. Dieses Prozedere hatte immer die gleichen Konsequenzen: Ein oder zwei Medikamente wurden durch andere ersetzt, es fanden ein paar Gespräche statt, nur die Diagnose blieb unverändert. Laut der litt Gunda unter einer dissoziativen Störung, einhergehend mit zeitweisen Lähmungen, schweren Depressionen, Panikattacken und Angstzuständen.

Der Arzt war es wohl gewohnt, auf seine Fragen keine Antworten zu bekommen. Er setzte sich auf den einzigen Stuhl im Zimmer – ein Plastikteil ohne jede scharfe Kante –

und brachte sogar das Kunststück zustande, eine besorgte Miene aufrecht zu erhalten. »Ich habe mir Ihre Akte genauer angesehen«, erklärte er, als Gunda ihn wenigstens anschaute. »Sie haben hier bei uns noch nie mit einem der Ärzte über die Ursachen Ihrer Probleme gesprochen. Wollen Sie mir verraten, warum?«

Gunda schüttelte den Kopf. Sie hatte sich die dünne Bettdecke um die Schultern geschlungen und wäre am liebsten komplett darunter verschwunden. Aber das hätte vermutlich einen weiteren Medikamenten-Cocktail zur Folge gehabt. Und irgendwann könnte es jemandem auffallen, dass sich die Pillen unter ihrem Kopfkissen häuften. Oder eine der Schwestern würde darauf bestehen, bei der Einnahme im Raum zu bleiben. Im Extremfall müsste Gunda sogar ihren leeren Mund unter Beweis stellen.

»Ich habe meine Doktorarbeit über Ihr Krankheitsbild geschrieben«, erklärte der Arzt lächelnd. »Und Sie werden es wahrscheinlich nicht glauben: Man kann Menschen wie Ihnen helfen. Aber dafür müssen wir die Ursachen herausfinden und uns weniger um die Symptome kümmern.«

Gunda hob den Kopf, blickte dem Arzt direkt in die Augen. »Ursachen?«

Der Arzt nickte und fuhr ungerührt fort: »Sagen Sie mir, was Sie wollen – wie Sie sich Ihr zukünftiges Leben vorstellen. Wollen Sie weiter in Ihrem Gefängnis aus Angst und Trauer leben, oder wollen Sie …?«

»Ich will nach Hause«, flüsterte Gunda.

»In eine Wohnung, in die gestern Abend eingebrochen wurde?« Der Arzt klang belustigt. »Ist das Ihr Ernst? Ich an Ihrer Stelle hätte Angst, dass die Einbrecher zurückkehren.«

Gundas Mund öffnete sich für eine Antwort. Doch ein Klopfen an der Tür verhinderte die zunächst.

Ein Schlüssel drehte sich im Schloss, kurz darauf steckte eine der Schwestern ihren Kopf herein. Die Art und Weise, wie sie den Arzt anlächelte, deutete auf weit mehr als ein Verhältnis unter Kollegen. »Diese Polizistin – Frau Lambert – hat vor 'ner Viertelstunde zum dritten Mal angerufen. Sie will dich unbedingt sprechen.«

Nachdem die Schwester ihren Kopf zurückgezogen und die Tür geschlossen hatte, machte sich in Gundas Gesicht ein Hoffnungsschimmer breit. »Können Sie Frau Lambert bitten, mich hier abzuholen? Ich vertraue ihr und sie ...« Gunda verstummte für einen Moment, suchte nach den richtigen Worten. »Sie ist Polizistin und weiß, wie's mir geht – besser als jede andere.«

»Das funktioniert trotzdem nicht«, erwiderte der Arzt seelenruhig. »Sie wurden aufgrund einer richterlichen Anordnung eingewiesen. Der kann sich auch diese Frau Lambert nicht widersetzen.«

»Und was heißt das genau?« Gunda kannte die Antwort und legte eigentlich keinen Wert darauf, die ein weiteres Mal zu hören.

Aber das konnte der Arzt natürlich nicht wissen. »Sie müssen ein paar Tage bei uns bleiben, und wenn es Ihnen besser geht, werden Sie entlassen.«

* * *

Oles Verstand weigerte sich immer noch, die erste Vermutung als Gewissheit zu akzeptieren. Er schaute zu Hannah hinunter, die auf der Liege vor ihm ein filmreifes Schauspiel ablieferte. Dieser Umstand sorgte noch mehr dafür, das Unmögliche für möglich zu halten. Endlich vollbrachte er eine halbe Drehung und fand hinter sich Francesca Rossi, die ihn seltsam lächelnd begrüßte. »Guten Morgen.«

Während Hannah hinter ihm immer lauter stöhnte – als würde sie von schlimmsten Schmerzen geplagt –, stand Oles Mund offen. Es verging eine gefühlte Ewigkeit, bis er stotternd eine Frage zustande brachte: »Woher weißt du, dass ich hier bin?«

Das Lächeln der Anwältin erstarb. Sie lehnte sich ein Stück nach vorne und flüsterte nur. »Ich habe den Taxifahrer gefragt. Der ist von hier direkt zurück zum Hotel. Schätze, in der Hoffnung auf seinen nächsten Fahrgast.«

Ole zeigte auf die Italienerin. »Und da hast du dich freiwillig angeboten?«

»Sieht so aus, oder?«

Der Arzt mischte sich ein, wollte einer Frau wie Francesca Rossi gegenüber wohl Eindruck schinden. »Darf ich erfahren, was hier vorgeht?« Der Mediziner warf einen irritierten Blick in Hannahs Richtung, denn die stöhnte immer lauter. Danach galt sein ganzes Interesse wieder einer italienischen Schönheit. »Sind sie etwa auch von der Polizei?«

Francesca Rossi lächelte geheimnisvoll und schüttelte den Kopf. Sie öffnete ihre Handtasche. Dabei fiel Ole einer ihrer rotlackierten Fingernägel auf, der zur Hälfte abgebrochen war. Ein Malheur, das passiert war, als die Italienerin mitten in der Nacht darauf bestanden hatte, die dritte Flasche Champagner eigenhändig zu öffnen.

Kurz darauf hielt der Arzt eine Visitenkarte zwischen den Fingern. Und warum auch immer, er klang aufrichtig amüsiert. »Sie sind Anwältin, aus Italien. Was hat das zu bedeuten?«

Francesca Rossi hielt sich an Oles Schulter fest, lehnte sich zur Seite und zeigte an ihm vorbei auf Hannah. »Wenn Sie es aus medizinischer Sicht vertreten können, dann würde ich gerne mit Ihrer Patientin sprechen. Es wird auch nicht lange dauern, versprochen.«

Hannah stöhnte, als wäre sie dem Tode näher als dem Leben.

Das sorgte auf Seiten des Arztes nicht etwa für Sorgen, sondern für einen plötzlichen Anflug von Fröhlichkeit. »Sie können sich auch gern Zeit lassen. Bevor Sie hereinkamen, wäre Frau Lambert am liebsten von der Liege gesprungen.« Ein Lächeln ging in ein Grinsen über. »Ich weiß gar nicht, was sie plötzlich hat.«

41

»Wer war das denn?«, erkundigte sich Martin Clausen und zeigte dabei auf die Tür zum Behandlungsraum, durch die Ole gerade panikartig auf den Flur davor geflohen war. »Will die was von Hannah?«

»Lange Geschichte«, erwiderte Ole und winkte ab. »Habt ihr irgendwas Neues über die Einbrecher von gestern Abend?«

»Auf jeden Fall haben die Streifenkollegen Hannahs Handy geortet und es in einem Straßengraben kurz vor Keitum gefunden – und da verliert sich die Spur auch. Falls sich ihre Dienstwaffe oder ihr Ausweis wieder anfinden, dann wohl höchstens durch Zufall.«

»Ihre Dienstwaffe ist auch weg?« Ole war fassungslos. Danach zeigte er auf die Tür vor sich. »Wir müssen so schnell wie möglich herausfinden, wer ihr das angetan hat. Sie hat einfach nur Glück gehabt. So ein Angriff kann auch viel schlimmer enden.«

Martin Clausen nickte zwar, war aber mit seinen Gedanken dem Anschein nach bei einem ganz anderen Thema, einem dunkelhaarigen. Das machten seine nächsten Worte deutlich: »Jetzt sag schon, wer ist die Wahnsinnsbraut?«

»Ne Anwältin.«

»Ne Anwältin«, wiederholte Clausen kopfschüttelnd. »Ist das alles? Und wenn ja: Was will die ausgerechnet von Hannah?«

Oles Handy klingelte und befreite ihn von der Notwendigkeit einer Antwort. Er meldete sich mit einer halben Entschuldigung: »Keine Angst, ich hab dich nicht vergessen.«

Am anderen Ende der Leitung reagierte Ralf Jansen trotzdem mit gespielter Empörung. »Ich könnte hier in Flensburg auch verrotten. Bis das bei euch ankommt ...«

»Jetzt mach mal halblang!«, besänftigte Ole seinen Kollegen. »Ich hab ganz andere Sorgen: Letzte Nacht wurde Hannah niedergeschlagen, als sie ...«

»... sich mit Gunda Ingwersen unterhalten wollte«, vollendete Ralf. »Und die hockt hier bei uns in Flensburg in der Psychiatrie – Frau Lambert hat mich angerufen und um Hilfe gebeten.«

»Wann?«

»Das erste Mal vor etwa zwei Stunden. Ich sollte herausfinden, wo genau sich Gunda Ingwersen befindet, welcher Richter die Zwangseinweisung unterschrieben hat und was wir tun können, um sie schnellstmöglich rauszuholen.«

»Und?«

»Die Geschichte ist ein bisschen länger«, haspelte Ralf. »Und einfach wird es erst recht nicht.«

»Dann fang an!« Ole warf einen Blick auf die Tür zum Behandlungsraum. Dahinter war es totenstill. »Ich hab das Gefühl, wir haben ein bisschen Zeit.«

* * *

Der Arzt hatte die obere Hälfte der Behandlungsliege beinahe senkrecht gestellt, deshalb saß Hannah kerzengerade und stocksteif darauf. Auf einem Stuhl neben ihr hatte Francesca Rossi Platz genommen. Und nachdem man beinahe unter vier Ohren war – Doktor Nielsen hantierte im

Hintergrund ein wenig zu laut an medizinischen Utensilien –, fing die mit leiser Stimme an: »Ich kann verstehen, dass Sie mich nicht sehen wollen. Wer wird schon gerne an seine Vergangenheit erinnert?«

»Was wissen Sie denn über meine Vergangenheit?«, fauchte Hannah postwendend zurück. »Oder haben Sie etwa auch einen Sohn, der sein Leben lang nicht zwei und zwei wird zusammenzählen können und dem man jeden dritten Tag erklären muss, dass er das Waschbecken nicht als Toilette missbrauchen soll?«

Francesca Rossi schüttelte den Kopf und schwieg. Ihr Lächeln bröckelte, aber noch hielt es.

Hannah fuhr unverändert rabiat fort: »Ich weiß, was Sie wollen, und Sie wissen hoffentlich, was ich im Gegenzug erwarte. Ist das so?«

»Ich bin darüber unterrichtet, wie Sie sich unseren Handel vorstellen, aber das könnte ein Problem werden«, flüsterte die Anwältin nach einem kurzen Blick in Richtung Arzt. »Ich habe heute Morgen mit meinen Mandanten telefoniert. Die wünschen nicht, dass Gianni Lorenzo verhaftet wird. Dafür schuldet er ihnen einfach zu viel Geld. Selbst wenn ich die Erbschaft optimistisch einschätze, reicht es vermutlich nicht mal für die Hälfte.«

»Dann können Sie Ihren feinen Mandanten ausrichten, dass sie mir herzlich gern im Mondschein begegnen dürfen.«

Francesca Rossis Miene verzog sich skeptisch. Ein klares Zeichen dafür, dass sie mit dieser Redewendung nichts anfangen konnte.

Also lieferte Hannah bereitwillig eine andere Variante: »Ihre Mafia-Freunde können mich mal kreuzweise. Ist das deutlich genug?«

»Ich glaube schon«, kam es beinahe amüsiert zurück. Danach verfinsterte sich ein ansonsten hübsches Gesicht dramatisch. »Haben Sie eine Vorstellung davon, mit wem Sie sich da anlegen?«

Hannahs anfängliches Nicken ging nahtlos in ein Kopfschütteln über. »Vielleicht wissen Sie nicht, mit wem sich Ihre Mandanten anlegen. Und damit wir uns richtig verstehen: Ich werde nicht mit Ihnen diskutieren, egal, womit Sie mir drohen. Sie sind doch angeblich so gut über meine Vergangenheit informiert. Dann sollten Sie auch wissen, dass ich nichts mehr zu verlieren habe.«

»Ist das Ihr letztes Wort?«, erkundigte sich Francesca Rossi, erhielt jedoch keine Antwort. Sie zog ihr Handy aus der Handtasche, starrte einen Moment aufs dunkle Display und stopfte es dann wieder zurück.

Hannah bohrte mit hämischem Grinsen: »Na ... hat da jemand Schiss, noch mal zu fragen?«

»Es ist okay«, flüsterte die Anwältin nach einiger Bedenkzeit.

»Was ist okay?«

»Ich lasse die Unterlagen vorbereiten. Und bevor Sie unterschreiben, erfahren Sie, wo Ihr Exmann sich versteckt hat.«

»Bevor ich unterschreibe, haben ihn meine italienischen Kollegen in Gewahrsam! Hoffe, das ist klar?«

»Selbstverständlich!«

»Und wie wollen Sie das dann anstellen? Ich meine: Ihre feinen Mandanten haben doch sicher was dagegen und wollen nicht, dass ...«

Francesca Rossi fuhr energisch dazwischen: »Lassen Sie das bitte meine Sorge sein! Und vielleicht noch so viel: Diese Vereinbarung muss unter uns bleiben. Falls nicht, werde ich jedes Wissen darüber leugnen.«

42

»Was wollt ihr?« Hinnerk Boom hatte geschlafen und wurde auf unsanfte Art geweckt. Danach schaute er in drei erwartungsvolle Gesichter. »Seid ihr bekloppt? Ich hab euch doch gesagt, dass ihr euch hier nicht mehr blicken lassen sollt.«

Jule Stöver reagierte als Erste: »Wir waren gestern Abend bei Gunda. Aber sie konnte oder wollte uns nicht sagen, wo ihr Onkel steckt.«

»Und es gab Probleme«, fügte Andrea Mommsen zögernd hinzu. »Da war plötzlich ’ne Polizistin ...« Es folgte ein Fingerzeig auf Torben. »... er hat sie außer Gefecht gesetzt.«

»So ’ne kleine Blonde?«, fragte Hinnerk zur Sicherheit.

»Hannah Lambert«, bestätigte Jule seine Befürchtungen. »Wir haben ihren Ausweis, ihr Handy und ihre Waffe mitgenommen.«

»Ihr seid noch bekloppter, als ihr ausseht«, knurrte Hinnerk. Er bäumte sich auf und hustete. »Habt ihr den Krempel wenigstens gleich wieder entsorgt?«

»Auf jeden Fall ihr Handy«, versicherte Andrea. »Vielleicht können wir die anderen Sachen noch gebrauchen.«

Jule nickte eifrig, fuhr allerdings mit einem frustrierenden Status fort: »Wir sind kein Stück weiter als vor drei Tagen. Es ist Donnerstag ... spätestens heut Nachmittag muss Torben in seiner Firma antreten und bis Sonntag hinterm Steuer hocken. Ansonsten dreht sein Chef durch.«

»Und was hab ich damit zu tun?«, erkundigte sich Hinnerk. Aber er wartete keine Antwort ab. »Die Bullentante weiß so gut wie alles.« Sein Blick traf Andrea Mommsen, die kurz zusammenzuckte. »Auf jeden Fall weiß sie, dass dein Vater euch nichts getan hat.«

Jule kam einer anderweitigen Reaktion zuvor: »Er wusste, was damals passiert ist! Und er hat nichts dagegen getan – das ist genauso schlimm. Vielleicht sogar schlimmer.«

»Woher weiß die Polizistin von Gundas Onkel?«, wollte Andrea wissen.

»Bestimmt nicht von mir!«, spuckte ihr Hinnerk entgegen. »Als sie hier ankam, wusste sie schon alles. Angeblich auch, wo sich Wolfgang Ingwersen versteckt hält.«

»Scheiße!«, fluchte Jule. »Wir hätten die Bullentante wachmachen und verhören sollen.«

Für diesen Kommentar erntete sie gleich drei skeptische Blicke. Und es war Hinnerk, der noch einen obendrauf setzte: »Das ist nicht deine Liga, Mädchen. Und wenn ihr mich fragt, gibt es sowieso nur einen, der euch verraten kann, wo sich das Schwein verkrochen hat.«

Jeder im Raum wusste genau, von dem die Rede war. Trotzdem fasste Andrea Mommsen die Gewissheit aller in Worte: »Gundas Vater.«

»Eben!«, bestätige Hinnerk. »Und jetzt kann mir einer von euch hoffentlich erklären, warum ihr eure Zeit stattdessen mit Gunda vergeudet. Ihr habt doch selbst gesagt, dass sie nicht alle Tassen im Schrank hat.«

Drei andere tauschten irritierte Blicke. Torben nahm sichtlich allen Mut zusammen. »Wir waren vorher bei ihren Eltern zu Hause und haben die Terrassentür aufgehebelt … aber da war niemand.«

»Das Wohnmobil ist plötzlich auch nicht mehr da«, fügte Jule wütend hinzu. »Aber die können noch nicht lange weg sein. Vorgestern waren sie noch da.«

* * *

Ole hatte geklopft und danach vorsichtig die Tür zum Behandlungsraum aufgeschoben. Dort fand er seine Chefin und Francesca Rossi in friedlicher Eintracht vor.

Die beiden schauten ihn an und lachten unvermittelt.

»Was ist denn hier los?«, wunderte sich Ole. Er zeigte über die Schulter. »Soll ich lieber wieder rausgehen?«

»Du bleibst schön hier!«, forderte ihn Hannah auf. »Wir sind fertig.« Sie streckte ihre Hand aus und wartete brav ab, bis die Italienerin danach langte und sie schüttelte. »Sagen Sie Bescheid, wenn die Papiere fertig sind. Und was die andere Geschichte betrifft, sollten Sie sich lieber beeilen.«

»Wieso?«

»Weil mein Exmann 'nen guten Riecher für Probleme hat. Wenn er spitzkriegt, was wir vorhaben, ist er weg.«

Francesca Rossi nickte wissend, legte auf ihren hochhackigen Absätzen eine elegante Drehung hin und näherte sich danach Ole mit vielsagendem Lächeln. Sie blieb vor ihm stehen und flüsterte nur. »Sehen wir uns heute Abend, Großer?«

Ole machte einen halben Schritt zurück und schaute sie entgeistert an. »Willst du noch 'ne Nacht auf Sylt bleiben?«

Er bekam keine Antwort. Plötzlich hatte er das Gefühl, wieder einer eiskalten Anwältin gegenüberzustehen. Die schob sich an ihm vorbei und war im nächsten Moment verschwunden.

»Was hat sie dir erzählt?«, wollte Ole sofort wissen, als er auf dem Stuhl neben der Behandlungsliege saß.

»Sie hat mir gar nichts erzählt. Und falls deine Frage auf euer Schäferstündchen abzielt: Darüber will ich sowieso nichts wissen.«

»Und woher weißt du dann von dem Schäferstündchen?«

»War geraten!« Hannah streckte ihrem Kollegen die offene Hand entgegen. »Gib mir mal dein Handy.«

Ole zögerte. Im Gegensatz zu seiner Chefin wollte er das vorangegangene Thema offensichtlich nicht für beendet erklären.

»Bitte! Ich muss deinen Freund Ralf anrufen. Der sollte sich in Flensburg …«

»… darum kümmern, dass Gunda Ingwersen vorzeitig entlassen wird«, leierte Ole. Er warf einen Blick auf seine Armbanduhr. »Wenn wir Glück haben, dann hat der zuständige Richter schon seinen Kaiser Wilhelm unter einen entsprechenden Beschluss gesetzt.«

»Wie habt ihr das denn so schnell hinbekommen?«

»In erster Linie haben wir das Ralf zu verdanken«, gab Ole offenherzig zu. »Er hat heut Morgen gleich als Erstes mit Frau Doktor Schulze-Wiegand telefoniert. Die war überraschenderweise recht kooperativ …«

»Kann mir vorstellen, warum. Hat sie was für den Richter geschrieben?«

»Die Frau Doktor hat schriftlich erklärt, dass Gunda Ingwersen ihrer Einschätzung nach in polizeilicher Obhut keine Gefahr droht und dass sich dadurch auch nichts an ihrem Gesundheitszustand verändert. Aber es gibt ein Problem …«

»Was für ein Problem?«

»Die liebe Gunda darf nur in deine Hände übergeben werden. So steht es in dem Schreiben ans Gericht, und ich befürchte, da machen die in Flensburg keine Ausnahme.«

Hannah warf einen verstohlenen Blick auf Doktor Nielsen. Der war immer noch mit medizinischen Utensilien beschäftigt und machte keine Anstalten, sich zu verabschieden.

»Du kannst ausbrechen oder fragen«, frohlockte Ole künstlich. »Ich an deiner Stelle würde es erst mal mit Fragen probieren.«

»Und was ist, wenn er nein sagt«, zischte Hannah zurück.

»Dann überlegen wir uns eben was anderes.«

43

»Ihr habt die Sache von vorne bis hinten versaut, und jetzt kommt ihr zu mir, um euch auszuheulen.« Hinnerk saß mittlerweile auf seinem Bett. Sein Mundwerk war mit einer Müslistange beschäftigt, die ihm Andrea Mommsen kurz zuvor, samt einer Papiertüte, in den Schoß geworfen hatte. Ein körniger Bestechungsversuch, der allerdings nicht zu fruchten schien. »Ich weiß auch gar nicht, was ihr von mir wollt – ich lieg zwar nicht mehr in meiner eigenen Scheiße, aber rühren kann ich mich trotzdem nicht richtig.«

»Wir müssen Wolfgang Ingwersen finden«, war Jules Fazit, als hätte sie die Worte zuvor gar nicht gehört. »Und Sie müssen uns helfen. Oder ist Ihnen plötzlich egal, was aus dem Mann wird, der für Majas Tod verantwortlich ist?«

»Ich kann was versuchen«, murmelte Hinnerk nach längerem Überlegen. »Aber dafür müsste diese Kommissarin zurückkommen, die dein bekloppter Freund niedergeschlagen hat.«

Torben zuckte mit den Schultern, protestierte ansonsten aber nicht.

Und er wusste offensichtlich warum, denn seine Freundin Jule war noch nicht fertig. »Wenn wir Wolfgang Ingwersen bis Sonntag nicht gefunden haben, geh ich zu den Bullen und erzähl denen alles.« Sie funkelte Hinnerk wütend an. »Verstehen Sie? Alles! Danach sollen die sich darum kümmern, das Schwein zu finden.«

Plötzlich kam Bewegung in Hinnerks Gesicht. Das Resultat war beinahe ein Lächeln. »Das lässt du lieber schön bleiben, Mädchen. Außerdem hast du so lange gewartet, da kommt es doch auf ein paar Tage mehr oder weniger auch nicht mehr an. Ihr habt es nicht hingekriegt – jetzt lässt du mir gefälligst ein bisschen Zeit, um den Ingwersen zu finden. Oder ist das etwa zu viel verlangt?«

»Bis Ende nächster Woche!«, drohte ihm Jule zum Abschied. »Wenn bis dahin nichts passiert ist, geh ich zu den Bullen.« Sie machte einen Schritt in Hinnerks Richtung und ein Gesicht, als wolle sie ihn mit Blicken töten. »Und wenn ich mit denen rede, dann kommt alles auf den Tisch!«

* * *

»Du warst da drinnen richtig gut«, schwärmte Hannah, als Ole ihren BMW vom Krankenhaus-Parkplatz lenkte. »Doktor Nielsen hat dir ja beinahe aus der Hand gefressen. Wie machst du sowas bloß?«

»Das war ein Resultat von Freundlichkeit«, erwiderte Ole mit vielsagender Stimme. »Solltest du auch mal ausprobieren, könnte sogar bei dir klappen – wenn du vorher ein bisschen übst.«

Sein Handy klingelte und verhinderte weitere Belehrungen. Hannah zog es aus der Freisprecheinrichtung und warf einen Blick zur Seite, weil neben ihr eine gegrunzte Beschwerde erklang. »Ist für mich, Kommissar Freundlich.« Ihre Stimme veränderte sich, klang plötzlich filmreif. »Hast du was dagegen, wenn ich rangehe, liebster Kollege?«

Ole schüttelte nur den Kopf. Als das Gespräch eine Minute später beendet war, versuchte er es mit einer Frage: »Darf ich auch erfahren, wer das war, allerbeste Chefin?«

Hannah hatte das Schauspiel für beendet erklärt und klang wieder ganz normal. »Martin hat auf meine Bitte hin zwei Kollegen zum Haus von Gundas Eltern geschickt – das war einer davon. Die haben eine aufgehebelte Terrassentür vorgefunden und ansonsten ein leeres Haus. Das Wohnmobil ist wohl erst seit zwei Tagen weg. Einer der Beamten kennt die Ingwersens, wohnt drei Häuser weiter.«

»Und was jetzt?«

»Sind wir noch mehr als vorher auf Gunda angewiesen. Und wir können nur beten, dass die überhaupt ansprechbar ist.«

Kurze Zeit später erreichten die beiden die Bahnverladung in Richtung Festland. Hannah zeigte auf einen Streifenwagen, der rechts auf einem Seitenstreifen parkte. »Halt mal daneben an.«

»Bitte!« Ole tat, wie ihm unsanft befohlen. Als er neben dem Streifenwagen stoppte, hatte er auch einen Kommentar parat: »Die Kollegen sind nicht da.« Er zeigte nach links, wo sich ein kleines Bistro mit angeschlossenem Kiosk für Wartende befand. In der Hochsaison eine wahre Goldgrube, an diesem Vormittag allerdings eher spärlich besetzt. »Wette, die trinken Kaffee und wärmen sich erst mal auf. Stehen die auf deinen Befehl hier?«

»Ich hab gestern Abend einen alten Golf II vor Gunda Ingwersens Haustür gesehen. Und falls der versucht, von der Insel runterzukommen, will ich, dass er davon abgehalten wird. Logisch, oder?«

Ole nickte anerkennend. »Viele gibt es davon nicht mehr ... hast du dir das Kennzeichen gemerkt?«

»Zu dem Zeitpunkt konnte ich noch nicht ahnen, dass mir einer zwei Minuten später einen über den Schädel zieht. Also: Nein! Zufrieden?«

»Ich wäre zufrieden, wenn du mich nicht dauernd so anzicken würdest. Aber mach dir keine Mühe, hab mich langsam dran gewöhnt.« Ole lachte kurz auf. »Wahrscheinlich würde ich den rauen Ton sogar vermissen, falls du damit aufhörst.«

In einiger Entfernung waren zwei Uniformierte zu erkennen, die mit Kaffeebechern bewaffnet auf dem Rückweg zu ihrem Streifenwagen waren.

»Ausgerechnet die beiden«, sagte Hannah. Es handelte sich um die Kollegen, die Hans-Georg Mommsen drei Tage zuvor auf seiner Schafweide gefunden hatten. »Komm … wir lassen die beiden in Ruhe und stellen uns in der Schlange hinten an.«

»Heißt das, du willst die Kollegen nicht zusammenscheißen, weil sie sich mal eben ’nen Kaffee geholt haben?«

»Fahr! Ansonsten kannst du zu Fuß bis Niebüll laufen.«

44

»Warten Sie immer noch auf Ihren Kollegen?«, fragte eine Krankenschwester, die im Laufschritt von einem Zimmer zum anderen unterwegs war. Der übliche Stress, den die junge Frau beneidenswert gut gelaunt absolvierte.

Ralf nickte und schaute ein wenig verzweifelt. Ole hatte ihm vor anderthalb Stunden eine WhatsApp-Nachricht geschickt. Angeblich waren er und seine Chefin längst auf dem Weg nach Flensburg.

Die Krankenschwester war vor ihm stehen geblieben und lächelte unverändert. »Wenn Sie nichts zu tun haben – ich könnt Hilfe gebrauchen.«

In diesem Moment öffnete sich weiter hinten eine Automatiktür und machte Platz für Ole und Hannah.

Ralf schoss empor und ließ die Krankenschwester einfach stehen. Ein paar Schritte weiter warf er wenigstens einen entschuldigenden Blick über die Schulter.

»Wusste gar nicht, dass du hier auf uns wartest«, begann Ole schon aus einiger Entfernung.

»Dann sind Sie wahrscheinlich Herr Jansen«, mutmaßte Hannah und streckte ihm eine Hand entgegen. »Das war gute Arbeit … wir sind Ihnen was schuldig.«

Ralf setzte schon zu einer Antwort an, doch Ole kam ihm übereilt zuvor: »Vielleicht reden wir noch mal über alles, wenn unser aktueller Fall erledigt ist.«

Direkt hinter Ole öffnete sich eine Tür. Ein Arzt trat auf den Flur.

Ralf setzte sich sofort in Bewegung und zeigte dabei auf Hannah. »Das ist Frau Lambert. Sie ist hier, um Gunda Ingwersen abzuholen.«

Anfangs machte der Arzt ein Gesicht, als wüsste er von nichts. Erst als Ralf ihn an einen neuen Gerichtsbeschluss erinnerte, hellte sich seine Miene auf. »Die Entlassungspapiere sind so weit fertig. Dürfte ich Ihre Dienstausweise sehen – nur zur Sicherheit?«

Hannah und Ole tauschten besorgte Blicke. Doch es war Ralf, der es mit einer Klarstellung versuchte: »Hauptkommissarin Lambert wurde gestern Abend in der Wohnung von Frau Ingwersen niedergeschlagen. Dabei ist unter anderem ihr Dienstausweis abhandengekommen.«

Hannah zog ihr Portemonnaie aus der Manteltasche und zückte ihren Personalausweis, um ihn dem Arzt unter die Nase zu halten. »Reicht der?«

Fünf Minuten später waren die Formalitäten erledigt. Als sich dann ein Pfleger auf den Weg machte, um Gunda aus ihrem Zimmer abzuholen, kam von Hannah eine unmissverständliche Ansage. Dabei schaute sie Ole und Ralf abwechselnd an. »Ich will allein mit ihr reden! Bei zu vielen, neugierigen Ohren macht sie gleich dicht.«

Ole versuchte es mit einer zaghaften Widerrede: »Darf ich dich vielleicht daran erinnern, dass du 'ne Gehirnerschütterung hast und beinahe ...«

»Deshalb darfst du ja auch meinen Chauffeur spielen«, unterbrach Hannah mit künstlichem Lächeln. »Und falls ich doch ein Kindermädchen brauche, sag ich schon Bescheid. Okay?«

»Und was tun wir in der Zeit?«, fragte Ole.

»Auf jeden Fall seid ihr nicht in der Cafeteria. Da will

ich mich nämlich mit Gunda hinhocken – mir hängt der Magen in den Kniekehlen.«

Ole wollte schon wieder protestieren, doch Ralf hatte einen Vorschlag: »Den Nordergraben runter geht's in die Einkaufsstraße. Das sind zu Fuß von hier aus höchstens fünf Minuten.«

Hannah schüttelte ihm die Hand und klopfte Ole zum Abschied auf die Schulter. Sie hatte es eilig, denn um die Ecke waren auf dem Linoleumboden Schritte zu hören, die sich näherten. »Guten Appetit, meine Herren!«

Während Ralf bereits die ersten Schritte nach vorne machte, blieb Ole stehen und streckte Hannah seine Rechte entgegen. »Du hast noch mein Handy!«

»Das brauch ich auch noch länger.«

»Und was soll ich machen? Mich mit Rauchzeichen verständigen?«

Hannah zeigte auf Ralf. »Du bist doch mit ihm zusammen unterwegs. Wenn du unbedingt telefonieren musst, dann frag ihn.«

Ole wollte offensichtlich nicht klein beigeben. Doch weiteren Protest unterband ein Pfleger, dessen Stimme über den Flur hallte. »So, da wären wir, Frau Ingwersen. Dann wünsch ich Ihnen 'ne gute Heimreise. Und passen Sie in Zukunft auf sich auf.«

Während Ole knurrend den Rückwärtsgang eingelegt hatte, näherte sich Hannah der Patientin mit kleinen Schritten.

Gunda war anzusehen, dass sie auf wackeligen Beinen stand. Der Pfleger ließ sie erst los, nachdem Hannah sie untergehakt hatte. Danach ging es auf vier Füßen taumelnd nach vorne.

»Bist du allein hergekommen?«, fragte Gunda, als sich die Automatiktür vor den beiden Frauen öffnete.

»Mein Fahrer ist in die Stadt runter, damit wir allein ein

bisschen Zeit zusammen haben. Ist das ein Problem für dich?«

Gunda blieb stehen und stoppte damit zwangsweise auch Hannah. »Willst du gar nicht wissen, wer dir einen übergezogen hat?«

»Doch! Aber wenn möglich erst, wenn ich ein Brötchen und 'nen Kaffee vor mir hab.«

Gunda gab zwar keine Antwort, setzte sich aber wieder in Bewegung.

Als die beiden Frauen auf den Fahrstuhl warteten, ging Hannah ganz bewusst in die Offensive. »Ich will deutlich mehr von dir wissen!«

Gunda versuchte, ihren untergehakten Arm aus der Umklammerung zu befreien, scheiterte jedoch. Bei ihrer Nachfrage schaute sie stur nach vorne. »Was willst du wissen?«

Hannah ließ sich mit ihrer Antwort einen Moment Zeit. Vor den beiden Frauen öffneten sich die Fahrstuhltüren. Abgesehen vom Geruch nach Desinfektionsmitteln war die Kabine leer.

Gunda zog es spürbar nach vorne, doch Hannah hielt sie mit eiserner Umklammerung fest, ließ keinen halben Schritt zu. Und sie hatte auch ihre Stimme nicht mehr im Griff. »Ich will wissen, wo dein Onkel steckt.«

Die Fahrstuhltür schloss sich wieder. Eine Weile standen die beiden Frauen schweigend davor.

Dann war es Gunda, die als erste ihre Stimme wiederfand. Und dieses Mal drehte sie sich sogar zur Seite, um Hannah direkt anzusehen. »Du willst mir gar nicht helfen«, begann sie flüsternd. »Du bist wie alle anderen: nur auf deinen eigenen Vorteil aus.«

Hannah hatte erneut den Fahrstuhlknopf gedrückt. Es dauerte nicht lange, bis der auf seiner Reise nach unten anhielt und sich die Türen nach links und rechts aufschoben. In der Kabine stand eine ältere Frau, mit rotgeweinten

Augen. Daneben ein Mann, der offensichtlich nicht dazugehörte und Hannah mit typischem Blick musterte.

Die schob sich an dem Gaffer vorbei und zog Gunda mehr oder weniger sanft hinter sich her.

Die Fahrstuhltüren hatten sich gerade erst geschlossen, da lehnte sich Gunda zur Seite, um Hannah etwas ins Ohr zu flüstern. »Ich weiß nicht, wo er ist.«

»Und ich hab Hunger! Hoffentlich gibt es um die Zeit noch frische Mettbrötchen in der Cafeteria.«

»Was willst du von mir?«, flüsterte Gunda.

Hannah schob sie ein kleines Stück von sich und schaute sie direkt an. Und sie machte sich auch nicht die Mühe, ihre Stimme zu dämpfen. »Die Wahrheit ... und die wird nicht mir, sondern dir helfen!«

Als sich die Fahrstuhltüren im Erdgeschoss öffneten, entschwand die ältere Frau schniefend. Der Mann drehte sich beim Verlassen der Kabine um, schüttelte den Kopf und war kurz darauf nicht mehr zu sehen.

Weil Hannah sich nicht rührte, ergriff Gunda unvermittelt die Initiative. »Ich hab auch Hunger, aber keinen Cent in der Tasche. Ich weiß nicht mal, wo mein Portemonnaie geblieben ist.«

»Daran soll's nicht scheitern.« Hannah zog sie nach vorne. »Du kannst dir sogar aussuchen, was du willst.«

45

»Sie ist wirklich ein Giftzwerg«, sagte Ralf lachend, als Ole und er sich auf dem Weg in Richtung Einkaufsstraße befanden.

»Dann ist Hannahs Spitzname also auch schon in Flensburg angekommen. Aber ich kann dich beruhigen: Man muss sie besser kennen, dann erklärt sich einiges von selbst. Und sie kann auch nett sein.«

»Wann?«

»Wenn man sie auf dem richtigen Fuß erwischt.« Ole überlegte einen Moment. »Ich hab's dir ja neulich schon erzählt: Sie hat 'ne ziemlich schwere Zeit hinter sich.«

»Aber dafür können wir anderen doch nichts.« Ralf winkte ab, um klarzumachen, dass er keinen Wert auf eine nähere Erklärung legte. Nach einer Abkürzung durch den Heiligengeistgang standen die beiden Männer kurz darauf in der Flensburger Einkaufsstraße.

Ole zeigte nach vorne. »Pizzeria San Marco ... dafür ist es wohl noch'n bisschen zu früh. Außerdem hab ich bis jetzt nicht mal gefrühstückt.«

Ralf warf einen vorsichtigen Blick zur Seite. »Du siehst auch aus, als hättest du die Nacht durchgemacht. Kann das sein?«

Ole gab keine Antwort. Sein Kopf flog hin und her. »Nach links oder rechts? Wo gibt's Brötchen und Kaffee?«

»Ist euer Fall so aufreibend?«

Ole nickte nur. Und weil die Antwort auf seine letzte Frage noch ausstand, bog er einfach nach links ab.

Ralf folgte ihm und ging auf Tuchfühlung. »Jetzt mal ganz ehrlich: Glaubst du, dass ich bei euch noch 'ne Chance hab?«

»Du hast 'ne ganz gute Spürnase, aber Geduld gehört offensichtlich nicht zu deinen Stärken.« Ole war stehen geblieben, um mit seiner Moralpredigt fortzufahren. »Aber was unseren Laden insgesamt angeht, musst du wohl noch 'ne Menge lernen.« Er machte einen Schritt nach vorne, packte Ralf an den Schultern und schüttelte ihn lachend. »Himmel, Junge ... wir sind nicht bei den Blitz-News, sondern bei der Polizei – da braucht alles seine Zeit, und das ist manchmal auch ganz gut so.«

»Ich will doch nur wissen, ob ich mir überhaupt noch Hoffnungen machen darf.«

»Darfst du!« Ole ließ seinen Kollegen los und setzte sich wieder in Bewegung.

Hinter ihm quengelte Ralf weiter: »Und was heißt das jetzt genau?«

Ole zeigte nach vorne, wo eine Bäckerei zu sehen war, vor der trotz Eiseskälte ein paar Leute zum Rauchen standen. »Ich hab keine Ahnung! Aber du kannst dir auf jeden Fall Hoffnungen auf Kaffee machen ... der erste geht auf mich.«

* * *

Die beiden Frauen hatten sich in der Cafeteria mit ihren Tabletts gerade erst an einem Tisch niedergelassen, als Oles Handy in Hannahs Manteltasche klingelte. Sie zog es heraus und entschuldigte sich vorsorglich. »Sorry, da muss ich kurz ran.« Einen Wisch später war die Verbindung hergestellt. »Ja, Martin?«

Der Sylter Kollege stutzte kurz. »Ich wollte eigentlich Ole sprechen. Hockt er neben dir?«

»Was willst du denn von ihm?«

Diese Frage sorgte offensichtlich für weitere Unsicherheit. Martin Clausen hörte sich ungewohnt nervös an. Seine Antwort klang wie eine Märchengeschichte. »Ich wollte ihn bitten, hier auf der Insel für Verstärkung zu sorgen. Der Revierleiter in Westerland schimpft wie'n Rohrspatz: Zwei seiner Leute verbringen den halben Tag auf Mommsens Hof, zwei schieben Dienst am Bahnhof und zwei weitere ...«

Hannah wurde es zu bunt. »Ich sorg nachher für Verstärkung. Ist sonst noch was?«

Clausen fasste sich hörbar ein Herz. »Die Frau von heut Morgen – kennst du die näher?«

»Meinst du die italienische Schönheit mit den Giftzähnen?«

Am anderen Ende der Leitung erklang ein Grunzen, das sollte wohl einem Ja entsprechen.

»Da brauchst du dir sowieso keine Hoffnungen zu machen«, erklärte Hannah hämisch. »Die hat dein Freund Ole sich schon geschnappt. Und ich glaube nicht, dass der Verstärkung braucht.«

»Heißt ›geschnappt‹ ...?«

»Was sollte es denn sonst heißen, Martin?«

Kurz darauf war das Gespräch beendet. Hannah entschuldigte sich ein weiteres Mal für die Unterbrechung und stopfte das Handy zurück in ihre Manteltasche.

Doch Gunda war nicht etwa pikiert, sondern lächelte sogar. »Ich hätte nicht gedacht, dass es bei euch so locker zugeht. Reden bei der Polizei alle so miteinander?«

»Auf jeden Fall hat man bei uns auf Dauer keine Chance, wenn man alles bierernst nimmt.« Hannah riss zwei Zuckertütchen auf und ließ deren Inhalt in ihren Kaffeebecher rieseln. Danach zeigte sie auf Gundas Exemplare. »Brauchst du deine?«

Gunda schüttelte den Kopf und beobachtete, wie der Inhalt zweier weiterer Tütchen in einem schwarzen Gebräu landete.

Hannah blickte auf und lachte kurz. »Nach so einer Nacht bin ich todmüde. Da hilft mir Zucker am besten – war immer schon so.«

»Was macht dein Kopf?«

»Ist gar nicht so schlimm, wie's auf den ersten Blick aussah.« Hannah befühlte vorsichtig ihren Hinterkopf. Sie trug noch immer ihre Wollmütze, um den Verband abzudecken. »Der Arzt hat ein Wunder vollbracht: Ich durfte fast alle meine Haare behalten.«

Trotz dieser frohen Kunde hatte sich die Fröhlichkeit aus Gundas Gesicht verabschiedet und Platz für ehrliche Sorgen gemacht. Dazu passte auch ihre Stimme. »Ich weiß nicht, wo mein Onkel ist. Woher weißt du das von ihm überhaupt?«

Ein abrupter Themenwechsel, der Hannah gelegen kam. Aber sie wollte nicht antworten; hatte sich für dieses Gespräch längst eine Strategie zurechtgelegt: Zuckerbrot und Peitsche. Und sie hatte keinesfalls vor, Gunda ein weiteres Mal mit Samthandschuhen anzufassen, denn das schien ihr – warum auch immer – am wenigsten zu bekommen.

»Wer war das in deiner Wohnung?«, fragte sie mit resoluter Stimme. Danach fasste sie sich ein weiteres Mal an den Hinterkopf. »Vielleicht kannst du das nachvollziehen: Ich würde gern wissen, wer mir den Schädel einschlagen wollte.«

»Ich weiß seinen Namen nicht«, flüsterte Gunda, während ihre Finger mit dem Henkel am Kaffeebecher beschäftigt waren. »Aber ich weiß, wer die Frau war.«

»Jule oder Andrea?«, fragte Hannah wie aus der Pistole geschossen. Einige Stunden im Krankenhaus hatten ihr genug Zeit gelassen, um sich einen eigenen Reim auf die Geschehnisse zu machen. »Eine von beiden saß unten im Auto und die andere ist hoch in deine Wohnung. Wenn ich dich richtig verstanden habe, zusammen mit einem Mann.«

»Jule war oben bei mir. Und das andere war ihr Freund – schätze ich.«

»Aber du weißt nicht, wie der heißt?«, bohrte Hannah gleich weiter. »Warum nicht?«

»Weil ich schon seit Jahren keinen Kontakt mit den anderen habe.« Gunda hob den Kopf und schaute Hannah direkt in die Augen. »Die haben mich mit ihrem Gelaber über Rache verrückt gemacht. Besonders Andrea, die über ihren Vater gesprochen hat, als wäre er ein Monster.«

»War er das denn nicht?«, fragte Hannah verwundert. »Ich weiß aus sicherer Quelle, dass er auf jeden Fall über alles Bescheid wusste, was damals passiert ist – und nichts dagegen getan hat!«

»Mir hat er geholfen«, schniefte Gunda. Ihr war anzusehen, dass sie mit Tränen kämpfte. Dann huschte plötzlich ein unerwartetes Lächeln über ihr Gesicht. »Wenn mein Onkel hinter mir her war, hat mich der Mommsen auf den Arm genommen und ist mit mir auf den Heuboden hoch. Da haben wir manchmal stundenlang gehockt und nur geflüstert.«

Hannah lief ein eiskalter Schauer über den Rücken. Im Laufe ihrer Karriere waren ihr häufig Kollegen begegnet, die es ausschließlich mit solchen Fällen zu tun bekamen. Wenn deren Horrorgeschichten durch die Kantine hallten, hatte sie regelmäßig Reißaus genommen. Da war ihr ein ehrlicher Mord aus Habgier oder Eifersucht hundert Mal lieber.

Nach dem ersten Schluck aus ihrem Kaffeebecher fuhr Gunda leise fort: »Ich hab so viel vergessen, aber ich erinnere mich noch genau an Mommsens Stimme. Manchmal haben wir sogar zusammen geweint.«

Hannah hätte sich am liebsten selbst geohrfeigt. Menschen waren alle gleich, sie eingeschlossen: Ein vernichtendes Urteil war schnell zur Hand, auch wenn das lediglich auf Gerüchten oder wackeligen Fakten basierte.

Gunda schwieg, deshalb musste es Hannah mit einer weiteren Frage versuchen: »Hätte Mommsen dann nicht auch für Hilfe sorgen können?«

»Ich glaube, seine Frau hatte das Sagen. Als die tot war, hab ich zum ersten Mal daran geglaubt, dass das Leben auch gerecht sein kann.« Gunda verstummte für einen Moment. Ihr war anzusehen, dass sie noch etwas loswerden wollte. »Wenn dir überhaupt jemand sagen kann, wo sich mein Onkel versteckt, dann mein Vater.«

»Sein Bruder?«, fragte Hannah zur Sicherheit und erhielt ein Nicken als Antwort. »Weißt du auch, warum dein Vater all die Jahre geschwiegen hat?«

Plötzlich sah Gundas Gesicht wie versteinert aus. Als sich ihr Mund öffnete, zitterten ihre Lippen. »Die Geschichten musste ich jahrelang ertragen. Mein Vater und sein Bruder waren als Kinder unzertrennlich – wie Pech und Schwefel. Und ich durfte mir Sprüche wie ›Wenn Onkel Wolfgang im Gefängnis sitzt, ändert sich auch nichts‹ oder ›Er gehört doch zur Familie‹ anhören. Kannst du dir vorstellen, wie man sich da fühlt?«

Hannah nickte. Sie musste den letzten Happen von ihrem Mettbrötchen herunterschlucken, bevor sie antworten konnte. »Du bist stark – viel stärker, als du denkst. Darauf solltest du dich stützen und mit deiner Vergangenheit abschließen.« Ihre Stimme wurde leiser und gefühlvoller. »Es wird höchste Zeit, wenn du mich fragst.«

Gundas Miene gab keinen Aufschluss darüber, wie sie über diesen Vorschlag dachte. Es folgte der nächste abrupte Themenwechsel. »Wart ihr schon bei meinen Eltern?«

»Deine Freunde von früher waren vor uns da«, erklärte Hannah. »Die sind eingebrochen, aber das Haus war leer – und das Wohnmobil ist verschwunden.«

»Wenn meine Eltern wegfahren, sagt mir meine Mutter vorher Bescheid. Das kann nicht sein!«

»Ist aber so«, erwiderte Hannah schulterzuckend. »Hast du 'ne Ahnung, wo die hin sind?«

Gunda überlegte kurz. »Auf jeden Fall nicht weit weg. Meine Mutter hat mir letzte Woche noch erzählt, dass irgendein Teil kaputt ist und deshalb die Batterie ständig geladen werden muss. Das wird aber erst im Frühjahr repariert, hat sie gemeint ... wenn es wieder runter nach Italien geht.«

»Nach Italien?«, wiederholte Hannah.

»Jedes Jahr! Hast du ein Problem mit Italien?«

»Nicht direkt ... wo könnten deine Eltern denn ansonsten geblieben sein? So ein Wohnmobil verschwindet ja nicht einfach von jetzt auf gleich spurlos.«

Gunda schüttelte den Kopf. Plötzlich hellte sich ihre Miene auf, sie lächelte sogar verhalten. »Meine Eltern haben schon seit Ewigkeiten ihren privaten Campingplatz – auf jeden Fall nennen sie ihn immer so.«

»Und wo ist dieser ›private Campingplatz‹?«

»Auf Sylt, in Osterende, mit Blick aufs Wattenmeer. Mamas Cousine hat da ein Haus mit Riesengrundstück.« Gunda schlug sich mit der flachen Hand gegen die Stirn. »Die wollten irgendwann um diese Zeit nach Lanzarote, dem Scheißwetter entfliehen.«

»Wer jetzt?«

»Mamas Cousine und deren Mann. Und wenn die im Urlaub sind, kümmern sich meine Eltern ums Haus. Aber meine Mutter weigert sich, darin zu übernachten, weil ständig irgendwo was raschelt.« Gunda musste sich ein Lachen verkneifen. »Du solltest mal meine Mutter erleben, wenn der 'ne Maus über den Weg läuft.«

46

»Ich brauch dringend ein billiges Handy, für Hannah.« Nach einem Express-Frühstück standen Ole und Ralf wieder gemeinsam vor der Bäckerei.

»Ich dachte, man hätte ihr Telefon im Straßengraben gefunden«, wunderte sich Ralf. »Wo ist das denn geblieben?«

»Du bist gut informiert«, stellte Ole mit vielsagender Stimme fest. »Vielleicht sogar ein bisschen zu gut.«

»Und was soll das wieder heißen? Frau Lambert hat mich heut Morgen mindestens fünfmal angerufen, damit ich alles Mögliche für sie erledige. Wenn es um Hilfe geht, bin ich immer gut genug. Aber wenn ich mal ...«

Ole winkte ab und sorgte damit für eine Unterbrechung. »Wir sind ziemlich spontan losgefahren. Bis dahin war Hannahs Telefon noch nicht mal auf der Wache in Westerland angekommen. Und ich hab auch keine Ahnung, was davon übrig ist, nachdem es 'ne Nacht im Straßengraben gelegen hat.«

Ralf zeigte die Einkaufsstraße entlang. »Ich wohn nicht weit von hier. Und ich hab zufälligerweise noch'n altes S4 liegen. Interesse?«

»Auf jeden Fall passt die Variante zu meinem Geldbeutel. Dann bräuchten wir also nur noch 'ne Sim-Karte aus dem Supermarkt.«

Ralfs Stirn lag in Falten. »Das ganze Theater, nur damit du dein Handy ein bisschen früher zurückbekommst? Wette, wenn ihr zurück auf Sylt seid, ist das Problem bereits gelöst und Frau Lambert darf sich über ein neues Handy freuen.«

»Vielleicht hast du recht«, sagte Ole. Er wollte sein Handy so schnell wie möglich zurückhaben, weil darauf mit Sicherheit Nachrichten von Francesca eingingen. Und die waren keinesfalls für die neugierigen Augen seiner Chefin bestimmt. »Bleibt die Frage, was wir anstellen, bis Hannah sich meldet.«

Passend dazu klingelte Ralfs Handy. Er schaute aufs Display und schüttelte den Kopf. »Das ist nicht Frau Lambert.«

»Zeig mal her!« Ole riss seinem Kollegen das Telefon aus der Hand. »Das ist Clausen, Kripo Sylt.« Er nahm das Gespräch an. »Woher hast du denn diese Nummer, Martin?«

»Hat mir Hannah heut Morgen gegeben. Ich hatte sie vorhin dran, da war sie wieder unerträglich. Und ich hab mir gedacht, dass du mit eurem neuen Kollegen unterwegs bist.«

»Neuer Kollege?«, wiederholte Ole und schaute dabei Ralf an. Der grinste schon verhalten. »Weißt du da mehr als wir?«

»War nur ’ne Vermutung. Wenn das nicht der Fall ist, dann ...«

»Sag mir lieber, was los ist«, unterbrach Ole. »Mit dem anderen Thema waren wir hier gerade erst fertig.«

»Hannah hatte recht. Zwei Streifenkollegen haben einen gewissen Torben Prüß vor der Bahnverladung vorläufig festgenommen.«

»War der mit ’nem alten Golf II unterwegs?«

»Das, und schon nach den ersten zwei Fragen hat der Typ nur noch wirres Zeug gestammelt. Er hockt hier bei uns in ’ner Arrestzelle. Wäre nett, wenn du Hannah informierst, ich ruf sie nicht noch mal an.«

»Ist okay. Noch was?«

Die Stimme von Martin Clausen veränderte sich abrupt. »Diese Italienerin von heute Morgen: Hast du die echt ...?«

»Wer sagt das?«

»Hannah.«

»Und woher will sie was darüber wissen? Sie ist doch nicht dabei gewesen.«

»Jetzt sag schon: Hast du echt?«

Ole schaute Ralf an. Der klebte förmlich an seinen Lippen – ein schlechter Zeitpunkt für schlüpfrige Offenbarungen.

Clausen lachte, um seine Verlegenheit zu überspielen: »Ist auch egal! Aber sag mir Bescheid, wenn du zur nächsten Blüte weiterfliegst.«

»Wir sind bald auf dem Rückweg nach Sylt«, erwiderte Ole mit unterdrückter Wut in der Stimme. »Am besten kümmerst du dich um ein neues Handy für Hannah – und nicht um meinen Flugplan!«

»Sonst noch was?«

»Bis später!«

* * *

»Kannst du mir bitte noch verraten, warum du nicht schon viel früher mit jemandem über deinen Onkel geredet hast – zum Beispiel mit mir?« Hannah klang verständnisvoll, zwischen ihren Worten war schon die halbe Antwort herauszuhören. »Aus Angst vor deinen Eltern?«

Gunda nickte. »Ich hab mich irgendwann nur noch geschämt – konnte ja auch nichts beweisen.«

»Es gab doch noch drei weitere Mädchen, die alles hätten bestätigen können«, protestierte Hannah. »Okay ... heute sind nur noch zwei davon übrig. Aber du kannst mir vertrauen. Wenn wir deinen Onkel finden, ist er fällig!«

Gunda hob den Kopf, schaute Hannah direkt an. »Glaubst du, dass es sich danach anders anfühlt?«

Hannah sah sich unvermittelt wieder ihrem eigenen Schicksal gegenüber; sie überlegte, was sich ändern würde, nachdem Gianni Lorenzo verhaftet wäre und in Deutschland der Justiz gegenüberstünde. An Felix' simplem Mikrokosmos würde das nichts ändern. Aber was wäre mit ihr selbst?

Sie fand keine Zeit für eine Antwort, denn Gunda redete mit leiser Stimme weiter: »Ich glaube nicht daran.« Ein verzweifeltes Lachen folgte. »Was soll sich denn ändern, wenn ...?«

»Ne ganze Menge!«, fuhr Hannah ein bisschen zu laut dazwischen. »Hier geht es um das Monster aus deiner Vergangenheit. Und ich will nichts versprechen, aber wenn das hinter Gittern sitzt, wird es sich für dich bestimmt anders anfühlen.«

»Anders?«

»Ja! Und wie genau, müssen wir herausfinden, wenn's so weit ist.«

In Hannahs Manteltasche vermeldete Oles Handy den Eingang einer Nachricht. Sie zog es heraus, denn eine kurze Gesprächspause würde nicht nur Gunda, sondern auch ihr guttun.

Es handelte sich um eine WhatsApp-Nachricht von Francesca Rossi. Hannah überlegte, ob sie die öffnen sollte. Schließlich könnte es sich auch um einen Notfall drehen. Irgendwann kam ihr voreiliger Daumen ohnehin ihrem Kopf zuvor.

Habe übrigens mein Auto gefunden und bin wieder im Hotel. Warte hier auf dich. Dazu ein Kussmund-Emoji.

»Probleme?«, fragte Gunda. Wahrscheinlich, weil Hannahs Miene zwischen amüsiert und schockiert wechselte.

»Wir müssen los!« Hannah stopfte das Handy zurück in

ihre Manteltasche. »Ole und ich setzen dich auf dem Revier in Niebüll ab und fahren direkt nach Sylt weiter.«

»Hat das was mit der Nachricht oder mit meinen Eltern zu tun? Willst du ...?«

»Deine Eltern sind augenblicklich unsere einzige Spur! Und du kannst dich drauf verlassen: Wenn dein Vater tatsächlich weiß, wo sich dein Onkel versteckt hält, dann finde ich es heraus.«

»Du kennst ihn nicht«, widersprach Gunda, von verzweifeltem Lachen begleitet. »Wenn der was nicht will, dann will er's nicht – er schweigt seit zwanzig Jahren.«

Hannah erhob sich und schnappte sich beide Tabletts. Sie schaute zu Gunda hinunter und grinste. »Dann wird's aber höchste Zeit!«

47

»Red ich Chinesisch? Ich hab doch heut Morgen gesagt, dass ihr euch so schnell nicht mehr hier blicken lassen sollt!« Anders als sonst saß Hinnerk Boom auf einem der zwei Stühle in seinem Pseudo-Wohnzimmer. Ein Pappkarton mit einer Holzplatte obendrauf diente als Tisch. Darauf standen eine Konservenbüchse, die als Aschenbecher fungierte, und ein schmutziger Teller mit Besteck. Von einem Hustenanfall begleitet, fuhr Hinnerk fort: »Was ist los?« Er zeigte zum Fenster, hatte seinen unerwünschten Besuch wohl kommen hören. »Und wo kommt das neue Auto her?«

»Gehört mir«, erwiderte Andrea Mommsen kleinlaut. »Die Polizei hat anscheinend kein Interesse mehr an unserem Hof.«

»Torben musste rüber aufs Festland«, fügte Jule hinzu. »Aber er hat sich nicht wieder gemeldet – da stimmt was nicht!«

»Und was hab ich damit zu tun?« Hinnerk zog einen Tabaksbeutel aus der Tasche, entfaltete ein Blättchen und begann seelenruhig damit, sich eine Zigarette zu drehen. Plötzlich hielt er mit der Arbeit inne und schaute die beiden Frauen abwechselnd wütend an. »Kapiert ihr's nicht? Ich weiß nicht, was ihr von mir wollt. Und ich hab auch keine Ahnung, wie ich herausbekommen soll, wo sich Wolfgang Ingwersen verkrochen hat. Ist das endlich angekommen?«

Andrea nickte, Jule hatte allerdings auch eine Antwort

parat: »Dann wissen Sie ja, was passiert. Wenn ich zu den Bullen gehe, sieht's für Sie hinterher schlecht aus.«

»Das kannst du dir sparen«, erwiderte Hinnerk mit bösem Lachen. »Die haben sich deinen bekloppten Freund geschnappt und der scheißt sich doch schon bei der zweiten Frage in die Hose. Der Zug ist abgefahren, Mädchen.«

Diese Feststellung sorgte für zwei betretene Mienen.

Aber Hinnerk war noch nicht fertig. »Und jetzt seht zu, dass ihr euch vom Acker macht.«

»Was ist mit Gundas Onkel?«, fragte Jule, die sich bereits im Rückwärtsgang befand. Sie klang längst nicht mehr so selbstsicher wie noch kurz zuvor. »Wollen Sie trotzdem versuchen, ihn zu finden?«

»Ich tue, was ich kann!«, brüllte Hinnerk. Er warf einen Blick in die Runde und kommentierte das Chaos mit einem Kopfschütteln. »Ich will das Schwein auch finden! Oder sieht's hier etwa so aus, als hätte ich noch was zu verlieren?«

»Und wie wollen Sie ihn finden?«, fragte Andrea Mommsen vorsichtig nach.

Mit einem schweren Atemzug stemmte sich Hinnerk vom Stuhl hoch, schob den Pappkarton mit Füßen bis vor sein Bett und ließ sich direkt auf der Matratze nieder. Danach zeigte er auf die beiden Stühle. »Setzt euch hin ... vielleicht könnt ihr mir doch helfen.«

»Und wie?«, fragten die beiden Frauen beinahe wie aus einem Mund.

»Setzen und Klappe halten! Seid ihr schwerhörig?«

* * *

Mittlerweile war es früher Nachmittag. Wie geplant hatten Hannah und Ole ihren Schützling auf dem Revier in Niebüll geparkt. Dort kümmerte sich ab sofort eine junge Streifenbeamtin um Gundas Wohlergehen.

Auf dem Weg in Richtung Bahnverladung fand Ole zum ersten Mal Gelegenheit für einen Kommentar. Zwischen Flensburg und Niebüll hatte ihn Hannah, was den Fall betraf, weitgehend aufs Laufende gebracht. Aber das reichte ihm offensichtlich nicht. »Kannst du mir endlich mal verraten, was wir vorhaben?«, schimpfte er. »Willst du dir zuerst diesen Torben Prüß vorknöpfen oder machen wir uns auf die Suche nach dem Wohnmobil?«

»Beides!«

Ole schüttelte den Kopf und schaute bei seiner Antwort vorsichtshalber nach rechts aus dem Seitenfenster. »Ich hab doch nicht mal ein Auto! Und wenn du meinst, dass ich dich noch mal alleinlasse, damit du dir im besten Fall die nächste Beule einfängst, dann hast du dich geschnitten.«

»Dein Auto steht vor dem Revier in Westerland, hat sich Martin drum gekümmert.«

»Schön, dass ich das auch mal erfahre. Danke!«

Hannah drehte sich zur Seite. »Für solche Kommentare bin normalerweise ich zuständig. Vergiss das nicht!«

Ole blieb stumm, wartete einfach auf eine Fortsetzung. Und die lieferte Hannah ohne Verzögerung. »Du kannst dich auf 'ne lange Nacht einstellen. Ich fahr erst wieder von der Insel runter, wenn ich weiß, wo Wolfgang Ingwersen geblieben ist. Klar?«

»Du weißt doch noch nicht mal, ob die Geschichte mit dem Wohnmobil stimmt. Wie kommst du darauf, dass ...?«

Hannah warf Ole sein Handy in den Schoß. »Martin hat sich per WhatsApp gemeldet. Das Wohnmobil steht genau dort, wo Gunda es vermutet hat: in Osterende.«

Ole reagierte nicht, war noch mit seinen WhatsApp-Nachrichten beschäftigt. Als er damit fertig war, umklammerte er sein Handy demonstrativ mit beiden Händen.

Hannah drehte sich erneut zur Seite und lächelte ausnahmsweise. »Ich weiß nicht, ob Zeit für andere Dinge bleibt.«

»Wovon redest du?«

»Von der anderen Nachricht.«

Ole funkelte sie wütend an. »Kannst du mir mal verraten, warum du die geöffnet hast? Die war privat!«

Hannah tat ganz unschuldig. »Ist das der Kollege, der immer meint, wir wären Freunde – da erzählt man sich doch alles, oder etwa nicht?«

»Da gibt's aber auch Grenzen!«

»Und wer legt die fest? Du?« Hannah wartete, doch die Bestätigung blieb aus. Also fuhr sie einfach fort: »Am besten schlägst du dir deine italienische Versuchung mal für'n paar Stunden aus dem Kopf ... wir müssen mit unserem Fall weiterkommen.« Damit war auch klar, dass das vorangegangene Thema zumindest für sie erledigt war. »Ich hab dir fast alles erzählt: Wie's aussieht, war Hans-Georg Mommsen mehr Opfer als Täter. Und ich will den Verantwortlichen so schnell wie möglich hinter Schloss und Riegel haben.«

»Hast du mal darüber nachgedacht, dass die Missbrauchsfälle von damals längst verjährt sind?« Ole musste sich räuspern, rieb sich das unrasierte Kinn. »Vielleicht finden wir den Kerl, aber wie wollen wir ihn heute noch zur Rechenschaft ziehen?«

Hannah hatte ihren BMW vor der Bahnverladung in Richtung Sylt gestoppt. Das aktuelle Urlaubswetter bestand aus einsetzender Dämmerung, Minusgraden und leichtem Schneegriesel. Entsprechend leer waren die – an jedem Sommer-Samstag hoffnungslos überfüllten – Wartespuren.

Nachdem der Motor verstummte, drehte sie sich zur Seite und begann im Tonfall einer Nachrichtensprecherin: »Im Falle von sexuellem Missbrauch an Kindern ruht jede Verjährung, bis die das dreißigste Lebensjahr vollendet haben.

Wenn überhaupt, beginnt die Frist danach und richtet sich nach Schwere der Tat.«

Ole wurde auf dem Beifahrersitz immer kleiner. »Kannst du mir mal verraten, woher du so was immer weißt?«

»Das weiß man, wenn man seinen Job mit einer gewissen Leidenschaft betreibt – mit Freundlichkeit allein kommt man da nicht weiter.«

»Vielleicht hast du recht.« Ole klang nach einer Kapitulation. »Jedes Problem lässt sich damit auch nicht lösen.« Er zuckte zusammen, weil plötzlich eine von Hannahs Händen auf seiner Schulter lag.

»Die Sache mit der Verjährungsfrist hab ich vorhin auf deinem Handy in der Krankenhaus-Cafeteria gegoogelt. Ich hatte ähnliche Befürchtungen wie du.«

Ole schaute sie an und grinste. »Wenigstens bist du ehrlich, und ich fühl mich nicht wie ein kompletter Idiot.« Er fuhr eilig fort und kam damit jedem eventuellen Kommentar zuvor. »Jetzt arbeiten wir noch an deiner Freundlichkeit und hinterher bist du die perfekte Mischung.«

»Muss das sein?«

48

Nach einer von Sturm geschüttelten Fahrt über den Hindenburgdamm und Diskussionen über den aktuellen Fall stoppte Hannah ihren BMW vor dem Revier in Westerland. Sie zeigte auf Oles Dienstwagen. »Da ist dein Schätzchen! Aber du sollst ja nicht rumfahren, sondern dich um Torben Prüß kümmern – von mir aus darfst du dabei auch freundlich bleiben.«

»Wieso hältst du mich eigentlich aus allem raus?«, erkundigte sich Ole in beleidigtem Ton. »Willst du die Lorbeeren dieses Mal allein einheimsen?«

»Das hat doch damit nichts zu tun!«

»Und womit dann?«

Hannah zeigte zum Eingang des Reviers und erneuerte ihre Aufforderung: »Vielleicht erinnerst du dich noch: Es ist immer von Vorteil, wenn wir an zwei Fronten gleichzeitig arbeiten. Und es wäre übrigens klasse, wenn du schnellstens dafür sorgst, dass sich deine dunkelhaarige Versuchung auf den Rückweg nach Italien macht.«

»Wie seid ihr denn verblieben?«

»Wie besprochen: Sie bereitet alles vor, und wenn die Sache unterschriftsreif ist, dann verrät sie mir, wo mein Ex geblieben ist. Nachdem ihn unsere italienischen Kollegen festgenommen haben, unterschreibe ich. Ganz einfach!«

»Ist dir klar, dass Francesca dabei ein Problem haben

könnte? Ich weiß zufällig, dass ihre Auftraggeber deinen Ex lieber behalten würden.«

Hannah drehte sich zur Seite. »Deine Francesca spielt mit dem Feuer. Und sie ist alt genug um zu wissen, dass man sich dabei auch die Finger verbrennen kann.«

Ole nickte. Aber er war noch nicht fertig. »Ich will trotzdem wissen, warum du mich bei unserem aktuellen Fall raushältst. Ich bin doch kein Idiot! Ich merke, dass du ...«

Hannah stoppte ihn mit einer Handbewegung. Und sie hatte auch eine Erklärung in petto: »So ein Fall ist noch nichts für dich.«

»Wieso das denn nicht? Vielleicht hast du's vergessen: Ich bin auch schon ein großer Junge!«

»Der ruhig noch eine Weile seine unbekümmerte Art behalten darf«, setzte Hannah fort. »Meine Seele ist dermaßen vernarbt – da kommt es auf 'ne weitere Narbe nicht an.«

»Ist es so schlimm?«, fragte Ole nach längerem Schweigen. Ein Streifenwagen fuhr vorbei. Die beiden Kollegen darin grüßten, doch er reagierte gar nicht. »Ich hab kaum was mitbekommen, war wohl mit anderen Dingen ausgelastet.«

»Ich glaube, niemand kann einschätzen, was solche Monster anrichten, die sich an wehrlosen Mädchen zu schaffen machen. Aber ich weiß zufällig genau, wie es sich anfühlt, wenn einem der Boden unter den Füßen weggerissen wird.«

»Du fährst trotzdem nicht allein rum und knöpfst dir den Vater von Gunda Ingwersen vor. Entweder du ...«

»Ist es denn okay für dich, wenn ich Martin mitnehme?« Hannah zeigte erneut in Richtung Revier. »Ich weiß zufällig, dass er da drinnen hinter seinem Schreibtisch hockt. Außerdem: Er hat das Wohnmobil gefunden – da ist es nur gerecht, wenn er mitkommen darf. Und mach dir keine Sorgen: Wir kriegen das auch ohne dich hin.«

Offensichtlich hatte Ole genug von dem Thema, denn er versuchte es mit einem anderen: »Was ist denn mit Torben Prüß? Hast du auch das Gefühl, dass der für Mommsens plötzliches Ableben verantwortlich sein könnte? Ich meine: Wie's aussieht, war er zusammen mit den beiden Frauen unterwegs.«

Hannah überlegte kurz. »Ich wette ein halbes Monatsgehalt, dass der Typ Mommsen auf dem Gewissen hat. Und falls du Interesse an einer Finanzspritze hast, kannst du ja versuchen, das Gegenteil herauszufinden.«

»Das ist langweilig«, maulte Ole. »Aber vielleicht kannst du mir trotzdem mit 'nem Hunderter aushelfen. Ich bin ziemlich abgebrannt.«

»Wieder deine Schwester?«, erkundigte sich Hannah lachend. »Du solltest ihr das Internet abdrehen und ihre Kreditkarte sperren lassen.«

»Das hat ihre Bank schon erledigt. Aber dieses Mal war's was anderes: Ihr Sohn Malte ist krank, kann sich in der Schule nicht mehr konzentrieren und muss deshalb ständig zu irgendwelchen Wunderheilern.«

Hannahs Miene machte deutlich, dass ihr einige Antworten auf der Zunge lagen. Doch sie schaffte es, die zu verschlucken, fischte stattdessen ihr Portemonnaie aus dem Seitenfach und zog gleich zwei grüne Scheine heraus. »Ich schulde dir sowieso noch was, für's Essen bei ›Gosch‹. Aber den anderen Hunderter will ich zurückhaben. Verstanden?«

»Du kriegst beide zurück«, sagte Ole und zog am Türöffner. »Soll ich Martin rausschicken?«

Hannah lehnte sich zur Seite, schaute zu ihm empor und lächelte filmreif. Schließlich wäre sie am liebsten allein aufgebrochen. »Gerne! Und sag ihm, dass er mein neues Handy nicht vergessen soll.«

* * *

Hinnerk hatte sich eine weitere Zigarette gedreht und zog kräftig daran. Dem folgte erwartungsgemäß ein neuer Hustenanfall.

»Sie sollten vielleicht lieber nicht rauchen«, sagte Jule und fing sich dafür einen vernichtenden Blick ein.

Andrea Mommsen versuchte es mit einer Frage: »Wie sollen wir Ihnen denn helfen?«

Hinnerk war anzusehen, dass er noch mit sich rang. Nach einem weiteren Zug krächzte er mit heiserer Stimme: »Was wäre, wenn ich wüsste, wo Wolfgang Ingwersen steckt?«

Andrea und Jule tauschten fassungslose Blicke. Eine weitere Reaktion blieb zunächst aus.

»Ich weiß nicht, ob ich es schon schaffe«, fuhr Hinnerk schwer atmend fort. Er sah zutiefst traurig aus. Klar war, dass er seine Rachegelüste lieber allein ausgelebt hätte. »Ich hab gute Momente und kann mich ein anderes Mal kaum 'ne Minute auf den Beinen halten. Versteht ihr, was ich meine?«

»Wissen Sie wirklich, wo er steckt?«, fragte Andrea.

»Und so plötzlich!«, fügte Jule wütend hinzu. »Kann es sein, dass Sie uns die ganze Zeit verarscht haben?«

Hinnerk zuckte mit den Schultern, was von Haus aus wohl so gut wie alles bedeuten konnte. »Habt ihr ernsthaft geglaubt, ihr bekommt das allein hin?«

»Was?«, fragten die beiden Frauen wie aus einem Munde.

»Jemanden töten!« Hinnerks Gesicht verfinsterte sich passend zum Thema. »Habt ihr 'ne Ahnung, wie das ist … und was dazugehört?«

Andrea schüttelte den Kopf, Jule hatte eine zornige Antwort auf den Lippen: »Vielleicht weiß ich nicht, wie es ist, jemanden zu töten – noch nicht! Aber ich weiß zufällig, wie es sich anfühlt, jeden Tag ein bisschen mehr zu sterben.

Und das seit zwanzig verdammten Jahren!« Sie zeigte auf Andrea, die aussah, als würde sie jeden Moment in Tränen ausbrechen. »Und ihr geht's übrigens noch schlechter. Sie kann nur nicht drüber reden, weil ihr eigener Vater wusste, was Ingwersen mit uns angestellt hat. Verstehen Sie: Das Schwein hat alles gewusst und nur aus Angst vor seiner Alten das Maul gehalten!«

Nach dieser stellvertretenden Bankrotterklärung herrschte eine Weile Totenstille. An dessen Ende zog Hinnerk einen Fetzen Papier aus der Tasche. Es handelte sich um die Hälfte von einem Adressaufkleber, wie man ihn heute, im Zeitalter des Internet-Handels, auf so gut wie jedem Karton findet. Der Name einer Firma war zu erkennen. Deren Adresse wäre wohl auf der anderen Hälfte des Aufklebers zu finden, doch die fehlte. Er hielt Jule den Papierfetzen entgegen.

»Was ist das?«, wollte die sofort wissen. Aufgrund der schlechten Lichtverhältnisse aktivierte sie die Taschenlampe an ihrem Handy und las laut vor: »Alfred Jochimsen ... Strandkorb-Handel.« Sie schaute Hinnerk an. »Was soll das sein?«

Die Antwort kam von Andrea: »Solche Körbe hat der Ingwersen in unserer Tenne gebaut«, flüsterte sie. »Ich weiß noch genau: Mein Vater war jeden zweiten Tag unterwegs, um neues Material zu holen. Das war mal wieder eine von seinen sagenhaften Geschäftsideen.«

Plötzlich hellte sich auch Jules Miene auf. »Stimmt! Ich kann mich sogar daran erinnern, wie wir vier Mädels in einem davon gehockt und so getan haben, als säßen wir am Strand.« Sie verpasste Andrea einen Stoß in die Seite. »Weißt du nicht mehr: Einmal hat's fürchterlich geschüttet und wir haben uns totgelacht.«

Hinnerk war nicht nach Lachen zumute. Seine Züge wirkten wie versteinert. »Was ist jetzt? Wollt ihr es zu Ende bringen oder nicht?«

Der kurze Anfall von Frohsinn hatte sich urplötzlich in Luft aufgelöst. Andrea und Jule tauschten einen kurzen Blick. Das Ergebnis war synchrones Nicken.

Hinnerk stemmte sich stöhnend von seinem Bett hoch. »Dann muss ich mich anziehen.« Er zeigte auf Jules Handy. »Sieh zu, dass du mit dem Ding da die Adresse von der Strandkorb-Firma rausfindest! Das geht doch, oder?«

»Und was soll dann passieren?«, wollte Andrea wissen.

»Dann fahren wir los und ich erledige den Scheißkerl. Oder ihr – je nachdem.«

49

Nachdem Martin Clausen neben Hannah auf dem Beifahrersitz saß, zog sie am Wählhebel der Automatik und gab Vollgas.

»Nicht so hektisch, junge Frau! Ich hab immer noch zwei Kollegen am Bahnhof. Sollten die Eheleute Ingwersen auf die Idee kommen, unsere schöne Insel zu verlassen, dann wird das nix.«

Hannah kurbelte am Lenkrad und bog auf die Keitumer Chaussee ab. Sie streckte ihrem Kollegen die offene Rechte entgegen. »Hast du mein Handy dabei?«

»Das alte funktioniert doch noch«, vermeldete Clausen triumphierend. »So'n Jungspund von der Wache hat's aufgemacht, getrocknet und wieder zusammengebaut – ist auf den ersten Blick wie neu, du musst es nur noch aktivieren. Und falls du Interesse hast, hab ich auch einen provisorischen Dienstausweis und ein neues Schießeisen für dich.«

Hannah nickte zufrieden.

»Aber es gibt auch schlechte Nachrichten«, fuhr Clausen nicht halb so euphorisch fort. »Unsere Kollegen, die heut Mittag das Wohnmobil gefunden haben, waren danach auf Mommsens Hof ... Routinekontrolle, weil vier Tage lang nichts passiert ist.«

»Und?« Hannahs Gesicht verhieß schon die schlimmsten Befürchtungen. Sie erinnerte sich daran, dass den beiden

Frauen nach der Verhaftung von Torben Prüß ihr Fortbewegungsmittel abhandengekommen war. »Ist der Wagen von Andrea Mommsen verschwunden?«

»Woher weißt du das denn?«

Hannah winkte ignorierte die Frage. »Hast du ihr Kennzeichen schon zur Fahndung ausgeschrieben?«

»Selbstverständlich! Aber vielleicht darf ich dich daran erinnern, mit welcher Personalstärke wir hier auf Sylt unterwegs sind. Wenn überhaupt, taucht ihr Auto durch Zufall irgendwo auf.«

»Da fällt mir ein, dass ich für Verstärkung sorgen wollte«, gab Hannah offen zu. Sie warf einen entschuldigenden Blick zur Seite. »Ist momentan ziemlich chaotisch – und ich weiß nicht, wo wir ohne deine Hilfe stünden, Martin.«

Der zeigte mit sorgenvoller Miene nach vorne. Schließlich fuhr Hannah, als wäre der Teufel hinter ihr her. Sie hatten in Großmorsum bereits den Abzweiger in Richtung Osterende erreicht. »Willst du mir auch verraten, was wir vorhaben? Lass mich raten: Willst du dir ein Wohnmobil kaufen und damit im Sommer nach Italien fahren?«

»Jetzt fängst du auch noch damit an! Könnt ihr mich nicht mal mit Italien in Ruhe lassen?«

Clausen verzichtete auf eine Antwort.

»Ich kann dir auf die Schnelle nicht alles erklären, Martin. Aber vielleicht so viel: Dieter Ingwersen ist der Einzige, der weiß, wo sein Bruder geblieben ist – hoffe ich auf jeden Fall.«

»Und dieser Bruder ist für all die schrecklichen Dinge verantwortlich, die den Mädchen damals angetan wurden?«

»Du sagst es!« Hannah nickte zur Bestätigung. »Jedenfalls gehe ich nach jetzigem Stand davon aus.« Die leichtfertige Vorverurteilung von Hans-Georg Mommsen kam ihr in den Sinn. Und auch Hinnerk Boom hatte sie anfangs wohl falsch eingeschätzt. Anflüge von Schubladendenken, die sie sich schnellstmöglich abgewöhnen müsste.

»Bleibt nur die Frage, was du mit Dieter Ingwersen vorhast. Mir ist klar, dass du ihn zum Auspacken bringen willst – wollen wir ihn zusammen in die Zange nehmen? Ich halt ihn fest und du schlägst zu?«

»Du sollst nur auf mich aufpassen«, erwiderte Hannah. »Und bevor du fragst: Ole hat drauf bestanden.«

»Wusste gar nicht, dass du dir neuerdings was sagen lässt.«

Hannah drehte sich zur Seite, lächelte seltsam. »Ich auch nicht!«

* * *

»Hören Sie … ich will nicht in den Knast!« Das waren die ersten Worte von Torben Prüß, als Ole ihm im Verhörraum an einem Tisch gegenübersaß. »Und ich hab nichts getan – nur ein bisschen geholfen.«

Ole schlug seelenruhig einen Hefter auf, in dem sich lediglich ein einzelnes Blatt befand. Und auch wenn er dessen Inhalt längst kannte, studierte er es Zeile für Zeile.

Seine nach außen hin demonstrierte Gelassenheit zeigte auf der anderen Tischseite bereits Wirkung. »Ich hab Ihren Kollegen schon alles erzählt«, stotterte Torben weiter. »Jule ist meine Freundin, ja. Aber ich hab ansonsten nichts mit der Sache zu tun.«

»Mit welcher Sache?«, fragte Ole.

Diese Rückfrage sorgte für neue Verwirrung. »Ich weiß nicht … okay … ich hab den beiden geholfen. Aber ich hab nichts mit diesem toten Bauern zu tun. Das müssen Sie mir glauben!«

Ole schloss die Mappe, zog sein Notizbuch heraus und breitete es vor sich aus. Seine Worte kündigte er mit einem

Kopfschütteln an, das so gut wie alles bedeuten konnte. »Normalerweise darf ich das gar nicht sagen: Sie sind im Mordfall Mommsen dringend tatverdächtig. Und wenn es nach meiner Chefin ginge, dann säßen sie längst in Untersuchungshaft.«

Torbens Mund klappte auf, aber es kam kein Wort heraus.

Zeit also für einen Nachschlag: »Und vielleicht noch so viel: Wir reden hier nicht von Totschlag, sondern über kaltblütigen Mord. Da kann es sein, dass Sie nie wieder auf freien Fuß kommen.«

»Ich war's nicht«, kam es mit weinerlicher Stimme zurück.

»Und wer war's dann?« Ole lachte etwas zu laut. »Vielleicht eine der beiden Frauen? Sorry ... denen fehlt die Kraft, um so was anzurichten.«

»Dieser Typ aus der Bruchbude war's«, stammelte Torben.

»Reden Sie von Hinnerk Boom?«, fragte Ole, doch es ging, ohne abzuwarten, weiter. »Der kann's nicht gewesen sein.«

»Nicht er selbst! Ein Kumpel von ihm – der hat's erledigt!«

»Welcher Kumpel?«

Torben zuckte mit den Schultern.

Ole nahm sich bewusst Zeit, um ein paar Notizen zu machen. Auf diese Art und Weise wollte er sein Gegenüber weichkochen.

Diese Strategie zeigte erneut Wirkung. »Okay ... ich war mit bei dieser Gunda«, gab Torben zögerlich zu.

»Und haben meine Chefin niedergeschlagen«, fauchte Ole zurück, als wolle er sich am liebsten mit einer ähnlichen Attacke dafür revanchieren. »Letztendlich war das nur Glück – ansonsten hätten Sie es gleich mit einer weiteren Mordanklage zu tun.«

»Einer weiteren«, wiederholte Torben. Die Fassungslosigkeit stand ihm ins Gesicht geschrieben. »Ich hab Ihnen doch gesagt, dass ich mit Mommsens Tod nichts zu tun hab.«

»Dann verraten Sie mir nur noch, warum ich Ihnen glauben sollte!«

Torben nahm sichtlich allen Mut zusammen. »Ich war's nicht, Ehrenwort.«

Ole wollte sich ganz bewusst nicht auf lange Diskussionen einlassen und langte zum nächsten Thema: »Wo ist die Dienstwaffe meiner Chefin? Und wo ist ihr Ausweis?«

»Das Handy haben wir kurz vor Keitum ...«

»Ich weiß, wo das Handy ist!«, unterbrach Ole rabiat. »Ich habe Sie gefragt, wo der Rest geblieben ist.«

»Die Pistole hat Jule behalten«, kam es flüsternd zurück. »Und was mit dem Ausweis passiert ist, weiß ich nicht.«

Ole kitzelte erneut in seinem Notizbuch. Aber das nur, um sich über seinen nächsten Angriff Gedanken zu machen. Als der feststand, klang er noch wütender als zuvor. »Was haben die Frauen vor? Warum die Waffe und auf wen haben sie's abgesehen?« Er kannte die Antwort, wollte sie aber aus dem Munde eines anderen hören. »Na los ... reden Sie schon! Ansonsten fahr ich Sie persönlich rüber in den Knast.«

50

Um nicht plötzlich doch, dem mit Jagdflinte bewaffneten Hausherrn gegenüberzustehen, hatten Hannah und Martin Clausen zunächst an der Tür zum Wohnhaus in Osterende geklingelt. Aber niemand öffnete.

»Angeblich sind die auf Lanzarote«, erklärte Hannah. Sie verzichtete auf einen zweiten Versuch und umrundete bereits das Haus. Dahinter fand sie das gesuchte Wohnmobil, von zwei immergrünen Hecken links und rechts eingerahmt.

»Hinter den Fenstern brennt Licht«, flüsterte Clausen, als er neben ihr ankam. »Ich glaube, wir haben Glück.«

»Ob das Glück ist, wird sich noch herausstellen«, sagte Hannah und machte den nächsten Schritt nach vorne. Sie zog ihre neue Dienstwaffe aus dem Holster und deutete ihrem Sylter Kollegen, es ihr gleichzutun.

»Befürchtest du Gegenwehr?«, fragte Clausen hinter ihr.

Hannah befühlte ihren Hinterkopf im Laufen. »Ich will nur auf Nummer sicher gehen. Wenn ich mit der nächsten Beule ankomme, bringt mich Ole wahrscheinlich um.«

»Der Fernseher läuft«, bemerkte Martin Clausen, nachdem er neben Hannah vor der Tür des Wohnmobils ankam. Er warf einen Blick auf seine Armbanduhr, von deren Zifferblatt bei zunehmender Dämmerung wohl kaum etwas zu erkennen war. Trotzdem folgte eine weitere Erkenntnis: »Die schauen ›hallo deutschland‹ ... im Zweiten. Danach läuft ›Leute heute‹ und hinterher ›Soko Stuttgart‹, weil Donnerstag ist.«

»Du solltest dir wirklich langsam 'ne neue Freundin zulegen«, flüsterte Hannah, bevor sie den Arm hob, um an die Tür des Wohnmobils zu klopfen. »Oder du gehst selbst zum Fernsehen – für einen wie dich haben sie bei den Öffentlich-Rechtlichen bestimmt Verwendung.«

»Was soll das denn heißen?«

Hannah schüttelte den Kopf und klopfte. Danach geriet das Wohnmobil in Bewegung, sämtliche Stützfüße knirschten auf ihren Bodenplatten. Nach einem Klacken öffnete sich die obere Hälfte der Tür. Die Frau dahinter lächelte, hatte wohl jemand anderen erwartet. Doch dieses Lächeln war im nächsten Moment verschwunden.

Martin Clausen, der wenigstens einen richtigen Dienstausweis hatte, hob den hoch und wartete geduldig, bis die Frau mit ihrer Prüfung fertig war. Den Ausdruck ihres Erstaunens fasste sie mit einem Wort zusammen: »Polizei?«

»Mein Name ist Lambert, Hauptkommissarin«, stellte sich Hannah vor. »Sind Sie Marion Ingwersen?«

Sie erhielt ein zögerliches Nicken als Antwort.

»Wir würden gern mit Ihrem Mann reden. Ist er auch da?«

»Der müsste bald zurückkommen«, erklang es mit unsicherer Stimme. Das Gesicht dazu verhieß böse Vorahnungen. »Er wollte nur schnell was einkaufen. Bei uns soll's heut Abend Matjes mit Pellkartoffeln geben.«

»Dürfen wir reinkommen und drinnen warten?«, erkundigte sich Clausen mit versöhnlicher Stimme. »Ist bei dem Schietwetter verdammt kalt hier draußen.«

Nach dieser Frage öffnete sich auch die untere Hälfte der Tür. Über einen kleinen Tritt davor konnten Hannah und ihr Sylter Kollege das Wohnzimmer auf vier Rädern betreten. Drinnen war es warm, was an einer Gasheizung lag.

Marion Ingwersen stand vor den beiden Polizisten und zeigte nach links auf eine Sitzgruppe.

Doch Hannah war noch mit der anderen Seite des Wohnmobils beschäftigt. Dort wartete ein akkurat gemachtes Bett, das zum spontanen Nickerchen einlud. In diesem Moment wurden ihr nicht nur chronischer Schlafmangel, sondern auch dröhnende Kopfschmerzen bewusst. Dieser Fall verlangte ihr noch mehr ab, als die meisten anderen zuvor.

Martin Clausen räusperte sich laut.

Aber Hannah machte noch immer keine Anstalten, einer wortlosen Einladung in die Sitzecke zu folgen. Vor ihr war die winzige Küche zu finden. Die bestand aus einem Herd mit zwei Gasflammen und einem Spülbecken, das an eine größere Puppenküche erinnerte. Darin standen zwei Kaffeebecher. Das lösliche Pulver, in dem ein Löffel steckte, stand neben einem kleinen Wasserkocher aus Plastik.

»Es ist halt wie Camping«, rechtfertigte sich Marion Ingwersen. »Immer ein bisschen einfach, aber mein Mann und ich lieben es.«

Hannah langte in die Spüle und umfasste nacheinander beide Becher.

Hinter ihr meldete sich Marion Ingwersen mit nervöser Stimme zu Wort: »Wollen Sie auch einen? Der ist schnell gemacht.«

Hannah drehte sich um und schaute die Frau unverwandt an. »Wo ist Ihr Mann?«

»Hab ich Ihnen doch gesagt: einkaufen! Er kommt bestimmt bald zurück.«

»Und warum stehen da drinnen zwei Becher, die beide noch warm sind?« Hannah zeigte kopfschüttelnd in die Spüle. »Außerdem würde mich noch interessieren, womit Ihr Mann unterwegs ist. Mit 'nem Klapprad?«

* * *

Torben Prüß zeigte sich im Laufe des Verhörs zunehmend auskunftsfreudig. Er redete wie ein Wasserfall, vermutlich in der Hoffnung, dadurch seinen Kopf aus der Schlinge ziehen zu können. »Ehrlich, die beiden Mädels sind total verrückt. Die reden von nichts anderem als Rache und wollen unbedingt diesen Wolfgang Ingwersen finden.«

»Wissen Sie zufällig auch, wie weit die beiden mit ihrer Suche sind?«

»Bis heute Mittag wussten sie nichts über den Kerl. Aber sie wollten noch mal zu diesem Hinnerk.«

Oles Augenbrauen wanderten nach oben. »Und wie soll ausgerechnet der helfen?«

Torben überlegte kurz und nickte dann eifrig. »Auf jeden Fall hat der Typ Mommsen auf dem Gewissen. Der weiß viel mehr, als er zugibt.«

»Das Gefühl hab ich allerdings auch.« Ole fischte sein Handy aus der Tasche, um Hannah anzurufen. Martin Clausen hatte ihn darüber informiert, dass seine Chefin unter der altbekannten Nummer erreichbar war. Es klingelte nicht, sondern die Mailbox ging gleich ran.

Torben langte zum nächsten Rettungsanker, klang dabei erneut weinerlich. »Das mit Ihrer Kollegin tut mir echt leid. Ich wollte das nicht. Jule hat mir gesagt, dass ich sie ...«

»Und was wäre, wenn Jule Ihnen sagt, dass Sie jemanden erschießen sollen? Wird das dann auch prompt erledigt?«

Die erste Antwort war ein Kopfschütteln. Ein verzweifeltes Gesicht wechselte in den Modus ›Übereifrig‹ zurück. »Was wollen Sie noch wissen? Ich sage Ihnen alles, was ich weiß.«

Ole hatte das plumpe Gehabe längst enttarnt und lieferte seine Antwort bewusst nüchtern: »Da hätten wir Angriff auf Vollstreckungsbeamte – was neuerdings mit bis zu fünf

Jahren Haft belohnt wird – und zweifachen Einbruch. Am besten nehmen Sie sich 'nen Anwalt.«

»Mein Chef dreht völlig durch. Ich soll nächstes Jahr vielleicht seine Spedition übernehmen. Er hat sonst niemanden, der's machen will«

»Vielleicht wirkt sich ja Ihr Geständnis mildernd aus«, beschwichtigte Ole, weil Torben Prüß mittlerweile den Tränen nahe war. »Aber ich will Ihnen nichts versprechen. Ein kleinlicher Staatsanwalt könnte den Angriff auf meine Chefin auch als Mordversuch werten.«

»Als Mordversuch? Ich wollte doch nicht ...«

»Das ist egal! Wie gesagt: Sie sollten sich einen guten Anwalt suchen – vielleicht kommt ja Ihr Chef dafür auf.«

51

»Hier ist die Polizei, kommen Sie raus, Herr Ingwersen!« Hannahs Stimme dröhnte durch eine Diele, von der mehrere Türen abzweigten. »Ihre Frau hat uns gesagt, dass Sie sich hier drüben verstecken.«

Tatsächlich hatte Dieter Ingwersen seine unerwünschten Besucher kommen sehen und sich eilig ins Haus seiner angeheirateten Cousine verkrümelt. Was genau der Mann dort wollte, konnte seine Frau allerdings auch nicht erklären.

»Wir wissen, dass Sie hier sind!«, rief Martin Clausen. Auch, um klarzumachen, dass Hannah nicht allein war. »Kommen Sie raus! Noch haben Sie sich nichts zuschulden kommen lassen.«

Rechts öffnete sich eine Tür zentimeterweise. Als die zur Hälfte offen stand, war dahinter nicht nur ein Teil der Küche, sondern auch Dieter Ingwersen zu erkennen.

Der hob demonstrativ die Hände und trat mit winzigen Schritten in die Diele.

Clausen fackelte nicht lange. »Stellen Sie sich mit ausgestreckten Armen und Beinen an die Wand neben der Tür«, befahl er mit lauter Stimme. »Und im Interesse Ihrer Gesundheit sollten Sie lieber auf plötzliche Bewegungen verzichten.«

Hannah zweifelte zwar daran, dass Dieter Ingwersen bewaffnet war, verfolgte das Schauspiel einer Leibesvisitation aber trotzdem aufmerksam.

An deren Ende reckte ihr Sylter Kollege einen Daumen empor. Und er hatte auch eine Frage: »Willst du ihn hier oder im Wohnmobil verhören?«

Hannah zeigte in Richtung Garten. Also zog Clausen den Mann hinter sich her, bis das Trio vor dem Wohnmobil ankam.

Mittlerweile war es stockfinster. Doch Marion Ingwersen hatte die Tür bereits geöffnet und damit für ein wenig Licht gesorgt. Und sie brachte auch eine einladende Geste zustande. »Kommen Sie rein. Wenn Sie wollen, kann ich gern noch mal Wasser aufstellen und Kaffee machen.«

Zwei Minuten später hatten alle Beteiligten auf den Polstern der Sitzecke Platz gefunden. Hannah und Clausen auf der einen, die Eheleute Ingwersen auf der anderen Seite. Die Lampe – ein Teil, dass man durch Ziehen an einem Griff in der Höhe verstellen konnte – flackerte kurz.

»Das ist die Steckdose am Haus«, erklärte Dieter Ingwersen. »Die hat wohl 'nen Wackelkontakt.«

Hannah wollte ganz bewusst auf ein freundliches Vorspiel verzichten und klang entsprechend bissig. »Sagen Sie uns lieber, wo Ihr Bruder steckt!«

Dieter Ingwersen tat zumindest erstaunt. »Woher soll ich das denn wissen? Ich hab ihn zuletzt vor zwanzig Jahren gesehen.«

»Können Sie das bestätigen?«, fragte Hannah. Dem Anschein nach versuchte sie, Marion Ingwersen mit Blicken zu durchbohren. »Stimmt das?«

Die Frau schaute vorsichtig zur Seite und fand dort ihren Mann, der stur nach vorne blickte. Sie zog den Kopf ein und nickte.

Hannah tat nach außen hin, als wäre sie mit der Antwort zufrieden. Dann hob sie von Neuem an: »Sind Sie sich darüber im Klaren, was Ihr Bruder – oder von mir aus auch

Schwager – seinerzeit angerichtet hat?« Die Eheleute mussten sich abwechselnd wütende Blicke gefallen lassen. »Er hat das Leben von vier jungen Mädchen zerstört. Und die Nachwirkungen reichen bis heute!«

Dieter Ingwersen hob den Kopf und schüttelte ihn. »Wie kommen Sie darauf? Für die Sache ist damals doch der Mommsen hinter Gitter gewandert.«

»Wo ist Ihr Bruder?«, fragte Hannah erneut. »Sie erwarten doch nicht ernsthaft, dass ich Ihnen Ihre Lügenmärchen abkaufe, oder?«

»Vielleicht wird es Zeit, Dieter«, flüsterte Marion Ingwersen.

Sie wollte fortfahren, doch ihr Mann packte sie am Arm und fauchte sie an: »Halt gefälligst die Klappe!«

Hannah hatte sich mit Händen und Füßen gleichzeitig unter dem Tisch herausgearbeitet und stand im nächsten Moment davor. Sie forderte Clausen gestenreich dazu auf, ihrem Beispiel zu folgen.

Nachdem das passiert war, schaute Dieter Ingwersen zu den beiden Polizisten empor. Sein Gesicht verhieß nichts Gutes. »Was ist denn jetzt los?«

»Sie warten mit meinem Kollegen draußen – oder wo auch immer«, sagte Hannah. »Ich möchte mit Ihrer Frau allein reden.«

»Das könnte Ihnen so passen! Einen Teufel werden Sie …«

»Martin!« Hannahs Rechte lag auf der Schulter ihres Kollegen. »Bist du so nett?«

Clausen wollte Dieter Ingwersen am Arm packen, doch der schlug seine Hand weg. Und auch der Protest nahm an Intensität zu: »Wir haben nichts verbrochen! Und Sie zwei machen jetzt am besten einen Abflug, oder …«

»Ich entscheide mich fürs ›Oder‹«, entgegnete Hannah übertrieben fröhlich. »Sie sind vorläufig festgenommen,

Herr Ingwersen. Und falls Sie meinem Kollegen nicht freiwillig folgen, dann hilft er gern nach. Das wäre übrigens auch noch Widerstand gegen Vollstreckungsbeamte.«

»Und was jetzt?«, erkundigte sich Marion Ingwersen, nachdem ihr Mann und Martin Clausen das Wohnmobil verlassen hatten. »Was erwarten Sie von mir?«

»Die Wahrheit«, erwiderte Hannah. »Und wenn's möglich ist, nehm ich jetzt gern 'nen Becher Löslichen dazu – mit viel Zucker bitte.«

* * *

Im nicht allzu weit entfernten Westerland glich das Verhör mittlerweile beinahe einer Unterhaltung unter Freunden. Torben Prüß bedankte sich freundlich für einen Becher Kaffee, den Ole ihm entgegenhielt und fragte: »Kann ich sonst noch irgendwas tun, um ...?«

»... nicht im Knast zu landen?«, vervollständigte Ole die Frage. Er kaute eine Weile auf seiner Antwort herum. »Wenn Sie nicht vorbestraft sind und der Richter ein Auge zudrückt, könnte es auf Bewährung hinauslaufen. Immerhin ist niemand ernsthaft zu Schaden gekommen.« Ole schüttelte den Kopf, um sich selbst zu korrigieren. »Davon abgesehen sind Sie immer noch nicht aus dem Schneider, was Hans-Georg Mommsen betrifft.«

»Ich hab den Typen nicht umgebracht! Ich hab Ihnen doch gesagt, dass dieser Hinnerk einen hatte, der's erledigen sollte.«

»Sollte?«

Torben Prüß sah verzweifelt aus. »An dem Tag, als es Mommsen erwischt hat, waren Jule und ich hier auf der Insel unterwegs. Sie meinte, dass wir irgendwo am Strand parken und sie mich ranlässt.«

»Ranlässt?«, wiederholte Ole grinsend. »Geht es dabei um das, was ich denke?«

Torben Prüß nickte eifrig, seine Augen strahlten vor Begeisterung. »Sie ist normalerweise ziemlich verklemmt, aber sie steht auf Rollenspiele. Ich sollte wieder den Leuchtturmwärter spielen und sie ...«

»Ist gut!«, unterbrach Ole lachend. »So genau will ich's gar nicht wissen.«

»Auf jeden Fall wusste ich gar nicht, was hier auf der Insel abgehen sollte. Erst als Jules Handy geklingelt hat und wir plötzlich ganz dringend Andrea abholen mussten, hat's bei mir gedämmert.«

Ole lachte in sich hinein. Was diese Form der Dämmerung bei seinem einfach gestrickten Gegenüber bedeutete, wollte er sich gar nicht bis ins letzte Detail ausmalen. Doch etwas anderes wurde ihm schlagartig klar: Wenigstens Jule Stöver wusste von dem Plan, Hans-Georg Mommsen zu töten. Und vermutlich auch dessen Tochter Andrea, sonst wäre sie wohl kaum freiwillig mitgekommen.

Torben Prüß fuhr stöhnend fort: »Wir haben die letzten Tage zu dritt im Auto gepennt und uns von Brötchen und Kaffee ernährt.«

»Und Sie wollen ernsthaft behaupten, dass Sie nicht wussten, worum es bei dem Einbruch oder bei der Attacke auf meine Kollegin ging, ja? Wollen Sie mich für dumm verkaufen?«

»Am Anfang wusste ich gar nichts, Ehrenwort!«

»Ich hab erst mal genug gehört«, knurrte Ole und klappte sein Notizbuch zu. Kurz darauf stand er auf seinen Füßen.

Torben Prüß schaute ängstlich zu ihm auf. »Und was jetzt? Wie geht's weiter?«

Ole warf einen Blick über die Schulter in Richtung Tür. »Ich hab schon vor unserem Gespräch einen Haftbefehl gegen Sie beantragt.«

»Haftbefehl?«, erklang es panisch.

»Genau! Und der Richter hat mir versprochen, dass es bei der Beweislage schnell geht.«

52

Nach einem fünfminütigen Gespräch, das in erster Linie aus Halbsätzen, Gesten und vielsagendem Schweigen bestand, fasste Hannah den Inhalt gewohnt unkompliziert zusammen: »Ihr Mann deckt seinen Bruder – einen Kinderschänder! – seit zwanzig Jahren und will nicht damit aufhören. Und Sie, Frau Ingwersen, decken alle beide!«

»Ich hab Ihnen alles gesagt, was ich weiß«, flüsterte Marion Ingwersen. »Es gibt andere Dinge, da kann man mit Dieter reden – aber wenn es um seinen Bruder geht, dann ...«

»Er macht sich damit strafbar!« Von Hannahs Seite eine Behauptung, die als Druckmittel dienen sollte. Von Rechts wegen müssen sich Brüder nämlich nicht gegenseitig belasten. Darüber hinaus verfluchte Hannah ihr Temperament, das sie bei diesem Fall nur selten im Zaum hatte. »Und ich will von Ihnen nur eines wissen: Wie kriegen wir Ihren Mann dazu, uns zu verraten, wo sein Bruder steckt?«

Marion Ingwersen schaute zur Tür des Wohnmobils, die unverändert geschlossen war. Ihre Stimme wurde noch leiser. »Ich hab da einen Verdacht.«

Hannah schnappte sich die Hände der Frau, die auf dem Tisch lagen und knetete sie ungeschickt. »Dann raus damit! So schlimm wird's schon nicht werden.«

»Er ist auf Sylt ... irgendwo hier hat er sich verkrochen.«

»Seit zwanzig Jahren! Ohne, dass er jemandem über den

Weg gelaufen ist?« Hannahs Stimme klang entsprechend verwundert. »Ist das Ihr Ernst?«

»In letzter Zeit fährt Dieter immer häufiger weg, sagt mir aber nicht, wohin. Vorgestern ist er noch mal auf Toilette, bevor er losgefahren ist. Da bin ich in die Garage und hab seinen Kofferraum aufgemacht.«

»Um was zu finden?«

»Unsere Reste von Weihnachten«, kam es mit halbem Lachen zurück. »Haufenweise Kekse, Marzipan, zwei Flaschen Wein und …«

»Ist gut«, unterbrach Hannah, für ihre Verhältnisse sogar relativ sanft. »Sie meinen also, dass Ihr Mann seinen Bruder besucht und ihm bei der Gelegenheit ein paar Vorräte mitbringt?«

»Und er ist dafür nie lange weg«, bestätigte Marion Ingwersen. »Auf jeden Fall nicht lange genug, um von der Insel runterzufahren.«

Hannah ließ sich mit ihrer nächsten Frage Zeit. Vorher musste sie die neuen Informationen in eine logische Reihenfolge bringen und herausfinden, ob die bei der Suche nach Wolfgang Ingwersen hilfreich sein könnten. Aber das Ergebnis war nur eine altbekannte Frage: »Haben Sie wirklich keine Ahnung, wo Ihr Schwager stecken könnte?«

Marion Ingwersen schüttelte den Kopf.

Irgendwo hinter dieser ahnungslosen Fassade glaubte Hannah, Halbwissen oder eine böse Vorahnung zu erkennen. Entsprechend energisch legte sie nach: »Ehrlich nicht? Nicht mal den geringsten Schimmer einer Ahnung?«

»Wenn ich es wüsste, würd ich es sagen.«

Hannah nickte, aber das war kein Zeichen von Zufriedenheit. »Und was soll ich jetzt mit Ihrem Mann anstellen? Wie bringe ich ihn zum Auszupacken?«

Marion Ingwersen überlegte einen Moment lang. »Ich kann es noch mal probieren. Wir haben in den letzten Tagen über fast nichts anderes diskutiert. Manchmal hatte ich sogar das Gefühl, dass er's mir endlich sagt.«

»Also soll ich ihn hierlassen? Können Sie mir versprechen, dass das klappt?«

Die letzte Frage sorgte für längeres Grübeln. Das Ergebnis dieser Gedanken war niederschmetternd. »Ich weiß es nicht.«

* * *

»Ich muss Sie vor Frau Lambert warnen«, sagte Martin Clausen. Der hatte sich im Wohnhaus, zusammen mit Dieter Ingwersen in der Diele niedergelassen. »Und das sage ich in Ihrem Interesse: Wenn die sich an jemandem festgebissen hat, lässt sie nicht mehr los.«

»Ihre Frau Lambert kann mich mal!«

»Ich glaube, darauf wird sie verzichten«, erwiderte Clausen gleichgültig. »Und was den Rest betrifft, darf ich Ihnen aus eigener Erfahrung sagen, dass die Wahrheit ohnehin irgendwann ans Licht kommt.«

Dieter Ingwersen hob den Kopf. Im trüben Licht der Diele war sein Gesicht nur schemenhaft zu erkennen. »Ich weiß gar nicht, was Sie mit ›Wahrheit‹ meinen. Was soll das hier werden, ein Ratespiel?«

Clausen fand keine Zeit mehr für eine Antwort, denn Hannah betrat die Diele. Einen Moment lang herrschte eisiger Wind, bis die Tür hinter ihr krachend ins Schloss fiel.

Sie blieb neben ihrem Sylter Kollegen stehen, hielt sich mit einer Hand an dessen Schulter fest und zeigte mit der anderen auf Dieter Ingwersen. »Hat er dir irgendwas gesagt?«

»Nur, dass du ihn mal kannst!«

Hannah ließ ihren Kollegen los und stand kurz darauf

direkt vor Dieter Ingwersen. Der saß auf einem Stuhl und musste zu ihr aufsehen. »Ihre Frau hat uns alles erzählt ...«

»Was hat Sie Ihnen erzählt?«

»Zum Beispiel, dass Sie Ihren Bruder regelmäßig besuchen und ihm Vorräte bringen.«

Ingwersens Kopf fiel herunter, bis sein Kinn von der Brust ausgebremst wurde.

Hannah hoffte schon auf ein Geständnis, doch es kam ganz anders.

»Machen Sie jetzt mit dem Blödsinn weiter? Ich hab Ihrem Kollegen schon gesagt, dass ich keine Lust auf solche Spielchen habe. Und ansonsten kann ich mich nur wiederholen: Ich habe meinen Bruder seit zwanzig Jahren nicht gesehen und weiß nicht mal, ob er noch lebt.« Der Kopf fuhr wieder empor, zwei eiskalte Augen sollten wohl Hannah durchbohren. »Und wenn Sie ansonsten nichts zu sagen haben, wär's nett, wenn Sie einfach verschwinden.«

Clausen war aufgestanden und baute sich neben Hannah auf. »Vielleicht haben Sie's vergessen: Meine Kollegin hat Sie vorläufig festgenommen. Und verlassen Sie sich drauf: Wir können auch ganz anders!«

Hannah lieferte sofort ein Beispiel: »Wir könnten Sie auch in Beugehaft nehmen, bis Ihnen plötzlich doch einfällt, wo sich Ihr Bruder versteckt. Wie wär's damit?« Alles ein Bluff, denn noch fehlte den Ermittlern jede juristische Handhabe. Ein gängiges Problem, wenn es um Verwandte ging, die sich gegenseitig durch bloßes Schweigen schützen durften.

Und Dieter Ingwersen wusste entweder um diesen Umstand oder es war ihm völlig egal, was mit ihm passierte. Er stand auf und streckte Hannah beide Hände entgegen. »Dann machen Sie doch! Hauptsache, Sie lassen mich mit Ihren Sprüchen in Ruhe.«

53

»Wird aber auch Zeit!« schimpfte Ole zur Begrüßung, als Hannah und Martin Clausen dessen Büro im Westerländer Revier betraten. Nach einem Blick auf die Uhr ging es munter weiter. »Es ist fast acht ... wo habt ihr euch denn stundenlang rumgetrieben?«

Hannah benötigte nicht mal zwei Minuten, um ihren Kollegen über die Geschehnisse in Osterende zu unterrichten. Und wie üblich, hatte sie zum Abschluss auch ein Fazit parat: »Wolfgang Ingwersen hat sich hier auf Sylt verkrochen. Wir müssen nur noch herausfinden, wo.«

»Und wo habt ihr dann seinen Bruder gelassen?« Ole schaute seine beiden Kollegen fragend an. »Hab ich was versäumt? Ich dachte, der weiß, wo ...«

Hannah schnitt ihm das Wort ab: »Weiß er auch – glaub ich wenigstens. Aber aus dem Kerl ist nichts rauszukriegen.«

Martin Clausen mischte sich ein. »Wir haben ihn dagelassen, um vielleicht von der Eigendynamik zu profitieren. Hannah hofft, dass ihm seine Frau ab sofort richtig die Hölle heiß macht.«

»Und wenn nicht?«, fragte Ole.

Hannah winkte ab und kam gleich mit dem nächsten Thema daher. »Was hat denn dieser Torben Prüß ausgesagt? Hat er den Mord an Mommsens schon zugegeben?«

»Der war's nicht«, erwiderte Ole beiläufig. »Und bevor

du fragst: Ich glaube ihm. Der ist viel zu blöd, um sich ein Märchen auszudenken.«

»Und wer war's dann?«, wollte Clausen wissen.

»Torben Prüß ist sich sicher, dass Hinnerk Boom für Mommsens Tod verantwortlich ist – also, was eingefädelt hat.« Ole schaute auf und nahm zufrieden zur Kenntnis, dass ihm seine Kollegen aufmerksam lauschten. »Ich hab mal eins und eins zusammengezählt: Unser Hinnerk hat im Knast sicherlich 'ne Menge krummer Vögel kennengelernt. Ralf und ich checken grad jeden einzelnen durch, der in den letzten Monaten auf freien Fuß gekommen ist.«

Hannah nickte zufrieden. »Nicht schlecht, Kollege ... ist schon was dabei rausgekommen?«

»Bis jetzt nicht«, gab Ole kleinlaut zu. Sein Handy klingelte und ersparte ihm eine nähere Rechtfertigung. »Ist Ralf, vielleicht hat er doch was.«

»Dann mach gefälligst den Lautsprecher an«, sagte Hannah. Kurz darauf stand sie vor dem Schreibtisch, hinter dem Ole saß. »Martin und ich wollen mithören.«

Nach kurzer Begrüßung begann Ralf Jansen mit hektischer Stimme: »Der Prospekt von damals hat sich angefunden, in dem es um Mommsen und seine ›Ferien auf dem Bauernhof‹ ging.«

Hannah lehnte sich nach vorne. Ole nahm sein Handy hoch und hielt es ihr entgegen, damit sie am anderen Ende der Leitung besser zu verstehen war. »Und inwiefern soll uns das helfen, Kollege?«

»Vorne drauf sind Mommsen und auch Wolfgang Ingwersen zu sehen – wie's aussieht, in friedlicher Eintracht. Und es ging in diesem Prospekt übrigens nicht nur um Ferien, sondern auch um Strandkörbe.«

Hannah ersparte sich eine Nachfrage. Sie schaute Ole und Clausen abwechselnd an und wischte als Ergebnis eine unsichtbare Mattscheibe vor ihrem Gesicht.

Ralf, der davon nichts sehen konnte, fuhr unbeirrt fort: »Die haben mit den Dingern gehandelt. Außerdem steht in dem Prospekt, dass der Ingwersen gelernter Korbflechter ist.«

Hannah wurde es zu bunt. Sie riss Ole das Handy aus der Hand und hielt es sich ans Ohr. »Das klingt ja alles ganz toll! Können Sie uns jetzt bitte auch noch verraten, inwiefern uns das helfen soll?«

»Ich hab ihn vielleicht gefunden«, kam es kleinlaut zurück.

»Wen gefunden?«

»Wolfgang Ingwersen! Auf jeden Fall hab ich den Werkstattleiter von so einer Strandkorb-Firma aus Rantum beim Abendessen erreicht ...«

Hannah hielt das Handy wieder ein Stück entfernt, damit ihre Kollegen besser mithören konnten. Bei ihrer Nachfrage klang sie ein wenig höhnisch. »Und der hat Ihnen verraten, dass Wolfgang Ingwersen in seiner Firma arbeitet, oder was?«

»Das nicht! Aber er hat gemeint, dass sein Chef schon seit Ewigkeiten einen Helfer beherbergt, der in einer winzigen Bude über der Werkstatthalle wohnt.«

Hannah schaute ihre Kollegen abwechselnd an. Ole saß kerzengerade hinter dem Schreibtisch, Clausen sah aus, als könne er es gar nicht glauben.

»Sind Sie noch dran, Frau Lambert?«

»Natürlich! Konnten Sie auch herausfinden, wer da in der Halle wohnt? Sagen Sie mir am besten, dass es sich tatsächlich um Wolfgang Ingwersen handelt. Dann fahren wir drei gleich los und lassen die Handschellen klicken.«

»Der Chef – ein gewisser Alfred Jochimsen – macht wohl schon seit jeher 'nen Hehl daraus, und in den Papieren taucht der ominöse Helfer auch nicht auf«, erklärte Ralf überhastet. »Aber der Werkstattleiter kennt zumindest den Spitznamen von dem Kerl, mit dem ihn alle ansprechen …«

»Und der wäre? Machen Sie es doch nicht so spannend, Himmel!«

»Wolle.«

* * *

Nach einer Irrfahrt durch Rantum stoppte Andrea Mommsen ihren kleinen Nissan vor einem Wohnhaus in der Hafenstraße, an das eine große Werkhalle anschloss.

»Seid ihr euch sicher, dass der Typ hier wohnt?«, fragte Hinnerk von der Rückbank aus.

Jule, die die Adresse von Alfred Jochimsens Strandkorbhandel schon eine halbe Stunde zuvor gegoogelt hatte, hielt demonstrativ ihr Handy nach hinten. »Hundertprozentig!« Sie zeigte zum Wohnhaus hinüber und las von ihrem Display laut vor: »Strandkörbe seit über dreißig Jahren.«

Hinnerk zeigte durch die Frontscheibe nach vorne und stieß Andrea von hinten an. »Fahr'n Stück weiter und lass mich raus.«

»Sind Sie sicher, dass Sie das allein machen wollen?«

Hinnerk gab keine Antwort. Stattdessen rüttelte er an der Sitzlehne, nachdem der kleine Nissan erneut stoppte.

»Wir warten hier«, brüllte Jule, als sie neben dem Wagen stand, um Hinnerk aussteigen zu lassen. Dessen Aufzug sah erbärmlich aus. Gerade so, als hätte man beim Roten Kreuz einen Kleiderständer dreifach mit Spenden behängt. Trotzdem machte diese Verkleidung Sinn, denn ein eisiger Wind aus Nordwest sorgte gefühlt für einen Hauch von Sibirien.

Hinnerk musste ebenfalls schreien. »Wenn ich in 'ner Viertelstunde nicht zurück bin, fahrt ihr einfach weg. Verstanden?«

Jule nickte, obwohl Andrea und sie unter vier Augen längst etwas anderes besprochen hatten. Aber sich unter diesen Umständen auf einen Streit einzulassen, war überflüssig. Stattdessen beugte sie sich in den Wagen und öffnete das Handschuhfach.

Kurz darauf hielt Hinnerk Hannahs Dienstwaffe und ihren Ausweis in den zitternden Händen.

Jule wagte es, erneut zu fragen: »Sicher, dass Sie die Sache allein erledigen wollen?«

Wieder verzichtete Hinnerk auf eine Antwort. Stattdessen machte er auf dem Absatz kehrt und stemmte sich gegen eine, ausgerechnet in diesem Moment besonders kräftige Bö.

Hinter ihm brüllte Jule: »Nicht vergessen ... der Scheißkerl muss sterben!«

Hinnerk blieb kurz stehen, drehte sich zur Hälfte und nickte. Kurz darauf war er hinter zwei Müllcontainern verschwunden.

54

Nachdem die Adresse von Alfred Jochimsens Strandkorbhandel und eine Verabredung mit dem dortigen Werkstattleiter feststanden, hatten sich die drei Polizisten umgehend auf den Weg nach Rantum gemacht. Weil Hannah rasende Kopfschmerzen hatte, saß Clausen hinterm Steuer. Und der hatte ihren BMW gerade erst vom Parkplatz gelenkt, als Oles Handy klingelte. Der saß auf der Rückbank und reichte es nach einem Blick aufs Display nach vorne. »Das ist unser Revier in Niebüll«, erklärte er dazu.

Hannah nahm das Handy und ließ gleich eine herzerwärmende Begrüßung los: »Was gibt's denn?«

»Ich sitze hier noch immer mit Gunda Ingwersen zusammen«, erklärte eine Kollegin, die über die Freisprecheinrichtung zu hören war. »Sie würde gerne mit Ihnen sprechen.«

»Und warum rufen Sie mich nicht direkt an?«

»Weil bei Ihnen sofort die Mailbox rangeht.«

»War bei mir auch so«, schob Ole kopfschüttelnd dazwischen. »Vielleicht solltest du mal deine PIN eingeben, dann kann man dich auch wieder erreichen.«

Kurz darauf hallte die Stimme von Gunda Ingwersen durch den Wagen. »Hannah?«

»Sitzt hier und hört dich. Aber ich bin nicht allein im Auto ... was ist denn?«

»Meine Mutter hat angerufen und mir erzählt, dass du mit meinem Vater geredet hast.«

»Das stimmt so weit – aber ich kann nicht behaupten, dass er uns bei der Suche nach deinem Onkel geholfen hat. Deine Mutter will aber mit ihm reden, hat die Hoffnung wohl noch nicht ganz aufgegeben.«

Am anderen Ende der Leitung herrschte kurzes Schweigen. Danach fasste sich Gunda hörbar ein Herz. »Mama sagt, er hat sich das Auto von ihrer Cousine geschnappt und ist losgefahren, gleich, nachdem ihr weg wart.«

»Hat deine Mutter auch gesagt, wo er hinwollte?«, fragte Hannah.

Gunda schwieg, aber das war schon Antwort genug.

»Wir sind auf dem Weg nach Rantum und hoffen, deinen Onkel dort zu finden.«

»Heißt das, ihr wisst, wo er sich versteckt?«

»Mehr kann ich dir erst mal nicht sagen«, erwiderte Hannah. Sie wollte verhindern, dass Gunda – bewusst oder unbewusst – Informationen weitergab. »Und du lässt dir am besten von meiner Kollegin einen Tee kochen oder haust dich gleich für ein paar Stunden aufs Ohr.«

»Klingt, als hättest du 'ne lange Nacht vor dir.«

Hannah schaute zu Martin Clausen. Der nickte neben ihr, um diese Vermutung zu bestätigen. »Ich melde mich, sobald ich mehr weiß«, versicherte sie zum Abschluss und beendete das Gespräch kurzerhand.

Von hinten meldete sich Ole zu Wort: »Ich weiß nicht, was ich anstelle der Frau täte.«

»Was meinst du?«, fragte Hannah.

»Wenn mein eigener Vater nicht bereit wäre, für mich einzutreten, und stattdessen all die Jahre seinen Bruder deckt – so ein Scheißkerl könnte mich mal kreuzweise … und zwar auf Lebenszeit!«

»Vielleicht hätten wir ihn doch mitnehmen sollen«, sinnierte Martin Clausen. »Manch einer reagiert ja ganz anders, wenn man ihm die Fragen durch Gitterstäbe hindurch präsentiert.«

Hannah zeigte nach vorne. »Gib Gas! Wenn wir Glück haben und uns nicht zu blöd anstellen, dann brauchen wir ihn gar nicht mehr.«

* * *

Zehn Minuten, nachdem Hinnerk hinter den Müllcontainern verschwunden war, tauchte er neben dem Beifahrerfenster des Nissan wieder auf und klopfte dagegen, als wolle er es einschlagen.

Jule hatte die Beifahrertür noch nicht mal ganz geöffnet, da packte er sie am Arm, zog sie heraus, klappte ihren Sitz nach vorn und plumpste im nächsten Moment auf die Rückbank. Der Kleinwagen geriet mächtig ins Schwanken, kam aber genauso schnell wieder zur Ruhe.

»Was ist denn los?«, fragte Andrea, nachdem Jule wieder neben ihr saß. »Hat's geklappt? Haben Sie ihn gefunden?«

Hinnerk schüttelte den Kopf. Und es folgte auch keine Erklärung, sondern eine gebrüllte Anweisung: »Schmeiß den Motor an und fahr los!«

»Wohin?«, fragte Andrea nach einer Kehrtwende in der Hafenstraße.

»Erst mal Richtung Süden, bis Hörnum.«

Jule drehte sich nach hinten um. »Dürften wir vielleicht erfahren, was passiert ist?«

»Der Scheißkerl hat sich vor 'ner Stunde den Transporter von seinem Chef geliehen und ist damit weg. Der wusste Bescheid und hat sich aus dem Staub gemacht!«

Andrea Mommsen war von der Hafenstraße nach links in Richtung Hörnum abgebogen. Der Motor ihres Nissan protestierte unter vollgaslastigen Strapazen. Gegen den Lärm musste sie anschreien. »Hat er auch gesagt, wo der

Ingwersen hin ist?« Sie zeigte nach vorne. Im gelben Licht der Scheinwerfer tanzten winzige Schneeflocken, die der eisige Wind munter vor sich hertrieb. »Fahren wir deshalb nach Hörnum?«

Neben ihr steckte Jule beinahe zwischen den Sitzen. Mit ihrem wütenden Gesicht wollte sie wohl weiteren Druck auf Hinnerk ausüben.

Aber der hatte nur einen Ausdruck der eigenen Frustration im Programm: »Keine Ahnung!«

55

»Da war vorhin schon ein Kollege von Ihnen hier«, begann Alfred Jochimsen, nachdem dessen Werkstattleiter ihn mit dreimaligem Klingeln vom Sofa geholt hatte. Der alte Mann stand mit verärgerter Miene in seiner offenen Haustür, im Mundwinkel hing eine Tabakspfeife. »Der hat auch nach Wolle gefragt – was wollen denn plötzlich alle von ihm?«

»Was für ein Kollege soll das denn gewesen sein?«, empörte sich Hannah.

Ole stieß sie in die Seite und baute sich danach direkt vor Alfred Jochimsen auf. »Haben Sie sich dessen Dienstausweis genauer angeschaut? War ein Foto von dem Mann darauf zu sehen?«

Alfred Jochimsen – offensichtlich ein Sylter Urgestein mit rauem Charme – schaute verwundert. Seine Frage klang entsprechend griesgrämig: »Willst du mir ans Bein pinkeln, Jungchen? Was weiß ich denn von euren Ausweisen?«

»Wir sollten alle freundlich bleiben«, sagte Martin Clausen, der zwischen Ole und dem Werkstattleiter stand. »War der selbsternannte Kollege allein hier?«

Jochimsen nickte. »Und ihr habt genauso wenig Glück: Wolle hat sich meinen Transporter geliehen und ist damit weg.«

»Was heißt denn ›weg‹?«, fragte Hannah auf übliche Art.

Ole versuchte es mit der freundlichen Variante: »Wir

müssen dringend mit Wolfgang Ingwersen sprechen. Und bevor Sie fragen: Das duldet keinen Aufschub!«

Alfred Jochimsen zeigte auf einen verwaisten Parkplatz, auf dem wohl normalerweise der Firmentransporter stand. Doch sein Werkstattleiter lieferte die Übersetzung: »Sieht so aus, als wäre er tatsächlich weg. Aber wir können gerne in die Halle gehen und nachsehen, ob er doch noch da ist.«

»Ich kann's nicht fassen!«, fluchte Hannah, nachdem der Kontrollgang durch die Halle beendet war. Natürlich, ohne dabei auf Wolfgang Ingwersen zu stoßen.

Mittlerweile standen die Polizisten vor dem Hallentor und schlotterten im eisigen Wind um die Wette. Ole zeigte zum Wohnhaus hinüber, in dem kurz zuvor Alfred Jochimsen und sein Werkstattleiter verschwunden waren. »Glaube nicht, dass die mehr wissen, als sie uns sagen.«

Hannah war in Höchstform. »Trotzdem hat mir Ekel Alfred einiges zu erklären, wenn wir Zeit haben. Wer zwanzig Jahre lang einen Verbrecher versteckt und den unter der Hand bezahlt, hat bei mir nicht mit 'nem Dankeschön zu rechnen.«

Martin Clausen wollte etwas sagen, doch Hannah kam ihm unverändert wutentbrannt zuvor: »Ich dumme Kuh hätt's wissen müssen: Dieter Ingwersen hat seinen Bruder gewarnt und jetzt sind wahrscheinlich beide spurlos verschwunden. Ganz ehrlich: Ich könnte kotzen!«

»Das konntest du nicht ahnen«, hielt Ole gegen. »Wir haben von der Geschichte mit den Strandkörben doch erst viel später erfahren. Du erinnerst dich?«

»Trotzdem!« Hannah wollte nachlegen, doch dieses Mal fiel ihr Martin Clausen ins Wort:

»Mich würde vielmehr interessieren, woher unser Pseudo-Kollege von Ingwersens Versteck hier wusste. Das kann doch kein Zufall sein.«

»Und die Beschreibung von diesem *Kollegen*, die uns Ekel Alfred geliefert hat, trifft für meinen Geschmack am ehesten auf Hinnerk Boom zu«, ergänzte Ole. »Was meint ihr?«

»Den knöpfen wir uns als Nächstes vor«, knurrte Hannah. »Ansonsten müssen wir schleunigst darüber nachdenken, wie's weitergeht.« Sie wartete keinen Vorschlag ab, sondern fuhr gleich fort: »Wir machen die komplette Insel dicht! Den Bahnhof und jeden Hafen, von dem aus auch nur ein Ruderboot ablegen könnte. Ich will, dass keiner von Sylt runterkommt, den wir nicht kontrolliert haben.«

»Dafür brauchen wir aber mehr Leute«, stellte Clausen postwendend fest.

Ole zückte sein Handy und war kurz darauf mit der Einsatzleitstelle verbunden.

Hannah drehte sich in seine Richtung und brüllte beinahe. »Ich will, dass sich unsere Leute in Westerland und sicherheitshalber auch in Niebüll postieren. Und ich will, dass der Hindenburgdamm gesichert wird – falls einer meint, er könnte sich zu Fuß aus dem Staub machen.«

Nachdem das Telefonat beendet war, lieferte Ole überhastet einen Status: »Jeder verfügbare Kollege der Bereitschaft setzt sich in Bewegung.«

»Und ich kümmer mich darum, dass in Westerland kein Zug mehr losfährt, bevor wir alles dichtgemacht haben«, fügte Clausen hinzu. »Außerdem lass ich den Transporter zur Fahndung ausschreiben. Wäre doch gelacht, wenn der nicht bald irgendwo auftaucht.«

Eine besonders heftige Bö brachte die drei Polizisten gleichzeitig zum Wanken. Ole nutzte die Gelegenheit. »Vielleicht sollten wir langsam zurück zum Auto – bevor wir erfrieren.«

Hannah blieb ungerührt stehen und wartete seltsam lächelnd, bis Ole nachfragte. »Was ist denn noch? Worauf wartest du?«

Sie drehte sich mit dem Rücken in den Wind und begann mit einer Stimme, die sich für jeden Horrorfilm geeignet hätte. »Hinter der Sache steckt viel mehr, als wir denken. Ich hab das Gefühl, da deckt ein Scheißkerl den anderen, und wir wissen noch lange nicht, wer von allen das größte Schwein ist.«

Ole, der sich vor Hannah gestellt hatte, um ihr zusätzlichen Windschatten zu spenden, schob sie sanft in Richtung Auto. »Und was jetzt? Mit welchem Verbrecher willst du anfangen?«

Hannah blieb für die Antwort nicht stehen, sondern schaute im Laufen über die Schulter. »Hab ich doch gesagt: Wir knöpfen uns Hinnerk Boom vor. Aber dieses Mal richtig!«

»Heißt das, du willst ihn festnehmen?«

Daraufhin blieb Hannah stehen und drehte sich in seine Richtung. »Du hast doch selbst gesagt, dass er Mommsen auf dem Gewissen hat. Was erwartest du – dass ich ihm dafür 'nen Pfadfinderorden anhänge?«

Ole schob Hannah weiter in Richtung Auto und brüllte gegen den Wind an: »Bisher haben wir nur die Aussage von Torben Prüß. Wenn Hinnerk wie gewohnt auf stur schaltet, wird's nicht einfach, ihm überhaupt was nachzuweisen.«

Hannah blieb vor der Beifahrertür ihres BMW stehen und schaute Ole vielsagend an.

Der winkte ab und zog augenzwinkernd die hintere Tür auf. »Ich weiß: Wenn's richtig hoffnungslos aussieht, fängt bei dir der Spaß erst an.«

56

»Was hat der Strandkorb-Fritze denn gesagt?«, wollte Jule wissen, nachdem Andrea Mommsen ihren Nissan in eine Parkbucht am Ortsrand von Hörnum gelenkt hatte. »Hat er keine Ahnung, wo Ingwersen geblieben ist?«

Hinnerk schwieg kopfschüttelnd und schaute aus dem Seitenfenster. Der Kleinwagen wurde nacheinander von zwei besonders heftigen Böen durchgeschüttelt. Durch die Frontscheibe war kaum mehr etwas zu sehen, denn dort hatte das Streusalz Oberhand gewonnen, nachdem die Scheibenwaschanlage schon seit einigen Kilometern nichts mehr hergab.

Andrea öffnete ihren Sicherheitsgurt und drehte sich nach hinten um. »Haben Sie 'ne Idee, wie's weitergeht?«

Dieses Mal reagierte Hinnerk überhaupt nicht.

Für Jule Grund genug, energisch nachzulegen: »Wenn Sie nicht wissen, wie's weitergehen soll, können Sie auch aussteigen! Ansonsten wär's nett, wenn Sie wenigstens mal das Maul aufmachen.«

Hinnerks Kopf drehte sich wie in Zeitlupe. Als dieser offensichtliche Kraftakt vollbracht war, schaute er die Frauen abwechselnd an. Jule holte schon Luft, aber er kam ihr zuvor: »Dann macht doch allein weiter!« Er langte in beide Manteltaschen gleichzeitig und hielt kurz darauf Pistole und Dienstausweis nach vorne. »Wenn ihr so schlau seid und genau wisst, was zu tun ist, dann könnt ihr mich auch hier rauslassen. Ich komm schon irgendwie nach Hause.«

Andrea und Jule tauschten Blicke. Eine wortlose Diskussion im trüben Licht der Armaturen, die offensichtlich zu keinem wirklichen Ergebnis führte. Dementsprechend ratlos klang Andrea. »Ohne Sie kriegen wir das nicht hin.«

Jule nickte, bewusst oder unbewusst.

»Wir hatten einfach nur Pech«, fuhr Andrea fort. »Der alte Mann hat doch gesagt, dass wir nur 'ne halbe Stunde früher hätten kommen müssen.«

Auf der Rückbank lachte Hinnerk, um eine Lebensweisheit anzukündigen: »Du wirst es noch früh genug lernen: Im Leben reicht manchmal auch 'ne halbe Minute, um alles zu ruinieren. Und davon abgesehen, war das sicherlich alles, aber kein Pech!«

»Was meint er?«, fragte Jule in Andreas Richtung.

Doch die zuckte nur mit den Schultern und wandte sich wieder Hinnerk zu. »Warum war das kein Pech? Glauben Sie, jemand hat Ingwersen gewarnt?«

Hinnerk ließ sich mit seiner Antwort Zeit. Auf den vorderen Sitzen machte sich schon sichtbare Hoffnungslosigkeit breit, als er das Resultat seiner Gedanken von sich gab. »Ich weiß auch, wer ihm geholfen hat, aber ich verstehe nicht, warum.«

Die Frauen tauschten erneut Blicke. Es war Andrea, die mit leiser Stimme eine mögliche Erklärung lieferte: »Wir wollten darüber eigentlich nie wieder reden ...«

»Worüber?«, fragte Hinnerk, weil Andrea stockte.

Und weil sie weiter schwieg, übernahm Jule ihren Part: »Da war noch ein dritter Mann!«

Hinnerk brauchte einen Moment, um diese Information zu verdauen. »Meint ihr jemanden, der sich an euch zu schaffen gemacht hat?« Sein Gesicht verhieß Böses. »Auch an meiner Maja?«

Die Frauen nickten.

Doch das reichte Hinnerk nicht. »Wer ... wer war das Schwein?«

»Ich erinnere mich nicht mehr an alles«, flüsterte Andrea. »Aber ich weiß, dass der immer so 'ne komische Maske getragen hat.«

»Ne Maske?«, wiederholte Hinnerk. Selbst im Zwielicht war erkennbar, dass seine Stirn es mit jedem Waschbrett hätte aufnehmen können. »Was soll das bedeuten? Habt ihr keine Ahnung, wer's gewesen sein könnte?«

Die beiden Frauen schwiegen beharrlich. Doch dann hielt es Andrea nicht mehr aus: »Wir sind uns ziemlich sicher, dass es der zweite Ingwersen war. Gundas Vater. Jule meinte damals, sie hätte ihn am Geruch erkannt.«

»Dieter Ingwersen?« Hinnerk war seine Fassungslosigkeit anzuhören. Wobei mit dieser Information einige, jahrzehntealte Rätsel schlagartig gelöst waren. Deshalb verzichtete er auf weitere Fragen und rüttelte stattdessen an Andreas Rückenlehne. »Schmeiß den Motor an und fahr los!«

»Wohin denn?«, wollte Jule sofort wissen.

»Erst mal Richtung Westerland, ich sag dir schon, wo's hingeht.« Hinnerk langte nach vorne und fand Andreas Schulter. »Aber fahr vorsichtig, Mädchen ... du kannst ja kaum noch was sehen.«

* * *

»Das glaubt uns keiner«, sagte Hannah, von verzweifeltem Lachen begleitet. »Jetzt ist der Kerl, der bis gestern noch sterbenskrank war, auch noch spurlos verschwunden!« Sie stand zusammen mit Ole und Clausen in Hinnerk Booms Pseudo-Wohnzimmer. Die Kegel dreier Taschenlampen wanderten umher. »Kann mir einer von euch sagen, wo der Typ geblieben ist?«

Diese Frage sorgte für doppeltes Schulterzucken.

Hannah war mittlerweile vor dem Bett angekommen und schlug die Decke beiseite.

»Dann müsste er aber ordentlich geschrumpft sein«, spottete Ole. Er fing sich zwar einen giftigen Blick von Hannah ein, fuhr aber gleich fort: »Wir müssen Hinnerk Boom auch sofort zur Fahndung ausschreiben. Und ich wette, der ist zusammen mit den beiden Frauen unterwegs. Wie soll er denn sonst von hier weggekommen sein?«

Der Lichtstrahl aus Hannahs Taschenlampe wanderte wieder an den Wänden entlang und verharrte auf einem Karton, der unter einem der Fenster stand. Daneben lehnte eine Holzplatte an der Wand.

»Ich kann gerne nachschauen, was da drin ist«, bot Ole an. Er war bereits auf dem Weg und klappte kurz darauf die beiden Hälften des Deckels auf. Seine Taschenlampe flackerte. Nach drei Überzeugungsversuchen mit der flachen Hand konnte er sich ein Bild vom Inhalt des Kartons machen. »Sind nur Lebensmittel.« Er ging in die Knie, um nähere Informationen liefern zu können: »Nudeln, Haferflocken ... 'ne riesige Keksdose und Marzipanrohmasse. Die ist wahrscheinlich beim Backen übriggeblieben.«

Im Licht ihrer Taschenlampen wechselten Hannah und Martin Clausen fassungslose Blicke.

Ole hatte sich gerade erst umgedreht. »Was ist denn los? Wollt ihr 'nen Keks abhaben oder warum schaut ihr wie zwei Kühe, wenn's donnert?«

Hannah fand als erste die Sprache wieder. »Kannst du mal nachschauen ... sind da auch zwei Weinflaschen?«

Ole drehte sich wieder um, holte die Keksdose aus dem Karton und stapelte darauf ein paar weitere kleine Pakete.

Es dauerte nicht lange, bis er das Ergebnis dieser neuen Suche präsentierte: »Du hast recht, ganz unten – ist aber nichts Besonderes.« Er schaute Hannah direkt an. »Kannst du mir bitte verraten, woher du das wieder wusstest? Erzähl mir nicht, dass die Vorräte von dir kommen!«

Martin Clausen übernahm die Antwort: »Der Ingwersen war hier.«

Ole hatte sich wieder hochgestemmt und stand neben dem zur Hälfte geleerten Karton. »Welcher von beiden? Der mit den Strandkörben oder ...«

»... der andere!«, vollendete Hannah mit unheilvoller Stimme. Sie zeigte auf das Corpus Delicti aus Pappe. »Vor ein paar Stunden hat mir seine Frau davon erzählt ...«

»... und Hannah hat's mir erzählt«, fuhr Clausen fort. »Wir haben gedacht, die Vorräte wären für Ingwersens Bruder. Bis jetzt!«

»Das ist mir langsam zu hoch«, seufzte Ole. »Was soll denn ausgerechnet Dieter Ingwersen hier gewollt haben? Und was hat der mit Hinnerk Boom zu tun?«

Diese Frage löste zunächst Schweigen aus. Und es war nicht etwa Hannah, sondern Martin Clausen, der zumindest ein vorläufiges Ergebnis präsentierte: »Schätze, wenn wir das herausfinden, ist euer Fall gelöst.«

»Hier hätten wir gleich die nächste Antwort«, vermeldete Ole triumphierend, nachdem er die Vorräte in den Karton zurückgepackt und dessen Deckel notdürftig verschlossen hatte.

»Antwort, worauf?« Hannah stand plötzlich neben Ole und fasste sich mit schmerzverzerrter Miene an den Kopf. Entsprechend mühselig klang ihre Stimme. »Red schon, verdammt!«

Ole zeigte mit dem Strahl seiner Taschenlampe auf einen Aufkleber, der verschmutzt und nur noch zur Hälfte auf dem Deckel vorhanden war. »Da steht zwar nicht sein Name, aber die Adresse von Jochimsens Strandkorbhandel.« Er schaute zu seiner Chefin empor. »Noch Fragen?«

Hannah fasste die neuen Fakten mit unheilvoller Stimme in Worte: »Hinnerk Boom wusste also ganz genau, wo er nach Wolfgang Ingwersen suchen musste.«

»Aber das war bestimmt keine Absicht«, fügte Ole hinzu. »Kann mir nicht vorstellen, dass sein Bruder das so wollte.«

Erneut Hannahs Einsatz. »Auf jeden Fall hat uns die liebe Gunda einiges zu erklären. Und auf eins könnt ihr euch verlassen: Von Lügen und Halbwahrheiten hab ich die Schnauze gestrichen voll!«

57

Hinnerk, der in seinem Aufzug beinahe die komplette Rückbank im Nissan einnahm, hatte sich für ein paar Sekunden zurückgelehnt und die Augen geschlossen. In solchen Momenten spielte ihm sein Verstand mit Vorliebe makabre Streiche. Dabei ging es fast immer um seine Vergangenheit, um glückliche Zeiten. Eine Szene aus diesem früheren Leben – das ihm mittlerweile wie das eines anderen vorkam – hatte sich auf besondere Weise in sein Gedächtnis gebrannt.

Es ging um einen Morgen in der gemeinsamen Küche, an sich nichts Besonderes. Seine Frau machte Frühstück, pfiff dabei einen Schlager von Wolfgang Petry. Vor dem Spiegel im Badezimmer konnte Hinnerk hören, wie Maja – seinerzeit höchstens anderthalb – in ihrem Hochstuhl mitplapperte. Damals hatte er gehofft, seine Tochter müsse sich niemals mit Begriffen wie ›Wahnsinn‹ oder ›Hölle‹ auseinandersetzen. Wie hätte er auch wissen sollen, dass ein anderer dieses Paradies namens Familie ein für alle Mal zerstören würde?

An jenem Morgen hatten sie bis mittags gefrühstückt und sich über die Zukunft unterhalten. Über den Traum von einem neuen, vielleicht größeren Haus. Hatten darüber philosophiert, was Maja wohl irgendwann machen und ob sie auf Sylt bleiben würde, um ihr berufliches Glück zu finden. Es sollte anders kommen …

»Wir sind gleich da«, stellte Jule auf dem Beifahrersitz fest. Sie drehte sich um, weil keine Reaktion folgte und wurde lauter. »Wir sind gleich da! Sind Sie sich sicher, dass der Scheißkerl wirklich in seinem Wohnmobil hockt?«

Hinnerk zuckte erschrocken zusammen. Dieser Kurztrip in die Vergangenheit hinterließ die üblichen Auswirkungen: Sein Herz war schwer und sein Verstand bis ins Mark erschüttert.

Jule hingegen war mittlerweile in Höchstform. »Wie wollen wir vorgehen? Uns den Scheißkerl schnappen und ihn gleich abknallen?«

Hinnerk lehnte sich nach vorne und packte sie an der Schulter, bis sie schmerzhaft aufjaulte. »Wir machen gar nichts, bis er uns verraten hat, wo sein Bruder steckt. Er hat ihn vorgewarnt ... kann mir vorstellen, dass er ihm auch gesagt hat, wo er sich verkriechen soll.«

»Und wenn nicht?«, fragte Andrea vorsichtig nach.

Jule zeigte nach hinten. Zuvor hatte sie ihre Schulter aus der Umklammerung befreit. »Er hat die Pistole! Dann soll er gefälligst auch dafür sorgen, dass das Schwein redet. Sonst erledige ich das eben!«

Andrea schaute zur Seite, konnte sich ein kurzes Schmunzeln nicht verkneifen.

»Was?«, keifte Jule. »Ich will endlich Schluss machen! Oder glaubst du etwa, ich kneif im letzten Moment?«

Für eine Antwort fand Andrea keine Zeit mehr. Dreißig, vielleicht vierzig Meter vor dem Nissan war gerade erst ein Wohnmobil auf den Gungwai in Richtung Sylter Osten abgebogen. Sie zeigte aufgeregt übers Lenkrad: »Ich glaube, wir haben ein Problem.«

»Ist das Ingwersens Kiste?«, fragte Jule. Sie stützte sich auf dem Armaturenbrett ab und versuchte, die beschlagene Windschutzscheibe mit ihrem Jackenärmel zu reinigen. Vergeblich.

Hinnerk steckte komplett zwischen den Sitzlehnen und fluchte: »Himmelherrgott … ich kann von hier hinten kaum was sehen!«

Andrea betätigte die Scheibenwischer, aber das machte alles nur noch schlimmer. Zwischenzeitlich hatte sich das getrocknete Streusalz beinahe auf der gesamten Windschutzscheibe verteilt. »Was soll ich denn machen?«, fluchte sie.

Jule übernahm die Antwort: »Hinterher! Ist wohl kaum ein Zufall, mitten in der Nacht. Ingwersen will türmen.«

»Das da hinten, unter der Plane – ist das ein Boot?«, fragte Andrea, nachdem sie ein Stück aufgeholt hatte.

Und wieder war es an Jule, die Erklärung zu liefern: »Jetzt wissen wir wenigstens, auf welchem Weg er sich verpissen will.«

* * *

Nachdem die drei Polizisten wieder in Hannahs BMW saßen, hatte die sofort zum Handy gegriffen. Aber es dauerte Ewigkeiten, bis über die Freisprechanlage Gundas Stimme erklang, denn sie musste tatsächlich geweckt werden.

Nach einer frostigen Begrüßung legte Hannah gleich los: »Kann es sein, dass du mir was verschwiegen hast?«

»Was denn?« Gundas Nachfrage klang wie eine Mischung aus Angst und Skepsis. Aber auch ein Hauch von Vorahnung war herauszuhören. »Wovon redest du?«

»Von deinem Vater! Kannst du mir erklären, warum der Hinnerk Boom mit Vorräten versorgt?«

»Majas Vater?«, fragte Gunda zur Sicherheit, nach einigem Zögern.

»Ja, Majas Vater!« Hannah hatte sich nach dem Fund in einem Karton längst ihre eigene Geschichte zusammengereimt. Mit Einzelheiten, wie sie abscheulicher nicht hätten sein können. Und auch wenn bisher nichts einen Sinn ergab, war das Ergebnis ihrer Gedanken eine schreckliche Befürchtung. Und die schrie sie beinahe heraus: »Kann es sein, dass dein Vater mitgemacht hat – sich an dir und den anderen Mädchen vergriffen hat?«

Am anderen Ende der Leitung war es totenstill. Während Hannah auf dem Armaturenbrett über dem Handschuhfach herumtrommelte, tauschten Ole und Clausen besorgte Blicke.

»Bist du noch dran?« Hannah schäumte vor Wut.

Zuerst war nur ein schwerer Atemzug zu hören, dann begann Gunda mit leiser Stimme. »Ich weiß es nicht genau ...«

»Was heißt das: Du weißt es nicht genau?«, wiederholte Hannah. »Du wirst dich doch wohl daran erinnern, ob dein Vater ...«

»Er hat mich manchmal hingefahren«, fuhr Gunda beinahe ebenso energisch dazwischen. »Und ich hab dir doch gesagt, dass ich mich an die wenigsten Dinge erinnere.«

»Dann bist du dir also sicher, dass dein Vater nicht dabei war?«

Clausen schaute skeptisch zur Seite. Hannahs abrupter Kurswechsel sorgte offensichtlich für Erstaunen.

»Er hat mich nicht nur hingefahren«, fuhr Gunda nach weiterem Schweigen fort. Von ihrer Stimme war nicht mehr viel übrig. »Und während mein Onkel ... also ... manchmal hat er stundenlang hinter der Scheune geparkt und mich abends wieder mit nach Hause genommen.«

»Redest du von deinem Vater?«, fragte Hannah zur Sicherheit. Neben ihr zog Clausen den Kopf ein, von der Rückbank war Oles schweres Atmen zu hören. »Hast du dich nicht gewundert, was er so lange auf Mommsens Hof zu tun hatte?«

Gundas Antwort ließ erneut auf sich warten. Und sie klang aufgebracht, als sie anhob: »Es war immer nur ein

Verdacht, nicht mehr! Kannst du dir vorstellen, wie es sich anfühlt, wenn der eigene Vater …?« Sie verstummte mitten im Satz.

Hannah hatte die sanfte Variante ihrer Stimme wiederentdeckt. »Ich wollte dich nicht quälen … aber hättest du vorher mit mir drüber gesprochen, wäre alles deutlich einfacher gewesen.«

Ole mischte sich ein, weil Hannah anzuhören war, dass sie eine Auszeit nötig hatte. »Wir haben Ihren Vater und Ihren Onkel zur Fahndung ausgeschrieben. Und wir fürchten, dass sich die beiden von der Insel verdrücken wollen. So wie's aussieht, sind sie mittlerweile in einem Fahrzeug unterwegs.«

»Wohin wollen die denn?«, fragte Gunda.

»Genau das ist der springende Punkt – können Sie sich vorstellen, was die beiden vorhaben?«

Hannah mischte sich wieder ein. »Hast du gar keine Idee? Gibt es vielleicht einen Ort, von dem die Brüder früher mal gesprochen haben? Der muss nicht unbedingt auf Sylt sein, kann auch …«

Gunda fiel ihr ins Wort: »Die Vogelkoje!«

»Das Restaurant in Kampen?«, fragte Ole kopfschüttelnd nach. »Was wollen die denn da?«

Hannah packte ihn am Arm. »Sie meint bestimmt das Vogelschutzgebiet.«

»Als junge Männer haben mein Vater und sein Bruder beide dort gearbeitet. Aber ich wüsste nicht, was sie da heute noch verloren hätten.«

»Sonst noch 'ne Idee?«, fragte Hannah, weil es nicht weiterging. »Verdammt, Gunda … wir müssen die beiden finden, bevor sie sich aus dem Staub machen können.«

»Ich hab mit meinem Vater seit Jahren kein einziges Wort geredet.«

Hannah überlegte. Weiterer Druck würde vermutlich keinen unerwarteten Geistesblitz zur Folge haben. Also fuhr sie sanfter fort: »Dann versuch, wieder zu schlafen. Falls es was Neues gibt, schick ich dir 'ne WhatsApp.«

»Das mit der Vogelkoje ist ziemlich dünn«, sagte Martin Clausen, nachdem das Gespräch beendet war. Dennoch hatte er den Zündschlüssel in der Hand. »Wollen wir uns da wenigstens mal kurz umsehen?«

Von hinten meldete sich Ole. »Kann mir mal einer verraten, was es mit dieser Vogelkoje auf sich hat?«

Während Clausen den Motor startete und losfuhr, drehte sich Hannah nach hinten. »Bis kurz vor dem Zweiten Weltkrieg wurden dort Enten gefangen.«

»Wozu denn gefangen?«

Hannah tauschte einen kurzen Blick mit Clausen, beide lachten. »Um sie zu essen, du Holzkopf. Damals haben die Leute sogar hier auf Sylt teilweise gehungert. Da gab es noch keine Supermärkte mit Tiefkühltruhen und Mikrowellen, in denen man ...«

»Ist gut, ich hab's verstanden!« Ole fiel demonstrativ gegen die Rückbank und war danach mit seinem Handy beschäftigt.

Das sorgte auf Hannahs Seite gleich für neuen Protest: »Kannst du nicht mal für 'nen Moment deine Anwältin vergessen?« Ohne abzuwarten, drehte sie sich wieder nach vorne und zeigte durch die Windschutzscheibe. »Gib Gas, Martin, ich hab ein Scheißgefühl!«

Ole hielt sein Handy nach vorne. »Und ich hab grad mal gecheckt, wie weit es von eurer Vogelkoje bis zum Festland ist. Selbst wenn man von dort den kürzesten Weg rüber nach Dänemark nimmt, sind es immer noch fast zwanzig Kilometer.«

Hannah drehte sich wieder zu ihm um. »Du meinst, wenn einer von der Insel runter will ...«

»… dann sucht er sich dafür bestimmt nicht den weitesten Weg aus. Oder seht ihr Enten-Experten das anders?«

Eine Weile herrschte Schweigen.

Martin Clausen fand zuerst seine Stimme wieder: »Und was jetzt – trotzdem Vogelkoje?«

Hannah lachte kurz auf und zeigte über die Schulter. »Es sei denn, unser Pfadfinder da hinten hat ’ne bessere Idee.«

»Hat er nicht!«, knurrte Ole.

58

»Er will zum Morsumer Kliff«, brüllte Hinnerk gegen den Lärm vom Motor an.

Andrea war dem Wohnmobil gefolgt. Hinterm Golfplatz ging es nach links in Richtung Morsum und am Ende der Ortschaft wieder nach rechts. Kurz hinter dem Parkplatz Nösse bog das Wohnmobil links ab. Danach ging es in holpriger Fahrt weiter, während die Sicht immer schlechter wurde.

»Was will er denn am Kliff?«, schnauzte Jule auf dem Beifahrersitz zurück. »Sich runterstürzen?«

Am Wohnmobil flammten die Bremsleuchten auf. An der nächsten Abzweigung ging es nach links.

»Er will runter an den Strand«, brüllte Hinnerk. »Sich mit dem Boot aus dem Staub machen.«

»Und was jetzt?« Andrea musste das Tempo zwangsläufig verlangsamen. Ihr Kleinwagen hüpfte wie ein Känguru und blieb nur durch ständiges Gegenlenken auf dem Holperweg.

»Er hält an«, stellte Jule fest. »Da vorne steht auch der Transporter von diesem Strandkorb-Fritzen. Ist das zu fassen? Die Brüder sind beide hier!«

Hinnerk packte Andrea von hinten an der Schulter. »Halt an und mach das Licht aus!«

Weiter vorne verloschen die Rückleuchten am Wohnmobil. Als sich kurz darauf die Fahrertür öffnete, erwachten die Lampen im Inneren.

Andrea hatte eine beinahe salzfreie Stelle an ihrer Windschutzscheibe gefunden und stierte hindurch. »Das ist nicht der Ingwersen, das ist seine Frau.«

Im Kleinwagen herrschte für einen Moment Ratlosigkeit. »Was sollen wir denn jetzt machen?«, fluchte Andrea.

»Die Brüder sind beide hier!«, erinnerte Jule. »Von 'ner besseren Chance können wir nicht mal träumen.«

Hinnerk rüttelte an ihrer Sitzlehne. »Dann lass mich raus, verdammt!«

»Was ist mit seiner Frau?«, fragte Andrea ängstlich. »Soll die etwa auch ...?«

Mit lautem Grunzen sorgte Hinnerk für Ruhe. Vor ihm war Jule ausgestiegen und im Begriff, die Sitzlehne nach vorne zu klappen. Doch seine Worte richteten sich an Andrea. »Glaubst du, die ist zufällig hier? Die will ihrem Scheißkerl von Mann helfen!«

Nachdem Hinnerk neben dem Nissan auf seinen Füßen stand und sich schon auf den Weg machen wollte, hielt Jule ihn am zerfransten Kragen seines Mantels fest. Sie schaute nach unten, auf dessen ausgebeulte Taschen.

Hinnerk hatte ihren Blick übersetzt. »Ich hab alles dabei, keine Angst.«

»Und was genau haben Sie vor?«

»Ich bring die Sache zu Ende. Was sonst?«

* * *

»Das kann nur Marion sein«, erklärte Dieter Ingwersen, nachdem ein Stück oberhalb der beiden Männer Scheinwerfer verloschen und kurz darauf ein Dieselmotor verstummt war. Von diesem Moment an diente wieder nur der Mond als spärliche Lichtquelle, die dazu noch von dünnen Wolkenfeldern verdeckt wurde.

»Und wenn sie's nicht ist?«, fragte sein Bruder. »Oder

was ist, wenn sie doch kalte Füße bekommen und die Bullen im Schlepptau hat?«

»Dieter?«, erklang es ein Stück oberhalb der Männer. »Seid ihr hier irgendwo?«

»Siehst du.« In Dieter Ingwersens Gesicht machte sich ein schemenhaftes Grinsen breit. »Ich hab dir doch gesagt, sie kommt.«

»Deshalb müssen wir trotzdem auf die Flut warten ... mindestens noch 'ne Stunde!«

»Dann haben wir zumindest genug Zeit, um mein Boot bis an den Strand zu schleppen.«

»Dieter?«, rief Marion Ingwersen ein weiteres Mal. »Wo seid ihr denn?«

Ihr Mann war noch immer mit seinem Bruder beschäftigt, trotzdem lieferte er endlich eine Antwort: »Wir sind hier unten. Sei vorsichtig ... es geht ziemlich steil bergab.«

Wolfgang Ingwersen sah unverändert skeptisch aus. »Ich weiß gar nicht, wie du dir unseren Abgang überhaupt vorstellst. Wie soll das funktionieren? Verlass dich drauf: Die Bullen suchen überall nach uns.«

»Und ich hab dir versprochen, dass ich uns zwei von der Insel bringe. Also mach dir keine Sorgen: Gerade du solltest wissen, dass ich mich an meine Versprechen halte.«

Schritte waren zu hören, die hangabwärts immer schneller wurden. Am Ende hätte Marion Ingwersen ihren Mann im Dunkeln beinahe umgerannt.

Der packte sie am Anorak und hielt sie fest. »Hast du alles dabei?«

»Alles, was du gesagt hast.« Die Augen der Frau fanden ihren Schwager. Der bequemte sich nicht mal zu einer Begrüßung. Entsprechend klang ihr Fazit: »Ich frage mich immer noch, warum du dem da überhaupt hilfst!«

»Weil er mein Bruder ist!«, stellte Dieter Ingwersen wie selbstverständlich klar.

»Dein Bruder und ein Schwein – das keine Hilfe verdient hat!«

Für eine Antwort blieb keine Zeit mehr. Weiter oben waren erneut Schritte zu hören, dem Klang nach schwerer als zuvor. Plötzlich war im Mondlicht die Silhouette einer absonderlichen Gestalt zu erkennen. Und die verschwendete keine Zeit mit Worten. Die Mündung einer Pistole blitzte auf.

Marion Ingwersen kreischte und warf sich zu Boden, um in Deckung zu gehen. Neben ihr erklang ein Stöhnen, von dem sie nicht wusste, ob es von ihrem Mann oder dessen Bruder stammte.

Ein weiterer Schuss hallte zwischen Morsumer Kliff und Strand, aber offensichtlich ohne neue Auswirkungen. Ausgerechnet in diesem Moment schob sich eine besonders dicke Wolke vor den Mond, die beinahe jedes Licht verschluckte. Noch immer war nicht klar, welcher der beiden Männer von der ersten Kugel getroffen wurde.

Marion Ingwersen hörte die keuchende Stimme ihres Mannes. Aber nur kurz, denn der hatte bereits seinen Bruder am Jackenkragen gepackt und war mit ihm zusammen auf dem Weg in Richtung Strand. Hinter sich vernahm sie ebenfalls Schritte. Zwei weitere Schüsse hallten durch die Nacht. Direkt neben ihrem linken Ohr, denn das beschwerte sich piepend.

Sie hatte fürchterliche Angst, aber mittlerweile war ihr klar, dass der Schütze es nicht auf sie abgesehen hatte. Sie richtete sich ein Stück auf, konnte von ihrem Mann und dessen Bruder jedoch nichts mehr sehen.

Zum gleichen Ergebnis kam in diesem Moment offensichtlich auch der Schütze. »Scheiße ... die sind weg!«

* * *

»Ich glaube, er macht Ernst«, flüsterte Andrea Mommsen. Kurz zuvor war der letzte von insgesamt vier Schüssen gefallen. »Was sollen wir tun? Nachsehen?«

»Wir warten, bis er zurückkommt«, erwiderte Jule. »Oder was hast du vor – im Stockdunkeln hinterher und dir am besten selbst 'ne Kugel einfangen?«

»Du hörst dich immer so an, als hättest du keinen Schiss.« Selbst im Zwielicht war Andrea anzusehen, dass sie über ihre nächsten Worte erst mal nachdenken musste. »Glaubst du, hinterher ist irgendwas anders – egal, was da gerade passiert?«

Jules Stimme hatte sich verändert, klang längst nicht mehr so selbstsicher. »Ich hab keine Ahnung. Aber wenn wir's herausfinden wollen, muss vorher was passieren.«

Für eine Antwort fand Andrea keine Zeit mehr. Hinter dem Nissan tauchten Scheinwerfer auf.

»Wer ist das denn?«, fragte Jule noch relativ unbekümmert. Sie drehte sich nach hinten um und genau in diesem Moment erwachte dort ein blaues Blitzlichtgewitter. »Scheiße, das sind die Bullen!«

Andrea saß wie gelähmt hinterm Lenkrad und brachte nicht mal ein Wort heraus.

»Schmeiß den Motor an!«, kreischte Jule neben ihr. »Wir müssen weg!«

Wie ferngesteuert umschlossen Andreas Finger den Zündschlüssel und drehten ihn herum. Weiter vorne stand das Wohnmobil und versperrte jeden Weg. Wenn überhaupt, blieb also nur die Flucht nach hinten. Sie schob den Rückwärtsgang herein, der sich freundlich knirschend für den rüden Umgang bedankte. Als sie dann die Kupplung loslassen wollte, war im Rückspiegel schon das Gesicht vom Fahrer des Streifenwagens zu erkennen. Es machte keinen Sinn mehr.

»Warum fährst du denn nicht?«, brüllte Jule. Eine Fortsetzung fiel aus, denn neben ihr wurde die Beifahrertür aufgerissen.

»Motor aus und Hände hoch! Sofort!«

59

Hannah und ihre Kollegen hatten es trotz rasender Fahrt nicht mal bis Kampen geschafft, als sich der Schichtleiter aus dem Westerländer Revier über Martin Clausens Funkgerät meldete. Nachdem klar war, dass die Ingwersen-Brüder ihre Flucht vom Morsumer Kliff aus antreten wollten, ging es mit unverändert rasantem Tempo in die entgegengesetzte Richtung.

»Wenigstens sind die Straßen leer«, stellte Hannah beiläufig fest. Gerade erst war Clausen hinter Keitum in den Sylter Osten abgebogen. »Gib Gas, Martin ... ich will nicht, dass uns die Scheißkerle durch die Lappen gehen.«

Von hinten meldete sich Ole, der gerade erst ein längeres Telefonat mit der Einsatzleitstelle beendet hatte. »Drüben auf dem Festland verteilen sich unsere Kollegen vom Rickelsbüller Koog bis runter zum Staubecken – da kommt keiner ungesehen durch. Und unsere dänischen Kollegen stehen von der Grenze bis hoch nach Hoyer Wache.«

»Die beiden Brüder sind zu Fuß unterwegs, bis zum Festland brauchen die Stunden«, gab Clausen zu bedenken. Der hatte gerade mit hundertzwanzig Sachen den idyllischen Ort Archsum durchquert. Unverändertes Tempo vorausgesetzt, würde man in höchstens fünf Minuten den Ort des Geschehens erreichen.

»Was ist mit dem Hindenburgdamm?«, erkundigte sich Hannah gereizt.

Trotzdem hatte Ole seine Stimme gut im Griff. »Vom Festland aus sind mindestens zehn Streifenwagen unterwegs, die alles dichtmachen.«

Hannah drehte sich nach hinten. »Die sollen schön ihre Lichtorgeln anlassen. Ingwersen und sein Bruder dürfen gern wissen, dass ihnen keine Fluchtmöglichkeit bleibt. Vielleicht stellen sie sich freiwillig und das Theater hat endlich ein Ende.«

Ole nickte. »Wenn's gut läuft, startet einer der Hubschrauber, die du haben wolltest, jede Minute in Kiel. Der zweite steht in der Werkstatt.«

»Festhalten!« Unmittelbar nach dieser Warnung bog Martin Clausen – beinahe, ohne das Tempo zu verlangsamen – in Richtung Morsumer Kliff ab. Als der BMW auf sandigem Untergrund wieder Halt fand, hatte der gebürtige Sylter eine Weisheit für seine Kollegen parat. »Wenn sich eure beiden Brüder bei auflaufendem Wasser ins Watt trauen, dann braucht ihr euch keine Hoffnungen zu machen.«

»Was meinst du?«, fragte Hannah nach einem Blick zur Seite.

»Das ist schon bei Tageslicht lebensgefährlich. Aber nachts, wenn du schnell jegliche Orientierung verlierst, dann ...«

»Du meinst, die beiden überleben ihre Flucht nicht?«

Clausen gab keine Antwort. Vor einer T-Kreuzung blieb er stehen, schaute zuerst nach rechts, dann nach links und bog in die Richtung ab, aus der zahlreiche Lichter zu erkennen waren. Danach zeigte er durch die Windschutzscheibe nach vorne. »Wenn ihr mich fragt, wissen wir jeden Moment, was Sache ist.«

* * *

Kurz nach dem ersten, war noch ein zweiter Streifenwagen aufgetaucht. Dessen Besatzung, zwei bärenhafte Uniformierte, die ihre Pistolen im Anschlag hielten, stürmten den Hang hinunter. Unterdes mussten es sich Andrea und Jule auf der Rückbank des ersten Streifenwagens gemütlich machen – zwangsweise und in Handschellen.

»Ich hab den einen Polizisten reden hören«, flüsterte Jule, obwohl das gar nicht nötig war, denn die beiden Frauen hatten den Wagen für sich. »Wenn ich mich nicht verhört hab, waren Gundas Vater und ihr Onkel tatsächlich zusammen unterwegs.«

Andreas Stirn lag in Falten. »Heißt das, der Boom hat sie vielleicht beide erwischt?«

»Oder keinen von beiden.« Jule schaute nach vorne, denn dort krächzten in regelmäßigen Abständen Funksprüche aus dem Lautsprecher. »Ich glaube, gleich wissen wir's.«

»Wieso?« Andrea folgte dem Blick ihrer Freundin und fand die Lösung. Im Licht der Scheinwerfer war Hinnerk Boom zu erkennen. In Handschellen, hangaufwärts unterwegs und flankiert von den beiden stämmigen Uniformierten.

»Die lassen uns bestimmt nicht zu ihm«, zischte Jule. »Wie sollen wir rausbekommen, ob er was erreicht hat?«

Auch die Antwort auf diese Frage ließ nicht lange auf sich warten. Die beiden Uniformierten blieben im Licht der Scheinwerfer stehen und zwangen damit auch Hinnerk zu einer Vollbremsung. Der lehnte sich nach vorne und fand die beiden Frauen auf der Rückbank des Streifenwagens. Das Resultat war ein träges Kopfschütteln.

Für sich gesehen nicht viel, aber es reichte, um Jule einen wütenden Kommentar zu entlocken: »Scheiße! Der Blödmann hat's versaut!«

Von hinten näherte sich ein weiteres Scheinwerferpaar. Sämtliche Türen an einem BMW flogen gleichzeitig auf.

Andrea drehte sich um und sah die kleine Polizistin, die sie bereits kannte, und die mit langen Schritten auf ihre Kollegen zueilte. »Ich glaub, jetzt wird's unangenehm.«

»Wieso?«, fragte Jule. »Wir haben doch nichts getan. Oder ist es auf Sylt etwa verboten, nachts herumzufahren?«

Andrea zeigte nach rechts. »Kannst du dich an die Frau erinnern?« Die Polizistin war direkt neben der hinteren Beifahrertür stehen geblieben und diskutierte lautstark mit ihren Kollegen. »Wie heißt die noch?«

»Lambert! Aber die muss uns erst mal was nachweisen.«

* * *

»Wo sind die Brüder geblieben?«, fragte Hannah ohne Umschweife, nachdem sie ihre uniformierten Kollegen hinter sich gelassen hatte und vor Hinnerk Boom ankam. »Na los ... reden Sie schon! Oder wollen Sie etwa, dass die beiden ungeschoren davonkommen?«

Hinnerk schüttelte den Kopf und zeigte mit Blicken in die Dunkelheit Richtung Wattenmeer. Ansonsten schwieg er.

»Meine Kollegen sagen, sie hätten Schüsse gehört. Kann es sein, dass die aus meiner früheren Dienstwaffe stammten?«

Hinnerk zeigte über die Schulter. »Die hab ich weggeworfen, als Ihre Terrier im Anmarsch waren. Man weiß ja nie ...«

Hannah wollte schon fortfahren, brachte aber keinen Ton mehr heraus. Was daran lag, dass ein weiterer Uniformierter hangaufwärts auf sie zukam, zusammen mit Marion Ingwersen. »Was hat denn die Frau hier verloren?«

Hinnerk hatte die Antwort darauf: »Tun Sie doch nicht so blöd – die wollte ihrem Mann und ihrem Schwager bei der Flucht helfen.« Ihm war anzuhören, dass er seine

Emotionen nicht mehr kontrollieren konnte. »Wird vielleicht Zeit zu kapieren, dass Sie's nur mit Wahnsinnigen zu tun haben.«

»Da haben Sie allerdings recht!« Hannah drehte sich um, war auf der Suche nach Ole.

Der unterhielt sich mit zwei Kollegen in Uniform, während Martin Clausen sich auf dem Beifahrersitz des ersten Streifenwagens niedergelassen hatte. Offensichtlich, um den beiden Frauen darin ein paar erste Fragen zu stellen.

Für Hannah stand also auch weiterhin nur Hinnerk Boom als Gesprächspartner zur Verfügung. »Was meinen Sie ... sind die beiden wirklich mitten ins Watt?«

»Kann sein, dass ich einen getroffen hab«, erklärte Hinnerk nach kurzem Zögern. »Und wenn, würd's mich auch nicht stören.«

»Und Sie haben keine Ahnung, wo die danach hin sind?«

Hinnerk blickte stur geradeaus in die rabenschwarze Nacht, seine Hände waren auf dem Rücken fixiert. »Ich weiß genauso viel wie Sie. Und ich kenne die Ecke hier gut genug, um zu wissen, dass wir auf die Antwort mindestens bis Sonnenaufgang warten müssen. Wahrscheinlich länger, wenn man bedenkt, wie viele Brocken hier im Schlick rumliegen, die man leicht für was Anderes halten kann.«

Hannah machte einen Schritt nach vorne. Ein Beobachter hätte fast glauben können, sie wolle sich an Hinnerks Seite kuscheln, doch sie blieb auch bei ihrer nächsten Frage auf Mindestabstand. »Was meinen Sie – kann das einer überleben?«

»Sie meinen, quer durchs Watt bis zum Festland?«

»Genau das meine ich ... bin nicht allzu häufig hier.«

Hinnerk überlegte kurz. Das Ergebnis dieser Gedanken sorgte für ein Grinsen. Er hob den Kopf, als würde er etwas wittern wollen. »Hören Sie das?«

»Was höre ich?«

»Das Wasser kommt«, erklärte Hinnerk. Gerade so, als würde er über ein gefräßiges Monster sprechen. Dazu passten auch seine nächsten Worte. »Mich hat schon mein Opa gewarnt: Die Flut bringt jeden um – Schwimmer oder Nichtschwimmer!«

60

Eine halbe Stunde später brachte Ole seine Kollegen auf den neuesten Stand: »Der Hubschrauber muss bald umdrehen und sich auf den Rückweg nach Kiel machen.«

Man hatte sich an der höchsten Stelle des Morsumer Kliffs versammelt und beobachtete von dort das Geschehen. In der Entfernung war das Wuppern von Rotorblättern zu hören. Der Hubschrauber überflog gerade weit entfernt den Hindenburgdamm in nördliche Richtung, die Suchscheinwerfer aufs Wasser der Nordsee gerichtet, das nach sechs Stunden Ebbe mit urgewaltiger Kraft zurückkehrte.

Ole zeigte in die Runde. Die Sicht war aufgeklart, selbst die weit entfernten Einsatzleuchten auf dem Festland waren zu erkennen. Der Hindenburgdamm sah wie eine Lichterkette mit blauen Lämpchen aus. »Egal, wo die an Land wollen, die gehen uns nicht durch die Lappen.«

Martin Clausen hatte noch eine Ergänzung auf der Zunge. Dabei zeigte er über die Kante des Kliffs auf den schmalen Strand darunter, über den noch immer die Lichtkegel zahlreicher Taschenlampen wanderten. »Wir haben Fußspuren gefunden, die nach Nordosten, mitten ins Watt führen – und Blutspuren! Wir können wohl davon ausgehen, dass die Ingwersen-Brüder verrückt genug waren, den falschen Notausgang zu wählen. Was meint ihr?«

»Die waren in Panik«, kommentierte Hannah, allerdings

ohne jedes Mitgefühl in der Stimme. »Im Kugelhagel würd ich auch nach der erstbesten Möglichkeit greifen.«

»Und was jetzt?« Ole warf einen verstohlenen Blick auf sein Handy. »Ändert es was, wenn wir uns hier zu dritt die Beine in den Bauch stehen?«

Hannah hatte den Hinweis verstanden und klopfte ihrem Kollegen auf die Schulter. »Du hast doch nicht mal ein Auto, Junge.«

Ole zeigte auf einen der Streifenwagen, vor dem zwei Uniformierte standen. »Die fahren gleich los und könnten mich in Westerland absetzen.«

Hannah nickte und schaute Martin Clausen an, dessen schräges Grinsen eigentlich schon alles sagte. Trotzdem ließ sie sich einen Kommentar nicht nehmen: »Nach dieser Nacht ist morgen Ausschlafen angesagt. Martin und ich sorgen nur noch dafür, dass die Arrestzellen in Westerland nicht leer bleiben und machen danach auch Feierabend.«

»Was heißt denn ausschlafen?«, erkundigte sich Ole nach einem weiteren Blick in Richtung Streifenwagen.

»Von mir aus kannst du auch noch in Ruhe mit ihr frühstücken. Aber sorg gefälligst dafür, dass sie vor lauter Schmetterlingen nicht unsere Vereinbarung vergisst!«

Ole war schon auf dem Weg, da rief ihm Martin Clausen noch etwas hinterher: »Und falls du doch Hilfe brauchst, ruf an!«

Als sich der Streifenwagen mit einem überglücklichen Ole auf der Rückbank in Bewegung setzte, versuchte es Hannah mit einem Ratschlag an ihren Sylter Kollegen. »Glaub mir, Martin: Solche Frauen sind nichts für dich.«

»Und woher willst ausgerechnet *du* das wissen?«

Hannah zeigte dem Streifenwagen hinterher, der jeden Moment aus ihrem Sichtfeld verschwinden würde. »Und zu ihm passen sie übrigens auch nicht – aber er muss sich wohl noch die Hörner abstoßen.«

»Am besten fangen wir an, sonst kommen wir nie ins Bett«, knurrte Clausen schlecht gelaunt. »Ist vielleicht auch besser, dass auf mich keine erlebnishungrige Raubkatze wartet – zumindest heute nicht.«

Hannah holte schon Luft, als sie von einer Meldung aus Clausens Funkgerät gestoppt wurde.

»Der Hubschrauberpilot meint, dass er was gesehen hat«, krächzte es aus dem Lautsprecher.

Hannah riss ihrem Kollegen das Funkgerät vom Gürtel. »Wo?«

»Beim letzten Überflug, gar nicht so weit von euch entfernt«, kam es blechern zurück. »Aber das war das letzte Mal ... jetzt geht's zurück nach Kiel.«

Hannah hatte bereits die Sprechtaste gedrückt, ließ sie aber kopfschüttelnd wieder los.

»Und wie soll uns das jetzt helfen?«, fragte sie Clausen, der vor ihr stand und schräg grinste. Nach so vielen Jahren im Polizeidienst wussten erfahrene Beamte um den alltäglichen Wahnsinn.

»Ich hab keine Ahnung, Hannah. Aber wenn du mich fragst, kommen unsere Kollegen ab sofort auch ohne uns ganz gut klar. Gregersen aus Niebüll ist schon ganz geil auf die Einsatzleitung. Meint wohl, er kann sich hier 'nen tiefgefrorenen Orden verdienen.«

»Der soll lieber aufpassen, dass er keine nassen Füße bekommt«, erwiderte Hannah lachend. Sie schaute dem Hubschrauber hinterher. Dessen blinkende Lichter verabschiedeten sich in Richtung Südwesten. Das Wuppern der Rotorblätter wurde von Sekunde zu Sekunde leiser. Also reichte von Hannahs Seite ein Flüstern: »Ich weiß nicht, was ich von der Sache halten soll.«

»Was meinst du damit genau?« Martin Clausen hatte kurz zuvor auf freundschaftliche Art einen Arm um Hannahs Hüften gelegt und schob sie mit sanfter Gewalt nach vorne in Richtung BMW. Plötzlich wurde er langsamer. »Redest du immer noch von Ole und seiner Italienerin?«

»Ich rede von unserem Fall! Wenn du mich fragst, wissen wir längst noch nicht alles über die ganze Geschichte von damals. Und verlass dich drauf: Je tiefer wir graben, desto widerlicher wird es.«

Die beiden waren am Wagen angekommen, Clausen hielt Hannah die Beifahrertür auf. »Und was soll das heißen? Willst du deshalb deine Schaufel wegwerfen?«

»Da solltest du mich aber besser kennen, Martin!«

»Eben ... und wenn ich überhaupt jemandem zutraue, die ganze Wahrheit herauszufinden, dann bist das du.«

Hannah hielt sich an der Tür fest und wartete, bis ihr Kollege den Wagen umrundet hatte. »Ich weiß nicht, ob ich das als Kompliment auffassen soll. Es klingt irgendwie nicht so.«

»Das kannst du von mir aus auffassen, wie du willst. Aber wenn du jetzt nicht endlich den Schnabel hältst und einsteigst, dann lass ich dich hier bei Wind und Wetter stehen und fahr allein.«

61

»Du bist erst mitten in der Nacht gekommen«, stellte Gertrud Lambert am nächsten Morgen beim Frühstück griesgrämig fest. »Hast du denn überhaupt ein bisschen geschlafen?«

Hannah nickte. Den nächsten Satz ihrer Mutter hätte sie beinahe wortwörtlich vorhersagen können.

»Kannst du mir dann auch noch verraten, warum du 'ne Mütze beim Frühstück trägst? Frierst du ... soll ich die Heizung hochdrehen?«

Ohne ein Wort zu sagen, zog sich Hannah ihre Wollmütze vom Kopf und schleuderte sie auf die Küchenbank.

Ihre Mutter bekam spontan Stielaugen. »Was ist denn unter dem Pflaster?«

Hannah bestrich seelenruhig weiter eine Brötchenhälfte mit Butter, packte zwei Scheiben Käse darauf und biss ein viel zu großes Stück ab. Für ihre Antwort wäre unter anderen Umständen ein Dolmetscher erforderlich gewesen. »Nichts Besonderes.«

»Also hatte ich recht: Irgendwann kommst du bei deinem Job unter die Räder. Und wenn es ganz dicke kommt, sitze ich hinterher mit Felix allein da.«

Hannah hatte heruntergeschluckt. »Wo du gerade von ihm sprichst: Wir müssen demnächst zusammen zum Anwalt.«

»Warum?«

»Wenn Felix sein Erbe ausschlagen soll, müssen wir beide unterschreiben.«

Über Gertrud Lamberts Gesicht huschte ein kurzes Lächeln. Aber nicht lang genug, als dass Hannah es hätte zur Kenntnis nehmen können. »Darf ich erfahren, warum du deine Meinung plötzlich geändert hast? Hat das was mit deinem Exmann zu tun?«

Hannah hatte ein weiteres Mal von ihrem Brötchen abgebissen und lieferte die Antwort mit vollem Mund. »Du hast doch selbst gesagt, dass wir das Geld nicht brauchen.«

»Trotzdem! Es muss doch einen Grund haben, warum du ...«

»Wieso spielt das plötzlich 'ne Rolle?«, hinterfragte Hannah. »Alles passiert, wie du es wolltest – und siehe da: Du bist trotzdem nicht zufrieden.« Sie lachte kurz auf, aber das hatte nichts mit Freude zu tun. »Und ich, für meinen Teil, hab endlich verstanden, dass sich daran nie was ändern wird.«

Das Gesicht ihrer Mutter blieb zwar unbewegt, nahm allerdings eine gesunde Farbe an. Schweres Atmen kündigte die nächste Widerrede an. »Wenn du Gianni Lorenzo und die Vergangenheit nicht endlich hinter dir lässt, dann wird sich für dich niemals etwas ändern. Das sieht Gerd übrigens genauso. Und der muss es wohl wissen, ist ja schließlich dein Chef.«

Hannahs Blick wanderte über den Küchentisch. »Hast du dieses Mal keinen gekochten Schinken mitgebracht?«

Die Stimme ihrer Mutter bebte. »Du musst damit aufhören!«

Hannah hob den Kopf und schaute sie direkt an. »Wieso? Du hast doch gesagt, der wäre fettarm.«

Gertrud Lambert wollte schon von Neuem ausholen, als Hannahs Handy sie davon abhielt.

»Da muss ich ran!«

Am anderen Ende meldete sich Hartmut Gregersen, seines Zeichens Revierleiter in Niebüll. »Wir haben die beiden gefunden.«

»Wen habt ihr gefunden?« Hannah stellte sich bewusst doof unwissend. Gregersen gehörte schon seit ihrem ersten Tag in Niebüll keinesfalls zu ihren dortigen Favoriten. Hinter vorgehaltener Hand bezeichneten ihn die meisten Kollegen als Arschkriecher. Und das war noch eine der harmloseren Bezeichnungen.

»Dieter Ingwersen hat man vor ’ner Stunde auf halber Höhe vom Hindenburgdamm aus dem Wasser gefischt. Mit ’nem Steckschuss im Bein«

»Und sein Bruder?«

»Der hat’s ein Stück weiter geschafft: Aber gleich die nächste Ebbe hat ihn vorm Rickelsbüller Koog im Schlick liegen lassen.«

»Muss ich fragen?«

Gregersen lachte. »Brauchst du nicht – beide mausetot!«

* * *

Nicht weit entfernt, im Hotel ›Stadt Hamburg‹ stand ein gemeinsames Luxus-Frühstück kurz vor seinem Ende. Ole hatte Francesca mitten in der Nacht aus dem Bett geklingelt und war – nach ein paar Küssen und Streicheleinheiten – in Ihrem Arm eingeschlafen.

Nach der Intensivierung der deutsch-italienischen Beziehungen und einer gemeinsamen Dusche saßen die beiden schon länger im Frühstücksraum des Hotels. Gerade erst hatte der Kellner zum dritten Mal Kaffee nachgeschenkt und sich mit den leeren Tellern davongemacht, da nutzte Ole die Gelegenheit. »Wann geht eigentlich dein Rückflug?«

»Heute Abend«, erwiderte Francesca wortkarg. Danach verzog sich ihr Gesicht sorgenvoll.

»Was ist denn plötzlich mit dir?«, fragte Ole, noch relativ unbekümmert.

»Ich glaube nicht, dass du wissen willst, welche Probleme in Italien auf mich warten.«

»Wieso Probleme?« Ole streckte seine rechte Hand aus und wartete geduldig, bis eine andere, mit rot lackierten Nägeln, darin lag. »Sei nicht böse, aber solche Andeutungen muss ich mir den ganzen Tag anhören. Kannst wenigstens *du* ein bisschen konkreter werden?«

»Meine Mandanten sind es nicht gewohnt, dass die Gegenseite Forderungen stellt – und ich übrigens auch nicht.«

Ole hatte seinen Frohsinn noch nicht vollständig eingebüßt und lachte. »Dann werden die sich in Hannahs Fall wohl dran gewöhnen müssen.«

»Klingt toll, aber das Risiko trage ich«, flüsterte Francesca nach einem Blick über die Schulter. Bevor sie fortfuhr, zog sie ihre Hand zurück. »Und wenn ich deiner Chefin tatsächlich verrate, wo sie ihren Exmann findet, dann darf niemals herauskommen, dass der Tipp von mir kam.«

»Weil sonst was passiert?«, fragte Ole vorsichtig nach. Doch er erntete nur ein Kopfschütteln. Und weil dieses Thema höchstens dafür geeignet war, die Stimmung nachhaltig zu verderben, versuchte er es mit einem anderen. »Wohnst du eigentlich direkt in Neapel?«

Diese Frage sorgte für Erstaunen und ein Lächeln dazu. »Wieso fragst du? Willst du mich besuchen?«

»Man soll's kaum glauben: Ich hab gelegentlich auch Urlaub. Und wenn ich rechtzeitig buche, kostet mich der Flug nur'n Trinkgeld.«

Francesca war anzusehen, dass sie es immer noch nicht glauben konnte. Und weil ihr offensichtlich keine Antwort einfiel, fuhr Ole einfach fort: »Ich besuche dich natürlich nur, wenn du Interesse daran hast. Falls nicht, kann ich auch … ich hab meiner Oma versprochen, dass ich ihr im nächsten Urlaub beim Tapezieren helfe. In ihrem Wohnzimmer sieht's noch wie bei Kriegsende aus.«

»Ich habe gedacht, das mit mir wäre für dich nur ein Abenteuer gewesen. Ich bin fast doppelt so alt wie du.«

»Ein Abenteuer?«, wiederholte Ole. »Wer hat hier denn wen verführt? Und so professionell wie du das angestellt hast, hab ich gedacht, es wäre anders herum.«

»Glaubst du denn, deine Oma kann notfalls noch ein bisschen länger mit ihrer alten Tapete leben?«

»Klar! Die freut sich viel mehr, wenn ihr Prachtenkel glücklich ist.«

»Glücklich«, wiederholte Francesca. Ihr nachdenklicher Gesichtsausdruck kündigte eine Offenbarung an. »Nach dem Studium hat man mir sofort einen Job in der größten Anwaltskanzlei Neapels angeboten. Seitdem bin ich das halbe Jahr auf Reisen ...«

»Und was fängst du mit der anderen Hälfte an?«

»Die verbringe ich hauptsächlich hinterm Schreibtisch. Wenn ich tatsächlich mal frei habe, sitze ich zu Hause und bin in erster Linie müde ... und einsam«, kam es flüsternd hinterher.

»Ausgerechnet eine Frau wie du!«, empörte sich Ole künstlich. »Du könntest doch an jedem Finger zehn Männer haben. Was rede ich – zwanzig!«

Francesca nickte, sah dabei aber unverändert traurig aus. Das Ergebnis ihrer Gedanken war ein völlig überraschendes Angebot: »Ich könnte auch noch zwei oder drei Tage länger in Deutschland bleiben. Dafür müsste ich nur meinen Chef anrufen und sagen, dass ich noch ein bisschen Zeit brauche, weil sich Frau Lambert widerspenstig zeigt.«

»Das glaubt dir jeder!«

Francesca lachte zum ersten Mal seit langer Zeit herzhaft. »Und ich müsste mich hier mal in der einen oder anderen Boutique nach was Hübschem umschauen – notgedrungen.«

Ole warf einen Blick auf seine Uhr. »Das passt gut. Hannah wartet bestimmt schon auf mich.«

»Heißt das, du bist einverstanden?«, kam es mit gespielter Schüchternheit zurück, als er bereits vor dem Tisch stand.

»Ausnahmsweise – und nur, weil du es bist.«

62

Im Revier in Westerland hatte Hannah sofort das Büro von Martin Clausen und dessen Schreibtisch annektiert. Von dem Kollegen war auch kurz vor Mittag noch nichts zu sehen. Der nahm das mit dem Ausschlafen wohl wörtlich.

Die letzten beiden Stunden hatte Hannah beinahe ununterbrochen telefoniert und nebenbei auf einem Block vermeintliche Fakten notiert, die – egal wie sie es drehte – einfach keinen Sinn ergeben wollten.

Es klopfte an die Tür, kurz darauf stand Ole mitten im Büro. Anstelle einer Begrüßung kam eine Frage: »Hast du's schon gehört?«

Hannah nickte. »Beide tot!«

Ole schaute seine Chefin prüfend an. »Klingt nicht so, als hättest du Mitleid.«

Hannah zeigte auf eine Thermoskanne, neben der ein unbenutzter Becher stand. Nachdem der gefüllt war und auf der anderen Schreibtischseite vor Ole stand, begann sie mit ihrem Vortrag: »Ich hab mir in den letzten Stunden den Kopf zerbrochen, aber nichts will einen Sinn ergeben. Fangen wir mal ganz vorne an: Wer hat Hans-Georg Mommsen auf dem Gewissen?«

Ole zuckte ganz unbekümmert mit den Schultern. »Torben Prüß ist sich sicher, dass unser Hinnerk einen Helfer hatte.«

»Wen?«, fragte Hannah mit nachdenklicher Stimme. »Und bevor du antwortest: Ich hab mich ein bisschen umgehört ... in Haft war unser Hinnerk Boom nicht nur ein Musterknabe, sondern auch ein Einzelgänger.«

»Das soll nichts heißen! Da hab ich schon von ganz anderen gehört, die trotzdem ...«

»Dann sag mir mal, warum ausgerechnet Dieter Ingwersen den Boom mit Vorräten versorgt hat. Kannst du mir das erklären? Oder glaubst du etwa, Gundas Vater hat Mommsen umgebracht? Wieso sollte er?«

Angesichts seiner Ratlosigkeit schüttelte Ole nur den Kopf.

»Es ist zum Verrücktwerden«, fuhr Hannah unverändert emotionsgeladen fort. »Warum hat – abgesehen von Mommsen, der nicht mehr reden kann – jeder was zu verbergen?«

Ole hob die Hände, als ein klares Zeichen der Kapitulation. »Ich hatte die meiste Zeit mit einem Problem aus Italien zu tun«, verteidigte er sich. »Was unseren Fall angeht, kann ich dir wahrscheinlich nicht helfen. Du erinnerst dich: Erstens wolltest du mich davon fernhalten, um mein sonniges Gemüt zu schützen, und zweitens hast du gemeint, dass du die neuen Lorbeeren für uns auch allein verdienen kannst.«

Hannah nickte, aber sie war längst noch nicht fertig. »Unabhängig davon: Warum setzt sich Gundas Mutter ins Wohnmobil und will ihrem Ekel von Mann, der jahrelang das Maul nicht aufbekommen hat, bei seiner Flucht helfen? Hast du dafür ’ne Erklärung?«

Nach längerem Überlegen verhieß Oles Miene einen Geistesblitz. »Die kann nichts davon gewusst haben, dass ihr Mann sich auch an den Mädchen vergriffen hat. Wenn das der Fall wäre, hätte sie ihm doch niemals geholfen.«

Hannahs Stirn lag in Falten. »Meinst du?«

»Das wär echt heftig!«, erwiderte Ole nach einigem Zögern.

Hannahs Faust krachte auf den Schreibtisch. »Nachher knöpfen wir uns Hinnerk Boom richtig vor. Der weiß genau, wer Mommsen auf dem Gewissen hat und soll's uns endlich verraten.«

»Und wenn nicht?«

»Dann hätten wir noch Gunda und ihre Mutter, die ...«

»Wo sind die beiden eigentlich?«

»Gunda sitzt in einem Streifenwagen, ist auf dem Weg hierher. Und ihre Mutter haben wir vorläufig festgenommen – noch steht schließlich nicht fest, was sie mit der ganzen Sache von letzter Nacht zu tun hat.« Hannah schaute kurz zur Tür. »Ich hab die Kollegen drum gebeten, sie hochzubringen. Wenn das funktioniert hat, sitzt sie drei oder vier Meter hinter dir und wartet. Hab gedacht, wir fangen mit ihr an.«

»Was ist denn mit den beiden anderen Frauen? Andrea Mommsen und ...«

»... Jule Stöver«, half Hannah nach, weil Ole den Namen nicht sofort parat hatte. Danach zeigte sie grinsend auf ihre Füße. »Die beiden hocken auch ein Stockwerk tiefer, in 'ner Arrestzelle. Und du kannst dich drauf verlassen: Die haben uns einiges zu erklären, bevor wir sie wieder laufen lassen!«

»Das ist wenigstens mal 'ne Auswahl«, stellte Ole anerkennend fest. Danach nahm seine Stimme einen übertrieben pflichtbewussten Ton an. »Wollen wir Schulter an Schulter oder an zwei Fronten gleichzeitig kämpfen, Chefin?«

»Wie war's denn letzte Nacht?«, fragte Hannah völlig aus dem Zusammenhang gerissen.

»Was willst du hören – Einzelheiten?«

»In erster Linie will ich wissen, ob sich dein männerfressender Vamp an unsere Vereinbarung hält. Ich war noch nie so dicht dran, meinen Exmann zu finden.«

Ole ging das Gespräch vom Frühstück durch den Kopf.

Über Francescas Bedenken wollte er aber lieber schweigen. »Das passt schon ... und sie bleibt übrigens noch zwei oder drei Tage länger hier auf Sylt.«

Hannah hob den Kopf. »Wieso das denn? Von meiner Seite aus ist doch alles besprochen.«

»Das hat mit dir auch nichts zu tun«, erwiderte Ole trotzig.

Hannah fing die Steilvorlage lachend auf. »Jetzt sag nicht, du hast dich verliebt!«

»Das ist eine Sache von Gegenseitigkeit. Und das kannst du dir wohl am allerwenigsten vorstellen.«

* * *

»Am besten warten Sie hier auf Frau Lambert.« Einer der Polizisten, die Gunda von Niebüll nach Westerland gebracht hatten, bestand darauf, sie persönlich im Revier abzuliefern.

Nachdem das passiert war, stieß Gunda in einem der Flure gleich auf ihre Mutter. Die saß auf einem Stuhl und hob erst den Kopf, als ihre Tochter sie zum dritten Mal ansprach.

»Sollst du auch aussagen?«, fragte Marion Ingwersen. Ihre Augen waren rotgeweint, die Nasenflügel hatten beinahe die gleiche Farbe angenommen.

Gunda gab ihrer Mutter keine Antwort, sondern fiel auf den Stuhl neben ihr. Durch die Bürotür vor sich glaubte sie, Hannahs Stimme zu hören. Und es kam selten vor, aber sie freute sich sogar auf ein Wiedersehen mit der nach außen hin schroffen Polizistin, die, zumindest ihr gegenüber, einen weichen Kern offenbart hatte.

Neben ihr schniefte ihre Mutter. »Hast du's schon gehört? Dein Vater ist tot ... Onkel Wolfgang auch.«

Gunda drehte sich zur Seite. Ihr Mund war wie zugeklebt. Dafür rasten Dutzende Gedanken gleichzeitig durch ihren

Kopf. Und keiner davon hatte etwas mit Trauer oder gar Mitgefühl zu tun. Vielmehr war das Ergebnis jeder Überlegung völlige Leere. Da war nichts. Besser gesagt: keine Emotion, für die es einen Namen gab.

»Bist du jetzt zufrieden?«, flüsterte ihre Mutter.

»Zufrieden?«, wiederholte Gunda. Ihr war klar, dass es sich nicht um eine Frage, sondern um einen, in Worte gekleideten, Tritt in die Magengrube handelte. Ihre Mutter war auf Rache aus. »Sollte ich denn zufrieden sein?«

Marion Ingwersen hatte sich ebenfalls zur Seite gedreht und schaute ihre Tochter zum ersten Mal direkt an. »Glaubst du, dass sich jetzt was ändert?«

»Es wird sich erst was ändern, wenn du die Wahrheit akzeptierst«, fauchte Gunda ihre Mutter an. »Oder willst du dich ein Leben lang davor verstecken und dir einreden, dass dein ach so liebevoller Ehemann ...?«

»Das reicht!«, fuhr ihre Mutter wütend dazwischen. Sie warf einen Blick über die Schulter, um sich zu vergewissern, dass niemand zuhörte. Trotzdem ging es im Flüsterton weiter: »Niemand kann beweisen, dass dein Vater ...« Sie verschluckte den Rest und fuhr anders fort. »Willst du wirklich sein Andenken beschmutzen?«

Gunda schüttelte unerwartet den Kopf. Das sorgte im Gesicht ihrer Mutter schon für einen Hoffnungsschimmer, doch den machten die nächsten Worte ihrer Tochter gleich wieder zunichte: »Ich will, dass du der Polizei endlich die Wahrheit sagst!«

»Von welcher Wahrheit redest du da?«

»Warum Mommsen für die Verbrechen anderer ins Gefängnis gehen musste, und warum er all die Jahre geschwiegen hat – ich meine, hinterher.«

Marion Ingwersen ließ sich mit ihrer Antwort zu viel Zeit. Deshalb fuhr Gunda wütend fort: »Wenn du der Polizei nicht alles sagst, was du weißt, dann sind wir geschiedene

Leute. Dann will ich nie wieder etwas von dir hören oder sehen! Ist das klar?«

Erneut verging einige Zeit. Als sich Marion Ingwersens Mund öffnete, zitterten ihre Lippen. »Ist das dein Ernst?«

Gunda nahm für ihre Antwort mit hasserfüllter Miene Anlauf. »Glaub mir: Mir war noch nie im Leben etwas so ernst!«

63

»Donnerwetter! Da geht's aber zur Sache.« Ole hielt sich einen Finger an die Lippen, um Hannah zu warnen. Er stand schon seit einer Minute auf der anderen Seite der Bürotür und lauschte einem immer lauter werdenden Disput zwischen Marion Ingwersen und ihrer Tochter. »Wenn das so weitergeht, müssen wir gleich Boxhandschuhe verteilen.«

Hannah winkte kopfschüttelnd ab und langte zum Telefonhörer.

»Was hast du vor?«, zischte Ole. »Da entwickelt sich gerade 'ne epische Auseinandersetzung zwischen Mutter und Tochter – damit solltest du dich doch bestens auskennen.«

»Und weil das der Fall ist, lass ich die beiden auch schön weiter im eigenen Saft schmoren«, flüsterte Hannah zurück. »Aber während die sich vor der Tür kabbeln, knöpfen wir uns schon mal Hinnerk Boom vor.«

Ole zeigte auf eine weitere Tür, die zum Nebenbüro abzweigte. »Willst du ihn von hinten durch die kalte Küche serviert bekommen?«

Hannah ließ den Hörer unverrichteter Dinge auf die Gabel fallen. »Du hast recht! Und weil du solche tollen Ideen hast, darfst du auch gleich selbst den Kellner mimen.«

»Am besten behalte ich solche Ideen in Zukunft für mich«, murmelte Ole, während er durch die Tür marschierte. Er blieb kurz stehen und drehte sich zu Hannah um.

»Soll ich noch ’ne neue Thermoskanne und ’nen weiteren Becher mitbringen?«

»Tu, was du nicht lassen kannst.« Hannah war weiter mit ihren Notizen beschäftigt, sie wollte sich auf das bevorstehende Verhör vorbereiten. »Und schau mal, ob du da vorne irgendwas Essbares auftreiben kannst.«

»Zu Befehl, Frau General!«

Ein paar Minuten später kehrte Ole zurück, schwer beladen und mit Hinnerk Boom im Schlepptau. Der blieb mitten im Büro stehen und schenkte Hannah einen gleichgültigen Blick.

Die zeigte auf einen Stuhl und lächelte künstlich. »Setzen Sie sich bitte, Herr Boom. Wir haben einiges zu besprechen.«

»Was denn?«, war die erste Frage, nachdem Hinnerk saß.

Hannah nutzte die Gelegenheit und schaute ihn zum ersten Mal richtig an. Abgesehen von muffigem Geruch und kaltem Rauch, den seine Kleidung verströmte, saß ihr ein Mann gegenüber, der nach außen hin wie ein Obdachloser daherkam. In seinem ohnehin ungepflegten Vollbart wäre bei genauerem Hinsehen vermutlich noch das Essen der letzten drei Tage zu finden. Aufgesprungene Lippen und eine Gesichtshaut, die es mit jedem Reibeisen hätte aufnehmen können, komplettierten das Bild eindrucksvoll.

Ole, der im Hintergrund mit den Kaffeebechern und zwei Croissants beschäftigt war, hob den Kopf und schüttelte ihn, während er sich die Nase zuhielt.

Hannah schien ihre Emotionen noch deutlich besser im Griff zu haben. Sie klang beinahe freundlich. »Ich hab mir schon gedacht, dass Sie gleich auf stur schalten. Aber ich bin ja kein Unmensch und mach es Ihnen gern ein bisschen leichter ...«

Hinnerks Mund blieb geschlossen, aber wenigstens sah sein Gesicht fragend aus.

»Ich hab mal ein bisschen gerechnet: Da hätten wir allein von gestern Nacht schon mal zweifachen Mordversuch und Widerstand gegen Vollstreckungsbeamte – ich will mich nicht vorschnell festlegen, aber dabei kommen locker zehn neue Jahre hinter Gittern zusammen ... schließlich sind Sie noch auf Bewährung. Und vergessen wir nicht Hans-Georg Mommsen ...«

Hinnerks Gelassenheit hatte sich in Luft aufgelöst. »Was soll ich denn mit dessen Tod zu tun haben?«

»Dann sagen Sie endlich die Wahrheit!« Hannah hätte Ole beinahe einen Kaffeebecher aus der Hand geschlagen, den er ihr gerade servieren wollte. »Und falls ich hinterher das Gefühl habe, Sie hätten mir nicht alles gesagt, dann sorg ich gerne dafür, dass es fünfzehn Jahre werden – mit erhöhten Sicherheitsvorkehrungen. Nicht, dass Sie den Notausgang wählen und sich was antun.«

»Und wenn ich rede?« Auch vor Hinnerk Boom stand mittlerweile ein Kaffeebecher. Seine Rechte war auf dem Weg dorthin, blieb aber mitten in der Luft hängen. »Was ist, wenn ich Ihnen sage, was wirklich passiert ist?«

Hannah wechselte einen kurzen Blick mit Ole. Der nickte, um sie zu einer Antwort zu animieren. »Dann könnte ich mir vorstellen, dass aus zwei Mordversuchen gefährliche Körperverletzung wird. Am Ende hängt es davon ab, was mein Kollege und ich dem Staatsanwalt erzählen. Also ...«

»Was wollen Sie wissen?« Hinnerk Boom war anzuhören, dass er innerlich kapituliert hatte. »Oder sagen Sie mir wenigstens, wo ich anfangen soll.«

»Ganz vorne, bei Hans-Georg Mommsen, wenn ich bitten darf. Warum liegt uns eine Zeugenaussage vor, nach der Sie den Mord in Auftrag gegeben und einen Helfer dafür angeheuert haben?«

Völlig unerwartet fing Hinnerk zu lachen an.

»Was ist denn daran so lustig?«, fragte Ole, der sich gerade erst auf dem Stuhl neben ihm niedergelassen hatte. »Hören Sie bloß damit auf, uns zu verarschen!«

Hannah stoppte ihren Kollegen mit einem Blick und ermunterte einen anderen nickend zum Fortfahren.

»Ich war keine zwei Tage aus dem Knast raus, da stand dieser Dieter Ingwersen vor meiner Tür. Der Volltrottel!«

»Und was wollte der Volltrottel ausgerechnet von Ihnen?«, hakte Hannah nach, weil es ihr nicht schnell genug voranging.

»Mommsen hat ihn erpresst ... der Ingwersen sollte mich kaltmachen.« Hinnerk klang, als würde er übers Wetter reden.

»Und warum?«

»Schätze, Mommsen hatte Schiss, dass ich die Sache von damals zu Ende bringe und er doch noch dran glauben muss.«

Ole schüttelte verwirrt den Kopf. »Hans-Georg Mommsen hat von Gundas Vater verlangt, Sie umzubringen? Das klingt für mich wie 'ne Märchengeschichte. Warum sollte der denn Mommsens Rechnung begleichen?«

»Jetzt lass ihn doch mal!«, zischte Hannah quer über den Schreibtisch. Danach gehörte ihre volle Aufmerksamkeit wieder Hinnerk. »Mal angenommen, wir glauben Ihnen: Hat Dieter Ingwersen auch erklärt, warum er Sie am Ende verschont hat?«

Hinnerk holte tief Luft. Ein Anzeichen dafür, dass es nun ans sogenannte Eingemachte ging. »Wir haben nicht viel geredet, uns am Ende aber geeinigt.«

»Worauf geeinigt?«

»Dass er mich in Ruhe lässt und stattdessen Mommsen um die Ecke bringt – er hatte wohl langsam genug von den jahrelangen Erpressungen.« Hinnerk nahm einen großen

Schluck aus seinem Kaffeebecher und fuhr fort: »Im Gegenzug sollte ich darauf verzichten, mich an seinem Bruder zu rächen.«

Hannah huschte ein böses Grinsen um die Mundwinkel. »Ich glaube, Sie haben damals noch viel mehr herausgefunden, als Sie Mommsen die Fingernägel mit 'ner Zange ausgerissen haben, richtig?«

Hinnerk nickte. »Ich war eigentlich noch nicht fertig mit dem Scheißkerl, aber irgendwann ist er ohnmächtig geworden – plötzlich standen Ihre Kollegen vor der Tür ...«

»... und für Sie ging's ohne Umwege ins Gefängnis«, vollendete Ole.

»Hat Ihnen Dieter Ingwersen auch erklärt, warum er das alles getan hat?«, wollte Hannah wissen.

»Bis gestern hab ich geglaubt, dass er nur seinen Bruder schützen wollte.« Hinnerk lachte verbittert. »Aber heute sind wir wohl alle schlauer: Das Schwein hat sich auch an den Mädchen zu schaffen gemacht – dabei wohl 'ne Maske getragen.«

Hannah lieferte ihre Zusammenfassung sichtlich angewidert: »Dann hat Mommsen die Ingwersen-Brüder also erpresst und den beiden damit gedroht, dass er sie auffliegen lässt. Und da war es natürlich viel einfacher, ihn zum Schweigen zu bringen, um für alle Zeit Ruhe zu haben. Vorausgesetzt, Sie hätten sich an die Vereinbarung gehalten.«

»Zwei Fliegen mit einer Klappe«, ergänzte Ole.

»Bleibt die Frage, warum Mommsen für andere ins Gefängnis marschiert ist und all die Jahre geschwiegen hat.« Hannah durchbohrte Hinnerk regelrecht mit Blicken. »Haben Sie dafür auch 'ne Erklärung?«

Hinnerk ließ sich mit seiner Antwort wohl nur aus Höflichkeit einen Moment Zeit. »Keine Ahnung! Ich hab Ihnen alles gesagt, was ich weiß.«

Ole fing Hannahs Blick ein und zeigte auf die Bürotür

hinter sich. Ein klares Anzeichen dafür, von wem er sich eine Antwort auf die letzte Frage erhoffte.

Hannah war hinter dem Schreibtisch aufgestanden. »Dann war's das erst mal mit uns, Herr Boom. Aber machen Sie sich bloß keine Hoffnungen: Wir sind noch lange nicht fertig!«

Hinnerk stand kurz darauf ebenfalls auf seinen Füßen. »Und was wird jetzt aus mir?«

»Wenn sich in den nächsten Tagen herausstellt, dass Sie uns nichts verschwiegen haben, halte ich mich an mein Versprechen.«

Hinnerks Gesicht entspannte sich schon, aber darauf hatte Hannah nur gewartet. Denn sie hatte noch eine finale Frage. »Was ist mit den beiden Frauen, mit Andrea und Jule? Haben Sie die nur verarscht und vor Ihren Karren gespannt?«

»Dazu gehören wohl zwei.« Hinnerk korrigierte sich mit einem Kopfschütteln. »Oder drei ... die wollten doch auch nichts anderes als ihre Rache.«

»Das beantwortet aber meine Frage nicht«, konterte Hannah. »War das eine Zweckgemeinschaft oder wollten Sie am Ende die beiden Frauen als Opferlämmer zur Schlachtbank führen? Ihnen womöglich die Morde an den Ingwersen-Brüdern in die Schuhe schieben?«

Zum ersten Mal im Laufe dieser Unterhaltung sah Hinnerk richtig empört aus, vielmehr noch, gekränkt. »Glauben Sie das wirklich?«

»Ich weiß nicht, was ich überhaupt noch glauben soll!«, polterte Hannah zurück. »Ich würde am liebsten ...«

Hinnerk Boom sprach einfach weiter: »Die beiden Mädchen haben die Hölle erlebt – genau wie meine Maja. Und Sie haben vielleicht recht: Ich hab sie ein bisschen an der Nase rumgeführt, aber ich hatte nie vor, ihnen was in die Schuhe zu schieben.«

»Und warum sollte ich das glauben?«, fragte Hannah unverändert gereizt.

»Vielleicht, weil's die Wahrheit ist.«

64

»Für mich klingt das alles logisch«, resultierte Hannah, nachdem ein Kollege aus der Wachstube Hinnerk Boom abgeholt hatte, dieses Mal durch den Vordereingang. Dahinter saßen Gunda Ingwersen und ihre Mutter, die sich mittlerweile offensichtlich nichts mehr zu sagen hatten.

Aber Hannah wollte sich bis zum nächsten Gespräch Zeit lassen und vorher Ole zu Rate ziehen. »Was meinst du: Knöpfen wir uns die beiden einzeln oder zusammen vor?«

»Beide zusammen. Die sind dermaßen wütend aufeinander, das kann uns nur in die Karten spielen.«

Hannah lächelte vielsagend und nickte. »Falls die beiden aufeinander losgehen, machst du den Schiedsrichter.« Sie fasste sich an den Hinterkopf. »Mir dröhnt schon seit heut Morgen der Schädel.«

Ole war bereits auf dem Weg zur Tür, blieb stehen und drehte sich um. »Liegt vielleicht an deinem Lebenswandel ... ich hab beinahe ausgeschlafen.«

»Und warum bleibt die Frau Anwältin trotzdem noch auf Sylt? Die hofft wohl darauf, dass du doch noch'n Nachschlag hinbekommst.«

Anstelle einer Antwort zog Ole die Tür vor sich auf. Die zwei Frauen dahinter schauten ihn mit großen Augen an. »Wenn ich bitten darf – wir wären dann so weit.«

Zwei Minuten später waren neue Kaffeebecher verteilt und alle saßen. Gunda und ihre Mutter vor dem Schreibtisch, Hannah dahinter. Ole hatte sich neben seiner Chefin auf die Schreibtischkante gesetzt und thronte sinnbildlich über allen anderen.

Und er war es auch, der den Anfang machte, weil Hannah mit stoischer Ruhe schwieg, offensichtlich ganz bewusst. »Sie haben es vielleicht mitbekommen: Wir haben Herrn Boom verhört und der hat uns ein paar interessante Dinge verraten.« Sein Blick fand Marion Ingwersen, die sich kaum traute, ihn direkt anzusehen. »Unter anderem, dass Ihr Mann für den Tod von Hans-Georg Mommsen verantwortlich ist.«

Diese Offenbarung sorgte nicht mal für Verwunderung. Gunda nahm das Thema auf und setzte es mit hasserfüllter Stimme fort: »Meine Mutter hat Ihnen was zu sagen!«

Zum ersten Mal mischte sich Hannah ein. »Und das wäre?«

»Ich hab's all die Jahre geahnt«, ging es im Flüsterton los. Marion Ingwersen hob den Kopf, doch ihr Blick verlor sich im Nichts. »Hab Dieter sogar darauf angesprochen – aber er hat alles geleugnet.«

Hannah wartete geduldig, aber es ging nicht weiter. Eine Hilfestellung war vonnöten. »Kann es sein, dass sich daran in jüngster Zeit etwas geändert hat?«

Marion Ingwersen schaute fragend auf.

Und Hannah half ihr liebend gern auf die Sprünge: »Ich meine, dass aus dieser Ahnung irgendwann eine Gewissheit wurde.«

Gunda stieß ihre Mutter von der Seite an, weil die nicht sofort antworten wollte. »Erzähl Ihnen das von der Wohnung!«

»Von welcher Wohnung?«, wollte Ole wissen.

»Die auf Amrum«, erklang es unverändert leise. »Dieter

hat sie vor drei Jahren verkauft und ich hab mich gewundert, wo das Geld geblieben ist. Wir wollten uns eigentlich schon lange ein neues Wohnmobil kaufen, aber daraus wurde nichts.«

Hannah grunzte vor Ungeduld und übernahm selbst die Regie. »Dann rate ich mal: Als Sie Ihren Mann gefragt haben, musste der Ihnen notgedrungen gestehen, wo das Geld geblieben ist.«.

»Das meiste hat der Mommsen gekriegt ...«

»... damit er die beiden Brüder nicht verpfeift?«

Anstelle ihrer Mutter nickte Gunda aufgeregt. »Irgendwann blieb ihm nichts anderes mehr übrig, als die Wahrheit zu sagen.«

Plötzlich herrschte Stille. Ausgerechnet in diesem Moment betrat Martin Clausen das Büro. Sein eigenes, entsprechend unbekümmert sah er aus. Dennoch waren nur ein paar unmissverständliche Gesten von Hannahs Seite erforderlich, um ihn vorerst zu vertreiben. Bei der Gelegenheit präsentierte sie in vernichtendem Tonfall eine Zusammenfassung. Dabei schaute sie Marion Ingwersen eiskalt an. »Das heißt im Klartext: Sie wussten irgendwann, was Ihr Mann mit wehrlosen Mädchen angestellt hat und haben ihn mindestens drei Jahre lang gedeckt! Ganz davon abgesehen, was Sie Ihrer eigenen Tochter damit angetan haben.«

»An ihr hat er sich nicht vergriffen!«, protestierte die Frau verhältnismäßig energisch.

Was Wut und Lautstärke anging, gab es bei Hannahs Stimme kaum mehr Luft nach oben. »Das hat er Ihnen vielleicht erzählt! Aber wie können Sie sicher sein, dass er ...?«

Gunda meldete sich zu Wort: »Ich kann mich nicht mehr genau erinnern, aber ich glaube, es war nur mein Onkel.«

»Nur!«, wiederholte Hannah. Die Fassungslosigkeit war ihr anzuhören. Sie wollte gerade fortfahren, als Marion

Ingwersen plötzlich vor dem Schreibtisch aufstand. Im nächsten Moment war sie auf dem Weg in Richtung Tür.

»Wo soll's denn hingehen?«, fragte Ole. Er hatte sich ebenfalls erhoben, um notfalls einzuschreiten.

Doch Hannah ließ die Frau gewähren. Kurz darauf war man nur noch zu dritt im Büro.

Zwei Blicke ruhten auf Gunda, die notgedrungen eine Erklärung lieferte: »Ich kann mich wirklich nicht mehr erinnern. Und wenn ich ehrlich bin, will ich es auch gar nicht.«

»Das kann ich mittlerweile verstehen«, erwiderte Hannah gefühlvoll. »Geht's dir ansonsten einigermaßen? Brauchst du Hilfe? Wir haben ein paar ganz gute Seelenklempner in den Reihen der Polizei. Wenn du willst, sorg ich dafür, dass einer davon ein paar Tage Urlaub auf der Insel genießen darf.«

»Ich weiß nicht, was ich tun soll«, flüsterte Gunda.

»Wovon redest du?«

Gunda schickte einen kurzen Blick in Oles Richtung und schüttelte den Kopf. Der brauchte nicht mal eine Aufforderung und war zwei Atemzüge später durch die Bürotür entschwunden.

Hannah wartete noch einen Moment. »Sag schon ... wo drückt der Schuh?«

»Meine Mutter hat alles gewusst.« Gunda hob den Kopf, Tränen liefen ihr über die Wangen. »Verstehst du: Irgendwann hat sie alles gewusst und trotzdem nichts getan!«

Hannah nickte. Sie spürte einen faustgroßen Kloß in ihrem Hals. Der verhinderte eine sofortige, direkte Reaktion.

»Ich will sie nicht mehr sehen!«, brüllte Gunda beinahe. »Wie soll ich ihr denn jemals wieder vertrauen?«

»Das kann ich dir auch nicht sagen«, entglitt es Hannahs Kehle hörbar widerwillig. »Aber was ich dir sagen kann, ist, dass es immer irgendwie weitergeht. Ich hab mich genauso gefühlt wie du – auf andere Weise –, aber ich weiß heute auch, dass Wunden verheilen. Man muss nur lernen, mit den Narben zu leben.«

Gunda schaute auf. »Ist das dein Ernst?«

»Vielleicht solltest du dich für ’ne Weile von deiner Mutter fernhalten. Ich kann mit ihr reden und dafür sorgen, dass sie’s versteht.«

»Muss sie mit einer Strafe rechnen?«

Hannah zuckte mit den Schultern und stieß hörbar den Atem aus. »Aus ihrem Wissen kann ihr kein Staatsanwalt einen Strick drehen. Und was sollen wir ihr ansonsten vorwerfen – dass sie mit dem Wohnmobil bis Morsum gefahren ist?«

»Und was ist mit dir?«

Hannah musste lachen. »Was meinst du? Was hab ich denn verbrochen?«

Gunda brachte zumindest ein Lächeln zustande. »Ich meinte, wie’s dir geht.«

»Ich bin müde, hab Kopfschmerzen ... und Kohldampf. Ansonsten gab’s auch schon schlechtere Tage in meinem Leben.«

»Was wird denn aus Andrea und Jule? Haben die was zu befürchten?«

»Wenn’s streng nach Gesetz ginge, ja. Aber ich will mal mit dem zuständigen Staatsanwalt reden. Für meinen Geschmack haben die beiden genug durchgemacht. Auf jeden Fall denke ich, dass sie so oder so mit ’nem blauen Auge davonkommen.«

Eine Weile herrschte Schweigen, Abschied lag in der Luft.

Es war wieder Gunda, die die passenden Worte dafür fand: »Dann will dich mal alleinlassen und in mein neues Leben starten.«

Hannah erhob sich blitzartig, umrundete den Schreibtisch und nahm Gunda ein bisschen ungeschickt in den Arm.

Danach wechselte eine Visitenkarte den Besitzer. »Wenn du Probleme hast, kannst du mich gern anrufen. Vielleicht musst du's öfter probieren.«

Gunda schob sie ein Stück von sich weg und lachte verhalten. »Wir könnten eine Selbsthilfegruppe gründen. Die würde ich ›kaputt und kaputter‹ nennen.«

»Kein Bedarf! Außerdem wird's Zeit, nach vorne zu blicken – für uns beide.«

65

Eine Woche später

»Und, zufrieden?« Ole schaute Hannah prüfend an. »Sind wir endlich fertig?«

Seine Chefin klappte den Deckel einer Ermittlungsakte auf, die es leicht mit dem Hamburger Telefonbuch hätte aufnehmen können. »Auf jeden Fall hab ich genug von Mommsen und der ganzen Geschichte drumherum. Du weißt, ich grabe gern, bis ich das letzte Detail kenne. Aber bei diesem Fall wird es von Tag zu Tag abscheulicher. Das ist alles so krank! Kannst du mir mal verraten, was Männer dazu bringt, Kindern so was anzutun?«

Ole schüttelte den Kopf. »Wenn wir mit unserer letzten Besprechung fertig sind, nehm ich dir auf jeden Fall die Schaufel weg. Du hast genug gegraben, und davon abgesehen, stehen wir doch sauber da.«

Hannah hob den Blick und schaute ihn lediglich fragend an.

»Der Mordfall Mommsen ist restlos aufgeklärt«, fuhr Ole zufrieden fort. »Die Spurensicherung hat im Schuppen von Dieter Ingwersen haufenweise blutverschmierte Klamotten gefunden. Und unser Labor hat ausnahmsweise nur zwei Tage gebraucht, um die DNA-Spuren daran Mommsen zuzuordnen. Was wollen wir mehr?«

»Vielleicht ist es dir noch nicht aufgefallen: Mir reichen

die Fakten in der Regel nicht – ich will auch wissen, warum etwas passiert.«

Ole nickte erwartungsvoll.

Also setzte Hannah nach: »Hans-Georg Mommsen war eigentlich schon pleite, als er die Schafzucht von seinem Vater übernommen hat. Danach ging es steil bergab.«

»Du meinst, er hat schwach angefangen und dann stark nachgelassen?«, hakte Ole höhnisch nach.

Hannah schüttelte den Kopf. »Ich glaube, du bist immer noch im Liebestaumel. Sogar, nachdem deine neue Freundin weggeflogen ist und ...«

»Ist gut!«, unterbrach Ole. Er sah traurig aus, ein klares Anzeichen von ausgewachsenem Liebeskummer. »Lass uns lieber über den Fall reden.«

»Unser lieber Mommsen hatte zwanzig Jahre lang akute Geldsorgen. Seine Frau hat zwei Mal geerbt und alles in den Hof geschossen – schätze, auch deshalb hatte sie ihn in der Hand.«

»Und als die tot war, brauchte Mommsen 'ne neue Einnahmequelle.«

Hannah schüttelte verzweifelt den Kopf. »Ich weiß langsam nicht mehr, wer bei diesem Fall Opfer oder Täter ist. Für mich sieht's so aus, als hätte die Missbrauchsgeschichte Mommsen in die Karten gespielt. Damit er seine Schafe und den Hof behalten konnte, hat er die Ingwersen-Brüder gemolken, bis das Blut spritzte.«

»Im wahrsten Sinne des Wortes!«

»Und ich glaube, die beiden wollten Hinnerk Boom den Mord an Mommsen in die Schuhe schieben – das ist wohl nur an 'ner ausgewachsenen Grippe gescheitert.«

»Bleibt die Frage, was zwei junge Frauen mit der ganzen Sache zu tun hatten.«

»Hör bloß auf!«, fluchte Hannah. »Ich stehe zum ersten Mal vor dem Punkt, an dem ich es gar nicht genauer wissen will.« Sie blätterte in der Akte vor sich ein paar Seiten weiter und fuhr mechanisch fort: »Auf jeden Fall hat sich der Staatsanwalt mit Hinnerk Boom auf 'nen Deal eingelassen. Immerhin haben dessen Aussagen für einiges an Klarheit gesorgt. Und was den Tod der Ingwersen-Brüder angeht: Dafür kann man ihn nun wirklich nicht verantwortlich machen.«

»Wenn es nicht anders gekommen wäre, hätte sich Boom die beiden geschnappt – auf jeden Fall Wolle, von dem er schon seit Jahren wusste.«

»Willst du jemanden für etwas verurteilen, was er vielleicht getan hätte?«, erkundigte sich Hannah mit süffisantem Unterton. Sie streckte ihrem Kollegen die Hände entgegen. »Dann solltest du mich auch gleich verhaften. Ich weiß nicht, wie oft ich vorhatte, meinen Exmann zu erschießen, wenn ich ihn irgendwann finde.«

»Was wird denn aus den drei Frauen?«, fragte Ole, um vom Thema abzulenken. »Dass Gunda nichts zu befürchten hat, ist klar, aber was wird aus den beiden anderen?«

»Da sieht's ähnlich aus. Und die Sache in Gundas Wohnung hab ich der Staatsanwaltschaft gegenüber zu 'ner Bagatelle heruntergestuft.«

»Zu 'ner Bagatelle«, wiederholte Ole. »Darf ich daran erinnern, dass dir Torben Prüß beinahe den Schädel eingeschlagen hätte?«

»Na und? Soll ich ihm deshalb sein ganzes Leben ruinieren? Der war doch bloß ein Mitläufer – wollte den Mädels helfen.«

»Wenn wir solche Mitläufer ungeschoren davonkommen lassen, dann wirkt das auf andere glatt wie 'ne Einladung. Wie hat denn der Staatsanwalt reagiert?«

»Ähnlich wie du, aber er hat mir die Geschichte abgekauft.« Hannah konnte sich ein Kichern nicht verkneifen. »Blieb ihm ja auch nichts anderes übrig.«

Ole stand im Gesicht geschrieben, dass ihm diese Antwort missfiel. Trotzdem zeigte er auf die Akte, die noch immer aufgeschlagen vor seiner Chefin lag. »Dann kommen wir zu Marion Ingwersen. Was ist mit der?«

Hannah klappte die Akte demonstrativ zu. »Sag mir lieber, was deine italienische Schönheit erreicht hat. Sie hatte beinahe vier Tage Zeit ... geht die Sache endlich los?«

»Ich telefonier heut Abend mit Franzi und danach weiß ich Bescheid.«

»Mit Franzi, wie süß!«

Ole schnaubte wütend. Nach zwei tiefen Atemzügen klang er wider Erwarten beinahe entspannt. »Wenn alles wie geplant läuft, bringen wir die Sache mit deinem Exmann morgen über die Bühne. Jetzt zufrieden?«

»Ich wäre zufrieden, wenn Gianni Lorenzo endlich hinter Gittern hockt. Und das glaub ich erst, wenn's so weit ist.«

»Franzi – also Francesca – ist gut in ihrem Job. Ich weiß gar nicht, warum du immer an ihr zweifelst.«

Hannah lehnte sich zurück und verschränkte die Hände vor der Brust. »Das hat ausnahmsweise gar nichts mit deiner Freundin zu tun ...«

»Sondern?«

»Ich hab das noch nie jemandem erzählt«, fing sie nach langem Schweigen von Neuem an. »Auf dem Zenit meiner Wut war ich jedes Jahr in Italien ... Pseudo-Urlaub, um nach ihm zu suchen.«

»Garantiert nach deinem Ex!«

»Natürlich! Nach wem denn sonst!«

Ole lächelte notgedrungen und lud Hannah mit einer Handbewegung zum Fortfahren ein.

»Ich war in jeder größeren Stadt und in so gut wie jedem Polizeirevier; hab meiner Mutter sogar Postkarten aus Wien, Prag und Barcelona geschickt, damit die denkt, ich hätte die Suche endlich aufgegeben.«

Ole hatte seinen üblichen Frohsinn eingebüßt. »Hast du irgendwas erreicht?«

Hannah lachte verzweifelt und musste sich danach zunächst mit einem Hustenanfall auseinandersetzen. »Sieht es etwa so aus?«

Ole schüttelte den Kopf. Er wollte antworten, kam jedoch nicht dazu.

»Ich war noch nie so dicht dran! Lass uns einfach hoffen, dass es klappt.«

»Es wird klappen«, flüsterte Ole. »Franzi macht das schon. Du musst Menschen zur Abwechslung auch mal vertrauen!«

»Würde ich ja gerne, aber ...«

»Fang einfach damit an! Das wäre der erste Schritt in die richtige Richtung.«

Epilog

»Du siehst nervös aus«, stellte Ole am nächsten Morgen belustigt fest.

»Sieht man mir das echt an?« Hannah klang längst nicht so selbstsicher wie sonst. Sie tippte auf ihrer Armbanduhr herum und strafte Ole mit vorwurfsvollem Blick. »Deine sagenhafte neue Freundin wollte sich um zehn melden – jetzt ist es halb elf!«

»Dafür gibt's bestimmt gute Gründe.«

»Und was soll ich den italienischen Kollegen erzählen, die darauf warten, meinen Exmann zu verhaften? Setzt euch hin und esst noch 'ne Pizza?«

»Glaube nicht, dass die um diese Zeit schon Pizza essen.«

Hannah stöhnte genervt. Und sie hätte sicherlich den passenden Kommentar auf Lager gehabt, wenn es nicht an die Tür geklopft hätte. Die Kollegen vorne, am Wachtresen wussten Bescheid und hatten Anweisung, keinesfalls zu stören. Es musste also jemand sein, der keine Ahnung davon hatte.

Ralf Jansen steckte den Kopf herein.

»Was will er denn hier?«, moserte Hannah gleich. »Ausgerechnet heute?«

Doch nicht mal von dieser fragwürdigen Begrüßung ließ sich Ralf abschrecken. Er machte ein paar vorsichtige Schritte nach vorne und stand nach dem letzten direkt vor Hannahs Schreibtisch. »Wenn bis nächste Woche nichts feststeht, dann werde ich im günstigsten Fall nach Bayern versetzt. Haben Sie noch mal über unser Gespräch von vor zwei Tagen nachgedacht?«

»Hab ich!«

»Und?«

Ole mischte sich ein: »Er hat uns doch bei unserem letzten Fall echt geholfen. Und du könntest gut Verstärkung brauchen, wenn ich mal Urlaub mache.«

»In Italien?«, fragte Hannah biestig. »Das könnte dir so passen!«

Ralf stand wie bestellt und nicht abgeholt mit hängenden Schultern da.

»Komm schon, Hannah ... er hat es sich echt verdient.«

»Und wir bleiben trotzdem zu zweit. Basta!«

Ole schaute danach Ralf auffordernd an. »Lass uns mal für'n Moment allein.«

Als das passiert war, zeigte Hannah gleich auf ihr Telefon. »Ist dir klar, dass deine Franzi jede Sekunde anrufen kann? Da kann ich solche Themen am wenigsten gebrauchen.«

Ole nickte zwar, aber sein Gesicht machte klar, dass er sich nicht geschlagen geben wollte. »Ein bisschen Ablenkung wird dir guttun. Und davon abgesehen, will ich wissen, was du gegen ihn hast.«

Hannah schaute kurz zur Tür.

»Ja, gegen ihn!«, fauchte Ole ihr entgegen. »Was hast du gegen einen weiteren Kollegen? Insbesondere einen wie Ralf?«

Hannah wischte auf ihrem Handy herum. Es machte den Anschein, als würde sie Ole gar nicht zuhören.

Der kam entsprechend wütend daher: »Jetzt leg mal das Handy weg und sag mir, warum du dich so sträubst! Liegt das nur an deinen seltsamen Manieren oder hat das auch noch andere Gründe?«

Hannah schwieg, legte allerdings ihr Handy auf den

Schreibtisch und schob es ohne weitere Erklärung in Oles Richtung.

Der warf einen Blick darauf, die App für Mails war geöffnet. »Was ist das?«

»Halt den Mund und lies einfach!«

Es dauerte nicht lange, da hatte Ole den Inhalt einer Mail überflogen. Danach schaute er Hannah kopfschüttelnd an. »Hättest du das nicht früher sagen können.«

»Dann hätte es nicht so viel Spaß gemacht. Du siehst einfach zum Knuddeln aus, wenn du richtig wütend bist.«

Ole gab keine Antwort, sondern schlenderte zur Tür. Ralf stand davor und hätte dem Aussehen nach jedem Häufchen Elend ernsthafte Konkurrenz machen können. »Komm rein ... hier wartet 'ne Überraschung auf dich.«

In der Zwischenzeit hatte Hannah die Mail auch auf ihrem Computer geöffnet. Deren Inhalt spuckte der Drucker gerade aus.

»Was ist das?«, fragte Ralf, als er die Seite in der Hand hielt.

Hannah lieferte spitzzüngig die Antwort: »Falls Sie lesen können, wissen Sie auch, wo Sie sich nächsten Montag um acht Uhr einzufinden haben.«

»Beim LKA«, las Ralf laut vor. Es war nicht zu überhören, dass er es gar nicht glauben konnte. »Und ausgerechnet Abteilung 1.«

»Da waren Sie doch ganz scharf drauf«, sagte Hannah. »Sie melden sich direkt beim Abteilungsleiter und richten ihm schöne Grüße von mir aus. Wenn Sie in dem Laden keine goldenen Löffel klauen, haben Sie erstmal nichts zu befürchten. Aber machen Sie sich lieber keine Hoffnungen: Wer in solch einem Orchester spielen will, verliert schon am ersten Tag seinen Welpenschutz. Wahrscheinlich werden Sie Menschen begegnen, gegen die die Ingwersen-Brüder wie Waisenknaben aussehen.«

Ralf wollte etwas erwidern – sicherlich ein Dankeschön –, doch Hannahs Telefon hielt ihn davon ab.

Sie zuckte zusammen, ihr panischer Blick fand das Display. »Italien!«

Ole packte Ralf und schob ihn vor sich her, bis sein junger Kollege vor der Tür stand. Im selben Moment nahm Hannah den Hörer ab. Jedem, der sie kannte, wäre aufgefallen, dass ihre Stimme leicht zitterte. »Hallo … hier spricht Hannah Lambert.«

Ole war wieder vor dem Schreibtisch seiner Chefin angekommen und aktivierte kurzerhand den Lautsprecher. Aus dem war die Stimme von Francesca Rossi zu hören. »Hier gibt es Probleme.«

»Was für Probleme?«, erkundigte sich Hannah, zunehmend aufgebrachter. »Der Sylter Notar wartet nur auf meinen Anruf. Wenn ich grünes Licht gebe, haben Sie die Papiere eine Minute später per Mail und spätestens übermorgen auch im Original.«

Eine Pause entstand. Ole starrte auf den Lautsprecher, Hannah litt mittlerweile unter Schnappatmung.

»Er ist verschwunden«, sagte Francesca Rossi. »Meine Mandanten haben ihn rund um die Uhr observieren lassen. Aber er hat es trotzdem irgendwie geschafft zu entkommen.«

»Und was jetzt?«, fragte Ole, weil Hannah nicht mal zur kleinsten Reaktion imstande war.

»Ich brauche die Papiere trotzdem.«

»Das können Sie vergessen!«, fauchte Hannah in Richtung Lautsprecher. »Wir hatten eine Abmachung. Und ich weiß nicht, wie das bei Ihnen ist – hier bei uns halten sich beide Seiten an ihren Teil.«

»Warte mal kurz«, forderte Ole seine Freundin auf. Er drückte einen Knopf am Telefon, damit Francesca Rossi nichts mehr von seinem Gespräch mit Hannah hören konnte. »Hast du eigentlich ’ne Ahnung, was Franzi aufs Spiel gesetzt hat, um es dir recht zu machen?«

»Franzi ... Franzi«, äffte Hannah ihn nach. »Wenn sie tatsächlich so viel aufs Spiel gesetzt hat, warum hat es dann trotzdem nicht geklappt?« Ole wollte schon antworten, aber sie kam ihm unverändert aufgebracht zuvor. »Und was hilft mir ’ne italienische Märchengeschichte, die du anscheinend auch noch glaubst?«

»Wenn sie die Papiere nicht bekommt, kann es sein, dass ihr Leben in Gefahr ist«, erklärte Ole verhältnismäßig ruhig. »Und ich weiß zufällig, dass sie auf jeden Fall vorhatte, deine Forderung zu erfüllen.«

»Woher? Weil sie’s dir mitten beim Akt ins Ohr geflüstert hat?« Hannah schüttelte den Kopf, dabei gerieten sogar ihre verhältnismäßig kurzen Haare in Bewegung. Nachdem das Pflaster entfernt war, hatte sie sich mit ihrem Friseur zum ersten Mal seit Jahren auf einen modischen Schnitt geeinigt – oder sich überreden lassen. »Sag schon: Geht’s bei deinem Wissen nur um Bettgeflüster?«

»Das ist unfair«, protestierte Ole mit müder Stimme.

Hannah hingegen klang hellwach. »Unfair ist, dass ich – mal angenommen, ich lass mich auf den Kuhhandel ein – hinterher mit leeren Händen dastehe. Ganz ohne Kuh! Findest du das etwa fair?«

Ole langte nach vorne und aktivierte das Mikrofon wieder. »Bist du noch dran, Franzi?«

»Bin ich!«

»Hannah meint, du hättest dich von Anfang an nicht an die Abmachung halten wollen.«

»Da täuschen Sie sich, Frau Lambert! Bis gestern habe ich geglaubt, alles würde nach Plan funktionieren. Ich wollte sogar ...«

»Mir ist egal, was Sie wollten!«, fuhr Hannah dazwischen.

»Ihr Vorschlag bedeutet, dass ich liefern soll und Sie sich hinterher einen feixen können.«

»Einen feixen?«, wiederholte Francesca Rossi.

Ole lieferte die Übersetzung: »Sie meint, dass du dich freuen kannst, weil du gewonnen hast.«

»Bei der Sache gibt es keine Gewinner.«

Nach dieser Feststellung herrschte auf beiden Seiten Schweigen. Ole versuchte, Hannahs Blick von Neuem einzufangen, doch sie machte es ihm schwer. Deshalb probierte er es mit Worten. »Wir können sie nicht hängen lassen. Das geht einfach nicht! Stell dir vor, ihre Mandanten ...«

Hannah sorgte mit einer Handbewegung für Ruhe. Sie lehnte sich nach vorne in Richtung Telefon. »Kann ich mich darauf verlassen, dass Sie auch in Zukunft alles tun, um Gianni Lorenzo zu finden?«

»Können Sie!«

Ole holte bereits tief Luft. In ihm machte sich Erleichterung breit. Und klar war, dass Hannah nur noch einen letzten, kleinen Stoß brauchte, um eine – wenigstens für zwei Seiten erlösende – Entscheidung zu treffen. »Ich vertrau ihr«, flüsterte er.

»Und ich ruf den Notar gleich an!«, schnauzte Hannah in Richtung Telefon. »Aber ich will Ihnen raten, dass Sie schnell was von sich hören lassen.« Danach ließ sie den Hörer krachend auf die Gabel fallen.

Nachdem genug Zeit verstrichen war, traute sich Ole, etwas zu sagen. »Du hast was gut bei mir – alles, was du willst.«

Hannah schaute ihn direkt an. Ihrem Gesicht war nicht zu entnehmen, was nun folgen würde. »Ich wusste vorher, dass es so kommt«, flüsterte sie mit Grabesstimme.

»Wieso? Ich schwöre dir, Franzi hat alles probiert, um ...«

»Das hat mit ihr gar nichts zu tun! Aber ich kenne meinen Exmann. Der hat es immer in letzter Sekunde geschafft.«

»Und was jetzt?«

Hannah lachte verzweifelt. »Du brauchst auf jeden Fall nicht damit zu rechnen, dass ich dir einen Strauß Rosen mitgebe, wenn du zu deiner Franzi nach Italien fliegst.«

Ole stand auf, umrundete den Schreibtisch und umarmte Hannah ungeschickt von hinten. Ein Teil seiner unbeschwerten Art war zurückgekehrt. »Erst die Sache mit Ralf, und jetzt hilfst du auch noch Franzi ... du musst echt aufpassen, dass dein Ruf nicht darunter leidet.«

»Welcher Ruf?«

»Als Giftzwerg«, erwiderte Ole, als sei das die selbstverständlichste Sache der Welt.

Hannah überlegte einen Moment. Ein Grinsen kündigte ihre Antwort an. »Ich glaube, in der Hinsicht musst du dir wirklich keine Sorgen machen.«

– Ende –

Danke

... an alle, die bis hierhin durchgehalten haben. Zum Abschluss möchte ich Euch auf eine kleine Reise entführen. Diese beginnt in einer Aula ... (da würde ich mich jetzt übrigens auch fragen, ob der Herzberg 'nen kompletten Vogel hat. Zumindest dann, wenn diese Frage noch nicht eindeutig beantwortet ist)

Aber bleiben wir doch ruhig mal in dieser Aula. Sämtliche Schulklassen haben sich an diesem Tag versammelt. Ebenso das komplette Kollegium, angeführt von der Musiklehrerin Gabriele Meier-Löwenstein (bis heute fragt sich jeder, wem die alte Jungfer ihren Doppelnamen zu verdanken hat) und auch die stolzen Eltern haben sich zahlreich eingefunden.

Der kleine Kevin – ein Musterschüler aus der fünften Klasse – betritt das Podium. Er öffnet einen Koffer, holt mit zitternden Fingern seine Geige daraus hervor und beginnt zu spielen. Nun kann ich natürlich nicht beurteilen, ob er gut spielt oder schlecht. Ob er seine Musiklehrerin stolz macht oder ihr gar Schande bereitet. Sagen kann ich allerdings, dass der kleine Junge fiedelt, als ginge es um sein nacktes Leben.

Irgendwann ist er fertig. Schweißgebadet!

Er steht mit zitternden Knien auf dem Podium und schaut auf die Menschenmenge hinunter.

Und was passiert?

Nichts!

Es gibt keinen Applaus, nicht mal Buhrufe, keine – und sei es eine noch so kleine – Reaktion.

Jetzt fragt Ihr Euch zu Recht, was der komische Herzberg eigentlich will.

Ganz einfach: Ich bin Kevin ... zumindest fühle ich mich wie dieser kleine Junge (auch, wenn ich meine Geige gegen eine Tastatur eingetauscht habe). Aktuell liegt mein Rezensionsschnitt bei ca. 600:1 ... bedeutet, dass auf sechshundert gekaufte oder geliehene (und hoffentlich zum Teil auch gelesene) Bücher eine Rezension kommt. Natürlich habe ich volles Verständnis dafür, dass man auch etwas Besseres mit seiner Zeit anfangen kann. Und ich gebe ganz ehrlich zu, dass auch ich nicht jedes gelesene Buch rezensiere. Meistens, weil mir die erforderliche Ehrlichkeit schwerfällt. Trotzdem möge sich jeder vorstellen, wie sich der kleine Kevin/Thomas wohl fühlen mag, wenn er seine Geige zurück in den Koffer legt.

Und deshalb möchte ich Euch um eine ehrliche Rezension in Eurem jeweiligen E-Book-Shop bitten. Vielleicht erfordert diese Tat eine Minute Aufwand, aber sie hilft nicht nur mir, sondern auch anderen Lesern. Danke!

Falls es jemandem an Kreativität mangelt, habe ich hier ein paar Vorschläge:

(1 Stern)

- Das ist doch der größte Mist, den ich je gelesen habe
- Ey, Alder ... Gruntschulniwoho
- hatte die Hose in Größe 42 bestellt und 38 bekommen. Frechheit!

(2 Sterne)

- wollte eigentlich ein anderes Buch laden. War gar nicht sooo schlecht
- Krimis sind nicht so meins
- habe mich durch das Buch gequält und erst am Ende festgestellt, dass es gar nicht von Rosamunde P… ist

(3 Sterne)

- kann man lesen, muss man aber nicht
- nicht spannend, nicht lesenswert, aber man muss ja irgendwas schreiben
- eigentlich dreht sich das ganze Buch nur um Sylt und Krimi … bei dem Titel hatte ich was anderes erwartet

(4 Sterne)

- schon klasse, aber leider zu kurz (das höre ich immer, aber nicht von Leserinnen)
- hab das Buch durch Zufall gelesen (weil kostenlos), vielleicht kaufe ich auch eins
- wurde von A… aufgefordert, hier irgendwas zu schreiben … bin noch gar nicht fertig mit dem Buch

(5 Sterne)

- einmal Herzog, immer Herzog (die Rechtschreibhilfe auf Handys korrigiert meinen Namen immer falsch)
- pünktlich geliefert, guter Service, sehr gut verpackt (das ist bei eBooks ja fast selbstverständlich, oder?)
- ich will ein Kind von dir, Herzberg! Meine Maße sind 90–60–90, ich bin 25 und komme aus … Sorry Leute, muss weg!

Hierzu sei vielleicht noch erwähnt, dass ich alle vorangegangenen Kommentare (natürlich bis auf den letzten) bereits erlebt habe.

Wer in Zukunft nichts versäumen möchte, der kann gerne auf eine der folgenden Möglichkeiten zurückgreifen:

- Auf meiner Homepage (ThomasHerzberg.de) findet ihr einen Newsletter-Service
- Ihr könnt mir also auch gerne eine Mail an thomasherzberg@online.de schicken, dann füge ich euch manuell hinzu. Und keine Angst: Ihr bekommt nur eine Nachricht, wenn ich wirklich etwas zu erzählen habe (so … alle 2 Monate)
- Oder ihr wechselt auf mein A…-Profil und klickt dort unter dem Titelbild oben links auf »Folgen«. Dann bekommt ihr (ich muss betonen: irgendwann) eine Nachricht, dass der Herzberg was Neues veröffentlicht hat.

Zu guter Letzt möchte ich noch einigen Personen besonders danken:

- meinen Testleserinnen und Testlesern
- Chris Gilcher, für seine Arbeit am Cover
- meinen Freunden und meiner Familie

Das war's auch schon von mir. Ich bedanke mich ganz herzlich für eure Zeit und hoffe, dass ich euch ein bisschen unterhalten konnte. Vielleicht auf ein Wiederlesen …

Euer Thomas